KB106442

흙비

# 흙비

| | | | | |
|---|---|---|---|---|
| 발행일 | 2023년 11월 13일 | | | |

| | | | | |
|---|---|---|---|---|
| 지은이 | 박종삼 | | | |
| 펴낸이 | 손형국 | | | |
| 펴낸곳 | (주)북랩 | | | |
| 편집인 | 선일영 | 편집 | 윤용민, 배진용, 김다빈, 김부경 |
| 디자인 | 이현수, 김민하, 임진형, 안유경, 신혜림 | 제작 | 박기성, 구성우, 이창영, 배상진 |
| 마케팅 | 김회란, 박진관 | | | |
| 출판등록 | 2004. 12. 1(제2012-000051호) | | | |
| 주소 | 서울특별시 금천구 가산디지털 1로 168, 우림라이온스밸리 B동 B113~114호, C동 B101호 | | | |
| 홈페이지 | www.book.co.kr | | | |
| 전화번호 | (02)2026-5777 | 팩스 | (02)3159-9637 |

| | | | |
|---|---|---|---|
| ISBN | 979-11-93499-52-8 03810(종이책) | 979-11-93499-53-5 05810 (전자책) |

잘못된 책은 구입한 곳에서 교환해드립니다.
이 책은 저작권법에 따라 보호받는 저작물이므로 무단 전재와 복제를 금합니다.
이 책은 (주)북랩이 보유한 리코 장비로 인쇄되었습니다.

**(주)북랩 성공출판의 파트너**

북랩 홈페이지와 패밀리 사이트에서 다양한 출판 솔루션을 만나 보세요!

**홈페이지** book.co.kr  •  **블로그** blog.naver.com/essaybook  •  **출판문의** book@book.co.kr

**작가 연락처 문의 ▸ ask.book.co.kr**

작가 연락처는 개인정보이므로 북랩에서 알려드릴 수 없습니다.

하늘에서 흙바람 타고 내리는 흙눈송이

# 흙

인간은 완전무결할 수 없기에

내면에 위선적 그림자가 존재하기 마련이다

# 비

박종삼 지음

북랩

# 목차

**1**

## 하늘에서 내린 흙비

하늘에서 마치 흙비가 내리는 듯하였다. 재영의 눈가에 맺힌 눈물은 피와 한이 맺혀 흙색을 닮은 흙비 같았다. 그만큼 철상이란 남자에게 한동안 홀려 있었고 오로지 그녀의 머릿속은 그 한 남자만을 생각하며 하루 한시도 그렇게 호흡하며 살아왔기 때문이었다.

철상은 "그래, 재영아. 원래 사랑이란 단어는 허구야. 그런 건 없어. 그냥 괜히 드라마, 영화 같은 데서 흥행을 끌어 돈 벌어먹으려고 충동질, 이간질 차원으로 사랑이라고 만든 거라고. 난 그런 거 필요 없고, 내 욕망은 충분히 만족됐으니까 그걸로 끝인 것 같다. 원래 한 여자만 만나다 보면 싫증 나잖아! 음식도 하나만 먹으면 그런 것처럼 말이야."라고 크게 소릴 지르고 다른 곳으로 달아나려는 순간 "그냥 가면 안 돼. 그냥 가면 오 리도 못 가서 발병 난다." 하고 더 센 흙비 같은 눈물을 흘린 그녀였지만 그는 이미 전력 질주로 금세 약 50미터나 더 달아나 버린 후였다.

재영은 발만 동동 구르다가 풍덕천동 한올아파트 집에 들어가 소파에 퍽 쓰러졌다. 벽시계가 눈에 명확히 들어오질 않았고 어지러워 빙빙 돌기만 하였다.

한올아파트 밖은 어느새 어둠이 몰려오고 있을 즈음, 호마트에 아르바이트 일 하러 다니는 어머니가 들어왔다. 예전 같으면 딸 재영이 어머니를 반기며 벌떡 일어날 텐데 아주 깊이 잠이 들어 있다.

어머니는 재영의 어깨를 흔들며 깨우려다가 애가 무슨 피곤한 일로 깊게 잠든 것 같아 그냥 두기로 했다.

화장실에 가려고 걸어가는데 뒤에서 "으으, 엄마, 나 어쩌지." 하며 탄식하는 딸의 소리가 들렸다.

"그래, 잠시만."

일단 화장실이 급한 어머니는 들어갔다가 나와 다시 소파에 앉았다.

몹시 걱정 어린 표정으로 "너 왜 그러는데?"라고 어머니가 묻는다.

"내 남친이 사라졌어."

"뭐야, 네 남친이 왜 사라져. 걔는 오로지 너만 좋아한다고 했었잖아? 그건 뭐야?"

"그 자식의 마지막 한마디는 '원래 사랑이란 건 없어. 그냥 드라마, 영화에서 돈 벌어먹으려고 충동질, 이간질 차원으로 사랑이라고 만든 거라고. 난 그런 거 필요 없다.' 하며 달아나 버렸다고. 으으."

아까 남친 김철상이 한 마지막 끝자락 말은 차마 내뱉질 못했다. 그 말까지 하면 어머니로선 가슴이 무너지고 속이 타들어 갈 것 같기 때문이다.

이미 죽전대학교 1학년 때부터 지금껏 무려 8년간 딸 재영과 그 남친 철상이 교제한 사실을 익히 알고 있는 어머니였기에 그런 일들이 일어났을 거란 것은 기정사실로 인식하고 있다.

눈치가 빠른 어머니는 더 이상 말은 하지 않고 "재영아, 나 시장에 좀 갔다 올게." 하고 나가 버렸다.

재영은 냉장고를 열자 독하게 생긴 양주가 한 병 있었다. 꺼내어 보니 반쯤 남은 상태였다. 아마 아버지가 마시다 남은 걸 넣어 뒀다고 생각했다. 식탁 옆 의자에 앉아 컵에 따라 마셔 본다. 늘 남친 철상과 술을 먹고 모텔로 들어가 야릇하게 몸을 섞던 기억이 주마등처럼 떠올랐다.

지금 집에서 마시는 혼술은 그녀로선 몹시 낯설게 느껴졌다. 안주 없이 마시니 좋지 않아 안주를 꺼내려고 다시 냉장고 문을 열자 마땅치가 않아 도로 닫았다. 때마침 어머니가 금세 시장에 가서 야채와 과일, 고기를 사 왔다.

혼술을 하고 있는 딸을 바라보며 "어! 너 왜 혼자 무슨 술을 먹니? 참 나."라고 기겁하며 맥없이 주방 쪽으로 걸어가 과일을 꺼내어 "야, 야, 이거 과일이라도 먹어 가며 먹어야지. 잠시, 잠시만 기다려. 내가 이걸로 찌개 같은 거라도 끓여 줄 테니 떠먹으며 마시라고. 여기 고기도 구울 테니 잠시 기다려 봐……."라며 사 온 상추를 들고 주방 쪽으로 달려갔다.

금세 찌개를 끓이고 고기를 굽고 모녀는 한자리에 앉아 술을 먹게 됐다.

"아니, 엄마, 이거 아빠가 먹던 술인 것 같은데 내가 다 먹어도 돼?"

"야, 그런 건 걱정하지 마. 어디 남자 새끼들이 그 자식밖에 없냐? 세상 깔린 게 남자다, 남자야. 이거 다 먹고 저기 내가 사 온 소주도 있어. 자, 자, 막 마셔라, 우리 딸."

어느새 저녁 7시가 넘어가자 한창 택시 운행을 마친 아버지가 들어왔다.

아내와 딸이 술을 함께 먹는 장면은 처음 보는 아버지는 고개를 절레절레 흔들며 "어! 그렇게 둘이서 술을 먹을 때도 다 있네. 쟤는

지 남친하고만 술 먹지 우리하곤 안 먹는다고 하더니. 으하하하."라며 웃음을 보였다.

이 말에 딸 재영은 속이 쿵 한다. 이 말은 딸에게 더더욱 충격이 가해질 수도 있는 듯한 느낌이 들자 어머니는 "아, 아, 자기야, 엉뚱한 소린 하지 말고 어서 이리 와 앉아. 우리와 같이 술이나 먹어."라고 제안했다.

아버지 차풍환도 앉아 함께 술을 먹게 됐다. 한잔 마신 그는 "TV라도 보며 술을 먹어야지."라며 리모컨으로 전원을 눌러 켰다.

정치 기사가 요란하게 나오는데 수지구의 국회의원이 불법 코인 혐의에 연루되어 하차하고 다음 달 보궐선거가 치러질 거라는 내용이다. 양당 체제라 청렴맑은당, 국민사랑당 양당이 후보를 내고 치열하게 맞붙을 형국이다.

"참 나! 무슨 코인인가 뭔가, 나 같은 택시 기사 하는 서민들은 저런 비트코인인지 뭔지에 대해 알기나 해? 그저 하루하루 손님들 태우고 이리저리 왔다 갔다 돌아다니는 거지! 캬, 캬." 하며 한잔 더 들이켰다.

아버지 풍환의 말에 모녀는 어두운 표정으로 침묵하며 그저 술만 홀짝홀짝 마셨다.

2022년 11월 4일, 지난달보다 상당히 쌀쌀해진 날씨이고 곧 초겨울로 들어가는 시점의 금요일. 가족들은 술을 먹어 가며 세상사 푸념을 늘어놨다. 계속되는 비트코인 기사에 풍환이 역정을 내며 채널을 돌려 버리자 애정 드라마가 나오는데, 별안간 남자 탤런트가 여자 탤런트에게 결별을 알리고 쏜살같이 도망치는 장면이 나온다.

이를 본 딸 재영은 또다시 가슴이 쓸려내려 가는 것만 같았다. 마치 자신의 내면의 거울을 보는 것 같기 때문이다.

"음, 엄마, 아빠, 나 모처럼 술 마셨더니 어지럽다. 피곤하기도 하고 들어가서 그만 쉬어야겠다. 들어갈게."

뭔가 이상하다고 느낀 아버지 풍환은 "자기야, 쟤 왜 저래? 뭔가 이상한데. 매일 자기 남친하고 술 먹던 애가 집에서 술을 다 먹고, 퉁명스럽고 말이야. 혹시 자기는 뭐, 무슨 일인지 알아?" 물으며 얼굴빛이 어두워졌다. 부인 혜신은 침묵만을 유지하며 소주만 홀짝홀짝 마셨다.

"쉿, 쉿, 쉿. 방에 있는 재영이 들릴 수도 있어. 어서 술이나 먹어."

몹시 의아하고 궁금하긴 하지만 말 없는 부인에게 재촉하진 않고 그저 잔만 기울이다가 그도 들어가 누웠다.

35평 아파트 방 3개인데, 큰방은 부부가 쓰고 중간 방은 재영이 쓰고 작은방은 창고로 쓰고 있다. 큰방에서 그는 부인에게 택시 일 하다가 받는 스트레스를 하나하나 털어놓으며 넋두리를 이어가려고 하자, 그녀는 어느 정도 듣다 보니 이 자체가 괴롭다. 자신의 스트레스도 이만저만이 아니기 때문이다. 갑자기 화를 벌컥 내며 "아니, 글쎄, 자기 고통은 다 알겠는데 그런 얘길 다 하면 듣는 나도 힘들고 짜증 나. 그만하라고, 어휴~" 고개를 벽 쪽으로 확 돌려 버렸다.

남편은 자신의 스트레스를 부인에게 푸념식으로 풀어내려다가 되레 거친 공격만 받고 맥없이 고요히 잠이 들었다. 그는 몹시 피곤했는지 잠이 들자마자 코를 골기 시작했다. 이 소리에 화가 치밀어오른 부인은 "뭐야, 조용히 자지 못해?" 하고 그의 코를 확 비틀어 버렸다.

엄청난 우여곡절 끝에 잠이 든 둘은 무사히 아침을 맞았다.

택시 기사인 남편은 일하러 나가려고 벌떡 일어나고 호마트 점원인 부인은 일하러 가기 위해 눈을 비벼 대며 인상 쓰며 일어났다. 둘은 주방으로 나가 얼른 샌드위치라도 하나 먹고 나가려고 문을 열자 딸 재영이 이른 아침부터 식탁에 앉아 소주를 먹고 있었다.

안주는 김치밖에 없다. 부모는 너무 놀라 엉거주춤한 자세가 됐다.

"어, 너 여기서 뭐 하는 거야? 아니, 아침부터 소주를 다 먹어."

"……."

재영은 말이 없자 아버지는 재차 "야, 너 왜 그래? 무슨 일 있어? 얘가 안 하던 행동을 하네!" 하며 물었으나 꿈쩍도 하지 않고 주르르륵, 주르르륵, 막 따라 먹었다.

어머니는 실체를 알기에 남편의 옆구리를 꼬집으며 "자, 자, 우린 그만 빨리 돈 벌러 나갑시다. 쟤는 혼자 술을 먹고 싶으니까 그렇지 뭐!" 하고 끌고 나간다.

풍환은 딸이 평소 같지 않은 행동 때문에 택시 운행을 하려는데, 핸들이 제대로 잡히질 않았다.

호마트로 출근한 어머니는 내막을 알긴 하지만 착잡한 건 같다.

재영은 오전 내내 그 자리에 앉아 소주를 들이켰다. 간간이 절친한 죽전대학교 출신 친구들에게서 전화가 걸려 와도 받질 않았다.

혹시나 핸드폰을 들여다보다 무슨 연예인들, 스포츠선수들, 이런 것들 사귀다 헤어진 기사들이 종종 뜨면 괜히 자신의 모습을 보는 것만 같아 두렵고 울적하여 차마 친구들에게서 걸려 오는 전화마저도 받지 못하는 심각한 트라우마 같은 현상까지 오고 말았다.

정오가 다 되어서야 그녀는 술을 멈췄다. 잠시 멍한 기분에 냉수를 마시려고 냉장고 문을 여는데, 카톡이 날아왔다. 모든 게 두렵지만 보기로 하였다.

아까 전화했던 죽전대학교 트로트과 출신 친구 노자였다. 성이 '노', 이름이 '자'이다. 성인군자 중 노자와 이름이 같아 늘 회자되는 일이 많았다. 노자는 어릴 적 아버지에게 이름이 무척 신경 쓰이니 개명하자고 수도 없이 제안하였으나, 받아들이질 않았다.

그 후로 많은 세월이 지나면서 그녀는 노자라는 이름이 친숙해지고 마음에 들었다.

내용은 전화를 받지 않아 문자를 남긴다면서 내년 2023년 3월에 전국 최강 트로트 오디션 '트로트미스미스터천국' 1차 예심이 올 연말 12월 24일에 잡혔다는 정보였다. 접수는 다음 주 월요일인 7일부터 19일까지라고 적혀 있다.

죽전대학교 트로트과를 졸업한 지도 벌써 4년이나 됐다. 재영의 나이 현 30살. 27살 2월에 졸업했으니 그랬다.

죽전여자고등학교를 졸업하고 몇 년 놀다가 전문 트로트 가수가 되려고 들어갔던 것이다. 한편, 이 학과 교수가 트로트 가왕인 최벽이라 그의 노래를 좋아하는 마음이 앞서 들어가기도 했다.

한창 학창 시절에 알게 된 남자 친구가 바로 무에타이과 출신 김철상이다. 그 당시 트로트창조관 건물에서 한창 재영이 발성 연습을 하던 중 철상이 복도를 지나가다가 보고 반하여 난데없이 불쑥 들어가 "난 무에타이과 1학년 김철상이다. 지금 널 보자마자 반한 남자다. 내게 당장 번호를 줘."라며 협박조로 말했는데도 그녀는 그 뭔가에 홀려 번호를 알려 줬고, 그 시간부로 사귀게 됐다. 그 당시 무에타이과 김철상과 트로트과 차재영은 수지구와 기흥구, 심지어 성남지역까지도 많은 사람들에게 아주 요란할 정도로 뜨거운 애인이란 게 알려질 정도였다. 그가 무에타이대회에 나가면 꼭 재영이가 따라가 관중석에서 요란한 트로트를 부르며 응원했고, 그녀가 전국노래자랑이나 무슨 가요제 같은 데 나가면 꼭 철상이가 따라가 마치 가수의 매니저 같은 일을 다 도맡았었다. 이랬으나 바로 어제부로 그가 '이젠 정욕 욕망을 다 채웠으니 떠난다'는 아주 이기적이고 파렴치한 멘트를 날리고 달아났다.

카톡을 날린 노자는 자신도 이번 트로트미스미스터천국에 나가려고 몸을 풀고 있었다. 절친한 재영이 함께 나가 주길 바랐다. 학창시절에 서로 호흡을 잘 맞춘 사이이기도 했다.

재영은 잠시 고민에 휩싸였다. 지금 이 감정 상태론 아무것도 할 수가 없는 노릇이었다. 문자로 정보를 전한 친구 노자에게 답장을 안 하면 조금 그렇다고 생각되어 뭐라도 의사를 전할 마음으로 '야 노자야 일단 생각 좀 해 보자 매우 유익한 정보를 알려 줘 고맙다'라고 보냈다.

노자 말고도 다른 친구들에게서도 부재중 전화가 몇 통 걸려 왔는데, 이들은 카톡까지 하진 않았다.

수지구 풍덕천동 한올아파트 집에서 무작정 나갔다. 오전 내내 마신 소주 때문에 몸은 이리저리 흔들렸으나 깰 겸 실개천으로 내려가 자신의 모교 죽전대학교가 있는 죽전동을 향해 세차게 달렸다. 토요일이라 산책객들이 유난히 많았다.

금세 탄천 쪽에 다다랐고, 모교가 눈에 들어왔다. 오늘따라 재영은 옛 추억이 떠올라 한번 들어가 보고 싶었다. 내친김에 달려 들어갔는데, 트로트창조관 건물 벽에도 아까 노자가 전한 그 내용, 내년

2023년 3월 초 전국 최강 트로트미스미스터천국이 열리는데 1차 예심이 올 연말 12월 24일부터 27일이고 접수는 11월 7일부터 19일이라고 새겨진 현수막이 바람에 이리저리 흩날렸다.

"아! 맞구나! 그렇긴 그렇구나!" 하고 혼잣말로 중얼중얼거렸다.

어제 철상에게서 결별 통보를 받아 엄청난 충격이 몰려온 상태인데 이것을 통해 침울한 심경을 반전할 수도 있는, 어쩌면 기회인지도 모른다는 생각이 문득 가슴에 와 닿았다.

그 순간, 그녀는 두 주먹을 불끈 쥐며 "난 할 수 있어. 내가 내년 트로트미스미스터천국 우승자가 될 거야! 우승할 사람은 나밖에 없어!"라고 아주 크게 소릴 질렀다.

트로트창조관 건물 뒤편에 예전 철상이 무에타이를 훈련했던 격기훈련관 건물이 보이고 그와 그 당시 뜨겁게 사귈 때 이곳저곳 돌아다녔던 아련한 기억들이 스치자 문득 괴로워지면서 애써 반전의 힘이 생기다가 한순간에 푹 주저앉는 심경으로 뒤바뀌었다. 무려 8년이란 긴긴 세월 간 동거를 하며 거의 단 하루도 남녀 간의 애정의 결정판 섹스를 건너뛴 적이 없었고, 심지어 하루에 아침, 점심, 저녁에 10회 가까이 관계를 나눈 적도 비일비재할 정도로 불같은 사이였다.

그만큼 그가 파릇파릇한 20대 초반 젊은 청춘이었고, 무에타이라는 운동까지 하는 남자라 성욕의 에너지가 절정이었기 때문에 가능한 일이었다.

죽전동 신세계백화점 주변에 오피스텔을 얻어 놓고 대학 시절에 4년은 동거했고, 졸업 후 풍덕천동 철물점 주변 투룸에서 4년을 동거로 지내 동거 기간이 합쳐 8년이나 됐다.

과거로 회귀하면 그 당시 트로트과 교수 최벽은 재영보다 불과 6

년 연상일 뿐이었고, 그녀의 가창력도 그렇지만 워낙 빼어난 미모가 되는 바람에 최 교수도 그녀에게 눈길을 돌리고 말았었다.

이 과정에 동거남이자 무에타이과 철상이 최 교수 교수실에 쳐들어가 무릎과 팔꿈치로 모든 집기들을 다 때려 부숴 버렸고, 때릴 듯이 협박까지 하며 잔뜩 겁을 줬다. 학교 모든 대자보에 붙여 놓고 개망신을 주며 협박을 가했다.

그 당시 트로트과 교수이자 가왕이었던 최벽은 개망신을 당해 학교법인 죽전학원으로부터 파면당해 끝내 불명예로 물러났다. 최벽은 자신이 가왕으로서 전국의 많은 트로트 팬들에게 죄송하다며 공개 사죄하기도 하였다. "저는 이젠 앞으로 오로지 음반 활동만 전념할 것이며, 딴 엉뚱한 생각은 하지 않겠습니다."라고 발표하였다. 사제지간이긴 하지만 나이는 불과 6살밖에 차이 나지 않아 서로 사랑의 감정만 지닌다면 문제 될 것도 없긴 하지만 재영이 철상에게 눌려 엄두도 내질 못하고 최벽 쪽으로 마음을 돌릴 수가 없었다. 사실은 그녀도 속으론 최 교수에게 마음이 있긴 했으나, 철상이 그렇지 못하도록 완강하게 무력으로 최벽의 행동을 몰아세우는 바람에 그녀도 그런 흐름에 휩쓸려 옴짝달싹하지 못했다. 그저 철상이 하라는 대로 그렇다고만 했을 뿐이다. 게다가 최벽은 유부남이었기에 자신이 내세울 명분도 없고, 무슨 표현을 하더라도 본인 명예만 타격을 받는 처지였다.

이런 온갖 복잡한 기억들이 그녀의 뇌리를 스쳤다.

그만큼 그녀만을 위해 집중했던 철상이 어제 어이없는 충격적인 말을 던지고 사라진 건 그녀로선 더더욱 마음이 아팠다. 하지만 이런 모든 걸 일소하는 차원으로 갑자기 트로트창조관 들어가는 현관문 가까이 세차게 뛰어 올라가 "으으으하하하하하하." 하고 아주 길게 발성하며 전의를 불태웠다.

또 어디선가 전화가 걸려 와 보자 아까 오전에 부재중 수신으로 떴던 친구 신새롱의 번호였다.

"그래, 새롱. 어디? 아까 내게 전화를……?"

"음, 네게 너무 반가운 소식을 전하려고. 트로트 오디션인데."

그러자 재영은 이미 아까 노자의 카톡으로 알고 있는 터라 "아! 그 말, 난 아까 노자가 보내 준 문자 덕분에 알고 있어."라고 말했다.

"그래. 그럼 우리 같이 나갈 거야?"

"난 지금 그걸 결심하러 여기 죽전대학교 트로트창조관 현관문 앞에 와 아주 크게 소릴 질렀다. '으으아아아'라고."

새롱은 재영이 그 건물 앞에 가 있는 게 조금 놀랍다. 재영은 아까 전화했던 친구들 란조, 채비도 같은 소식을 전하려고 그럴 거라는 것을 추측했다.

"야, 재영아, 우리 한번 만날래? 예전에 우리가 학교 다닐 때 같이 모여 노래 연습 하고 할 때처럼 그렇게 하게. 다른 애들도 불러오고 말이야."라고 새롱이 물었다.

"그래, 좋아."

새롱은 끊자마자 곧장 란조, 채비, 노자에게 "오늘 죽전동 기다림 갈빗집에서 이따가 저녁때 만나자." 하고 전화를 넣자 그녀들은 매우 반가워하며 "좋아."라고 반응했다.

몇 해 전 대학 시절, 비록 히트를 치진 못했으나 5인조 트로트 걸 그룹을 만들 정도로 절친이었고, 거의 매일 이리저리 놀러 다녔던 사이였다. 독수리마을 독수로에 위치한 기다림갈빗집에 저녁 6시가 되자 이들은 우르르르 몰려들었다. 다 좋았는데 친구들은 어제 그 상황을 모르기에 한결같이 재영의 뜨거운 남친 무에타이과를 나온 철상에 대한 얘길 꺼내 들기 시작하였다.

"걔하곤 좋아? 김철상이 말이야."

"어제 탄천 쪽에 걸어가는데 철상이 막 달려가더라고……!"

란조, 채비가 한마디씩 거들었다. 재영은 시간을 보내며 마음을 추스르려고 하다가 도리어 찢기는 고통 속으로 빠져들었다. 그렇다고 사실대로 말하려니 입이 부르르 떨려 열리질 않았다.

"야, 얘들아, 그런 얘긴 다음에 하고 오늘은 우리 예전에 걸그룹 할 때처럼 진탕 술 먹고 노래하고 흔들고 그럴 궁리나 하고, 내년에 하는 오디션 준비 얘기나 하자."

갑자기 보이는 재영의 반응에 친구들은 조금 의아하다는 느낌이 들 수밖에 없는 게, 예전 같으면 철상의 얘길 하면 얼굴이 확 펴지며 좋아서 날뛰던 재영의 얼굴이었기 때문이었다.

유난히 다른 이들보다 눈치가 빠른 친구들은 '최근 들어 얘가 철상이와 무슨 일이 터지긴 터졌구나!'라는 짐작을 하기 시작하였다. 하지만 이것도 남달리 눈치가 빨라 재영에게 자극되지 않게 그런 건을 절대 말하지 않았다. 술이 나오자 재영이 먼저 막 따라 먹었다. 이런 모습으로도 벌써 친구들은 이미 다 예감했다. 한참 취해 가고 있는데, TV에 나오는 저녁 뉴스에 어제저녁에 나왔던 정치 기사가 또 나왔다. 여당인 청렴맑은당 국회의원 이덕소가 불법 코인 문제로 하차하자 다음 달에 보궐선거가 치러진다는 보도인데, 이번엔 청렴맑은당이 집권 여당으로써 체면을 구긴 점을 만회하고자 아주 참신

하고 청렴해 보이는 젊은 후보로 최영복을 공천했다는 내용이다. 영복은 나이도 꽤나 젊어 일단 느낌으론 그래 보이는 효과는 있다. 실상은 좀 더 봐야 할 것 같다. 청렴의 문제는 나이하고는 아무런 관련이 없기 때문이다.

"어휴~ 저거 뻔한 보도잖아! 야, 젊다고 다 저 당명대로 청렴맑아지나? 늙으나 젊으나 돈 욕심 때문에 그 난리를 친 거잖아."

"그래, 하하하하. 그놈의 돈이 뭐길래 그럴까. 뭐, 사실 우리도 돈 때문에 트로트 오디션 나가는 거 아냐? 만약 노래 부르는 일이 돈 못 번다면 누가 나가? 나가려고 하지도 않잖아."

"그래, 그래. 그렇긴 한데, 돈 욕심은 똑같긴 한데, 우리처럼 목이 터져라 노래 연습 하여 노력으로 정당하게 벌었느냐, 편법 사기를 쳐 해 처먹었느냐, 사람을 속여 벌었느냐, 이런 차이가 있지."

방금 전 나온 정치 관련 보도는 쓱 지나갔다. 이들은 취기가 달아오르자 잔을 거두고 인근 노래방으로 향하였다.

내일부터 본격적인 토롯 오디션 준비를 위해 출발하는 의미를 지니며 각자 분발할 것을 다짐하는 시간이었다. 이들은 학창 시절처럼 5인조 걸그룹으로 참가하는 게 아니라 혼자 솔로로 하는 것으로 정하였다. 예전에 그 방식에 부작용이 많았기 때문이다.

"야, 야, 애들아, 우리 각자 대회 나갈 때 지정곡을 한 번씩 불러 보는 것으로 하자고……."

"그래, 좋아. 오케이."

그녀들은 평소 각자 주특기로 삼는 노래를 정해 불러 보았다. 실력은 서로가 팽팽했다. 누가 본선에 오르더라도 손색이 없을 정도였다.

노자, 새롱, 채비, 란조는 평소 재영이 주특기로 삼는 노래가 '배신자'가 아닌데도 불구하고 오늘따라 지정곡이라 하면서 '배신자'를 부른 것만으로도 더더욱 강하게 그 예감이 적중하고 있다.

어느 정도 시간이 지나자 란조가 "야, 야, 애들아, 내일부터 본격적인 오디션 준비인데 오늘 이런 노래방에서 너무 무리하면 오히려 좋지 않아! 오늘은 그냥 술김에 기분만 내는 정도로 마치자?"라고 제안하자 친구들 4명은 "그래, 란조 말이 맞다."라고 말하며 노래를 멈추고 음료수를 마셨다.

시간을 보니 밤 8시가 조금 지나고 있었다.

"야, 야, 이젠 집에 들어가고 내일 우리의 모교 죽전대학교 트로트 창조관 앞마당에서 오후 1시에 만나."

"좋지."

이들은 일제히 밖으로 나와 쭉 걸어 탄천 쪽으로 내려가 풍덕천동으로 향하고 있었다. 이들 다 그곳이 집이다. 불과 30미터쯤 걸었는데, 철상이 운동하는 동료들과 체육복 차림으로 빠르게 달려오고 있었다. 재영의 친구 4명은 철상이 나타나자 그의 모습을 주시하였으나 재영은 애써 부딪치지 않으려고 물살 쪽을 계속 바라봤다.

달려간 남자들의 발소리가 나지 않을 때 고개를 돌려 앞으로 걸어갔다. 재영의 이런 모습 하나만으로도 친구 4명이 아까 갈빗집에서 짐작한 대목, 철상과 뭔 일이 터진 것을 뒷받침하기에 충분했다.

철상과 운동선수 동료들은 동천동 쪽으로 빠르게 달려갔다가 다시 돌아서 신봉동 쪽으로 갔다. 그들은 모두 다 신봉동에 살고 있다. 그들이 다시 훈련을 재개한 이유는 내년 3월 초에 신도림테크노마트 특설링에서 한국 최대 종합격투기대회가 열리기 때문이다.

풍덕천동 집으로 향하는 그녀들은 요란하게 노래를 부르면서 인도 쪽으로 올라가 각자 집으로 흩어졌다.

한올아파트 집에 들어가자 몹시 걱정스럽게 기다린 부모에게 재영은 매우 환하게 웃으며 "나 내년 트로트미스미스터천국에 나갈 거야. 하하하하. 아마 대상은 내가 먹을 게 백 퍼센트지! 우하하." 하며 크게 소리를 냈다.

꽤나 걱정이 태산 같았던 부모의 근심을 일소하게 만드는 한순간이었다. 재영이 잠시 방에 들어가자 부인 혜신은 남편 풍환의 옆구리를 꼬집으며 "거봐, 별거 아닌 거잖아!"라고 하자 이제야 그도 평온을 되찾았다.

딸이 아침에 혼술을 하며 괴로워한 영문을 모르던 아버지는 지금에야 명랑한 딸의 얼굴에 안도할 수가 있었다. 이제 부모는 마음 편히 휴식을 취하며 TV를 시청하며 잠이 들었다.

재영은 정신이 맑아지면서 꿈을 꿨는데, 자신이 내년 트로트미스미스터천국에서 우승하여 트로피를 번쩍 들고 펄쩍펄쩍 뛰는 장면이 그려졌다. 그런데 돌연 그 트로피를 철상이 나타나 빼앗아 도망치는 광경이 연출되다가 "야, 철상, 너 왜 내 트로피를 훔쳐가는 거야? 어서 놓지 못해?" 하며 이를 악물고 뒤쫓아가는 모습이 보이다가 식은땀을 줄줄줄 흘리며 잠에서 깨났다.

"어어, 어, 이게 뭐야! 다 좋았는데 그사이에 왜 그 자식이 나타나 내 우승컵을 훔쳐가. 으윽."

잠시 아무리 꿈이라지만 불쾌하여 도로 잠을 이룰 수가 없어 불을 켜고 우두커니 창밖을 바라봤다.

문득 예전에 어느 누군가가 꿈은 반대라는 말을 한 기억이 스쳐 잠시 달콤한 미소를 지으며 다시 눈을 감을 수 있었다.

또 다른 무슨 꿈은 꾸질 않고 눈을 뜨니 아침 8시나 됐다. 두 주먹을 불끈 쥐며 "내년 우승자는 바로 나야. 바로 나라고. 나 차재영의 금액을 위하여 달린다. 파이팅." 하며 일어났다.

연이틀 무슨 남녀가 헤어진 시련을 다루는 드라마들 때문에 지레 겁나 TV를 켜질 못했는데 이젠 무척 홀가분해지니 마음 놓고 리모컨을 들고 마구 켰다.

이것저것 누르다 보니 스포츠 채널을 눌렀는데, 내년 3월 초에 신도림테크노마트 특설링에서 한국 최대 종합격투기대회가 열리는데, 미들급 우승 가능성이 가장 높은 선수는 단연 죽전대학교 무에타이과 출신 김철상이라고 소개되고, 그가 죽전동의 한 체육관에서 동료 선수와 스파링하는 장면이 나오고, 자막도 나왔다가 갑자기 그가 야구방망이 13개를 끈으로 묶어 세워 놓고 아주 크게 "으하하하." 하고 기압을 지르며 발로 걸어차 다 부러뜨려 버리는 장면이 나왔다.

"에잇, 꼴 보기 싫다."

웬만하면 다른 채널, 다른 내용들은 봐 주겠지만 그가 나오는 광경은 도저히 지켜보긴 감정이 허락하지 않는 한계 벽을 실감했다.

금세 시간이 흘러 어제 친구들과 약속한 시간이 가까이 다가와 밖으로 나가 죽전대학교 트로트창조관을 향해 마구 달려갔다. 그곳에 다다르자 이미 친구들 4명은 이미 도착하여 아주 크게 발성 연습을 하고 있었다.

그녀들이 이곳에서 출발하는 이유는 모교의 향수를 느끼고 과거에 아무 욕심 없이 그저 노래가 좋아 발성하던 그 추억을 새기며 시작하려는 발로이다. 초심으로 돌아가 해 보려는 것이다. 이 건물은 일반인과 졸업자는 그냥 들어갈 수가 없다.

"야, 애들아, 우리 다 모였다. 모두 함께 아주 크게 소리 한번 질러."

"이히, 이히, 이히."

출발은 이랬고, 이젠 본격적인 연습 장소인 박채비의 이모가 운영하는 죽전동 8595 라이브카페로 향했다.

채비 이모가 특별히 오디션이 끝날 때까지 빌려주기로 약속됐다. 남들은 다 휴식할 시간인 일요일에 이들은 열띤 노래 연습에 들어갔다. 이 시각, 어제저녁 탄천을 이리저리 뛰어다닌 철상과 동료 선수 4명은 오늘 일요일임에도 불구하고 맹훈련을 하고자 죽전대학교 무에타이과 대선배가 운영하는 강남 압구정동 맹보스하우킥에 갔다.

맹보스하우킥은 대선배 반철광이 대표인데, 훈련 자체가 섬뜩할 정도였다. 철상이 30세인데 철광이 36세라 무려 6년이나 선배이다. 철광도 재작년까진 선수 생활을 하였으나 나이가 체력이 조금 달려 그해에 관두고 현재는 후진 양성에 몰두하고 있다.

"야, 동생들, 신봉동에서 오느라 시간이 꽤 걸렸지? 밥은 다 든든히 먹고 왔나?"

"하하하, 수달이 카니발 타고 오는데 쟤는 워낙 과격하게 핸들을 돌려 눈 깜짝할 사이에 압구정동에 왔죠."

"야, 원래 운동은 말을 많이 하면 안 돼! 얼른 빨리빨리 운동복 갈아입고 헤쳐 모여 봐. 모이라고 말이야. 빨리, 이 새끼들아."라고 인상을 쓰며 거친 욕설을 퍼붓는 철광이었다.

정신이 바짝 든 후배들은 일사분란하게 모였다. 한창 본격적인 운동에 들어가기에 앞서 스트레칭을 하며 충분한 몸을 풀려고 하는 중 철광에게 어디선가 전화가 걸려 왔다.

핸드폰을 탁자 위에다 놓았는데 요란한 소리가 났다.

가서 보자 압구정대학교 사물놀이과를 나와 압구정동에서 사물놀이 후진 양성을 위해 학원을 운영 중인 친구 최영복의 전화였다. 이번에 수지구 갑으로 보궐선거에 나오는 여당 청렴맑은당 후보 최영복이다. 대체로 사물놀이과 출신이고, 사물놀이를 교육하는 이런 업종에 종사하는 사람들은 대체로 국회의원 후보가 되는 게 특이한 일인데 여러모로 기여도가 많았던 것 같다.

반철광 대표와 같은 대학 출신은 아닌데 보정고교 동창이고 학창 시절 친하여 알고 지내고 있었다.

"그래, 친구. 다음 달 보선 준비는 잘되어 가고?"

"음, 그럭저럭 그냥 그래. 그래서 말인데 네 도움이 필요한 시점이야. 거기 격투기 선수들이 많이 필요하다고."

"왜 그렇지?"

"음, 선거운동원 겸 보디가드……. 이번 보선은 상대 당 야당, 국민사랑당 후보 측의 굉장히 거친 맹폭이 날아올 게 뻔해. 그래서 선거운동이 자칫 과열되다 보면 상당한 위험한 요소도 많아. 그래서 나를 지켜줄 든든한 버팀목이 필요하다고."

"아! 네 말이 뭔지 충분히 알았어. 이따 훈련 끝나고 내가 전화 넣을 테니 그리 알라고."

전화를 끊은 철광은 "야, 동생들, 여기 맹보스하우킥은 훈련 자체가 예전 브라질에 반달레이 실바나 마우리시오 쇼군의 슈트박스아카데미 저리 가라다. 더 거친 킥과 붕붕 훅과 번개 같은 하단 태클, 이런 거지! 그냥 다 부숴 버리는 거다. 자, 자, 어서 빨리 스트레칭을 시작하라고. 본격적인 맹폭 스파링을 해야 하니까 말이야. 이 자식들아? 정신 일도 해라."라며 혀를 길게 쭉 내밀었다.

"네, 선배님."

오후 1시 반부터 시작한 운동은 스트레칭만 한 시간가량을 하였다. 2시 반부터 장비를 채고 철광 대표까지 다 하여 6명이 서로 마주하며 맹폭 스파링을 시작하였다.

철광 대표는 철상과 먼저 마주하게 됐다. 철광은 현역 시절 헤비급이었고 철상은 현재 미들급으로 뛰고 있어 체급 차이는 나지만 연습이라 큰 의미는 없다.

철광은 재작년에 은퇴하여 스피드는 조금 무뎌졌지만 파워는 살아 있어 누구든 방심하고 들어가다간 그의 가공할 카운터에 걸리면 나가떨어질 정도이다. 이를 익히 잘 알기에 철상은 무리하여 들어가진 않고 기회를 엿보며 빠른 스텝으로 좌우로 돌았다.

기회를 보는 시간이 길어지자 철광은 짜증이 나기 시작하여 막가파로 돌진하여 철상의 허리를 잡아 쓰러뜨려 놓고 파운딩으로 얼굴을 계속 가격했다.

"어휴, 이렇게 소극적인 자식아. 씩씩."

이런 맹렬한 훈련이 계속 5시까지 이어지다가 끝나고 마무리 체조로 몸을 풀었다.

마무리된 후 5인은 수달이 운전하는 카니발을 타고 수지 신봉동으로 내려갔다. 보내고 난 뒤 철광은 친구 영복에게 전화를 넣었다.

영복은 "나 여기 압구정로데오역 사물놀이 학원에 있어. 시간 되면 여기로 와."라고 하자 철광은 "내가 조금 이따 간다. 기다려."라고 말했다. 불과 도보로 10분 거리라 그는 뛰다시피 하여 금세 도착했다.

사물놀이 학원은 건물은 꽤나 도심형으로 세련되고 화려한데, 내부는 완전 조선시대로 회귀한 느낌을 강하게 풍겼다. 겉과 속이 완전 극과 극인 건물이다. 들어가자 보선 후보 영복은 환하게 웃어 가며 "자, 앉아, 친구." 하고 아주 따뜻한 체리차를 따서 가져다줬다.

"이번 선거는 너도 잘 알겠지만 기존 우리 여당 청렴맑은당 의원 코인 문제로 낙마하고 새로 치러지는 보선이라 우리 당도 워낙 신경이 예민한 상태야. 저들 상대 당의 공세가 엄청날 테고 말이야. 자칫하면 선거운동 기간에 가열 되어 엄청난 몸싸움이 일어날 수도 있어. 그래서 너희 체육관 선수들이 필요해."

이미 아까 전화상으로 대략 설명을 들어 알고 있는 철광은 웃어가며 "우리 맹보스하우킥에 기라성 같은 애들은 많지만 오늘 일요일인데도 아까 나와서 훈련하고 간 내 모교 출신 애들 5명이면 충분해. 나까지 6명이 하면 충분해. 완전 날아다니지. 방방 떠. 걱정 마, 격투기 대회도 내년 3월이라 아직 어느 정도 여유는 있어. 다음 달 보선 운동에 큰 지장은 없을 거야. 하하하하."라고 상황을 설명했다.

사물놀이 학원장이자 이번 보궐선거에 여당 청렴맑은당 후보로 나오는 최영복은 가진 건 돈밖에 없는 사람이라 그들이 앞으로 선거운동 기간 안정되게 활약해 준다면 수고료는 묵직하게 집어 줄 게 기정사실이다.

"야, 철광아, 이번 일만 잘되면 내가 다른 데 더 큰 건물에 체육관 하나 차려 준다. 건물을 다 준다. 그까짓 건물 하나쯤이야 뭐, 완전 껌이지, 뭐! 푸하하하하."

영복은 벽시계를 바라보며 "야, 철광아, 시간이 벌써 저녁 6시가 다 되네. 우리 어디 가서 술이라도 한잔 걸쳐야지? 안 그래?"라며 술을 제안하였다.

그 이면엔 이 동네 인근의 호사한 룸살롱으로 친구를 데리고 가기 위함이다.

"좋아! 원래 일요일엔 술 먹는 것도 괜찮아."

뿌듯한 표정을 지으며 영복은 친구를 데리고 나가 인근 도보로 15분가량 떨어진 곳의 간판이 아주 요란한 룸살롱으로 들어갔다. 철광은 따라 들어가며 들뜨기 시작했다.

이런 환대의 이면엔 더 확실하게 이번 보선에서 한번 도와 달라는 발로이다.

이 시각 죽전동 8595 라이브카페에선 그녀들이 노래 연습을 마치고 저녁 식사할 곳을 의논하고 있다.

"야, 얘들아, 저기 가서 뼈다귀해장국 하나씩 하자."

"그래, 좋아."

바로 옆 건물이 해장국집이라 들어가 먹기 시작했다. 벽에 걸린 TV에서 또 그 정치 보도가 나왔다. 다음 주부터 공식적인 수지구 갑 보궐 선거운동 기간으로 돌입한다는 보도이다.

"어휴~ 저거 또 나온다. 어제도 나오고, 오늘도 계속 저래. 저거 우리 지역구인데 저거 끝날 때까지 매일 저럴 거잖아. 왜 우리가 내년 트로트 오디션 대회를 위해 이렇게 피땀 흘린다는 보도는 안 해 주는 거냐고! 으으."

"야, 야, 우린 인기 가수가 아니잖아? 언더그라운드라고도 하지. 다운타운을 왜 보여 주니? 야구 마이너 리그를 생중계하는 거 봤니?"

"우리 5명이 내년에 트로트 오디션에 다 8강 안에 들어 4강전 하고 치열하게 경쟁하고 올라가는 게 나오면 뉴스에 매일 저렇게 정치 기사처럼 계속 뜨나? 방송 좀 타고."

해장국집 사장은 속으로 이 여자 손님들이 트로트 오디션을 준비하는 예비 가수들이란 걸 직시하게 됐다. 다음 날이 트로트미스미스터천국 접수 첫날인데 그녀들은 모바일로 곧바로 접수했다. 전의를 불태우는 마음이다. 이날은 수지 갑 보선 운동이 돌입되는 날이기도 하여 매우 요란한 거리가 될 것 같다.

11월 7일인데 아직 춥진 않다. 용달차를 개조하여 뒤에 타고 다니며 선거운동 하기엔 그렇게 고통스럽진 않을 정도이다. 오전 10시가 조금 지나자 여당 청렴맑은당 후보 최영복과 야당 국민사랑당 후보 전대광의 금배지를 달기 위한 사활을 건 혈투가 벌어졌다.

전대광은 첫날부터 이번 문제가 된 상대 당 국회의원 불법 코인 문제를 집중 부각 하며 열을 올리기 시작하였다.

그러면서 히든카드로 어제저녁 압구정로데오역 부근 도보 15분 거리에 영복이 누군가와 룸살롱에 들어가는 걸 포착한 사진과 동영상이 있는데, 이것은 좀 더 지나 잔뜩 무르익으면 터뜨리려고 벼르고 또 벼른다.

여당 청렴맑은당 최영복 후보는 일단 수지 갑 해당 지역구인 죽전동, 동천동, 풍덕천동 3곳을 일일이 도보로 돌아다니며 지역민들을 접촉하겠단 마음으로 시작하였다.

단연 어제 그 룸살롱에서 철광과 약속된 그대로 철광을 비롯하여 후배 5명 합쳐 6명이 뒤를 따르기로 하였다. 아주 새까만 정장 차림으로 헤어에 젤을 잔뜩 발라 바짝 올려붙이고 최 후보의 약 6미터 뒤를 따라다녔다.

"우하하하, 안녕하시죠? 우리 수지구민 여러분, 이 지역 살릴 후보 누굽니까? 바로 저 최영복 아닙니까? 그렇죠?"라며 그는 지나가는 시민들에게 손을 내밀며 호소하였다.

그렇지만 냉담한 반응을 보이는 이들이 상당히 많았다. 그만큼 코인 문제가 만만찮다는 반증이다. 이들은 여기저기 닥치는 대로 돌아다녔다. 이들은 사람들이 상당히 많이 몰리는 죽전역 쪽에 온 시각은 오전 10시 40분쯤, 한창 트로트 오디션을 준비하던 여성 5명은 아까 모바일로 재빨리 접수를 마친 상태에서 집에서 잠시 쉬다가 서로 연락을 취하고 만나 상당히 설레는 기분으로 죽전동에 위치한 8595 라이브카페 연습장으로 향하고 있었다.

탄천쪽 횡단보도를 건너기 위해 기다리는 중 반대편에 선거운동원들이 몰려오는 광경이 눈에 들어오는데 순간 재영은 깜짝 놀랐다.

철상이 정장 차림으로 최영복 후보 뒤를 따라오는 모습으로 볼 때 선거운동원으로 보였다. 그녀는 잠시 놀란 숨을 쉬는 사이 그 횡단보도를 사이에 두고 재영과 철상은 정면으로 마주하게 됐다.

그녀의 친구들의 눈에도 철상이 보였다. 이미 친구들은 속으론 둘 사이가 깨진 걸 인식하기에 그저 가만히 무표정으로 일관했다. 철상은 재영을 보며 그저 무덤덤하게 여겼다.

## 2

## 아수라장 보궐선거

**최 후보는** 건너오는 시민들을 반기며 인사를 하려는 것이다. 녹색불이 들어오자 그녀들은 우르르 몰려 건너는데, 최 후보가 환하게 웃으며 서 있다가 악수를 청했다.

그녀들은 그냥 피해 가려다가 앞에 사람들이 많이 겹쳐 있어서 얼른 못 지나가는 바람에 엉겁결에 악수를 하게 됐다.

최 후보는 재영의 친구들 4명과 악수를 할 땐 그저 유권자라는 느낌 외에 별다른 감정이 생기질 않았으나 재영과 악수를 할 땐 "우하하하, 죽전동에 사세요? 흠, 흠, 흠." 하며 괜히 야릇하고 멍한 감정이 핑 돌았다. 사람들이 길을 지나가다가 이상형을 보게 되면 괜히 가슴이 쿵 내려앉는 그런 감정을 느꼈다.

반대로 재영은 그에게 보선 후보라는 것밖에, 그런 걸 전혀 느끼진 않았다.

철상은 최 후보의 이상 반응을 전혀 눈치채질 못했다. 그녀들은 빠른 걸음으로 오디션 연습장으로 갔다. 최 후보는 고개를 돌려 이름 모를 그녀의 뒤태를 유심히 바라봤다.

죽전역 길거리 어딜 봐도 방금 전 지나간 그녀만한 여성은 보이질 않고, 다 돌로 보이는 희한한 현상을 빚는다.

영복은 속으로 '아! 저 시민을 다시 한번 볼 수가 있을까! 으윽, 저렇게 생긴 여자도 있다니. 으흑.' 하며 탄식했다. 이 순간부터 그는 다리에 맥이 다 빠져 선거운동을 하는데 박력 있게 열을 내지 못하고 무기력한 목소리로 호소 아닌 호소를 하며 돌아다녔다.

오디션 연습장인 8595 라이브카페에 도착한 그녀들은 커피를 한 잔씩 하고 서서히 발성 연습에 들어갔다.

이번 트로트 오디션은 남녀가 동시에 출격하는 미스미스터라 더더욱 치열할 전망인데, 여기저기 소문에 의하면 그녀들이 죽전대학교 트로트과를 다닐 때 유난히 가창력이 좋았던 남학생인 이행전이 출전한다는 말이 떠돌았다. 행전은 같은 학번인데 작년 대회에 나가려다가 그 당시 목이 쉰 관계로 불참하고 만 아픔을 겪었다. 지금은 완벽히 회복되어 떠오르는 우승 후보일 수도 있어 재영의 목표를 뒤흔들 가능성이 농후하다.

정신없이 리듬을 타고 있을 즈음 밖이 아주 요란하게 "최영복, 최영복, 최영복." 하는 소리가 들려 재영이 호기심에 밖을 보자 아까 그 최 후보 선거운동원 일행이 이 인근으로 몰려왔다.

철상의 모습이 보이는데 재영은 순간 화가 치밀어올랐다.

다시 제자리로 돌아가 리듬을 타며 몸을 풀었다. 채비는 노래를 뱃심으로 하는 거라는 것을 깊게 느껴 벌떡 누워 복근 강화 차원으로 윗몸일으키기를 시작했다. 한창 하는 중 그녀의 핸드폰에 아주 요란한 벨소리가 울려 퍼졌다. 몸을 푸는 중이라 안 받으려다가 누굴까 궁금한 마음이 앞서 벌떡 일어나 가서 보자 이 라이브카페 사장이자 이모인 홍단비였다.

무슨 일일까! 받자 "야, 채비야, 연습하고 있었니? 전화 통화 가능해?"라고 이모가 묻는다.

"네, 이모. 말씀하세요."

"이번에 수지 갑으로 보선에 나온 후보가 나이가 꽤 젊어. 거기에 맞게 새롭게 세련된 선거 로고 송을 만들려고 그러는데, 너희들의 도움이 필요한데, 근데 너희들은 내년 오디션 준비에 한창일 텐데 이게 될까? 너희들 많이 바쁘지?"

조카 채비는 순간 망설였다. 현재 오디션 하나만 집중해도 어떻게 될지 모르는 상황에 그런 일까지 하면 지장을 초래할 수 있어서다.

"아! 이모, 이건 내가 혼자 결정할 일이 아니고 친구들과 의논해 보고 전해 드릴게요."

"그래. 난 청렴맑은당 여성 책임당원이거든. 최 후보의 승리를 위한 거야! 소식 기다린다."

채비는 친구들을 불러 모아 이 내용을 알리자 재영은 속이 쿵 했다. 바로 철상이 그 후보의 선거운동원이기 때문이다. 그렇다고 현재 철상과 갈라선 대목을 친구들에게 말하고 싶진 않았다.

그만큼 예민한 성격인 재영이다. 반면 노자, 새롱, 란조는 환하게 웃으며 "뭐! 못 할 것도 없지. 그거 만들어 주고 돈만 많이 준다면 말이야. 히히히히. 야, 그 후보 돈 많다고 소문이 자자한데 그거 기가 막히게 만들어 줄 테니 돈이나 두둑이 달라고 하자, 와우, 호호." 하며 반기는 일색이다. 재영의 얼굴이 일그러지기 시작하는 걸 옆에서 느끼는 친구들은 이미 벌써 자신들이 직감한 게 적중하는 순간이라 딱히 놀랄 것도 없다.

재영이 그렇다고 혼자 이걸 안 하겠다고 쏙 빠지면 팀워크에 찬물을 끼얹는 행동이라 조심스럽다. 그녀는 속으로 '그렇다고 철상이란 놈이 직접 이곳에 오진 않겠지! 그래, 설사 온다 해도 사실 나하곤 아무 상관도 없지! 또 그 면상 보면 순간 기분만 더럽다가 마는 거지, 뭐!' 이렇게도 생각했다.

다 귀찮다는 듯 대형 거울 앞으로 가서 요란한 댄스를 추며 '흙바람'이란 락트로트를 부르며 노래에 집중했다. 지금 이 시각 오후 2시에 이르자 최 후보 일행은 여성 책임당원 홍단비와 연락을 취해 지금이라도 급조하여 로고 송을 만들자는 말을 하려고 마음먹었다.

최 후보 측 총괄본부장이 단비에게 이 의사를 전하고 그녀는 곧장 조카 채비에게 전화하자 "그래, 이모. 우리들은 그렇게 하기로 했어. 그 후보에게 돈이나 많이 달라고 해요, 목돈 좀 챙기게."라고 채비는 대답했다.

"야, 채비야, 그럼 지금 곧바로 내가 그 후보 만나 그곳으로 갈 거야. 준비하고 있어. 그 후보는 급하다고 그러더라고……."

"네."

서둘러 최 후보 측과 채비 이모 단비는 만나 오디션 연습장으로 오고 있다. 지하에 있는 건데 들어오자 그녀들은 몸을 흔들고 있었다. 선거운동원과 최 후보는 들어서며 화려한 조명의 인테리어와 감미로운 음악 소리에 입이 쩍 벌어지며 "와아, 너무 좋다!" 하는 순간, 최 후보는 구석 쪽에서 발성을 하는, 아까 그 횡단보도에서 부딪친 이름 모를 그녀를 또 보게 되는 기쁨을 맛보며 벌써 속이 벌렁벌렁해지기 시작하였다. '아! 내게 이런 행운이 다가오다니! 저 여잘 여기서 또 보네!' 하며 속으로 환호성을 터뜨렸다. 철상은 재영을 보자 아까 횡단보도에선 전혀 놀라지 않았지만 지금은 매우 놀라 주춤거렸다.

이들은 그녀들이 이곳에서 연습하고 있을 거라는 예상은 못 했기 때문이다.

"어어! 저기."

사장 단비는 "최 후보님, 여기 앉으시지요. 호호호. 이렇게 운영하고 있습니다."라고 매우 정중히 안내하였다.

계속 최 후보는 재영의 모습만을 뚫어지게 바라봤다. 최 후보는 선거 보디가드인 철상과 저 여자가 8년이나 동거한 사실은 당연히 알 길이 없다. 단비는 재빨리 주방으로 가서 커피를 타다가 대접하며 냉장고 안의 과일까지 가져왔다.

"후보님, 이거 드시고 계십시오. 그럼 우리가 급조하여 젊은 후보님과 우리 당의 이미지가 딱 맞아떨어지는 로고 송을 만들겠습니다. 상황이 급하다고 하셨으니까요."

"네, 그렇긴 합니다. 하하하. 우리 당이 무조건 승리해야 하니까요."

수지 갑 여성 책임당원이자 채비의 이모 홍단비는 이 말에 침을 꿀꺽 삼켰다. 왜냐하면 그럼 자신에게도 적잖은 마진이 떨어지기 때문이다.

"호호, 우리 후보님은 이렇게 미남이신데 아직 웨딩을 안 하신 것 보면 이해가 안 됩니다. 에잇, 말도 안 돼."

"하하하, 안 한 게 아니라 못 한 것입니다. 저는 능력이 없으니까요. 에잇."

"아니, 후보님처럼 잘생기고 돈도 많고 코도 큰데, 그건 말이 안 됩니다. 우악."

이들이 이런 대화가 이어지는 사이, 예비 가수들은 재빨리 '무조건 몰표'라는 제목의 로고 송을 만들어 연습차 부르고 있었다.

란조가 워낙 급조하여 가사를 잘 만드는 재능이 출중하여 만들어 버렸다.

가사는 이랬다.

"몰표, 몰표, 몰표. 저희 당에 몰표를 몰아 주세요. 그래야 이 세상은 우리 당명처럼 청렴맑아집니다. 그 이름, 청렴맑은당~ 이기자. 이기자. 승리하자. 승리는 우리의 손안에."

"싹쓸이, 싹쓸이, 싹쓸이. 제게 싹쓸어 주세요. 그래야 수지구는 우리 당명처럼 청렴맑아집니다. 그 이름, 청렴맑은당~ 이겼다. 이겼다. 승리했다. 당선은 우리의 품 안에.

깨끗한 세상을 만들어 갈 일꾼 최영복과 함께 무조건, 무조건. 몰표, 몰표, 몰표."

이 가사로 대충 급조하여 음을 붙여 신나는 리듬으로 만들어 최 후보에게 들려주자 그는 가사와 음이 너무 마음에 들었는지, 아니면 아까 횡단보도에서 보고 뿅 간 이름 모를 그녀를 지금 이 장소에서 또 보게 된 게 감격인지 어떤 건지 모르지만 너무 들떠 갑자기 벌떡 일어나 어깨와 허리와 팔을 막 흔드는 막춤을 췄다.

그러다가 흥분이 포화되자 선거에 나온 후보답지 않게 엉덩이를 좌우로 흔드는 게 아닌 앞뒤로 막 흔들며 "우아아, 우하하." 하며 괴성을 질렀다.

이 모습은 본인은 전혀 인식하지 못하지만 함께 선거운동을 하러 다니는 일행들에겐 굉장히 부담스럽고 신경이 쓰이는, 우려스러운 한 부분이었다.

예비 가수들은 이 장면이 너무 재미있어 "이히히히히. 우후후후 후." 하며 그치질 않고 호탕하게 웃었다.

그는 그녀들이 일제히 호탕한 웃음을 보이자 자신을 무척이나 좋아하는 마음이 싹터 웃었다고 판단 내지 착각하고 엄청나게 더 들떠 주체를 못 했다. 특히, 그중에서도 자신에게 울렁거림을 일으키게 만드는 바로 그 대상이 자신에게 무언의 그 뭔가를 보낸 거라고까지 확대 해석을 하고 말았다.

이제 그는 더더욱 흥분이 가열되어 바지가 터질 정도로 더 빠르고 거칠게 앞뒤로 움직였다.

끊길 줄을 모르고 계속 그러자 선거총괄본부장은 조심스레 다가가 "아, 아, 후보님, 그건 너무, 조금, 흠, 흠, 후보님의 위치와 위신과 체면과 명예에 조금……." 하며 제재했다.

영복은 이제야 조금 이성을 차리고 "네, 네, 본부장님. 아하. 로고송이 너무 마음에 들어 저도 모르게 흥분의 도가니에 빠져 버렸습니다. 하하하." 하며 막춤을 멈췄다. 시종일관 그는 재영의 얼굴을 바라보고 있다. 그녀도 조금씩 눈치를 채기 시작하고 있다.

이미 아까 횡단보도에서 부딪쳤을 때 자신을 바라보며 인사하는 눈빛이 예사롭지가 않았다는 게 확연히 느껴졌다.

번개같이 다 만들어진 선거 로고 송 테이프를 가슴에 안고 그는 너무 벅찬 기분으로 나가면서 "네, 네, 이런 위대한 테이프를 만들어 주셔서 대단히 땡큐 합니다. 근데 그런 걸 떠나 거기 저 구석에 대형 거울 앞에 빨간 글씨로 '러브'라고 새겨진 흰 티를 입고 계신 분은 너무 매력적이십니다. 제가 꿈꾼 백 퍼센트 이상형이기도 합니다. 우악." 하며 괴성을 질렀다. 이 말에 재영은 그저 무덤덤했고, 친구들은 조금 놀라는 표정이었고, 철상은 얼굴이 일그러져 버렸다. 철상은 본인이 며칠 전에 그녀에게 싫증을 느껴 걷어찼으면서도 이런 우연한 기회에 타인이 우회적 접근하는 광경은 몹시 불쾌하게 여기는 이해 불가의 삼중 성격을 보이기 시작하였다.

그래서 얼른 밖으로 나가 버렸다.

재영의 친구들은

'으악, 이게 뭐야!'

'날 좋아해야지. 으으.'

'저 후보 놈 완전 눈이 삐었다.'

'저거 후보야, 난봉꾼이야!'

이렇게 속으로 제각각 나름의 해석을 늘어놓았다.

선거 관계자들이 다 빠져나간 뒤 채비의 이모 단비는 "야 재영아 넌 이젠 완전 봉을 잡았다. 저 최 후보는 서울 경기도 최고 부자야. 돈이 너무 많아. 주체를 못 하는 젊은 남자라고. 집은 도곡동인데, 집도 으리으리한 대저택이다. 앞마당에 큰 연못 안에 이 세상에서 가장 값비싼 황금물고기가 헤엄쳐 다녀. 그것도 수백 마리가……." 라고 재영에게 알려 줬다.

그러자 새롱이 몹시 배가 아파 이 상황을 노려 재영에게 이간질 차원으로 떠보려고 "아하! 채비 이모, 재영이는 지금 말은 안 하지만 지금 나간 선거운동원 중 한 남자와 사귀고 있어요."라고 탐색을 시도하였다.

그 이면엔 새롱이 최 후보에게 은근슬쩍 관심이 생겨서 재영을 묶어놓아 판을 뒤흔들어 자신이 차지하려는 새판을 놓으려는 발로이다.

지금껏 결별한 사실을 애써 감추고 삭히던 재영이 느닷없이 폭발하기 시작하였다.

"야, 새롱아, 난 그 철상이란 자식과 깨져 버린 그릇이야! 깨진 유리잔이라고. 깨졌어!"

이 말에 다른 친구들은 이미 직감하고 있었으나 그냥 놀라는 척하며 "야, 야, 야, 재영아, 너 그런 일이 다 있었어? 으, 으, 으, 참 안 됐다. 어, 어어, 우린 그런 줄도 모르고 널 위로해 주질 못해 미안하다. 어휴~"라고 했다.

워낙 눈치가 100단인 친구들은 속으로 새롱의 떠보는 전술에 재영이 속질 않고 그대로 받아치며 빗장을 건다고 판단했다. 그 이면엔 혹시 재영이 최 후보에 대한 미온적 관심이 싹튼 게 아닐까 하는 의구심을 품는다.

이모 단비는 조금 헷갈려 "하여간 그 후보는 재영에게 관심을 보이고 갔으니 조만간 뭔가 내게 연락이 올 것 같아! 기대가 되는데……" 하고 나갔다.

최 후보 일행은 나가기가 무섭게 준비된 용달차에 올라타 급조된 로고 송을 틀고 지역구를 활보하고 다녔다. 최 후보는 그 무엇보다 이름 모를 이상형에게 대시를 한 기억이 엄청날 정도로 흥분되어 엔돌핀이 핑핑 돌아 유세전에도 더더욱 가열찬 함성을 지를 수 있게 됐다.

그야말로 하늘을 찌를 듯한 기세였다. 하지만 보디가드 운동원 철상은 후보의 무척 들뜬 분위기를 다 눈치를 챈 상태라 다소 불쾌한 마음과 찝찝한 기분이 지속되며 그 뒤를 따랐다.

오디션 연습장에선 잠시 정적 상태가 이어지다가 각자 발성을 하며 전의를 불태웠다. 이들 다 동료이긴 하지만 상대를 눌러야 하는 숙명적 관계이기도 했다.

정신없이 연습을 하다가 지쳐 시간을 보자 벌써 저녁 6시가 다다랐다. 다들 허기진 기색이 역력했다.

"야, 배고프다. 배고파. 밥 먹으러 가자. 밥 먹고 하자."라고 노자가 외치자 4명은 끄덕였다. 이들은 학창 시절 즐겨 찾던 보정동 카페거리에 탄천이 내려다 보이는 힐츠돈가스 집으로 가려고 마음먹고 나갔다. 걸어서 불과 10분 거리라 금세 도착했다.

갑자기 란조가 "야, 야, 애들아, 저기, 저기 좀 봐. 이행전이 혼자 저 계단 위에서 노래를 부르고 있어." 하며 소릴 질렀다. 친구들은 그 방향을 바라보자 정말 행전이 노래를 하고 있었는데, 트로트가 아닌 무슨 가곡을 부르고 있었다.

"정말 그 요란했던 소문이 맞긴 맞구나! 쟤가 이번 트로트미스터천국에 나온다고 하더니……. 근데 쟤가 나오면 우승할 것 같은데. 학교 때 쟤가 꽉 잡았잖아! 그럼 우린 들러리 수준으로 전락할수도 있어. 으으."

"음, 저 애는 작년에 나오려다가 목이 쉬어 안 나왔는데. 지금은 완전히 쩌렁쩌렁한데, 목소리가 완전히 살아났어. 우아."

이들은 그가 서 있는 지점으로 더 가까이 다가가 보기로 하였다. 점점 다가가자 그의 눈에 이들이 보였다. 행전도 꽤 오랜만에 이들을 보자 무척 새로운 표정이었지만 하던 가곡에 집중했다. 죽전대학교 트로트과를 다닐 때 그는 트로트뿐만 아니라 가곡 또한 하늘을 찌를 수준이었다.

현재 더욱더 세련되고 우아하고 노련해진 것 같은 느낌을 그녀들 모두 다 실감했다.

저 가곡이 끝나기만을 기다릴 뿐이다. 멍하니 서 있는 시간도 잠시, 그가 노래를 마치고 내려오며 "하하, 너희들 정말 오랜만에 본다. 이게 얼마 만이야? 그동안 잘 지냈니? 친구들?" 하며 손을 흔들었다.

"행전, 너 이번 트로트미스미스터천국에 나간다며?"

"음, 차근차근 준비 중이야! 우리 밥이나 먹으러 갈까?"

그녀들도 때마침 밥 먹으러 왔다가 그를 보게 되어 반가운 상태에서 함께 힐츠돈가스 집으로 들어갔다. 음식을 기다리는 중 행전은 물끄러미 재영을 바라봤다.

예전 죽전대학교를 다니던 시절엔 전혀 나타나지 않았던 모습이다. 그녀들은 지금 그의 행동에 잠시 생각에 잠겼다. 행전은 지금도 재영이 무에타이과 철상이와 교제 중일 거라고 생각하고 있다.

예전엔 전혀 느끼지 못한 감정을 재영은 지금 이 순간 느끼기 시작했다. 행전이 노래를 워낙 잘해서라기보단 오늘따라 그저 남자로 보이기 시작한 것이다. 최근 자신이 혼란스러워 그럴 수도 있다.

돈가스가 나오기가 무섭게 행전은 후다닥 다 먹고 "너희들, 열심히 해. 내년 결선에서 보자. 계산은 내가 한다."라는 한마디만 던지고 황급히 나갔다. 구성동에 사는 그는 그 방향으로 이를 악물고 내달렸다. 그녀들은 '쟤가 왜 저럴까!' 다소 의아하다는 느낌과 노래 준비에 바빠서인가 하는 생각도 조금 해 봤다. 꽤 오랜만에 보게 된 죽전대학교 트로트과 동창들이었으나, 그가 느낀 과거의 애달픈 감정들이 되살아나는 바람에 지금과 같은 행동을 보인 것이다.

그 당시 트로트과 교수 최벽과 무에타이과 철상의 그늘에 가려 내심 마음으론 재영에게 친하게 지내자는 말 그 한마디를 하고 싶었으나, 입이 떨어지질 않았었다.

그들과 정면으로 충돌하면 되겠지만 그럴 정도의 강심장도 아니었다.

쏜살같이 달려간 그는 구성동에 다다라 탄천으로 내려가 학창 시절 그녀를 좋아했던 그 기억 그 추억들을 떠올리며 아까 보정동 카페거리 그 계단에서 한참 부르다가 그녀들이 오는 바람에 중단했던 그 가곡을 다시 부르기 시작했다. 제목은 '여름 처녀'이다.

'봄 처녀'보다 상당히 진화된 가곡인데, 그가 직접 작사와 작곡을 다 한 것이다. 아마 '여름 처녀'는 재영을 가리키는 걸로 짐작된다.

이번 대회는 트로트라 나름대로 준비 곡이 있지만, 가곡을 부르며 연습하는 특이한 전략을 지녔다.

이들 모두 다 긴장하는 마음이 역력하다. 아마 다음 주 정도가 되면 1차 예심 장소가 발표될 가능성이 매우 높다. 항간의 소문으로는 상현동에 위치한 광교대학교 실내체육관에서 개최될 거라는 말들이 떠돈다. 실제 상황은 차주가 돼 보면 자연스레 알게 될 것이다.

사실 장소는 그리 중요한 것은 아니지만 준비하는 사람들은 이것도 몹시 궁금하기도 하다.

이윽고 차주 월요일이 되자 모든 관련 미디어에 올 연말 12월 24일 광교대학교 실내체육관에서 오전 9시부터 트로트미스미스터천국 1차 예심이 개최된다는 기사가 떴다.

참가자가 포화 될 걸로 예상하여 12월 24일부터 27일까지 4일에 걸쳐 치러진다.

최 후보 일행도 다음 달 12월 26일이 보궐선거 날이라 긴장되긴 마찬가지였다. 오늘도 더더욱 가열찬 선거운동이 이어질 것은 기정사실이다.

희한하게도 여당 청렴맑은당 이덕소 전 의원의 불법 코인 문제로 새로 치러지는 선거인데도 불구하고 현재 나타나는 여론 조사만 놓고 보면 같은 당 최영복 후보가 무려 15%나 차이가 날 정도로 앞서고 있다는 속보들이 경인방송에 도배됐다.

야당 국민사랑당 후보 전대광은 "이 여론 조사 기관의 신빙성에 상당한 문제가 있어 보인다. 도대체 조사할 때 뭐라고 물어봤길래 그런가?"라며 "세상천지에 이런 어처구니없는 마사지가 어디 있나! 신종 드루킹인가? 조사 기관 다 목을 날려 버릴 것이다."라는 극언을 쏟아 내며 얼굴을 붉혔다.

대광은 그러면서 철저히 숨긴 히든카드로 11월 6일 저녁 압구정로데오역 부근 룸살롱에 최영복 후보와 현재 선거운동원으로 보이는 한 남자가 들어가는 동영상을 보유한 상태라 막바지가 되면 퍼뜨리려고 잔뜩 벼르고 있다.

그럼 결과는 완전히 뒤집힐 거라고 확신하고 있다. 그의 측근들은 "지금 당장 폭로하는 게 어떻겠습니까?"라고 재촉하지만 그는 "다음 달 초에 퍼뜨려 막판 상대 후보의 힘을 쭉 빼 버리는 게 더 강력하고 세지!" 하고는 수위 조절을 하며 제재하기도 했다.

수지 갑 보궐선거도 점점 점입가경으로 치닫고 있었다. 특히 지역민들은 다른 것보단 선거 로고 송에 현혹되어 최 후보에게 관심이 생겼다는 말들이 오고 가기도 했다.

이런 소문이 돌자 전 후보는 "이봐요, 본부장님, 우리가 너무 저 후보의 룸살롱 출입 동영상만 믿고 있지 말고, 저들이 주문 제작하여 유권자들을 현혹하여 사로잡은 엽기적이고 세련된 로고 송 같은 걸 우리도 만들어야 할 것 같습니다. 저걸 만든 곳이 어딥니까?"라고 11월 6일 압구정로데오역에서 그 동영상을 촬영한 본부장에게 묻는다.

"네, 현재 죽전동 8595 라이브카페에서 다음 달 트로트 오디션인가 뭔가 하는 대회에 나가려는 예비 가수들에게 주문하여 만든 거라는 소문이 있습니다."

"그럼 우리도 서둘러 그곳에 가서 더 획기적인 로고 송을 만들어 봅시다. 우하하하하."

"네, 맞아요. 그거 동영상 폭로도 결과는 장담 못 합니다. 워낙 사람들이 단순하여 줏대 없이 그냥 될 사람 찍는다고 막 쏠려 버리면 큰일입니다. 빨리 늦기 전에 로고 송을 바꿉시다, 후보님."

국민사랑당 후보 전대광은 황급히 선거운동원 일행 13명을 데리고 그곳으로 향했다. 들어가자 오디션 준비생들은 한창 연습 중이었다. 선거본부장은 "네, 저흰 이번 보선에 나온 국민사랑당 전대광 후보의 선거운동원들입니다. 여러분들이 만들어 준 그 로고 송이 너무 좋아 상대 당 청렴맑은당의 인기가 고공비행한다는 소문이 자자하여 우리도 이에 뒤질세라 제작하러 오게 됐습니다. 어떻게 안 되겠습니까? 네?" 하며 엄청나게 애걸하는 몸짓을 취했다.

란조가 잠시 발성을 멈추고 "네, 그것은 여기 사장님의 결정이 필요합니다. 저희 마음대로 할 수가 없어요." 하며 유보적인 답변을 내났다. 그녀가 이렇게 돌려 말한 이유는 여기 라이브카페 사장이 현 청렴맑은당 수지 갑 여성책임당원이라 왠지 상대 당에서 찾아와 의뢰하는 걸 어떻게 생각할지 모르기 때문이다. 조카 채비도 다가와 "여기 사장님은 저희 이모님이신데 일단 여쭤봐야 합니다."라며 비슷한 답변을 내났다.

국민사랑당 측은 순간 멈칫했다. 여기 사장이 상대 당 여성 책임당원이란 정보는 부재였기 때문이다.

급한 전 후보는 "아, 아, 그러십니까? 그래도 사장님을 뵙고 간청

해 보고 싶습니다. 혹시 잘하면 저희를 도와줄 수도 있지 않겠습니까?"라며 절박하고 간절한 표정을 짓는다.

그랬어도 예비 가수들이 묵묵부답으로 일관하자 그는 "꼭 사장님의 결정이 아니더라도 여러분들이 결정하여 빨리 만들어 주십시오. 한시가 급합니다, 네?" 하며 줄기차게 간청했다.

난처해진 그녀들의 얼굴에 당혹스러운 표정이 역력하자 채비가 결국 이모 단비에게 전화를 넣었다.

이 상황을 말하자 단비는 "그래, 잠시 기다려. 갈게." 하고 금세 달려왔다.

죽전동 러버하임아파트에 사는 그녀라 엎어지면 코 닿을 거리이다. 그녀가 이곳에 들어오자 한시가 급한 전 후보는 "사장님, 허심탄회하게 말씀드리겠습니다. 사장님께선 저희와 상대 당이시고 더군다나 그 당의 여성 책임당원까지 맡고 계시니 나름 곤혹스러울 수도 있겠지만, 이런 선거 사업은 꼭 이런 당을 떠나 그저 비즈니스 아니겠어요? 그냥 제작해 주신다면 크게 한턱 쏘겠습니다. 여기 가수님들에게 만들어 주라고 제안하시죠? 네?" 하며 아주 간절하고 절박한 얼굴빛을 하였으나 그녀는 그저 침묵만을 유지했다.

갑갑하고 속이 터질 것만 같은 전 후보는 느닷없이 그녀의 옆구리를 움켜잡고 보이지 않는 곳으로 끌고 데리고 가 뭔가 흥정을 시도하려는 순간 "아니, 이봐요. 이게 뭐하는 짓이야? 왜 남의 여자의 몸을 만져? 이, 씨발, 국회의원 선거에 나온 놈이 성추행하고 다녀!"라며 단비가 발끈했다.

조카 채비는 "이봐, 후보, 우리 이모에게 그게 뭐 하는 행패야?"라고 달려들어 확 밀쳐 버렸다.

거친 말들이 쏟아지자 후보 측 일행들은 황급히 달려들어 "아, 아, 여러분, 그만. 진정하세요. 그게, 그런 게 아닙니다. 저희 후보님께서 간절한 마음으로 제안을 드린 것입니다."라고 가로막았다.

전 후보는 전혀 위축되지 않고 그녀의 옆구리를 잡고 주방으로 끌고 갔다. 조카 채비가 못 가게 달려들었으나 수행원들이 가로막았다.

순식간에 전 후보는 "아니, 사장님, 저는 가진 건 돈밖에 없는 사람입니다. 그러니 사장님께서 소속된 당 때문에 그러시는 것 같은데 이를 무릅쓰고 제게 로고 송을 만들어 주시면 50억을 드리도록 하겠습니다."

깜짝 놀란 단비는 "아니, 후보님, 그러다가 내가 50억 클럽에 들면 어떻게 해요? 50억 클럽?"이라며 난색을 표했다.

"그런 걱정은 하지 마세요. 다 빠져나오는 수가 있습니다."

"그러다가 내가 금품 수수로 방송 타면 내 위치와 위신과 체면과 명예는요? 이거 명백한 선거법 위반이고 여간 큰 범죄가 아닌 거죠? 난 너무 불안해요, 후보님."

그녀가 불안해하자 그는 어떻게든 유혹하려고 "합 100억입니다. 어때요?"라며 천문학적인 금액으로 물량 공세로 호소했다.

눈이 번쩍 뜨인 그녀는 "어! 네? 합 100억이라고요? 그럼 내가 최초로 100억 클럽에 드나요? 이럴 수가. 어, 어, 어, 어억." 하며 기절할 것만 같았다.

눈이 번쩍 뜨이며 단비가 말했다.

"네, 네, 알겠어요. 그렇게 큰돈을 주신다면 내가 뭐든지 다 하겠어요. 이, 히, 히히히."

채비와 친구들 4명은 선거 관계자 일행들을 밀치며 주방 쪽으로 가서 전 후보를 향해 거친 고함을 치는 사이, 이모 단비가 나서서 "야, 야, 얘들아, 내가 다 말하긴 조금 그렇고 우리 후보님과 타협한 내용이 있는데, 우리 그냥 선거 로고 송을 만들어 드리자! 선거라는 건 당을 떠나 다 국가와 민족을 위해 그리고 지역 발전을 위해 하는 거 아니겠니? 다 좋은 일 하시는 건데 그냥 멋진 로고 송을 선물로 드리는 게 좋을 것 같다. 어서 준비해. 그때 란조가 만든 가사 덕분에 청렴맑은당 최 후보가 뜬 거니까 이번에도 우리 란조가 한번 멋지게 우리 국민사랑당 전 후보에게 만들어 드려. 이, 히, 히히히." 야릇하게 웃으며 란조에게 부탁했다.

란조는 매우 당황스러운 기분 속으로 빠져들었다. 채비 이모는 청렴맑은당 여성 책임당원이란 직책까지 지닌 분이 이러한 말을 하는 게 좀체 이해가 가질 않았다.

란조가 머뭇거리자 "야, 란조, 너 뭐 해? 빨리 서두르지 않고. 어서 서둘러 로고 송을 만들어 후보님께 선물을 해. 아마 청렴맑은당 최 후보가 뜬 게 가사도 가사지만 네 아름다운 목소리가 곁들여져 그런 것 같기도 해! 또 우리 애들의 목소리도 그렇고, 화음 같은 전체적 하모니가……."라고 단비가 압박을 가했다. 란조는 하는 수없이 급조하여 로고 송을 만들었다.

가사는 이랬다.

"수지 갑을 위한 진정한 일꾼은 바로 바로 나, 전대광이라오.

국민사랑당, 수지사랑당, 사랑, 사랑, 사랑, 사랑해요~

지역민 품안으로 들어가는 진정한 공약 선물 들고 들어갑니다.

공약 선물 보따리 풀 기회를 내게 주세요.

바로 그날은 12월 26일 저녁 6시~ 따따따란~ 전대광 당선자

된 날~"

가사는 짧지만 나름으로 강도는 센 편이었다. 예비 가수들이 모여 합창하며 음정 박자를 즉석으로 붙여 선물하자 전 후보는 너무 마음에 들어 펄쩍펄쩍 뛴다. 사실 그녀들의 목소리가 수많은 행인들을 휘감아 돌게 할 수 있는 에로틱하고 상당한 화음이기도 하였다.

선거 관련 일행들이 나갈 때 사장이자 채비 이모 단비가 황홀한 얼굴과 눈웃음을 치며 아주 깍듯이 배웅까지 하는 장면은 예비 가수들에겐 더더욱 충격적인 사건이었다.

선거 일행은 나가자마자 곧장 선거 로고 송을 아주 요란하게 틀고 다녔다. 상당히 감미로운 여성들의 목소리와 화음에 행인들은 멍하니 쳐다보며 뭔가 새로워진 로고 송에 빠져들기 시작하였다. "하하하, 후보님, 이렇게 음악을 바꾸자 지나가는 사람들의 반응이 확 바뀐 것 같습니다. 뭔가 역전의 분위기가 찾아온 것 같아요. 우아아하하." 하고 호탕하게 웃으며 본부장이 말했다.

"네네, 그렇긴 해요. 당선은 바로 내 것입니다. 바로 나 전대광의 것이라고요. 오호, 오호, 오호."

다른 운동원들도 덩달아 흥분되고 고무되어 펄쩍펄쩍 뛰고 함성을 질렀다.

너무 신기하게도 바로 다음 날부터 국민사랑당 전대광 후보의 지지율이 조금씩 조금씩 오르기 시작하였다.

대광은 "참! 로고 송을 바꿨더니 지지율이 오르다니. 진즉에 바꿀걸. 너무 기분이 좋다."라며 벌써부터 들떠 당선된 후 청사진을 그려보는 김칫국물을 마시고 있었다.

문제는 어떻게 돌고 돌아 절대 비밀은 없다고, 다음 날 하루가 지나기가 무섭게 이 로고 송을 만들어 준 측이 죽전동 8595 라이브카페 사장 채비 이모 홍단비였다는 말들이 돌자 청렴맑은당 후보 최영복은 상당히 큰 충격에 빠졌다.

"으윽, 우리 당의 여성 책임당원이신 홍단비 동지가 그런 짓을 저지르다니. 말도 안 되는, 어처구니없는 일이 벌어졌구나! 원래 정치는 영원한 동지도 없고 영원한 적도 없다고 그 옛날 그 누군가가 그랬던가! 아, 아, 마음이 아프다. 정말 이러다가 내가 뒤처져 막판에 뒤집어지면 어쩌지. 으흑." 하며 탄식했다. 지지율 변화 때문이다.

어제 대광을 비롯한 13명이 8595 라이브카페에 갔을 때 묘한 기운이 감돌았다. 대광은 재영을 보고 반하기 시작하였으나 위치와 체면과 위신 때문에 내색하진 않았고, 게다가 힘을 쓰는 보디가드들 중 한 명도 그녀를 보고 꿈틀거리기 시작하였다.

이런 부분이 앞으로 남은 선거 기간 내에 또 다른 변수로 떠오를지 아직은 알 수가 없다.

영복은 홧김에 라이브카페로 쳐들어가 사장 단비에게 강력 항의를 하고 싶긴 하지만, 그러면 그곳에 얼마 전에 보고 반해 앞으로 교제를 꿈꿔 보는 대상 재영이란 존재가 있기에 그러면 자신이 거칠고 험하다는 이미지가 생겨 타격이 오기에 그러기도 조금 그렇다고 생각하여 주춤주춤 멈칫거렸다.

이 위기를 슬기롭게 막아 내어 12월 26일 아슬아슬하게 가까스로라도 이기기만 하면 된다는 결의를 다졌다. 그런 후 그곳에 찾아가 재영을 자신의 애인으로 만드는 사랑탑을 쌓겠다는 야망도 꿈꿨다.

영복이 그녀를 향한 돌진 자세를 뒤로 미룬 반면, 상대 당 후보

대광은 곧장 강행해 버리는 초강수를 썼다.

하루 만에 지지율이 회복된 것이 그의 간도 아주 크게 만들어 준 것 같다. 오전 10시 반쯤 8595 라이브카페로 들어갔다. 한창 몸을 풀고 있는 그녀들은 어제에 이어 대광 후보가 예고도 없이 또 오자 조금 놀랐다.

"어어, 국민사랑당 전 후보가 또 왔다. 이번엔 또 무슨 일이십니까?"

"네, 다름이 없습니다. 저는 보선 후보이기도 하지만 아직 결혼도 안 한 총각이고, 현재 교제하는 여자도 존재하질 않습니다. 그래서 말씀인데 저기 대형 거울 쪽에 서 계신 분을 어제 보고 완전히 반해 버렸습니다. 어떻게 안 되겠습니까?"

재영을 가리키자 다른 친구들은 다들 깜짝 놀라며 어리둥절한 표정이 역력하다. 왜냐하면 지난주에 청렴맑은당 최 후보가 이곳에 로고 송 때문에 왔다가 재영에게 공개 프로포즈를 했는데, 오늘은 국민사랑당 전 후보마저도 이래 버리자 놀랄 수밖에 없다.

친구들에게는 속으로 열등감과 시기심도 작렬하는 순간이기도 하다.

'왜 다들 재영이에게만 쏠리는 건가! 우린 여자도 아니란 말인가!'

이랬으나 당사자 재영은 별다른 반응을 내놓질 않고 묵묵부답이다.

그 순간 어제 동행했던 전 후보의 수행원 중 1명은 얼굴이 일그러지며 가슴이 답답했다.

무지막지한 다혈질이자 터프 가이 수행원 조덕강은 "아이, 씨발, 후보가 후보답게 선거 유세나 하고 다녀야지 무슨 이참에 연애질이나 하고 다니냐고? 참 나, 더러워서 뒤따라다니지 못하겠네! 저 여잔 내가 볼 때 저건 완전 내 거라고. 완전 내 스타일이야. 아무도 건

들지 마! 내 거니까!" 하며 기선을 제압하며 전 후보가 더 이상 꿈틀 거리지 못하도록 봉쇄하려 들었다.

이 순간 덕강도 우회적 대시를 감행해 버리는 초강수를 썼다.

망발이라고 여긴 전 후보는 얼굴이 붉어지며 "아니, 조 부장님, 어떻게 후보인 제게 그렇게 막말을 할 수가 있습니까? 여기 누가 주인이고 누가 종입니까? 네?" 하며 발끈했다.

방금 전 누가 주인이고 누가 종이냐는 표현이 덕강에겐 혈압을 오르게 만들었고, 또 다른 파장을 일으키며 더 이상 견딜 수 없을 정도의 인계심에 한계가 몰려오고 말았다.

"야, 후보야, 네가 주인이고 내가 종이란 말인가? 보자보자 하니까 이거 너무 그러는데. 난 지금 이 시간부로 네 종 짓 하지 않는다. 됐냐?"

후보를 잡아먹을 듯이 쳐다보며 선거 팸플릿을 바닥에 아주 세게 '꽉' 집어던지고 나가 버렸다.

다른 선거 일행들은 매우 당혹스러워 어쩔 줄을 몰랐다.

"아니, 야, 야, 저기, 덕강아, 너 지금 그러면 안 되지. 아, 아."

그는 나가 버려 자신의 차 마세라티 기블리 검은색을 타고 유유히 떠나며 언제 시간 내어 '저 여잘 꼬시러 와야겠다'고 마음먹었다. 라이브카페에 그대로 남아 있는 이들은 심기가 불편해져 그만 돌아가야겠다고 마음먹고 다들 나갔다.

란조, 노자, 채비, 새롱은 노래할 맛이 뚝 떨어져 정수기로 다가가 냉수를 벌컥벌컥 마셨다.

채비는 핸드폰을 들고 화장실로 달려가 얼른 이모 단비에게 이 사실을 그대로 알리자 깜짝 놀라며 "뭐야, 전 후보가 그랬단 말이야?

어휴~ 남자들이란 원래 그렇긴 하지만 이러면 점점 시끄러워지는데. 에잇, 나도 골치가 아프다." 하고 괴로워했다.

재영 친구들 4명은 가뜩이나 자신들도 남자가 없어 외로워 죽겠는데 재영에겐 며칠 사이에 남자 3명이 달라붙는 자체가 열등감 및 시샘을 강하게 일으키게 됐다.

특히 양당 후보 2명은 나이도 꽤 젊고 돈도 무척 많다는 소문들이 나돌아 더더욱 그랬다.

남자들에게서 접근을 받은 재영은 뭐 이렇다 하게 누구에게 마음이 내키진 않고 다들 그저 그랬다. 자신은 이번 트로트 오디션만을 위해 집중할 뿐이었다.

하나 미온적으로 마음의 동요가 일어나는 대상은, 지난주에 보정동 카페거리에서 보게 되어 돈가스를 같이 먹고 황급히 먼저 달아나듯 가 버린 행전이 가물가물 아련히 좋은 기억으로 떠오를 정도이다.

친구들 4명은 기분이 잡쳤다고 여겨 "야, 오늘은 그냥 집으로 돌아가 쉬고 싶다. 내일 나올게." 이런 짧은 한마디를 던지고 빠져나갔다. 재영 혼자 남게 됐다. 그녀는 친구들이 왜 그러는지 대충 알긴 하지만, 정작 자기 자신에게는 별 의미 없는 일일 뿐이다. 다른 날 같았으면 지금 한창 열을 올리며 노래 연습을 마치고 점심 식사를 하러 감자탕을 먹으러 갈 시간인데, 텅 빈 채 그녀 혼자 스텝을 밟아 가며 리듬을 탈 때 누군가 쓱 문을 열고 들어왔다. 아까 전 후보를 노려보며 팸플릿을 세게 집어던지고 나가 버렸던 조덕강이다.

깜짝 놀란 그녀는 "어! 여기 또 무슨 일로 오신 거죠?"라고 묻자 그는 "아니, 특별히 무슨 일은 없습니다. 난 아까 그 시간부로 국민사랑당 선거운동원은 관둬 버렸습니다. 왜냐하면 그 후보가 선거운동 하러 돌아다니며 수작을 걸었기 때문입니다. 그러면 안 되는 것이죠. 그대를 보고 반한 사람은 바로 저 조덕강입니다. 그 후보 놈보단 제가 훨씬 낫죠." 하며 자신의 정당성을 피력하며 호기를 보였다.

의아한 그녀는 "수작을 거는 건 그 후보나 그쪽이나 똑같은 것 아닌가요?"라며 되물었다.

"아니죠. 전혀 다르죠. 그놈은 후보잖아요. 저는 그저 운동원이고. 그러니 다릅니다. 후보는 그러면 안 됩니다. 운동원은 충분히 그럴 수 있는 것이고요. 다 필요 없습니다. 당신은 나와 애인이 될 겁니다. 푸하하하." 하고 호탕하게 웃었다.

그랬으나 그녀의 마음속은 덕강을 볼 때 별로였다. 그래서 이런저런 핑계를 대고 따돌려야겠다고 느껴 "아하! 그런데 제가 지금 다음달 트로트 오디션 문제로 너무 바쁩니다. 그렇게 아세요."라며 매우 헷갈리게 말했다.

이 의미는 거부의 뜻인데, 덕강은 오판하여 '오디션 끝나고 만나겠다.' 이런 의미로 해석했다. 그러면서 너무 들떠 펄쩍펄쩍 뛰며 "말이죠, 난 사실 내년에 격투기 대회에 나갑니다. 저도 그때까진 엄청 바쁘죠. 요즘 돈이 궁해 일당 좀 벌려고 선거운동을 했는데 안 해도 될 것 같습니다. 우리 각자 할 일을 다 마치고 작렬하게 만납시다. 우하하. 그럼 번호라도 알려 주시죠?" 묻자 그녀는 또 실수를 범하고 말았다. 그 이전에 그는 자신의 집안, 부모가 상당한 재력이 있는데도 일부로 없는 척하려고 돈이 궁해 일당 좀 벌려고 선거운동을 했다고 거짓말을 했다.

"자아, 이게 제 번호입니다."

마치 인기 가수가 팬에게 하는 서비스 차원 비슷한 걸로 알려 줘 버렸다. 물론 가수가 팬에게 전화번호를 알려 주진 않지만, 다른 예로 무슨 사인 같은 것을 해 주는 그런 차원이었다.

그녀의 이런 실수는 그의 바지에 죽전대학교 유도학과라고 글씨가 새겨진 걸 보고 순간, 무슨 동료 아닌 동료 같은 관념에 사로잡힌 측면도 있다.

아까 집으로 가 버린 친구들은 집에서 팝송을 들으며 자신들의 외로움과 고독을 잊으려 애를 썼다. 트로트 오디션을 준비하는 이들이지만 이럴 땐 팝송을 듣는다. 이것도 지겨워 꺼 버리고 우두커니 천장만 바라볼 때, 노자가 란조, 채비, 새롱에게 일제히 카톡을 날렸다.

'얘들아 지겹지? 이럴 땐 우린 보정동 카페거리로 가서 소맥을 들이붓자'

란조, 채비, 새롱은 '너무 좋은 생각이다 이따 5시에 힐츠돈가스 앞에서 만나자'라고 답장하였다.

눈 깜짝할 사이에 4시가 다 되어 이들은 만남 장소로 가기 위해 나와 걷는다. 뱃심을 키우는 데는 걷기가 좋다는 말을 이들은 늘 새기며 행동에 옮겼다.

금세 도착하여 힐츠돈가스 집 앞 벤치에 앉아 여기저기 훑어볼 때, 이들을 더더욱 놀라게 만든 대상은, 지난주 모바일 접수 첫날 접수한 후 이곳에 왔을 때 가곡을 부르던 행전이 아주 감미로운 발라드를 부르고 있었다.

"야, 저기, 저기, 행전이잖아. 쟤 오늘도 여기서 노래를 부르고 있다. 참 대단해. 이런 데서 막 불러 대니……. 공연장이 따로 없지! 히히히. 우후후."

정신없이 노래를 부르던 그는 이리저리 고개를 돌리다가 이들을 보게 되자 놀란 표정을 지었다.

3

진흙탕 트로트미스미스터천국

그랬지만 죽전대학교 시절 최고의 가창력의 소유
자답게 끝까지 전념하여 감정을 살려 마무리하고, 이 주변에서 노래
를 듣고 흡족하여 감동받아 박수를 치는 사람들에게 답례로 손을
흔드는 여유를 보인 뒤 내려와 "어어, 너무 반가워. 또 여기 돈가스
먹으러 온 거야? 노래 연습 하다가 온 거지? 하하." 하며 묻는다.

　"아니, 아니야. 그냥 집에 있다가 온 거다. 오늘따라 소리가 안 나
와 피곤하기 때문에……."

　재영이 보이지 않자 행전은 재영에 대해 물을까 말까 순간 망설이
다가 묻질 않았다.

　"재영이는 요즘 남자들에게 너무 인기가 좋아 우리와 함께할 시간
도 없다. 참 나."라고 새롱이 말하자, 그는 가슴이 쿵 내려앉았다. 절
대 그 누구에게도 내색을 하진 않지만, 재영이를 엄청나게 좋아하기
때문이다. 더군다나 철상과 트로트과 교수 출신 최벽의 장벽으로
목소리를 내질 못했던 행전인데, 방금 전 새롱의 그 말은 충격 그 자
체였고 이상하고 괴이하게 느껴졌다.

　"그게 무슨 소리야, 새롱아?"

　"음, 그게, 그래, 선거에 나온 후보들과 선거운동원까지 넘치고 넘
친다, 참!"

　행전은 그저 답답할 뿐이다. 그는 떠보기 위해 "재영이는 학교 다

닐 때 무에타이과 선수인가 누구인가 하고 사귀고 그랬잖아?"라고 그녀들에게 묻는다.

그러자 "아니야. 넌 모르고 있었구나. 걔, 그 철상이란 애와 깨졌어. 그런데 지금은 이번 보선 나온 후보 둘과 한쪽 선거운동원까지 달라붙어 3명이서 난리야. 재영이를 차지하려고 말이야."라고 새롱이 말한다.

"뭐야!"

그는 매우 당황스럽게 말했다.

그는 '아! 이젠 내가 이 상황에서 그냥 가만히 있을 수가 없는 순간이 왔다.'라고 속으로 생각했다. 그러나 그는 끝까지 자신이 학창시절 재영이를 짝사랑했던 그 말은 절대 밝히진 않는다.

그녀들은 노래도 남달리 잘했고 생긴 것도 준수한 그가 왜 아직 여잘 만나지 않고 홀로 지내는지 사뭇 의아하게도 느꼈다. 새롱, 노자, 채비, 란조는 각자 내심 '자신이 어떻게 그에게 안 될까! 이루어질 수가 없나!' 바라는 마음이 꿈틀거렸다.

벌써부터 눈빛이 달라졌다.

"얘, 행전아, 오늘은 우리 지금 여기 돈가스 먹으러 온 게 아니라 저쪽 데시랑주점에 가서 소맥을 들이부으러 온 거다. 너도 같이 갈래?"라고 채비가 선수를 치며 그의 팔을 세게 잡아당겼다.

"아니, 아니야. 난 여기서 더 노래를 부를 거야. 너희들끼리 가서 많이 먹어."

뿌리치자 그녀는 심한 낙담 상태로 빠져들며 "야, 행전이는 싫다고 한다. 우리만 가자."라며 친구들을 데리고 그 주점으로 향하였다.

행전은 다시 계단 위로 올라가 이번엔 전혀 다른 장르인 민요를 불러 대기 시작하였다. 이 장르 또한 완전히 하늘을 찔렀다. 술집에서 여자들 4명이서 왁자지껄 소맥을 마시지만 속으론 행전을 차지할 궁리를 거듭하는 시간이다. 이들이 좋아하는 대상 행전은 계속 노래만 부르다가 지치고 동절기라 춥고 금세 어둑어둑해져 저녁을 먹기 위해 구성동 집으로 달려갔다. 뱃심 강화 차원으로 탄천 쪽으로 세차게 달렸다.

술을 먹던 그녀들 중 채비가 "우하, 나하고 행전이하고 사귀면 잘 어울릴 것 같다. 너희들도 그렇게 생각하니?"라며 또 선수를 치자 친구들은 얼굴이 일그러지며 침묵을 지켰다.

친구들 모두 다 속으론 '걔는 내 차지다.'라고 곱씹었다.

데시랑주점은 그야말로 굉장히 북적였고 요란하였다. 이 인근에 죽전대학교가 있고, 인구가 가장 많이 몰려 있는 곳이라서 그랬다.

한창 취기가 올라가고 있는데, 벽에 걸린 TV에서 저녁 뉴스가 나왔다. 이번 수지 갑 보선의 향방에 대한 보도이다.

국민사랑당 전대광 후보가 한참 밀리고 있었는데, 죽전동 8595 라이브카페에서 트로트 오디션을 준비하는 예비 가수들에게서 받은 로고 송으로 삽시간에 상당히 근접전을 펼친다는 내용이 나왔다. 이들은 이 보도가 너무 새롭고 신비스럽게 느껴졌다. 바로 자신들이 만든 로고 송이라 더더욱 그랬다.

상대 당 청렴맑은당 최영복 후보는 점점 위기의식을 느끼기 시작했다는 상황까지 보도된다. 이 시각 최 후보도 이 뉴스를 보게 되는데, 손이 부르르 떨리며 땀이 났다.

모레부터 용인포은아트홀 독수리홀에서 보선 1차 TV 토론회가 개최될 예정이어서 더더욱 후끈 달아오르는 시간이 될 것 같았다.

마지막 3차 토론회가 열리기 조금 전에 전 후보는 최 후보가 한 선거운동원과 11월 6일 압구정로데오역 부근의 룸살롱 출입 동영상을 폭로하려고 잔뜩 벼르고 있다.

점점 최 후보로선 위기가 될 시간이 몰려오고 있다. 한없이 청렴맑은당 여성 책임당원 홍단비가 원망스럽게 느껴졌다. 로고 송 문제로 그녀를 문책하기도 조금 명분이 마땅치 않다고 판단하고 있다.

자칫 막판에 독선적인 이미지가 부각될 수 있기 때문이다.

최영복은 본부장과 우리 당의 책임당원이 상대 당 후보에게 로고 송을 만들어 준 게 해당 행위가 되는지 안 되는지 청렴맑은당 당헌당규를 찾아보기도 하였으나, 마땅한 근거 조항을 찾질 못했다. 드디어 뜨겁게 맞붙는 양당의 보선 1차 TV 토론회 날이 왔다.

용인포은아트홀 독수리홀에서 오늘 저녁 7시부터 시작되는데, 오후 4시부터 모든 언론사가 이번 보선에 관심을 갖고 취재하기 위해 혈안이 됐다. 향후 정국의 주도권 싸움의 분수령이 될 수도 있기 때문이었다. 5시 반쯤 되어 후보들이 도착하자, 양당 지지자들이 아주 요란하게 피켓을 흔들며 구호를 외쳤다.

"최영복, 최영복, 최영복. 영복아, 우리의 소원은 네가 당선되어 금배지를 다는 거다. 우아아아."

"전대광, 전대광, 전대광. 대광아, 넌 시나리오 작가잖아. 네가 당선의 시나리오 좀 써 줘. 우후후."

동절기라 6시가 되기 전 금세 어두컴컴해졌다. 양당의 선거운동원들이 밖에서 줄담배를 피우며 긴장된 마음을 누그러뜨리고 있었는데, 특히 보디가드들이 서로 안면이 있는 듯 빤히 바라봤다. 서로 눈싸움을 펼치는 촌극이 벌어졌다.

일부는 몹시 불쾌한 듯한 얼굴로 노려보기도 하였다. 며칠 전까지만 해도 국민사랑당 보디가드 인원이 7명이라 6명이었던 청렴맑은당보다 1명 더 많았다. 하지만 한 보디가드 조덕강이 엊그제 8595 라이브카페에서 전 후보와 한 여자를 사이에 두고 실랑이가 일어난 뒤 관두고 나가, 현재 격투기 대회를 대비하여 훈련만 열중하는 바람에 지금 이 상황에선 양쪽 똑같다.

국민사랑당 측 보디가드 한 명이 덕강에 대한 얘기를 꺼냈다.

"걔, 덕강이 말이야, 참……. 선거운동 할 때 우리처럼 이렇게 참고 선거 유세에만 집중해야지 무슨 그런, 라이브카페에 들어가 우리 후보님이 옆에 있는데, 그게 뭐야! 후보를 완전 바보를 만들잖아! 후레자식."

"맞아! 전 후보님이 그 여자를 좋아한다고 하면 그냥 쥐 죽은 듯이 가만히 있어야지, 무슨 지가 그 틈에 나서서 그 여잘 좋아한다고 설쳐 대냐고, 나 원 참. 시건방진 자식 같아!"

"푸하하하하."

"그러고 지가 지 분을 못 이겨 관두고 나가 버리잖아! 어휴~ 썩을 새끼."

그들이 자기 진영이었던 보디가드에 대해 비난하는 소리가 미세하게 들리자 상대 당인 청렴맑은당 운동원들은 귀가 쫑긋했다. 더 집중하고 그들을 보자, 어디선가 많이 본 듯한 사람들이었다. 청렴맑은당 측이 유심히 볼 때 상대 당 측 보디가드들은 죽전대학교 유도학과 출신들이었다.

서로 왕래를 자주 안 하는 바람에 모르고 지냈으나 다 기억이 나기 시작하였다. 이러는 사이 국민사랑당 측도 상대 당 측 보디가드들을 유심히 보자, 죽전대학교 무에타이과 출신들이라는 게 기억나기 시작한 것이다. 양 학과는 원래 예전엔 사이가 좋아 친하게 교류하였으나, 10년 전 무용학과 여학생들을 서로 차지하려고 패싸움이 일어난 후 사이가 급격히 틀어져 높은 장벽을 쌓고 살았던 터라 서로서로 잘 모른다. 조금 떨어져 있던 철상은 귓가에 미세하게 들려오는 소리가 뭔가 이상한 느낌이 들어 갑자기 집중하기 시작했다.

왜냐하면 국민사랑당 전 후보도 8595 라이브카페에 찾아가 로고송을 제작했던 사실을 알고 있고, 특히 누가 누굴 좋아한다 어쩐다 이런 말들이 이상하게 들린 것이다.

그래서 다가가 자세히 묻고 싶은 충동에 사로잡혔다.

더 가까이 다가가자 예전 죽전대학교 시절에 봤던 기억들이 스쳐지나갔다. 상대방도 그를 보자 기억이 나는 듯 눈이 커졌다.

"하하하, 우린 오래전에 본 것 같은데……?"

"그렇지 뭐!"

"지금 한 얘길 더 자세히 풀어 줄 수 있어?"

"아! 별거 아니야. 우리 국민사랑당 후보님이 로고 송 때문에 라이브카페에 갔다가 누굴 보며 관심을 갖게 됐는데, 덕강이란 놈이 시건방지게 끼어들어 자기도 그 여잘 좋아한다고 난리 친 거야."

철상은 가만히 생각해 보니 왠지 재영을 말하는 것만 같았다. 청렴맑은당 후보도 재영에게 그랬는데 왠지 일치될 것 같다는 직감이 들었다.

철상은 본인이 싫증 나 걷어차 결별했는데도 다른 남자들이 접근하는 부분은 굉장히 민감해지며 불쾌하게 여겼다. 이해 불가의 성향을 지녔다. 자기가 먹긴 싫고 남이 먹으려니 불쾌하다는 속담 같았다.

정각 7시에 있을 토론회인데, 영복이 긴장이 됐는지 자주 화장실에 들락날락거렸다.

그는 소변을 보며 핸드폰으로 같은 당 여성 책임당원 단비에게 전화를 넣었다.

그가 지금 이 시각이면 한창 토론회 준비 중일 텐데 갑자기 걸려오는 전화가 그녀로선 이해할 수가 없었다.

그래도 계속 울리자 받았다.

"네, 후보님, 혹시 지금 토론회 얼마 안 남으셨잖아요? 그럴 텐데 어떻게 전화를 다 하셨어요? 이렇게 통화가 가능하신가요?"

순간 그는 그 로고 송 문제를 따지고 싶었지만 꾹 참았다. 더 큰 대의를 위해서 그랬다.

대신 재영이란 여자에 대해 자신을 좋게 알려 달라고 부탁한다는 말로 우회했다.

이런 통화 내용이 요란하게 이어지는 사이, 상대 당 후보 대광도 긴장이 됐는지 소변을 보러 화장실로 들어오고 있다.

문 열고 들어오는 순간 영복은 "아, 아, 책임당원 동지님, 그 재영이란 가수에게 저에 대해 잘 말씀해 주시길 부탁드립니다. 너무 마음에 들어요, 네?"라고 하는 찰나에 대광이 들어서며 이 말을 그대로 다 들었다.

대광은 가슴이 쿵 내려앉았다. '어, 이 사람도 그 여잘 좋아한단 말이야?!'라고 속으로 외쳤다. 영복은 대광이 들어온 걸 보고 황급히 전화를 끊고 얼굴도 부딪치지 않고 얼른 나가 버렸다. 대광은 '아,

아! 이 새끼는 나의 정치적 경쟁자이기도 하지만 사랑의 경쟁자라니. 참, 세상 더럽다. 선거 결과를 떠나 그 후에도 정말 골치 아프게 생겼는데……. 으으으.' 하며 속으로 괴로워했다. 그렇지만 '이번에 내가 이 녀석을 선거에서 꺾어 버리면 그 여잘 차지하는 것도 당연히 손쉽게 될 거야! 내가 당선된 국회의원이니 그 여자는 내게 올 거라고. 그 라이브카페 여사장에게 그 돈을 건네면서 더 주겠다고 하면서 어떻게든 그 예비 가수도 내 차지가 되게 도와 달라고 하면……. 우하하하하.' 하고 더 강하게 속으로 되새겼다.

화장실 대형 거울을 보며 옷과 넥타이를 잘 정돈하며 "너, 최 후보, 한번 두고 보자! 내가 멋지게 쓰러뜨려 주겠다. 푸하하하." 하고 혼잣말로 중얼거리며 다시 독수리홀 특설 무대로 갔다.

이제 불과 3분 뒤, 역사적인 수지 갑 보선 1차 TV 토론회가 개최된다. 사회자는 양당과 전혀 무관한, 중립적 성향인 하용생 앵커가 맡게 됐다. 드디어 7시 정각이 되자 작렬하게 시작됐다.

앵커는 추첨 순으로 먼저 국민사랑당 전대광 후보에게 모두 발언권을 줬다.

아무래도 이번 보선은 불법 코인 문제로 낙마한 여당 청렴맑은당 이덕소의 빈자리를 채우는 선거라 코인 문제를 야당 측 국민사랑당 전대광이 집중적으로 파고들어 올 것으로 예상했지만 짐작은 완전히 빗나갔다. 대광은 다짜고짜 얼토당토않게 자신이 최근 급격히 지지율이 오른 배경에 대해 늘어놓았다.

"아, 아, 수지 갑 시민 여러분, 또 경인방송을 시청하시는 시청자 여러분, 반갑습니다. 저는 기호 2번 국민사랑당 전대광 후보입니다. 제가 최근 급격히 지지율이 나아진 까닭은 바로 우리 당의 상대 당인 청렴맑은당 수지 갑 여성 책임당원이신 8595 라이브카페 홍단비 사장님이 제게 선뜻 선거에 활용하라고 만들어 주신 로고 송 덕분에 며칠 사이에 이렇게 근접전을 하게 된 것입니다. 이것은 바로 홍단비 사장님이 볼 때, 아무리 같은 당이라 해도 저쪽 청렴맑은당 최영복 후보가 얼마나 형편없으면 이런 결정을 내렸겠습니까? 저에 당선을 비는 반증 아니겠습니까?"

그는 토론 시작부터 이런 인신공격성으로 나가자 상대 당 최 후보는 얼굴이 경직되며 때아닌 식은땀이 주르륵 흘렀다. 더 이상 안 되겠다 싶어 그는 "아니, 전 후보, 시작부터 그렇게 나오면 안 되죠. 그게 뭡니까?"라고 반격했다. 앵커도 "전 후보님, 토론회 모두 발언치고는 문제가 많습니다. 자제해 주시길 당부드립니다."라며 강력하게 제재하고 나섰다.

이를 무색하게 하듯 한술 더 떠 "또 그 로고 송을 만들어 준 8595 라이브카페에서 지금 한창 트로트 오디션을 준비 중인 차재영이란 가수는 바로 제 것입니다. 저와 사귀게 될 것입니다. 서로 약속된 사이입니다. 바로 나 전대광의 여자입니다. 그러니 그 누구도 건들지 마라!" 하고 괴성을 질렀다.

토론회장 방청석에 있던 시민들은 몹시 불쾌한 표정으로 "아니, 뭐 저런 후보가 다 있어! 나 참, 토론회 진짜 더럽게 하네! 나가, 나가. 나가자고. 더는 못 봐 주겠다. 에잇." 하고 나가 버렸다.

대광은 현직 시나리오 작가인데, 토론회 진행을 마치 시나리오를 쓰듯 제멋대로 막 해 버렸다.

이 방송은 실시간으로 유튜브로도 나가고 있었는데, 토론회장 밖의 야외에서 대기하고 있던 선거운동원들은 유심히 보다가 다 알게 됐다.

철상은 난데없이 상대 당 전 후보가 재영이를 꺼내 들며 자기 거라고 떠든 게 여간 심기를 사납게 하는 게 아니었다.

사회자의 적극적인 만류에도 전혀 아랑곳하지 않고 심지어 "내가 이번 보선에서 당선되는 순간, 바로 차재영과 결혼할 것입니다. 신혼여행은 사이판으로 한 달 간 갑니다. 후하하하."라며 완전히 주체를 못 했다. 그는 실책이 아니라 고의이다. 차재영을 자기 것으로 만들기 위해 바로 옆에 있는 최영복이 단념하게 만들려고 머릴 굴리는 엄청난 도발 그 자체이다.

사회자는 이젠 도저히 감당할 수 없다고 최종 판단하여 "자자, 이제 더 이상 안 되겠습니다. 이 상태로 선거 TV 토론회는 진행될 수가 없습니다. 여기서 중단하도록 하겠습니다. 시청자 여러분, 매우 죄송합니다. 방송을 여기서 마칩니다." 하고 황급히 퇴장해 버렸다. 방송 사고가 났다.

후보들은 빠져나간다. 양측 후보는 지금 이 순간 셈법이 상당히 복잡하다. 이게 향후 어떤 결과를 날 것인가! 이것이 중점이다.

밖에서 기다리고 있던 수행원들은 각기 자신들의 후보를 반기며 "잘하셨습니다, 후보님." 하고 힘을 보태고 있을 때, 철상이 느닷없이 상대 당 후보인 대광에게 달려들어 "야, 후보 당신 말이야, 차재영이 넘보지 마. 쳐다보지 말라고. 재영이는 나하고 8년이나 동거한 여자야. 요즘 내가 걔를 볼 때 싫증 나 차 버린 건데, 앞으로 혹시 또 몰라. 내가 돌변하여 찾아갈 수도 있어. 알겠나?"라고 협박조로 윽박지르는 객기를 드러냈다.

그의 말은 상대 당 후보 대광에게도 충격적이지만 같은 당 후보

영복도 상당한 충격은 동일했다. 이 장면을 철상은 유튜브로 찍어 알리기까지 하는 초강수를 썼다.

"너 지금 이게 뭐 하는 짓이야? 너 또라이 아니야?"

격투기 선배 철광이 호통쳤다.

이 유튜브 방송은 엊그제 국민사랑당 전 후보의 보디가드였다가 관두고 나간 조덕강도 보고 있다가 가슴이 철렁거렸다.

"어! 저건 또 뭐야! 뭐가 뛰니까 뭐도 뛴다고 그러더니, 이젠 아무나 막 뛰네! 너 앞으로 보자, 이 자식. 동거 8년이나 한 게 무슨 자랑이라고 그런 중요한 유튜브에 막 떠들어? 한 여자와 8년 동거했으면 책임감을 갖고 책임을 져야지. 그게 뭐야! 저런 벌레 같은 새끼……. 난 지금 저 여잘 좋아하지만, 연결은 안 됐지만! 만약 그렇게 8년이나 동거했으면 끝까지 책임진다."

덕강의 분노는 완전 하늘을 찔렀다.

최영복 후보는 몹시 짜증 나고 불쾌하지만 애써 아닌 척하며 침착하게 기사가 운전하는 차를 타고 유유히 빠져나가 집으로 향했다.

시간이 조금 지나자 수지 갑 시민들은 "무슨, 세상에 이런 선거가 다 있어! 어떻게 TV 토론회에 나와서, 이게 뭐야! 완전 막장이다. 선거냐, 연애질이냐. 그것이 알고 싶다."며 펄쩍펄쩍 뛰며 보이콧을 선언하자고 목소리를 높였다. 지금 한창 내년 트로트 오디션만을 집중하는 이행전은 이 방송과 유튜브를 시청하지 않았다.

이런 정치 코너에 전혀 관심이 없기 때문이다.

자정을 기해 모든 매스컴에서 이 보도가 속보로 나가자 국민들은 들끓기 시작하였다. 하지만 원인을 일으킨 국민사랑당 전대광 후보는 조금도 개의치 않고 달콤한 기분에 기네스맥주를 홀짝홀짝 마시며 다음 수순을 궁리하고 있다.

"뭐! 원래 정치란 게 다 그렇지 뭐! 여론이란 것도 식었다 끓었다 하는 거지 뭐! 인생 별거 있어? 우하하하."

혼잣말로 중얼거리다가 눕는다.

바로 다음 날 아침에 일어나자 수지 갑 지역구에 '국민사랑당 후보를 바꿔라' 하고 후보 교체론이 솟구쳤다. 어젯밤 TV 토론회 때문이다.

또 국민사랑당 측에서도 중징계를 내릴 것으로 입을 모았다. 후보직 박탈 정도가 예상됐다.

이 보도는 상대 당 최영복 입장으론 상당히 달콤한 그림이다. 자신은 어제 토론회에서 무척 점잖은 이미지를 부각했기 때문이다. 들끓는 교체 여론이 좀처럼 가시질 않아 중압감을 못 이겨 대광은 경인방송사 앞마당에 와서 대 수지 갑 시민에게 사과문을 발표할 거라는 입장을 본부장이 전했다.

오후 4시가 되자, 그는 그곳에 도착하였다.

전대광은 어젯밤 문제가 된 1차 토론회에 대해 머리 숙여 공개적으로 사과할 거라고 다들 예상했다.

하지만 그는 느닷없이 한 CD를 들고 나와 흔들며 "여러분, 이 안에 뭐가 들어 있는지 아십니까? 이 안에 어마무시한 장면이 들어 있습니다. 궁금하십니까? 궁금하다고 생각하면 함성 한번 크게 질러~" 하며 마치 가수가 공연장에서 청중에게 무슨 박수나 함성 같은 걸 유도하는 쇼를 방불케 했다.

이곳에 몰려든 시민들은 가뜩이나 열받은 상태라 "뭐야, 후보야, 얼른 공개해. 그래, 까 봐. 까, 까, 까라고!"라고 외치며 펄쩍펄쩍 뛴다.

"아, 아, 아, 조용. 조용히 좀 하시죠. 시민 여러분, 다 알아서 깝니다. 자 이걸 보여 드리죠. 자, 본부장님 나오시죠."

그 당시 이 동영상을 촬영한 본부장이 뛰어나왔다.

연결하여 틀어 버렸다. 압구정로데오역 부근 룸살롱으로 청렴맑은 당 최영복 후보가 선거사무장과 웃어 가며 들어가는 장면이 나왔다.

"자, 카메라 기자님, 이걸 잘 잡아 주시죠. 바로 이겁니다. 이게 바로 최영복의 실체입니다. 그래도 이 후보를 지지하시겠습니까?"

대광은 사과를 하지 않고 도리어 상대 당 후보가 성매매 하러 들어가는 장면을 통해 사생활을 폭로하는 장으로 대체하며 그야말로 초강수를 뒀다. 이곳에 모인 모든 관계자들은 아연실색하며 놀라 "어어, 이건 또 뭐야!" 하며 당혹스러워했다. 브라운관상으로 예의 주시 하며 지켜보던 영복은 몸을 바르르 떨며 "아, 아! 으, 으, 이거 봐라. 이것들이 이걸 어떻게 알고 뒤따라와 찍었지?! 참 악랄한 놈들이네. 너무 악의적이다." 하고 향후 여론 향배를 우려하며 깊은 한숨을 푹 쉰다. 함께 그 장소에 동행했던, 현재 선거본부장이자 압구정동에서 맹보스하우킥 체육관을 운영 중인 철광도 이 보도를 접하고 속이 부글부글 끓어오르기 시작하였다. 일제히 여기저기 알려지기 시작하였다. 문제는 대광의 노림수가 그저 미온적인 수준에 그치고 말았다는 대목이다.

'그래! 그래서 그게 뭐!'

'룸살롱 들어간 것도 죄인가?'

'술도 못 먹나?'

'아가씨를 끼고 먹었나? 그냥 술만 먹었나?'

'이건 제대로 된 낚시는 아닌 듯.'

이런 댓글들이 주를 이루었다.

폭로의 주인공 대광은 도리어 역풍을 맞으며 어젯밤 막장 토론회에 이어 오늘 상대 당 헐뜯기 추태로 비춰져 사면초가 상태로 빠졌다.

이런 위기에서도 조금도 위축되지 않고 그는 앞만 보고 나가리라 결심했다. 들끓는 당내 사퇴 여론까지 직면하였으나 끝까지 뚝심으로 버텨 내리라! 결의를 다졌다. 실제 당에선 후보직 박탈 조치를 내리진 않았다.

재영의 친구들은 유튜브를 접하고 너무 놀라워 얼른 이 영상을 재영에게 카톡을 날렸다.

재영은 노래에 전념하느라 이런 사실을 모르고 있다가 친구들이 알려 줘 알게 되어 여간 귀찮고 짜증 나는 게 아니었다.

철상이 토론회장 밖에서 대기하고 있다가 대광이 나오자 대광에게 한 말은 소름이 돋을 지경이다. 자신과 8년 동거 사실 발설과 다시 돌아올 수도 있다는 여운을 남긴 멘트 같은 건 조금이라도 애증 같은 게 존재한다면 짠할 수도 있지만, 전혀 없기에 소름 돋는 쪽이다. 또 대광이 토론회 모두발언에 한 말도 마찬가지다.

"저 새끼들 다 미쳤구나! 제대로 실성했어. 지들 멋대로 막 떠들지. 저 자식들 다 명예훼손죄로 고소해 버릴까!"

재영은 혼잣말로 중얼거렸다.

그녀는 철상, 대광의 망발에 심기가 불편하고 괴로워져 발성은 물론 음정 박자마저도 흔들리는 지경에 이르렀다.

저것들이 앞으로 계속 저럴 것 같은데 타개책으로 얼른 오디션 우승과 함께 행전과 열애를 공식 선언함으로서 저것들이 저럴 수 있는 의욕을 완전 봉쇄하는 수를 그려 봤다.

재영의 친구들은 내심 최근 불거진 재영의 문제에 대해 은근히 짜릿함도 맛봤다.

점점 혼탁해져만 가는 선거전과 함께 트로트미스미스터천국 1차 예심도 다가오고 있어서 이 모든 행사가 수지구 쪽에서 일어나는 일이라 관심 있는 사람들은 무척 들뜰 것 같다.

상당히 추워지는 11월 말로 접어들고 있는데 여느 때와 같이 행전은 꼭 보정동 카페거리 그 계단에서 이런저런 장르를 소화하며 마치 자신만의 야외 콘서트를 방불케 하였다.

재영과 친구들은 8595 라이브카페에서 연습하다가 저녁때가 되면 식사도 할 겸 그곳을 즐겨 찾곤 했다.

심기가 불편한 재영은 오늘도 리듬을 제대로 잡질 못해 고전하다가 그냥 우두커니 앉아 있곤 했다.

속으로 행전에게 가 보고 싶단 마음에 사로잡히고 있었고, 요즘 행전에게 마음이 쏠려 가고 있단 사실은 친구들에게 절대 말하지 않는 재영이다.

친구들 또한 각자 각자 행전에게 쏠려 가면서도 이 또한 내색을 하진 않았다. 서로서로가 음흉한 심리를 이어 가고 있다.

이곳에서 공교롭게도 다음 달 트로트 오디션 1차를 준비하는 5명의 여자들이 속으로 다 그를 향하는 관심을 지니면서도 겉으론 절대 밝히질 않는다는 것도 특이한 일이다.

물론 양당 후보들이 재영의 친구들에게 관심을 갖는다면 다른 양상으로 전개될 일이지만, 아니기 때문에 자꾸만 행전 쪽으로만 쏠림 현상이 나타나는 것이다.

오늘도 저녁 6시가 가까이 오자 노래 연습을 마치고 보정동 카페거리 쪽으로 밥을 먹으러 가기 위해 그녀들은 길을 나섰다.

이들은 다 각자 짐작하며 오늘도 행전이 그 계단에서 노래를 부르고 있을 거라는 큰 기대감을 지니고 한 발 한 발 걸어가고 있었다.

목적지에 다 다다랐는데도 그가 그 계단에서 노래 연습을 할 거라는 예상은 완전히 빗나갔다.

보이지 않았다. 그녀들 모두 다 속으론 맥이 쭉 빠지지만 겉으론 표정 관리를 했다.

힐츠돈가스에 들어가 돈가스를 먹었다. 행전은 지금 이 시각 구성동 자신의 집 앞 탄천에서 죽전대학교 1학년 때부터 지금껏 무려 8년간이나 짝사랑한 재영에 대해 이런저런 복잡한 구상을 이어 갔다.

깊어가는 11월 하순, 겨울과 맞닿은 가을을 보내며 '가을 처녀'라는 가곡을 불러 봤다. 원래는 '봄 처녀'를 바꿔 자신이 직접 작사, 작곡, 편곡한 '여름 처녀'란 가곡인데, 오늘따라 그가 느끼는 감정이 가을의 정취에 빠져들기 때문이다. 단연 재영을 연상하며 부르는 것이다.

돈가스가 나오자 먹기 시작한 이들은 어느 정도 먹을 땐 조용히 침묵만을 유지하다가 거의 다 먹었을 즈음 재영이 갑자기 "얘들아, 내가 요즘 가만히 생각해 보니까 내가 아마 행전이를 좋아하고 있는 것 같은 느낌이 들어. 음, 그런 것 같다!"라고 운을 뗐다.

그러자 다들 완전히 경색되는 분위기 속으로 빠져들었다.

완전히 예상치 못한 일이 발생했기 때문이다.

지난 며칠 전에 재영이 불참한 날, 친구들끼리 옆 데시랑주점에 들어갔을 때 채비가 자신과 행전이 가장 잘 어울릴 것 같다고 선제 심리적 압박을 친구들에게 한 적이 있긴 하다.

그 후 잠잠한 상태로 그녀들은 속으로 애를 태울 뿐 직간접적인 행동은 보이진 않았다. 지금 이 시각 재영이 던진 이 한마디는 친구들에겐 또 다른 경계심이 싹트기에 충분했다.

그러자 재영의 마음을 따돌리려고 노자가 나서서 "야, 재영아, 넌 이번 보선에 나온 후보들 둘이서 널 좋아하고 있고, 또 무슨 수행원 한 명도 널 좋아하잖아? 그중 후보들 둘은 돈이 많기로 소문이 자자한 사람들인데 이번에 그런 남자들과 연결되면 넌 그 시간부로 돈방석에 앉는 거야. 게임 끝나! 이렇게 힘들게 목이 터져라 노래 안 해도 돼. 그런데 왜 하필 행전 같은 애들에게 눈을 돌리니? 이해가 안 돼. 나 같으면 후보들이 나만 좋아해 준다면 얼른 달려가겠다. 그들이 날 안 좋아하니까 문제지, 문제. 참 나." 하며 애써 시선을 돌리게 하려고 시도하였다.

새롱도 거들었다.

"맞다, 맞아. 그렇지. 지금 재영이는 젊은 국회의원 아내가 될 수 있는 찬스다. 찬스 대박이다. 그게 좋아! 아하하하."

친구들이 아무리 요란을 떨어도 나름으로 눈치가 빠른 재영은 이들이 이러는 의도를 꿰뚫기 시작했다.

재영은 갑자기 침묵을 지켰다. 다 밥을 먹자 란조가 "얘들아, 그만 나가자. 이젠 마치고 집으로 갈까? 아니면 라이브에 들러 더 하다가 갈까?" 묻자 "그래, 좀 더 하다가 가자고. 호호."라고 친구들은 대답했다.

일제히 나갔다.

나가자 밖은 생음악으로 아주 요란하게 울려 퍼지는데. 가만히 듣자 무슨 가곡 같았다. 누군가 보자 그 계단에서 행전이 서서 자신이 편곡한 '가을 처녀'란 가곡을 목놓아 부르고 있었다.

"어! 쟤가 언제 왔지. 금세 왔다. 우리가 밥 먹을 때 왔구나! 호호호."

"그런 것 같애! 히히." 하며 다들 무척 반가워하는 분위기가 역력하다.

한창 노래에 집중하던 그도 계단 아래 그녀들이 와서 보고 있는 장면이 눈에 들어왔다.

그중 재영이 보이자 눈이 더더욱 크게 뜨이며 부르던 '가을 처녀'란 가곡에 느닷없이 가을이란 두 글자를 빼고 재영이란 두 글자를 넣어 불러 버렸다. "재영 처녀 제 오시네~" 이런 식이다.

그러다가 편곡에도 없던 가삿말로 "나는야 그래서 재영 처녀를 좋아한다고~"라고 붙여 부르며 빤히 그녀의 얼굴을 바라봤다. 그 순간 그녀는 가슴이 뭉클하며 멎는 듯했다.

자신이 만든 편곡을 인용해 재영에게 공개 프로포즈를 감행하는 그야말로 역사적인 순간이었다.

노자, 새롱, 란조, 채비는 순간 망연자실 참담한 충격 속으로 빠져들며 앞이 캄캄하기만 하였다.

'으으으으, 이렇게밖에 안 되는구나! 양당 후보들 둘에다 수행원 하나에다 또 쟤까지. 으악.'

친구들 4명은 이 현실이 버겁고 역겨워 행전을 매섭게 노려봤다.

여기서 그가 이럴 수 있는 원동력이라면 며칠 전 이곳에 이들이 몰려왔을 때 새롱이 '재영이 철상과 깨졌다'고 힌트를 줬기에 가능한 것이다.

게다가 그는 '가을 처녀'를 다 부르더니 계단으로 천천히 내려가 자신의 입술을 그녀의 입술에 갖다 대고 꾹꾹 누르고 한참 유지하고 있다.

"어머머, 이게 뭐야! 얘 완전히 미쳤다. 이거 돌은 놈 아냐!"

"이 새끼 봐라!"라며 친구들이 시샘하며 분노를 표출하였다.

더더욱 당황스러움을 감추지 못하는 사람은 바로 재영이다.

하지만 속으론 엄청나게 환호성을 터뜨렸다. 둘의 이 광경에 보정동 카페거리에서 그의 노래를 듣던 이들과 지나가던 행인들은 '저라이브 가수의 여친이 왔구나', '그래서 저렇게 막 저러는구나!'라고 생각했다.

이 장면을 기념으로 사진을 찍는 이들도 있고 무슨 야구 경기에서 싹쓸이 3루타가 나왔을 때 함성을 지르듯이 마구 소리를 지르는 이들도 나타났다.

"와아, 저 가수가 키스하는 장면을 사진을 찍자. 와아아아."

"와아아아, 홈, 홈런, 홈런이다. 터졌다."

재영의 친구 4명은 독기를 품은 얼굴을 붉히고 고개를 돌리며 시무룩하게 발길을 돌렸다.

재영은 그의 얼굴을 조금 떨어뜨리며 "야, 행전, 너 왜 그러는 거니? 어떻게 내 속마음을 제대로 알고 그러는 거냐고. 이것만 대답해 봐." 하고 그의 눈을 지그시 계속 바라봤다.

"그래, 재영아, 난 다 알고 있었다. 어쩌면 내겐 행운인지도 몰라. 행운이라고 생각한다."

여기까지만 말하고 더 이상 말을 아꼈다.

그는 재영의 손을 잡고 데시랑주점으로 들어갔다.

"야, 재영아, 넌 밥은 먹었으니 간단히 생맥이나 한잔해라."

"그래. 그럴 순 있을 것 같기도 해!"

둘은 그곳으로 들어가 생맥을 마시기 시작하였다. 친구들 4명은 라이브에 들러 좀 더 연습하다가 가려고 했으나 충격을 받아 제대로 소리가 나오지 않을 것 같아 그냥 탄천 산책로를 통해 자신들의 집 풍덕천동 동보아파트로 들어갔다.

새롱은 방에서 온갖 잡념이 스쳐 지나갔는데, 왠지 며칠 전 자신이 행전에게 말한 그 대목 때문에 그에게 상당한 동기 부여를 준 게 아닌가! 의구심이 가득하다.

즉, 재영이 철상과 깨진 사이이다. 이것과 이번 보선 나온 후보 둘과 한쪽 선거운동원까지 달라붙어 3명이서 재영을 좋아한다고 난리다. 이 말이 아까 같은 행동을 촉발시켰을 것으로 판단이 들었다.

그래서 자신의 혀를 잘못 놀린 게 짜증 나 주먹으로 허벅지를 세게 탁 하고 내리쳤다.

"으으으."

또 한편으론 그렇지 않았어도 그 언젠가는 알려질 수도 있지 않았을까! 아니면 자신이 며칠 전 그 말을 하지 말고 서둘러 행전을 잡았어야 했다는 아쉬움 같은 게 남는다.

물론 잡으려 한다고 잡히는 것도 아니지만 말이다. 점점 점 친구들의 사이가 재영과 행전의 오늘 같은 일로 심한 균열을 일으킬 가능성이 농후해졌다.

데시랑주점에서 한창 술을 마신 둘은 밖으로 나와 재영이 "야, 행전아, 내가 연습하는 8595 라이브카페를 보여 줄게." 하며 탄천을 지나 죽전동 그곳으로 데리고 들어갔다.

그녀가 연습하는 라이브카페로 들어간 행전은 여러 악기들과 장비들이 무척 낯익은 거라 친근감과 새로운 마음이 교차했다.

"우리 한번 함께 듀엣을 해 볼까?"

"그래."

이들은 평소 한 번도 불러 본 적 없는 '동반자'라는 노래를 자신들의 분위기와 리듬으로 부르기 시작하였다. 이 노래는 그녀가 제안한 것이다.

다 마친 뒤 "우리 커피를 한잔할까?"라고 그녀가 묻자 "그래, 좋아!"라고 그가 답했다.

마시면서 "네가 내게 그럴 수 있었던 마음을 어떻게 가지게 된 건데?"라고 재영이 물으며 고개를 갸웃거리며 혹시 철상이란 놈이 막 요란하게 떠들어 댄 유튜브를 행전이 보고 그러는 건가! 하고 추측도 해 본다.

이제야 그는 가슴을 열고 솔직히 털어놓고 싶었다.

"아! 난 솔직히 죽전대학교 트로트과 신입생 때부터 널 보고 매일 가슴이 뛰었다. 어떻게 저런 여자가 다 있나! 하고 생각하며, 멀리서 나타나도 심장이 뛰었다. 하지만 삽시간에 넌 무에타이과 철상이란 애와 엄청 뜨거운 사이가 되어 있더군. 그 틈을 내가 들어갈 패기와 용기는 이미 상실된 상태였어. 그런데 얼마 전 새롱이 내게 너에 대한 모든 걸 알려 줘 버린 거야. 난 그 순간 굳은 결심을 했다. 무슨 선거에 나온 후보들 2명, 수행원 1명이 널 따라다닌다는 사실과 철상이와 갈라선 사실. 이 모든 게 내게 큰 동기 부여의 타임으로 다가온 거다. 이젠 다 필요 없다. 난 네가 학창 시절 철상과 같이 돌아다니며 사귈 때 한없이 철상을 부러워만 했다. 그랬지만 지금 이 순간 이런 날도 온다는 게 너무 신기하고 눈물이 날 지경이다. 으으으으." 그러면서 실제로 그의 눈가에 눈물이 주르르르륵 흘러내렸다.

과거의 기억을 해 보는 그녀는 행전이 그랬던 게 믿어지질 않지만 지금 현재 감정이 무엇보다 중요함을 느낀다.

그녀는 "행전아, 앞으로 우리 잘해 보자."라며 그의 손을 꼭 붙잡았다.

"그래."라며 그는 반기며 "우리 다시 한번 '동반자' 노래를 불러 보자."라고 제안한 후 꾸며진 무대 위로 올라가 목놓아 부르기 시작하였다.

이 장면은 정말 둘이 동반자가 된 걸 축복하는 자체적인 시간인 듯했다. 점점 늦은 시간으로 기울자 마치고 나가기로 하고 문을 나선다. 오늘따라 그는 재영의 집에까지 바래다 주고 싶어 동행하고 있다.

둘은 개천길로 쭉 지나가 재영의 집 한올아파트로 올라가는 입구에 닿았는데, 누군가 빠르게 달려와 아래로 내려가는 게 보였다. 철상이었다. 그는 늘 이 시간엔 이곳을 뛰어다니며 하체를 단련하곤 하였다.

그에게 둘의 이런 사이는 상상도 못 한 일일 것이다. 재영은 얼른 고개를 돌려 버렸고, 행전은 다소 움찔했다. 철상은 대뜸 "내 유튜브 봤어? 봤으면 됐고 아니면 말고……."라며 조금 신경질적인 투로 말하고 막 달려갔다.

그녀는 철상의 객기에 가까운 행동이 몹시 짜증을 느꼈다. 자기가 싫다고 달아날 땐 언제고 이제 와 기어 붙으려고 하는 괴벽한 짓이 혐오스럽기도 하다.

"야, 행전, 저놈이 요즘 괴이한 유튜브에 지랄 떤 거 아니?"

"모르겠는데. 난 오디션 준비에 바빠서……."

조금 더 걸어 한올아파트가 나오자 "난 여기서 혼자 가도 돼. 잘 가, 행전."이라고 말하고 느닷없이 그녀는 자신의 입술을 그의 입술에 대고 꾹꾹 눌렀다. 아까 그가 한 키스의 답례 차원이다.

매우 신난 행전은 뒤로 돌아 세차게 달리며 이젠 재영과 교제하게 된 현실이 매우 가슴 벅찼다.

당연히 다음날도 라이브카페에 와야 할 재영의 친구 4명은 나타나질 않았다.

서로 약속도 하지 않았는데도 나타나질 않는 게, 그녀들의 감정이 우연히 서로 일치됐다는 사실을 증명했다. 오전 10시가 넘어 재영이 혼자 문을 열고 들어선다. 보이지 않는 친구들이 이상하다고 여겨 한 명 한 명마다 다 전화를 넣어도 받지도 않았다.

문득 어제 자신이 친구들에게 한 그 말, '자신이 행전을 좋아하는 것 같은 느낌이 든다.'라는 말을 했을 때 친구들의 얼굴이 완전 일그러지는 걸 느꼈는데 바로 그것이다. 이런 추측이 들었다.

"그래, 그러면 좀 어때! 원래 사랑이란 경쟁이기도 하지. 니들이 쟤를 혼자 좋아하든 말든 노래를 하고 싶으면 하고, 하기 싫으면 말고. 다 니들 인생 선택이다."라고 재영은 혼잣말로 중얼거렸다.

한창 오늘은 무엇을 먼저 한번 불러 볼까 컴퓨터를 훑어보는 사이, 어디선가 전화가 왔다. 액정을 바라보자 이 가게 사장이자 채비의 이모 단비였다.

"네, 이모? 오늘은 친구들이 제시간에 나오질 않네요. 그래서 혼자 있어요. 친구들을 기다리고 있죠."

"그래, 뭐. 기다릴 것 없어. 내가 어떤 사정이 생겨서 그러는데 오늘부터 내가 그 가게 일을 해야 되겠어. 그래서 말인데, 너 재영이도 그렇고 친구들도 그렇고 거기서 노래 연습은 힘들 것 같다. 참! 미 안하다."

깜짝 놀란 재영은 "어! 네, 그래요? 어어! 그럼 우린 오디션 준비를 어디서 어떻게 하지!"라며 몹시 당혹스러운 한마디를 했지만 소용없 었다. 이미 채비 이모 단비는 결심이 섰다.

단비가 지금 이러는 이유는 조카 채비로부터 재영을 차단시켜 달 라는 요청이 들어왔기 때문이다. 이를 뒤에서 조종한 이들이 란조, 새롱, 노자이다. 벌써부터 절친 간의 심한 균열이 발생하였다. 재영 은 전화를 끊고 나서 모든 걸 짐작할 수 있었다. 잠시 우두커니 멈 추고 커피를 한잔하는데 금세 이모 단비가 들어온다.

"그래, 재영아, 너무 미안하다. 나도 먹고살아야지. 지금부터라도 다시 장사를 좀 해야 할 것 같다."

"그래, 알겠어요. 금방 갈게요. 이 커피만 다 먹고……."

**4**

친구들의 시샘과 질투와 열등감

재영은 은근슬쩍 한번 떠보리라 마음먹고 "근데 어쩌지요? 이모님 조카 채비도 연습할 곳이 마땅치 않을 텐데." 하며 걱정 어린 표정을 지어 봤다.

이모는 "야, 우리 채비, 음, 그래. 그렇지 뭐! 걔도 지가 알아서 어디 가서든 해야지. 그보단 내가 장사해야 하는 문제가 더 심각하고 중요하지." 하고 시치미를 뗐다.

커피를 다 마신 재영은 "그래요. 이모님, 전 그만 가겠습니다. 그동안 고마웠어요." 하고 천천히 일어나 나갔다.

"아이, 정말 미안해서 어쩌지. 그래, 잘 가."

재영이 완전히 나가자 이모 단비는 조카 채비에게 전화를 걸어 지금 이 상황을 알렸다.

속보를 받은 채비도 시치미를 떼며 재영에게 전화를 걸어 "이모 때문에 우리가 그곳에서 연습할 수 없어서 골치 아프다."라고 괴로워하는 듯이 말하였다.

"아니, 아니야, 채비야. 또 딴 데 알아봐야지. 각자 알아서 말이야!"라고 약간 일침을 가하는 듯한 멘트를 날렸다.

이미 다 알고 있단 발로이다.

그래 놓고 오후가 되자 채비는 노자, 새롱, 란조에게 전화를 넣어 "여기 라이브카페로 와."라고 말했다.

친구들이 오자 "히히히히, 우리가 걔 재영이를 완벽히 따돌렸어. 이젠 우리끼리 여기서 열심히 노래 연습을 해 보자고."라 말하며 달콤한 표정을 짓자 "우하하하하." 하고 친구들도 호탕하게 웃었다. 그러는 사이 현관문을 열고 불쑥 재영이 잔뜩 노려보며 들어오고 있다. 깜짝 놀란 이들은 "어어어, 쟤 재영이가 들어온다." 하며 마치 고양이가 생선을 훔쳐 먹다가 주인에게 들킨 듯한 얼굴이 굳어졌다.

"야, 너희들은 제대로 된 친구라고 볼 수가 없어. 무슨, 니들 남자에게 미쳤니? 도대체 남자가 뭐길래 남자에게 환장한 거야? 그딴 거 가지고 이렇게 구질구질하게 놀아! 행전이는 학교 때부터 날 혼자 좋아했다고 하잖아!"

들킨 기분에 몹시 기분이 찝찝한 친구들은 "뭐야, 걔가 그랬단 말이야? 참 나, 희한하다." 하며 그 사실에 대해 몹시 놀라워한다.

"니들이 이런 식으로 구질구질하게 나올 줄은 몰랐다. 니들이 원하는 바대로 난 이 굴레에서 벗어나 니들이 그토록 좋아하고 있는 행전이와 애인이 되어 오늘부로 단둘이서 보정동 카페거리 그 계단 위에서 노래 연습을 하겠다. 약이 오르니? 약 좀 올라야지! 난 그를 만나 그곳으로 가련다. 떠나련다."

이런 엄포를 놓더니 핸드폰을 꺼내 행전에게 전화를 걸어 "행전아, 보정동 카페거리 그 계단으로 지금 올래? 우리끼리 노래 연습 좀 하게."라고 친구들의 속을 확 죽이기도 하였다.

굳은 표정이 이어지는 친구들에게 "얘들아, 니들끼리 열심히 해. 성공하길 바란다." 하고 나가 버리는 그녀이다. 나간 뒤 친구들은 망연자실하며 커피를 한잔씩 하면서 숨 고르기를 했다.

이 순간 또 다른 미묘한 감정들이 서로 교차하는 건 어차피 재영의 몫으로 된 마당에 차라리 잘됐다는 생각도 들었다. 노자, 새롱, 란조, 채비는 불쾌하지만 서로 간 패배자들끼리 미묘한 위로가 되면서도, 만약 재영의 몫이 아닌 4명 중 하나의 몫으로 돌아갔어도 또 다른 악감정이 서로 서로가 싹틀 것이기 때문이다. 곧 죽어도 각자는 행전을 속으로 좋아했었다는 말은 하지 않고 입을 꽉 다물고 있다.

친구들은 재영에게 골탕 먹이려고 하다가 본인들만 쓸쓸한 상태로 남게 됐다.

노래를 해야 한다는 의욕마저 상실되어 가고 있었고, 맥이 풀린 채로 멍하니 앉아 있을 뿐이었다.

행전을 만난 재영은 보정동 카페거리 그 계단 위로 올라가 함께 발라드를 불렀다.

평소 남자 혼자 와서 부르던 그 자리에 여자가 추가되어 함께 부르자 늘 이곳에 와서 구경하던 사람들은 무척 새로움을 느끼며 들었다.

"와, 아, 아, 저 여자는 뭐야. 노래 실력도 꽤 되는데……. 진짜 가수 같다."

맥 빠진 채 실내에만 머물던 친구들은 속이 터질 것만 같아 밖으로 나갔다. 죽전역 쪽으로 어느 정도 걸어갔을 쯤, 바로 앞에 청렴맑은당 후보 최영복이 걸어오고 있다.

최 후보도 풀이 죽은 얼굴이다.

엊그제 1차 토론회에서 전 후보의 망발과 어제는 자신에 대한 룸살롱 출입 폭로까지 이어졌기 때문이다. 지지율에 큰 영향은 아직까진 감지되진 않지만 그래도 재수 없이 급변할 수도 있어 심히 괴롭다.

영복도 그녀들의 모습이 보이자 눈이 휘둥그레지며 매우 반가운 기색이 역력하다. 단연 재영 때문이다. 그런데 자신의 로망 재영은 안 보이고 친구들만 보이자 다소 힘이 빠졌다.

점점 가까워지자 영복은 "와아! 우리 가수님들 오디션 준비 잘되십니까? 하하하."라며 인사말 겸 덕담을 하자 "그렇진 않아요. 재영이가 오늘부로 이탈했기 때문에 팀워크가 깨졌죠."라고 새롱이 말하였다.

후보 최영복은 당황했고, 수행원 김철상은 약간 감이 왔다. 당혹스러운 최 후보는 "아니, 왜 그렇지요? 무슨 일 있어요?"라고 묻자 그녀들은 아무도 소상히 말하진 않았다.

영복은 혹시 상대 당 전 후보가 떠든 그 말 때문에 그런가, 아니면 철상이 떠든 말 때문인가 의심하기 시작하였다.

많은 시민들이 우르르 몰려오자 이에 의식된 듯 그는 웃으며 다른 곳으로 이동했다.

철상은 속으로 '어젯밤 재영이 그놈과 산책하더니 뭔가 일이 났구나!'라고 추측했다.

친구들은 조금 더 걸어가 노가리라고 간판이 달린 가게로 들어갔다. 간단히 노가리와 맥주를 마시겠다는 생각으로 들어간 건데, 곧 죽어도 본인들이 행전을 염두에 뒀단 말은 하지 않았다.

하지만 서로는 다들 그렇게 눈치는 챘다.

각자 1병씩 마시고 노가리를 뜯는 순간, 가게로 전 후보와 수행원들이 우르르 들어오고 있다.

전대광은 그녀들을 보자 깜짝 놀랐다.

"어어, 여기 계시네요? 그런데 한 분은 안 보이네요?"

아까 최영복 후보도 그랬고 전대광 후보도 재영이만을 찾는 이 현실은 그녀들에겐 가혹한 아픔 그 자체이다.

"왜 다들 재영이만 가지고 그러는 거야? 왜 다들 걔만 좋아하냐고⋯⋯?"라고 새롱이 역정을 내며 울먹인다.

문득 노자에게 아이디어가 떠오르고 있었다. 재영이 남자들에게서 집중 관심을 받는 상황을 흩뜨려뜨릴 복안이다. 남자들 중 상대적으로 더 열성적인 대광에게 행전의 실체를 알려 강력한 견제 장치를 구축하게 조장하는 것이다.

"국민사랑당 전 후보님, 우리는 후보님의 심정을 잘 압니다. 저희도 TV 토론회를 잘 봤습니다. 후보님이 오죽했으면 브라운관에 나와서까지 재영이를 좋아한다고 그러셨겠어요? 알아요. 그 마음⋯⋯. 근데 어쩌지요. 지금 친구 재영이는 이번에 오디션을 준비하는 남친 행전이와 지금 보정동 카페거리에서 노래 연습을 같이 하고 있어요. 급작스럽게 사귀게 된 사이입니다. 이상하게 됐어요. 이해할 수가 없어요."

이런 정보를 흘리는 노자는 '전 후보가 재영이를 단념하고 자기 자신에게로 어떻게 안 되나!' 연결이 됐으면 하는 아쉬운 표정을 짓는다. 노자의 행동에 다른 친구들 새롱, 란조, 채비는 덩달아 그를 바라보며 무척 아쉬워하는 표정으로 이어졌다.

그러나 그녀들의 내심 희망 사항일 뿐, 전 후보는 "그래요? 재영 씨가 그러고 있단 말입니까? 으윽." 하며 탄식하는 표정으로 "예, 일단 알겠습니다. 하지만 불퇴입니다. 그럼 저는 그만 선거운동 때문에 바빠서 가야겠습니다." 하고 황급히 달아나 버렸다.

그의 뒷모습만 물끄러미 바라보며 그녀들은 사랑과 선택이란 게 이토록 처절함을 실감했다.

그래도 곧 죽어도 각자는 누굴 좋아한다, 누굴 좋아하고 있다, 이런 말은 하지 않았다. 희한할 정도로 체면과 자존심 또한 하늘을 찔렀다.

채비가 "야, 얘들아, 노래할 맛이 안 난다. 오늘은 그만 해산하자. 다 각자 알아서 집으로 가."라고 몹시 퉁명스럽게 말하고 혼자 그냥 나가 버렸다.

최영복 후보는 아까 죽전역에서 풍덕천동 쪽으로 이동했는데, 수행원 김철상과 눈이 마주칠 때마다 뭔가 좋지 않은 기운이 밀려왔다.

왠지 철상이 최 후보를 잔뜩 노려보는 듯한 느낌 좀처럼 지울 길이 없었다. 최 후보는 속으로 '아, 이 자식이 그 재영이란 예비 가수 때문에 그러는구나! 이 새끼, 지가 싫다고 걷어차 놓고 지금에 와 이게 뭔 짓이야. 이거 아주 고약한 놈이다!'라고 곱씹었다.

너무 신경이 쓰여 같이 데리고 다니며 선거운동을 하기가 여간 까다로운 게 아니었다. 그렇다고 해고할 마땅한 명분도 없어서 괴롭다.

영복은 아마 '지난 7일 라이브카페에 들러 재영에게 프로포즈한 것에 대해 앙심을 품은 모양이다.'라고 해석했다.

그러면서 속으로 '친구 철광과 의논해 철상을 해결하는 수를 모색하리라!' 다짐했다.

늦은 시간이 되자 최 후보는 "자자, 오늘은 다들 고생 많으셨습니다. 날씨도 점점 쌀쌀해지고 있군요. 우리 이젠 다들 귀가하기로 합시다."라고 오늘 일정을 마무리하였다. 다 돌아서 가자 쥐도 새도 모르게 선거사무장이자 친구인 철광에게 전화를 넣어 "잠시 수지구청역 4번 출구 앞으로 올래?"라고 하자 그는 "알겠다." 하고 왔다.

영복은 그를 데리고 인근 호프로 들어가 상황을 설명하자 철광은 "야, 참, 너도 기분 더럽겠다. 그런 놈이 그런 짓을 하니 말이야! 내 무에타이과 후배라 내가 더 기분이 더럽다. 그때 1차 토론회 끝나고 나올 때 그게 뭐야? 참 건방진 놈이지. 으윽." 하며 동조했다. 영복은 대책을 마련하고 싶은 것이다. 추가로 아까 죽전역에서 재영의 친구 중 한 명이 "재영이는 오늘부로 일탈하여 팀워크가 깨졌다"라고 말한 의미에 대해 이 실체를 알아내자는 데 서로는 합의까지 도출하였다.

"아, 아! 영복아, 그런 건 걱정 마. 내가 다른 애들 시켜서 재영이란 애에 대해 알아낼 테니까! 넌 선거만 신경 쓰라고."

"그래, 고맙다. 철상이도 좀 제거하면 어떻게 안 될까?"

"음, 그래. 그런 놈은 쫓아내야지 뭐!"

11월 19일 토요일 저녁, 철광, 영복은 선거운동 끝나고 수지구청역 4번 출구 호프에서 역적모의하다.

이들은 술을 퍼먹고 흩어졌는데, 철광은 곧장 후배 철상에게 전화를 걸어 "야, 철상아, 내가 경고한다. 너 괜히 여기저기에서 재영이 얘길 꺼내고 다니지 마라, 너 인마, 네가 싫다고 갈라서 놓고 왜 지금 와서 생난리야? 이번 우연한 기회에 우리 후보님이 재영이를 좋아하게 됐잖아? 그리 알고 딴마음 먹지 말고 우리 열심히 후보님 당선되는 것만 집중하자. 알겠나?"라고 다소 협박조로 말했다. 그러자 그는 그저 침묵만을 유지했다. 대답이 없자 화가 치밀어 오른 철광은 "야, 이 자식아, 너 왜 묻는 말에 대답이 없어? 어서 대답해, 이 자식아. 너 죽는다."라고 겁을 줬다.

"네, 형님. 알겠어요."

복종의 말을 듣자 철광은 끊었다.

철광은 지금 일어난 일을 영복에게 알렸다.

"야, 그놈 내가 확실히 눌러 놨어."

"그래. 고맙다, 철광."

나름으로 만족감을 얻은 둘은 마음 편히 잠들며 앞으로 선거 결과가 좋은 성과가 나올 것을 기대했다.

다음날 일요일에도 더더욱 가열찬 선거운동이 진행되었다. 영복은 지역구를 돌아다니며 어제 재영의 친구가 말한 재영이 이탈되어 팀워크가 깨진 구체적 사정이 뭔지 몹시 궁금하기도 하였다.

일단 철상 문제는 일단락됐고 또 다른 궁금중에 대해 영복과 철광이 골똘히 담배를 피워 가며 의논하던 중, 어제 부딪쳤던 재영의 친구들이 또 풍덕천동 뜨올공원에 나타났다.

그들이 지금 노래 연습하러 가는 줄만 알고 있던 영복은 그냥 웃으며 "하하하, 어제도 뵙고 오늘도 그러네요. 반가워요. 오디션 준비하러 가나요?" 묻는다.

"아니, 아닙니다. 목이 쉬었어요. 오늘은 일요일이라 안 하고 우리끼리 광교호수공원 쪽으로 놀러 갈 겁니다."라며 재빨리 쓱 지나가려는데 영복이 새롱을 붙잡고 "어제 말한 그 말이 뭔가요? 재영 씨가 이탈하여 팀워크가 깨진 게요?" 간절한 눈빛으로 묻는다.

"네, 재영이는 요즘 보정동 카페거리에서 이행전이란 오디션 준비생과 연습합니다. 우리 라이브카페에 안 와요. 이상입니다."

새롱이 말을 끝내고 앞으로 막 걸어가자 친구들도 따라서 막 달려갔다. 철상은 이미 어느 정도 예견하고 있던 사실이고 철광은 정확히 몰랐는데 지금에야 알게 된 것이다.

영복은 철광에게 귓속말로 "잠시 저쪽으로 와."라고 하자, 그가 온다.

"그놈도 그냥 둬선 안 되겠는데……."

"그래, 일단 내게 맡겨 봐."

철광은 자신이 아는 다른 동생들에게 연락을 취해 "보정동 카페거리에 가서 이행전을 붙잡아. 그 여자와 같이 노래하지 말라고 경고해."라고 명령을 내렸다. 이에 동생들은 "알았습니다."라고 대답하고 일사천리로 달려갔다. 지금 한창 둘은 그 계단 위에서 가곡을 부르며 몸을 풀고 있는데, 난데없이 낯선 남자들이 여럿이서 나타나 행전을 붙잡아 가자 재영은 너무 놀라 "뭐야? 아저씨들 뭐 하는 사람이야? 어서 놓지 못해?" 하며 뒤따라가다가 경찰에 신고까지 했으나 이미 그들은 행전을 납치하여 스타렉스에 태우고 새터마을 쪽으로 가 버린 상황이다.

납치당하고 감금됐다. 그를 차 안에서 밧줄로 꽁꽁 묶어버리고 "야, 너 말이야, 저 여자와 같이 노래 부르지 마. 정 노래를 부르고 싶으면 혼자서 하라고. 우리가 분명히 말했다. 노래 연습 하고 싶으면 혼자서 하라고. 원래 노래는 혼자 하는 거야, 알았나?" 하고 협박을 가했다.

이에 굴하지 않고 그는 "봐. 이걸 풀지 못해? 내가 누구와 같이 하든 말든 무슨 상관이야? 당신들 뭐 하는 사람들이야? 어, 어어!" 하고 비명을 질렀으나 묶여 있어 속수무책이었다.

그러자 화가 난 그들은 "에잇, 이게 확." 하며 귀싸대기를 한 대 휘갈겼다.

충분히 경고가 됐다고 판단한 그들은 행전을 풀어 준다.

"야, 그만 풀어 준다. 잘 가, 노래 연습 혼자서 해. 앞으로 또 지켜볼 거다. 각오해."

스타렉스에서 풀려나며 너무 어처구니가 없다고 여기며 그도 경찰에 신고하려고 핸드폰을 들었는데 경찰차가 막 달려오고 있다.

경찰차는 스타렉스를 가로막았다. 경찰차를 함께 타고 온 재영은 "저기 저놈들이에요, 경찰관님."이라고 가리켰다.

경찰들은 내려 스타렉스 문을 똑똑똑 두드리며 "다 나오시죠? 어서요."라고 경고를 가했다. 한 남자가 문을 열자 경찰은 "어어, 형님, 죄송합니다. 우린 그만 돌아가겠습니다." 하고 경찰차를 돌려 그냥 가 버린다.

재영은 그냥 돌아가는 경찰차 뒤를 쳐다보며 "야, 경찰 새끼들아, 지금 이게 뭐 하는 짓이야? 신고했는데 출동해 놓고 그냥 가 버리면 어떻게 해? 어휴~ 후레자식들." 하며 펄쩍펄쩍 뛴다.

더 이상 안 되겠다 싶어 가해자들을 사진 찍어 사회관계망에 올리려는 순간, 그들은 스타렉스를 타고 쏜살같이 도망쳐 버린다.

"행전아, 지금 봤지? 경찰이 이래! 이거 완전 썩어 빠졌잖아!"

"으흑, 나 참, 완전 날벼락이다. 저것들 분명 누구와 연결된 것 같은데 누군지 모르겠네. 우리 둘 사이를 파탄 내려고 하는 무리들이다. 누굴까?"

그녀는 갑자기 머릿속이 복잡해져만 간다. 여러 인간들이 존재하기 때문이다. 그런데 이런 짓까지 할 수 있는 인간은 과연 누굴까! 자못 궁금해졌다.

다시 보정동 카페거리로 돌아가기로 마음먹고 돌아서 갔다. 지금 이 시각 최 후보는 친구 철광이 알아서 제대로 조치를 취했을 거라고 안도하며 열렬히 선거운동에 몰입하고 있었다.

문제는 그도 너무 이것저것 머리가 복잡하다 보니 집중력이 흩어져 방심하다가 선거사무장 겸 친구인 철광과 공중화장실에서 아까 그 일 처리에 대해 말하다가 불쑥 철상이 들어오는 줄도 모르고 말을 이어 갔다. 그가 거의 다 엿듣게 되는 사태로 직면한 것이다.

철상은 속으로 '어! 이 양반 그런 짓까지 저지르네. 야, 나 원 참, 나도 꼴통이지만 이거 최 후보도 완전 나랑 같은 과구나! 푸하하. 완전 이성을 잃었구나! 한때 내 여자였던 재영을 차지하려고.' 하며 경악을 금치 못했다.

그는 기회를 틈타 이 건을 대폭로하리라! 결심했다. 자신이 어제 그 둘에게 당한 수치를 보복하는 아주 좋은 기회라고 여겼다.

다음 달 24일부터 27일까지 광교대학교 실내체육관에서 열리는 트로트미스미스터천국 1차 예심도 점점 가까이 다가오고 있는데, 준비 중인 예비 가수들은 집중력을 발휘할 주변 환경이 되질 못하고 있었다.

또 같은 달 26일에 있을 수지 갑 보선도 판이 점점 청렴맑은당 최영복에게로 기울어져 가고 있어서 국민사랑당 전대광의 막판 반격도 엄청난 진흙탕이 될 것은 자명하다.

대광은 내일 월요일부터 다시 카운트다운 35를 기점으로 오늘 일요일 일제히 선거운동원들과 만찬을 하며 급하락한 판세를 뒤집어 엎을 획기적인 묘수를 한번 의논해 볼 공산이다.

저녁 7시, 풍덕천동 짚시갈비에서 모두 다 모였다.

총 13명은 마주 앉아 독을 품는 정신으로 해 보자는 표정들이 역력했다. 그러던 중 한 운동원은 "사실 가장 좋은 방책은 저쪽에서 내부에 불만이 가득 찬 놈 하나를 꼬드겨 저쪽 후보 놈의 약점을 잡는 게 최고의 비책이기도 합니다. 이것처럼 더 좋은 묘수는 없습니다. 완전 허를 찌르는 것이죠."라며 야심 찬 기색을 드러냈다.

"그럼 그게 누굴까? 누구인 것 같아?"

말하면서 문득 전 후보에게 굉장히 센 아이디어가 떠오르고 있다. 바로 1차 토론회 날 자신에게 막말을 쏟아부은 청렴맑은당 철상이란 놈을 포섭하는 비책이다.

철상이란 놈은 그 당시 전 후보에게 막말을 할 때 옆에 청렴맑은당 최 후보도 다 듣고 불쾌한 얼굴로 붉어지며 빠져나가는 장면을 확인했던 전 후보이기 때문이다.

철상이란 놈은 매우 이기적인 놈이라 자신의 옛 여친을 최 후보가 좋아하는 꼴도 못 보고 또 전 후보가 좋아하는 꼴도 못 보는 것이다.

이런 야만적인 성격인 녀석을 잘 포섭하면 소기의 열매를 딸 수도 있으리란 기대 심리가 싹트는 전대광 후보이다.

"아! 맞다, 맞아. 그때 그 1차 TV 토론회 끝나고 나올 때 시건방을 떤 놈을 우리 편으로 끌어들이면 될 것 같은데 그 녀석에 대해서 아는 게 있는 사람 말 좀 해 봐."

보디가드 담당 중 맏형인 배진갑이 나서서 "아! 네. 그 놈은 저희와 같은 죽전대학교 출신이기도 합니다. 저희 유도학과와 그쪽 무에타이과라 그렇게 잘 아는 편은 아니지만 제가 잘 포섭하여 한번 우군으로 끌어들여 보겠습니다."라며 적극적으로 나선다는 의사를 내비쳤다.

진갑은 로고 송을 제작한 날, 전 후보와 덕강이 재영을 놓고 대립

된 상황에서 덕강이 발악을 떨며 관두고 나가 버릴 때도 그를 향해 거센 충고를 가했던 인물이기도 하다.

진갑은 이번엔 철상을 끌어들여 청렴맑은당 최 후보의 약점을 잡아내어 한순간에 지지율 반전을 꾀하려는 중책을 맡는 것을 자청하고 나섰다.

소맥을 섞어 꽤 많은 양을 들이부은 이들은 헤롱헤롱거리기 시작하였다. 전 후보는 "자, 오늘도 고생들 많았습니다. 그럼 2차로 건너편 노래방으로 들어가 한번 신나게 놀아 봅시다."라고 제안하자 다들 "와아! 좋아요."라고 화답했다.

이날은 내일 월요일, 다시 불붙는 선거전을 대비하여 충분히 몸을 풀며 노는 시간으로 채웠다.

날이 밝기가 무섭게 어제 회식 때 밝힌 바대로 배진갑은 김철상과 접촉하려고 궁리를 하던 중, 운 좋게 죽전동 죽전교로 청렴맑은당 관계자들이 오는 장면이 보였다.

대립된 양측이 다리에서 부딪치는 거라 여건상 이 틈에 뭐라고 말하기가 어렵다는 걸 느끼지만 요령껏 접촉해 보리라! 마음먹는다.

맨 앞에 전 후보와 최 후보가 약 3미터쯤 떨어진 지점에 맞닿자 서로는 그래도 현재 치열하게 붙는 전쟁이라 불타는 승부욕과 함께 다소 겸연쩍은 기분 같은 게 들어 서로 쓴웃음을 짓는다.

"우리 전 후보를 여기서 뵙게 되니 너무 반가워요. 아침부터 수고가 많죠? 하하하."

"네, 그래요. 이젠 곧 제가 역전승을 거둘 것입니다. 기다려 주세요. 푸하하하."

"뭐요? 에잇, 참 나, 덕담에 악담으로 화답하다니……!"

최영복은 몹시 짜증 난 표정으로 지나쳤다. 그 뒤를 따르는 운동원들 중 철상이 있었는데, 진갑은 그의 옆구리를 꾹 찌르며 "야, 철상, 잠시 담배 한 대 피울까? 번호 좀 줘." 하고 웃자 그는 번호를 알려 줬다.

철상은 다시 최 후보 뒤를 따라가면서 속으로 '저 형이 왜 저럴까!' 이런 상념이 들었다. 운 좋게 진갑은 그와 접촉할 수 있는 기회를 잡았다.

약 1시간 정도 지나 진갑은 철상에게 전화를 넣자 그가 받았다.

"야, 철상, 우리 은밀히 한번 만나자고? 할 말이 있다."

"왜 그래, 배 형?"

"만나 보면 안다. 내가 다시 전화하겠다."

이날 선거운동은 지역구를 여기저기 돌아다니며 지역민들을 최대한 많이 접촉하는 시간으로 채웠다. 전 후보는 머릿속으로 오로지 9회말 역전극을 펼친다는 일념만이 꽉 찼다.

해 질 녘, 전대광은 배진갑에게 "아까 아침에 죽전교에서 걔에게 잘 귀뜸했겠죠?"라고 묻자 그는 "거사를 일으켜 보겠습니다. 마음 편히 기다려 보세요. 그만 들어가서 푹 쉬십시오, 후보님." 하며 위안을 심어 줬다.

다 흩어진 뒤 진갑은 쥐도 새도 모르게 철상에게 전화를 넣어 "야, 철상, 내가 신봉동 쪽으로 간다. 신봉동 신라자이 아파트 앞에 신봉돌구이로 올래? 밥이나 같이 먹게?"라고 제안하자 그는 "알겠어, 배 형." 하고 나갔다.

진갑은 그의 집 앞에까지 찾아가는 과잉 친절을 베풀었다.

11월 21일, 배진갑, 김철상 포섭하려고 신봉동 신라자이 아파트 앞으로 저녁때 간다.

함께 식사하려고 그랬다.

그곳에 가서 기다리자 철상이 나타났다.

"어서 와, 동생."

철상이 나이가 30이고 진갑의 나이 35라 형이라 동생이라 불렀다. 죽전대 시절 철상은 무에타이과, 진갑은 유도학과였고 양학과 간의 불협화음이 심해 잘 알고 지내진 않았지만 얼굴 정도는 기억하고 있다.

철상은 약간 미소를 띠며 "왜 불렀어요, 배 형?" 하며 얼굴을 빤히 쳐다봤다.

"말이야, 나를 한 번만 도와줘야 할 것 같은데……?"

그래 놓고 또 잠시 뜸을 들이다가 결국 입을 열었다.

"하하, 나는 이미 알고 있지, 네가 청렴맑은당 최 후보에게 별로 좋지 않은 감정이 있다는 걸 말이야! 그래서 말인데 그냥 우리 편으로 좀 와 줘. 그것도 보이지 않게 말이야. 더 자세히 말 안 해도 뭔지 감이 오나?"

순간 감이 온 철상은 "배 형, 내부자 같은 것 말이에요? 영화 같은 데서 지겹게 나오던데 그런 거나 나보고 하란 말입니까? 우하." 하며 조금 짜증 섞임과 약간 반기는 듯한 몸짓을 취했다.

술과 고기가 나오자 먹기 시작했다.

술이 몇 병째 들어가자 이들은 긴장감이 확 풀어져 스스럼없이 막 대화가 진행됐다.

"우리 전대광 후보님이 이번 막판 판세만 뒤집어 대역전승 하면 네게도 큰 뭉칫돈을 줄 거야! 최소 50억은 될 거야!"

큰 금액에 깜짝 놀란 그는 "아! 네? 50억이라고요? 그럼 내가 50억 클럽에 가입되는 거네."라며 반색했다.

"야, 우리 전 후보님은 가진 건 돈밖에 없는 사람이야!"

"내가 봐도 생긴 게 그런 것 같긴 해요!"

그가 호의적으로 나오는 것 같자 진갑은 재빨리 그가 가장 관심을 기울일 수 있는 쪽으로 화제를 몰고 들어간다.

"그리고 사실 우리 후보님은 네가 예전에 좋아했던 그 재영인가 하는 그 여잘 그리 좋아하지도 않아! 그냥 그때 비즈니스 차원으로 한 표 더 얻으려고 라이브카페에 들러 그랬고, TV 토론회 때도 상대 당 기를 꺾으려고 그냥 막 들어간 멘트였던 거지 뭐! 별거 없어."

이 말에 철상은 몹시 의아한 표정으로 "예에? 그게 그런 거란 말입니까? 글쎄, 그런가! 거참 웃기고 희한하다." 라며 고개를 절레절레 흔들었다.

철상이 "그래요, 내가 무슨 내부자 역할을 해 줘야 합니까?"라고 묻는다.

매우 달콤한 얼굴로 "뭐! 당연한 거지. 최 후보의 허점을 알려 줘. 치명타가 될 수 있는 수준 정도 하나만 있으면 돼. 그게 절실해."라며 간절한 눈빛을 던졌다.

잠시 생각하던 철상은 순간 망설이기도 했지만 "하나 있긴 있죠. 그 수위면 완전 아작이 날 수도 있을 것 같은데." 하고 막 웃었다.

"그게 뭔데?" 하고 물으며 진갑은 눈이 번쩍 뜨였다. 철상은 잠시 생각 끝에 고민을 더 해 봐야겠다는 쪽으로 여기며 소주잔을 확 들이켰다. 뭔가 있긴 있는 건 같은데 선뜻 말하지 않는 철상을 보자 진갑은 애가 달아 갑갑한 나머지 알코올로 그의 경계벽을 허물어뜨리려고 마구 따라 줬다.

"야, 야, 막 마셔. 마셔 원래 술은 막 마시는 거야! 빨리. 빨리 먹어라, 먹어."

덥석덥석 받아먹던 철상은 취기가 오르자 결국 자신이 청렴맑은 당의 선거운동 일원으로서 절대 감춰야 할 특급사적 비밀을 발설하기 시작하였다.

"네, 흠, 흠, 말하지요."

"그래. 어서 말해 봐."

"말이죠, 어제 오전에 실로 끔찍한 일이 있었습니다. 최 후보가 재영이에게 완전 미쳐 재영이가 트로트 오디션 준비를 같이 하는 남자 친구 행전이란 놈을 사람을 시켜 납치하고 감금한 것입니다. 그 후 지시를 받은 놈들은 걔를 밧줄로 꽁꽁 묶어 차에 태우고 새터마을 쪽으로 가 재영이와 같이 노래 연습 하지 말라고 공갈 협박 한 것입니다. 이거 명백한 범죄 아닙니까? 또 섬뜩한 건 재영이가 경찰에 신고해 출동했는데도 엉뚱하게 경찰들이 가해자들에게 형님이라고 하며 죄송하다고까지 하고 각듯이 인사도 했다고 합니다."

진갑은 눈이 번쩍 뜨이며 "뭐야, 그랬다고? 원래 이 나라가 완전 개판이긴 해! 그 후보 놈이 그랬단 말이지? 참 나, 완전 이성에 눈이 멀었구나! 나도 여잘 엄청 좋아하긴 하지만 그 정도 망나니짓은 안 하는데……. 그래, 너무 좋은 정보야. 그 정도면 그 후보는 완전 날아가는 거야! 이 세상천지에 어떻게 그런 짓을 할 수가 있어. 그래, 좋아. 이 건으로 막판에 한 번 휘몰아치자! 우하하하." 하며 꽤 만족한 웃음을 지었다.

이들은 소주를 더 들이붓고 각자 흩어지며 앞으로 서로 은밀히 긴밀하게 공조하기로 약속했다.

진갑은 돌아서며 곧바로 이 속보를 국민사랑당 전 후보에게 전화를 넣어 이 사실을 그대로 알렸다.

전대광은 갑자기 얼굴이 확 펴지며 "예에, 선거본부장님. 그런 획기적인 쐐기타가 다 굴러 들어오는군요. 푸하하하. 정말 고생 많으셨습니다. 들어가셔서 편히 쉬세요." 웃으며 흥분되어 어깨가 들썩이기 시작하였다.

전대광이 생각할 때 이 사건 하나만으로도 완전히 그놈의 후보직 사퇴감이고 사법 처리 대상이라 이젠 자신이 당선된다는, 그야말로 초읽기에 들어간 셈이라 판단하여 너무 기뻐 고무되어 자신의 집 동천동 자이 2차 아파트에서 오밤중에 기쁨의 혼술을 하며 계속 열광의 도가니 속으로 빠져들었다.

이젠 어느 시점에 이 특급 정보를 폭로하느냐를 놓고 저울질하는 시간으로 들어갔다.

다음 달 26일이 투표일이니 대략 일주일 남겨 놓고 완전히 찬물을 끼얹는 전략을 구상해 본다.

이런 무지막지한 일들이 일어나는 것도 모르고 최영복 후보는 자신이 현재 여론 조사에서 15% 이상 앞서고 있는 걸로 나타나자 이젠 다 된 밥이라고 판단하며 승리의 축배를 들 생각만 하고 있었다.

점점 깊어 가는 가을철. 이제는 초겨울이 가까이 온 시점에 행전과 재영은 최근 일어난 납치, 협박, 감금의 피해는 당분간 잊기로 하고 다음 달 24일부터 27일까지 4일간 치러지는 트로트미스미스터천국 1차 예심만 몰두하기로 다짐하고 있다.

줄곧 죽전동 8595 라이브카페에서 연습을 이어 가던 란조, 채비, 새롱, 노자는 자신들을 좋아하는 남자들이 나타나질 않자 일단 이런 쪽으론 당분간 접고 다음 달 1차 예심에 통과하여 행전과 재영의 콧대를 완전히 꺾어 주리라! 결심하고 있다. 재영이 특별히 이들 친구들에게 잘못한 건 없지만 남자가 하나 끼어 있어서 그랬다.

재영은 아랑곳하지 않고 행전과 다정히 보정동 카페거리 그 계단에서 이를 악물고 노래 연습을 이어 갔다. 문제는 엊그제 둘을 납치하고 감금했던 사람들이 철광의 지시를 받고 또 이곳에 와 염탐을 이어 간다.

"어! 저것들이 또 저렇게 똘똘 뭉쳐 노래를 부르고 있네! 참 나, 질기고 끈질긴 연놈들이다! 저 자식 한 대 더 얻어터지고 싶은가! 어휴~ 우리 철광이 형님에게 이 사실을 보고해야 하나."

"그래야지 뭐! 우린 그 형님의 코치와 지시를 받는 인간들이잖아?"

한 동생이 전화로 철광에게 이 사실을 그대로 보고하였다. 전해 들은 철광은 "뭐야? 또 거기서 노래를 해? 이것들이 완전 겁대가리가 상실했네! 으윽, 일단 알았어. 우린 지금 선거운동 때문에 너무 바빠서 그만……" 하고 끊고 열받아 심장이 두근두근거렸다.

이 사실을 그대로 친구인 최영복 후보에게 알렸다. 영복은 "으으, 거참, 안 먹히는데. 아! 여자를 잡기가 이리도 힘들단 말인가? 일단 잠시 생각 좀 해 보자. 일단 선거전이 더 시급하니 말이야!"라며 유보의 뜻을 내비쳤다.

영복으로선 더더욱 기분이 찝찝한 건 분명 자신이 현재 대광보다 무려 15%나 더 앞서고 있는데, 오늘따라 괴이하게도 대광이 선거운동원들과 죽전역을 지나가며 얼굴이 확 펴져 있고 매우 신난 듯한 표정이 엿보였다는 게 도무지 이해가 가질 않았다. 영복은 속으로 '아니, 저 녀석이 혹시 재영이와 연결됐나! 그래서 저렇게 신나서 방방 뜨는 거야, 뭐야. 하여간 알다가도 모를 일이다. 아님 선거운동 하러 여기저기 돌아다니다가 예쁜 여자라도 하나 물었나! 으흑, 저 놈의 실체가 궁금하다. 미치겠다. 한번 철광에게 이 문제도 알아보라고 해 볼까?' 이런 망념 속으로 빠져들었다.

이젠 앞으로 재영을 차지하기 위하여 지금 보정동 카페거리에서 그녀와 함께 노래 연습 하는 행전이란 놈도 잡아야 하고 추가로 대광 후보 놈도 잡아야 하는 이중고를 겪어야만 할 처지에 놓였다. 지금 영복이 하나 간과하고 있는 현실은 돌고 돌아 다시 들어올 수도 있는 자기 자신의 소속된 선거운동원 철상도 조심해야 하고, 또 예전에 관뒀지만 한때 국민사랑당 전 후보 쪽 진영의 수행원이었던 조덕강이란 존재도 도사리고 있다.

그러기엔 시간이 상당히 많이 소요되므로 이 문제는 일단 접고 현재 나타난 대세를 몰아 완전 굳히기 작전으로 들어가리라! 결심하고 있다.

자신의 선거운동원 철상이 어제 상대 당 선거운동원 진갑을 만나 최 후보의 결정적 약점을 누설한 사실은 현재 알아채질 못했지만 앞으로 치명상을 입을 공산이 커 그야말로 위태위태한 행보를 이어 가고 있다.

잠시 숨어 지내며 내년 3월 초 신도림테크노마트 특설링에서 벌어지는 한국 최대 종합 격투기 대회를 대비하는 조덕강은 자신은 유도학과를 나와 그라운드 이런 쪽은 부족하진 않지만, 타격 쪽이 취약해 타격을 특별히 보강하기 위하여 성복동에 있는 킥복싱아카데미에 다니며 맹훈련 중이다.

그가 이럴 수 있는 원동력이라면 얼마 전 국민사랑당 선거운동을 관두고 나왔다가 8595 라이브카페에 들렀을 때 재영이가 자신에게 알려 준 전화번호 때문이다.

실은 그녀가 별 의미 없이 무슨 팬 서비스 차원으로 알려준 번호인데도 말이다. 사실 가수가 팬에게 전화번호를 알려주는 경우는 전무하지만, 그저 같은 학교 출신이라고 순간 뭔가에 씌어 동료 아닌 동료애를 느껴 버린 것이었다.

그는 오늘따라 이 번호로 전화를 해 보고 싶은 충동에 사로잡혀 들뜬 채 번호를 꾹 눌렀다.

지금 이 시각 그녀는 보정동 카페거리 그 계단 위에서 행전과 노래 연습에 집중하고 있어서 핸드폰을 볼 수가 없었다.

안 받자 그는 다소 시무룩한 표정을 지으며 핸드폰을 내려놓고 다시 샌드백을 발로 거칠게 팡팡 찼다.

속으로 '그래, 그래도 내게 전화번호를 알려 줬을 정도면 내게 관심은 있단 거고, 다음에 가면 애인은 따 놓은 당상이다.'라고 굳게 생각하며 더 신나고 거칠게 샌드백을 주먹과 발로 차다가 체육관의 한 입식 전문 고수와 실전을 방불케 하는 스파링을 하며 더 사납고 맹렬하게 공격을 퍼붓는다.

한창 스파링 도중 상대는 "아니, 덕강 유도 선수가 킥복싱을 배운 지 얼마 안 됐는데 왜 그리 잘해? 내가 겁나서 제대로 할 수가 없어! 우아아." 하고 감탄하며 두려운 표정을 짓는다.

죽전동 라이브카페에서 노래 연습에 열중하던 4명 여자들은 목이 아파 잠시 휴식을 취하려고 다들 손을 흔들며 그만하자는 사인을 보내며 의자에 앉았다.

"와하! 너무 힘들다. 오늘은 소리가 잘 안 나와. 흠, 흠, 흠."

"재영이는 지금 거기서 그놈과 열나게 노래하고 있겠지!"

노자, 새롱, 란조, 채비는 속으로 한숨만이 나왔다. 이들 다 워낙 감수성과 감성이 강해 외로움을 많이 타는 편이다.

여자는 남자가 없으면 감수성이 약한 성향이라 하더라도 고독을 느끼는 강도는 상당하다.

갑자기 푸념조로 "야, 애들아, 나는 솔직히 노래하다 너무 외로울 땐 우리 대학을 나온 애들 중에 말이야, 지금 선거운동 하러 다니는 애들이라도 아쉬울 때도 있다. 꿩 대신 닭. 이히히히."라고 노자는 말하며 한숨을 깊게 푹 들이쉰다.

평소 누굴 좋아한다는 등 속내를 전혀 드러내질 않았는데 지금 살짝 넋두리식으로 비쳤다. 이들 각자 재영의 차지가 되어 버린 행전을 염두에 뒀지만 물 건너간 즈음 오디션을 대비하여 집중한다고 결심한 게 불과 몇 시간도 채 지나지 않아 한 사람이 맥 빠진 소릴 한 거나 다름없다. 작심 몇 시간이었다.

노자의 이 말 때문에 평소 선거운동 하러 다니는 남자들에게 전혀 관심도 없던 채비, 새롱, 란조도 자신들의 마음을 그들에게 우회적 사랑으로 대체할 수가 있어 솔깃하는 마음이 싹튼다.

다들 잠시 침묵이 이어지더니, 란조가 남자 이야기를 많이 하면 극심한 외로움으로 더더욱 외로워져 분위기를 반전하고자 자신의 힘든 경제 이야기를 꺼내 들었다.

"나는 돈이 없는 사람으로서 요즘 버텨 나가려면 무엇보다 신용카드를 사용하면서 사용 기록을 정확히 잘 챙겨야 될 것 같아! 우리 아빠가 용돈을 대 주니 유용히 카드를 쓰긴 하지만, 참 힘들다. 한도가 100만 원인 카드인데 내가 만약 이 한도를 믿고 100만 원을 다

써 버리면 난리 나지! 그래서 난 한도 가까이 쓰지 않으려고 늘 연구를 해! 특히 백화점 같은 데 가면 예쁜 옷을 보면 조심해야 해! 한때 막 그러다가 홍역을 치른 적이 있지."

이 말이 떨어지기가 무섭게 채비는 헛웃음을 지으며 "야, 무슨 그까짓 카드 한도 금액 100만 원 가지고 그래? 그게 돈이야? 우하하." 하며 힐난했다.

"어휴~ 그런 돈은 돈 같지도 않다. 무슨, 왜 갑자기 하루 용돈도 안 되는 돈 가지고 이런 얘기가 나오지? 우-후-후. 그게 돈이야?"라고 노자가 거들었다.

**5**

궁핍했던 용인 농부,
벼락부자로 변신

## 순간 란조의 얼굴이 붉어졌다.

대화를 나누진 않았지만 새롱도 100만 원을 우습게 여긴 채비, 노자의 말에 불쾌한 감정은 역력하다. 인간의 이기적 발상을 여실히 드러내는 대목이다. 상대방 입장을 깊게 생각하려 하지 않는 교만이 앞섰다.

"야, 얘들아, 돈 얘긴 그만하고 밥 먹을 시간이 된 것 같다. 가서 밥이나 먹자."라고 새롱이 역정을 냈다.

4명의 여자들은 서로 이상할 정도로 얼굴을 붉히며 인근 감자탕 집으로 점심을 먹으러 나간다.

채비, 노자는 자신들의 벌이는 없지만 아버지가 수지구 부동산 재력가라 돈 걱정이 없는데, 이런 환경 속에서 살다 보니 늘 기고만장하고 돈을 우습게 여기고 가난한 사람들을 유난히 무능력자라고 여기기도 하며, 실력이 없는 거라는 둥 재능이 없다는 둥 하며 극심하게 깔본다. 하지만 새롱, 란조는 그와 반대라 카드 한도 100만 원이 넘을까 봐 늘 불안하다.

수지구 풍덕천동은 오래전엔 비닐하우스 고추밭, 가지밭, 호박밭이었고 풍덕천동에서 성복동 상현동 쪽으로도 흙먼지가 휘날리는 비포장도로였고 보잘것없는 헐값이었으나 번개 같은 도시 개발로 땅값이 천정부지로 뛰어올라 벼락부자가 됐던 채비, 노자의 할아버지가 아버지에게 그대로 물려줘 버린 게 부가 이어져 손녀들마저 눈에 뵈는 게 없이 날뛴다.

객기가 발동하여 눈에 뵈는 게 없고 그녀들의 아버지들은 지난날 가난했던 시절을 새카맣게 까먹고 현재 눈에 보이는 극빈층들을 깔보는 마음으로 지낸다.

능력 없는 것들, 실력 없는 것들. 이런 관념과 표현으로 그랬다.

말 한마디 한마디 속에서도 다 드러나게 되어 있다. 무슨, 이것도 실력이니 능력이니 하면서 자신들이 운영하는 가게에 극빈층 종업원들과 영업 시간이 끝나고 술을 먹다가 대화 도중, 그런 발언을 하여 열받은 종업원들이 접시를 던지고 "잘 먹고 잘살아라, 용인 수지 농사꾼들 펄쩍 뛴 땅값 물려받은 자식아." 하고 관두고 나가 버린 적이 있다.

그러니 딸에게 카드 한도를 상당히 높여 주고 마음껏 쓰라고 대주는 것이다. 새롱, 란조 아버지는 그런 운은 없었고 다른 지역에 살다가 하던 일이 잘 풀리지 않다가 다른 장사 목적으로 이사한 게 풍덕천동 동보아파트였다.

감자탕이 나오자 이들은 먹기 시작하는데, 아까 채비, 노자가 100만 원을 우습게 말한 여파가 몰려와 새롱, 란조는 음식이 제대로 목구멍으로 넘어가질 않을 정도였다.

벌써 앉은 자리도 채비, 노자가 옆으로 앉고, 새롱, 란조가 반대편에 앉아 대조가 되기도 했다.

어느 정도 먹자 또 무슨 일인지 새롱은 "말이야, 현금을 썼다면 현금 영수증을 잘 챙겨야 해! 카드는 기록이 남으니 상관없지만 현금은 기록이 남지 않으니 이걸 꼭 챙겨야 연말 정산 할 때 소득 공제를 받을 수가 있지! 히히."라며 진지한 눈빛을 보이자 란조는 "그래, 그건 당연 필수다."라고 호응했다.

앞에서 듣던 둘은 꽤 시큰둥한 표정으로 "어휴~ 또 시작이다. 또무슨 현금 영수증 가지고. 그런 건 받기도 귀찮고 짜증 난다." 하며 "우하하하하." 하고 크게 웃어 버렸다.

노자는 덧붙여 "야, 애들아, 가난한 건 가슴 아픈 일이긴 해! 문제는 이런 극빈층들의 심리를 교묘히 이용하여 무슨 꽤나 위해 주는 척하면서, 그러니까, 악성 포플리즘으로 서민 표를 우려먹는 악성 정치꾼들이 활개치는 거라고. 서민들에게 관심 갖는 놈들이 어디 있어? 서민도 서민을 무시하는 마당에 그냥 표 장사 하려고 수작 부리는 거지."라고 핏대를 올렸다.

또다시 속을 긁는 친구들 때문에 둘은 얼굴이 완전 굳어지며 숟가락을 탁자에 탁 하고 놓고 앞을 빤히 쳐다봤다. 서로는 돈이라는 굴레 속에 빠져들며 한없이 간극이 생겨나고 있다.

벌써 이상 반응이 나온다는 걸 감지한 채비, 노자는 더 말하면 안 되겠다 싶어 입을 꽉 다물고 밥을 다 먹었다.

다 먹고 나와 이들은 여느 때 같았으면 옆 건물에 있는 싱카카페로 들어갔을 텐데 "야, 애들아, 오늘은 아메리카노는 생략하는 게 좋겠다."라며 앞으로 쭉 걸어가 버렸다.

그녀가 라이브카페로 들어가자 친구들도 뒤따라 들어갔다. 그녀들은 둘과 둘 사이에 재력의 극심한 차이로 심한 갈등을 재현하고 있지만, 비슷하게 나타나는 한 가지 현상은 양당 보선 후보들을 보며 침을 생키다가 힘들 것 같은 예감에 행전으로 기울다가 그가 재영에게 완전히 기우는 형국이라 다 여의치 않음을 직시하고, 꿩 대신 닭으로 청렴맑은당 선거운동원들에게 눈길을 돌리려고 마음먹는다.

이를테면 백창, 수달, 정환, 문수 이런 남자들이다. 이것도 닭이라고 막상 부딪쳐 보면 그저 좋다고 넘어올지 아닐지 보장은 없는 것이다. 서로의 하트가 움직일지 아닐지, 어떨지 모를 일이다. 남녀 간의 선택을 받는다는 게 보통 일이 아니라 그리 호락호락하게 이뤄질지 산 넘어 산이다.

특이한 건 그녀들이 동일한 시간대에 이런 현상이 일어나면서 서로에게 내색하진 않는다는 대목이다.

라이브카페에 모두 들어와 밀크커피를 한잔씩 타서 마시는 걸로 커피는 대체됐다. 최근까진 서로서로 화기애애한 분위기였으나 아까 카드, 현금 영수증 얘기로 대립 각을 세운 여파가 오후 노래 연습에 어떤 영향을 미칠지. 이들은 신경을 곤두세웠다.

그래도 최대한 집중하려고 부단히 노력을 가하여 발성에 들어갔다. 새롱이 한창 소리를 지르다가 기운이 나질 않아 잠시 휴게실로 가서 냉수를 한잔 마시다가 몇 분 더 쉬었다 하려고 소파에 앉아 핸드폰을 이리저리 만지작거리다가 무슨 기사 하나를 봤는데, 바로 현재 진행 중인 수지 갑 보궐선거에 대한 기사였다.

방금 전 속보라고 뜨면서 국민사랑당 전대광 후보가 기자들을 불러 모아 놓고 회견을 했는데, 내용은 조만간 청렴맑은당 최영복 후보를 한 방에 날려 버릴 중대 발표를 하겠다는 것이었다.

원래 전 후보는 선거 일주일 전에 폭로하려고 잔뜩 벼르고 있었는데 굳이 그럴 필요가 없다고 판단한 듯했다.

며칠 지나 보면 구체적인 윤곽이 드러날 것으로 예상되고 특히 이 기자 회견 때문에 최 후보는 여간 기분이 찝찝한 게 아니었다. 혹시 무엇일까! 과연 무엇 때문에 저 녀석이 저럴까! 최 후보는 속이 완전 부글부글 끓어오르기 시작했다.

새롱은 좀 더 그 기사를 읽어 내려 가는데, 무슨 양당의 후보들이 죽전역 부근에서 선거운동 하는 장면과 선거운동원들의 사진들이 게재되었는데, 자신이 조금 염두에 두고 차선책 이상형으로 여기는 방정환이 나오자 눈이 번쩍 뜨였다.

"으으, 그래. 그렇지. 그래도 다른 애들 보단 얘가 조금 더 나아 보여. 재영의 차지가 되어 버린 행전만은 못해도, 그래도 이 정도면 꽤 괜찮은 편이야!"라고 혼잣말로 중얼거리는데 난데없이 란조가 휴게실로 불쑥 들어오며 그 말을 다 들었다.

"야, 너 지금 누굴 말하는 거니?"

줄곧 누굴 좋아한다는 내색을 하지 않던 새롱은 이제는 과감하게 밝힌다.

"야, 란조, 난 청렴맑은당 선거운동원 애 방정환을 좋아하고 있다. 얘랑 나랑 잘 어울릴 것 같니?"

"음하하하하, 그건 모르겠고 난 걔는 별로고 그 옆에 사진 속 백수달이 낫다. 우리 극서민들 파이팅. 서로 이상형이 겹치지 않아 천만다행이다. 우리 이 녀석들에게 접근하고 남친으로 만드는 데 성공한 후 동반 여행 어때?"

둘이서 이런 얘길 하는 걸 휴게실 쪽으로 오던 채비, 노자가 다 듣게 됐다.

11월 22일 화요일 오후 2시, 라이브카페에서 일어난 사건들이었다.

다 들은 둘은 조금 움찔한다. 왜냐하면 자신들과 이상형이 겹치기 때문이다. 속으로 "으으, 왜 하필 걔야. 다른 애들 최문수, 조백창을 좋아하지, 왜 하필 방정환, 백수달이냐고……." 하며 탄식 속으로 빠졌다.

사랑하는 대상이 겹치면 서로서로 피곤하기 때문이다.

그녀들은 서로서로 대충 감은 잡고 있지만 누가 누굴 좋아하느니 어쩌느니에 대해 그리 깊게 표현을 안 하는 편인데, 지금 이 시각부터 서서히 드러내는 것이었다.

새롱, 란조가 물을 다 먹고 쉬었다가 일어나자 채비, 노자는 황급히 라이브 무대 쪽으로 피한다.

최영복 후보는 아까 전대광 후보가 기자 회견 한 대목에 대해 온갖 망상과 상념들이 머릿속에서 떠나질 않고 스스로를 괴롭힌다. 속으로 '저 자식이 도대체 뭘 가지고 저러지. 참 이상하다. 아! 정말 미치겠네.'라고 생각하고 있다.

영복은 "자, 우리 동지 여러분, 저놈 대광이란 놈이 도대체 뭘 가지고 저러는지. 뭐 지피는 데가 있나요?"라고 선거수행원들에게 묻기도 하였다.

다들 감이 오질 않아 그저 침묵하며 우두커니 서 있을 뿐이지만 철상은 내심 자신이 어젯밤 상대 진영에 특급 정보를 흘려 준 역할을 한 장본인이라 약간 찔리는 기분 가눌 길이 없다.

하지만 끝까지 표정 관리를 하며 그저 영복의 시무룩한 표정에 동조하며 같이 시무룩한 표정을 자아내며 일심동체인 것처럼 쇼를 이어 갔다.

그러는 중 또 다른 속보가 떴다고 총괄본부장 철광이 말하고 있다. 영복은 재빨리 핸드폰을 열어 보자 대광이 내친김에 '이따가 저녁을 기해 청렴맑은당 최 후보를 날려 버릴 중대 사안을 발표하겠다.'라고 본인의 페이스북에 글을 올렸다는 기사이다.

영복은 가슴이 철렁하며 움찔했다.

이 시각부터 불안하여 선거운동을 할 기운이 나질 않았다.

"아, 아! 참 기분 더럽군요. 저게 뭘 가지고 저러는지 모르겠네요. 그때 내가 룸살롱 갔다고 그걸로 별 재미를 못 봤는데 이번엔 또 무슨 가짜 뉴스를 퍼뜨리려고 그러는지. 어휴~ 오늘 선거운동은 여기서 마칩시다. 이따가 저녁때 저놈이 하는 말이나 한번 집중해 보자고요."

결국 불안한 나머지 오후 2시가 조금 넘은 시간밖에 안 됐는데 그는 마친다고 말하고 기사가 운전하는 차를 타고 임시 숙소인 풍덕천동 한 호텔로 들어갔다.

문제는 상대 당 전 후보가 잔뜩 신경을 건드려 놓고 저녁때가 다 되자 느닷없이 다시 페이스북에 '안녕하세요. 제가 지금 이 시점에 굳이 최 후보가 사퇴해야 할 약점을 거론한다는 것은 제 인격에 손상이 올 수도 있을 것 같아 일단 보류하도록 하겠습니다.'라고 글을 올려 긴장된 영복의 가슴에 비수를 꽂는다.

영복은 이 속보를 접하고 더욱더 부글부글 끓어올라 속이 터질 것만 같았다. 대광의 치고 빠지는 전략 전술에 영복 측은 맥이 다 빠졌다. 내부 고발자였던 철상은 지연 작전의 의미를 간파하고 달콤한 미소를 짓는다. 지금 대광의 전술은 슬쩍슬쩍 이렇듯 조금씩 흘려 신경을 예민하게 해 스텝을 꼬이게 해 놓고 막판 일주일 남겨 놓고 증거물을 들이대는 최종 전략이다.

문득 영복은 혹시 엊그제 자신의 로망 재영의 오디션 동료 남친 행전을 납치, 협박, 감금한 일이 어쩌면 여러 경로를 통해 알려졌나! 하는 두려움이 밀려왔다.

아무래도 왠지 그것인 것 같은 불길한 느낌이 세게 들었다.

속으로 '아, 아, 아, 제발 그, 그, 그건 아니길 바란다.' 이러면서도 그것이란 의구심이 강하게 들면서, 게다가 누군가 내부 고발자가 있었을 것 같다는 의심마저 머릿속을 강타했다.

그랬다면 과연 누굴까! 이런 쪽으로 더더욱 골머리를 쑤신다.

문득 '혹시 선거운동원 철상이란 놈의 장난이 아닐까!' 의심이 들었다.

얼마 전 철광이 철상에게 전화를 넣어 재영이를 좋아하지 말라고 협박을 가했다고 전해 들었는데, 아마 철상이 억하심정이 생겨서 이에 틀어져 그랬을 수가 있어서이다.

철상이 자처하여 상대 진영에 고발한 건지 어쨌는지는 알 길이 없지만, 그런 비슷한 쪽인 것 같다. 이 시간 이후로 대광의 전략 전술이 주효하며 영복은 불면증에 시달리며 미쳐 죽을 지경이다. 날이 밝기가 무섭게 영복은 자신의 페이스북에 '어제 국민사랑당 전대광 후보의 기습적인 기자 회견은 사실 실재하지도 않는 허위 사실 하나를 움켜쥐고 은근히 저를 피곤하게 하여 막판 대세를 몰아가려는 엄청난 꼼수로 판단됩니다. 이에 저와 선거운동 종사자들은 조금도 흔들림 없이 굳게 나갈 것임을 선언합니다. 만약 훗날 아무런 하자가 드러나질 않는다면 저는 전 후보를 명예훼손죄로 형사 고소는 물론이고 흑색선전을 일삼은 선거법 위반으로 선관위에 고소 고발 할 것임을 분명히 합니다. 지금이라도 어서 빨리 그 말하고자 하는 내용을 밝히길 바랍니다.'라고 경고성의 글을 날렸다.

이 글을 접한 전 후보는 "아하! 이 인간이 서서히 피가 마르겠구나! 그런다고 내가 얼른 공개할 것 같아? 당신의 힘을 더 쭉 빼놓고 해야지! 우하하하하."라고 혼잣말을 하며 호탕하게 비웃는다. 이젠 얼마 남지 않은 수지 갑 보궐선거가 점입가경으로 치닫고 있었다.

같은 시점에 트로트미스미스터천국도 벌어질 예정이라 입상자 명단에 오를 가능성이 높은 예비 가수들의 경쟁도 마찬가지였다.

철상은 자신이 내부 고발자였던 의심을 최대한 최 후보에게서 받지 않으려고 속임수 차원으로 더더욱 선거운동에 열중하는 자세를 취했다. 길거리 유세 때 어제보다 더더욱 크게 최 후보를 연호하며 함성을 지르며 다니는 것이다.

그러면서 더 큰 노림수는 재영이 트로트 오디션이 끝나면 틈을 노려 다시 재회를 시도해야겠다는 야심 같은 걸 꿈꿨다.

본인이 싫어 걷어차 놓고 타인들이 달라붙으니 이 자체는 싫은 것이다.

어떻게 된 일인지 전대광은 어젯밤 최영복의 속을 잔뜩 죽여 놓고 오늘은 오전부터 죽전역을 돌아다니며 난데없이 "여러분, 다음 달 광교대학교에서 24일부터 27일까지 트로트 오디션이 벌어집니다. 그 대회에 참가하는 차재영 씨와 저는 4살 차이가 납니다. 4살 차이면 궁합도 안 볼 정도로 너무 좋은 찰떡이라고 그 옛날 그 누가 그러더군요. 지난 1차 토론회 때 충분히 밝혔으므로 오늘은 이 대목은 생략하겠습니다. 차재영 가수를 사랑합니다."라며 또다시 보선 후보답지 않은 엉뚱한 말을 하고 다녔다. 얼굴 표정은 상당히 고무됐고, 득의양양한 기가 흘렀다.

최영복 후보와 점심때가 다 되어 한 지점에서 겹치면서 일촉즉발의 긴장감이 감돌았다. 영복은 갑자기 "전 후보 당신 말이야, 도대체 뭘 공개하려고 그래? 왜 한다고 하더니 또 안 하는 건 뭐야? 당신 허위사실유포죄, 모욕죄, 무고죄, 명예훼손죄 다 걸려. 각오해!" 하며 삿대질을 하자 상대 진영의 운동원들이 항의하러 몰려왔다.

마치 양측은 야구에서 벤치클리어링이 벌어진 것 같은 광경을 연출했다. 유난히 많은 사람들이 이동하는 죽전역이라 이를 보는 행인들은 "선거가 이제 패싸움이 됐다"며 놀람을 금치 못하며 경악스럽단 반응이다.

가까스로 흩어질 수가 있었지만 진풍경이었다. 철상은 더 완벽한 쇼를 하려고 앞장서서 상대 진영과 몸싸움을 남달리 더 격렬히 했다.

내일 진행 예정인 2차 TV 토론회가 정상적으로 진행될 수 있을지 불안하기만 하였다. 재영은 보정동 카페거리에 도착하여 행전을 만나 점심을 먹으러 간 후 그제야 핸드폰을 열어 보다가 어제 조덕강이란 사람에게서 전화가 왔었다는 것을 확인하게 되었다.

별 의미를 두질 않았다.

이 시각 죽전동 8595 라이브카페에서 한창 열을 올리며 노래 연습 하는 4명은 어제부터 새롱이 방정환을, 란조는 백수달을 좋아한다고 서로 밝히는 자리에서 조금 떨어진 곳에서 채비, 노자가 듣게 되어 불협화음이 끊일 것 같지 않았다.

새롱과 란조가 최문수와 조백창을 좋아한다면 아무런 문제가 없겠지만 정환, 수달이라서 화근이 되는 것이다.

채비가 정환에게 호감을 품고 있고, 노자가 수달에게 관심을 지니고 있어서이다. 새롱, 란조가 그렇듯 접근해 들어간다고 하더라도 그들이 받아 줄지는 미지수이다. 이런 구도하에서 그녀들은 어제 서로 금수저, 흙수저 문제로 치열한 대립 각을 세웠는데, 추가로 이성 문제까지 겹치면서 더욱더 날카롭게 대립되는 분위기가 감돌았다.

다음 달 24일 치러질 트로트 오디션 1차 때까지 무난히 연습이 이어질지 불투명한 상황으로 치달았다.

벌써부터 그녀들은 별거 아닌 일로 트집을 잡으려 하고 괜히 신경질적인 반응을 나타내기 시작하였다.

"야, 저기 화장지가 바닥에 나뒹군다. 어서 가서 주워 올려놔. 어서 빨리."

"야, 뭐야, 화장지를 봤으면 네가 가서 주워 올려놔. 왜 날 시켜. 네가 뭔데?"

이런 일은 아직 없었는데 새롱과 채비 사이에 최초로 벌어졌다. 채비는 문득 텃세 비슷한 게 작동하여 "야, 새롱, 여긴 우리 이모의 가게야. 그럼 내 가게나 다름없어! 그런데 네가 나보고 저런 화장지를 주워 올리라고 시키면 어째 좀 그렇다. 안 그래? 어?" 하며 잡아먹을 듯이 새롱을 노려봤다.

"참 나, 자기 이모 가게라고 되게 재네! 어휴~ 씨발."

험악한 분위기를 막고자 란조가 가로막으며 "야, 야, 얘들아, 너무 이러면 안 돼. 안 된다고." 하며 제재했다.

금방이라도 균열이 생겨 함께 노래 연습을 못 할 것만 같은 느낌이 몰려왔다.

이들은 홧김에 담배를 피우러 가는 것도 란조와 새롱이 휴게실로 가고, 노자와 채비는 주방으로 갈 정도로 갈라지는 일보 직전을 맞이했다.

담배 연기가 모락모락 피어오르자 창문을 확 열어 버렸다. 밖으로 나가지 않는 이유는 나름 차가운 기운이 감돌기 때문에 감기 예방 차원이었다. 란조가 "야, 새롱아, 우리 이런 소소한 일 가지고 스트레스받지 말고 딴 데로 가서 노래 연습을 하자." 하며 어깨를 툭툭 쳤다.

"진짜 그럴까?"

새롱은 지금 왜 채비와 노자가 날카로워지는 것인지 정확한 내막은 몰랐다.

어제 한차례 신용카드, 현금 영수증 건으로 옥신각신거렸는데 이 문제로 자신들을 깔본다고만 여기며 불쾌감이 하늘을 찔렀다.

이 대목은 미온적인 것이지만 본질은 남자 때문인데 말이다.

서로 마음이 통한 란조, 새롱은 노자, 채비와 점심을 먹으러 나간 후 밥이 나오기 전에 입을 열었다.

"그래, 채비야, 우린 좋은 추억을 지닌 친구들인데 요즘 같이 노래 연습을 너무 열심히 하다 보니 서로가 엄청 예민해진 것 같다. 그러니 아까 그랬던 것 같아! 나는 우리 란조와 이따 오후부터 딴 데로 가서 연습을 하려고 해."

채비는 "이히히히." 웃으며 "그래, 그렇게 하면 되지 뭐! 밥 먹고 너희들 둘이서 그렇게 가. 잘 가."라고 말했다.

은근히 채비 편을 드는 노자는 침묵을 유지하고 있다.

밥이 나왔어도 먹는 시간이 꽤나 불편하기만 하였다. 다 먹고 들어가 더 뜸들일 것도 없이 새롱, 란조는 옷을 챙겨 나가 버렸다. 이젠 채비, 노자 둘만 남게 된 8595 라이브카페 오디션 연습장이다.

나가 버린 둘은 인근 스타벅스에 들어가 뜨거운 아메리카노를 마시며 채비, 노자를 맹렬히 헐뜯었다.

"야, 지들이 뭐, 실력이고 능력이 있다고 깐족거려. 다 지 할아버지가 여기 풍덕천동에서 농사짓다가 갑자기 땅값이 펄쩍 뛰어 물려준 걸 지 아버지가 가게 하여 그렇게 된 거지 뭐! 쟤들 너무 극성 떠는 것 같아!"

"참! 꼴값 중에 꼴값이다."

"부익부 빈익빈은 거의 다 땅으로 형성돼."

"없는 집 애들은 제아무리 열심히 노력해도 느닷없이 땅값 펄쩍펄쩍 뛴 애들의 천 분의 일이라도 될 것 같아?"

"그걸 받은 애들은 어떤 사업을 하든 장사를 하든 그 무엇을 하든 더 빠르게 탄력을 받는다고. 아닌 애들은 죽으라고 봉급생활 하여 그게 돼? 봉급이 뻔한데……!"

"또 이런 서민들의 심리를 이용하여 무슨 해결사인 것처럼 행세하고 우려먹는 정치꾼들도 득실거리고. 참 난리야, 난리."

"그러다가 또 정치 집단의 광성도가 돼 버려."

이들은 앞으로 남은 기간은 차라리 탄천 둑방에 서서 생으로 노래 연습 하는 편이 낫겠다고 판단하고 있다.

라이브카페처럼 그런 장비는 없으니 이제부턴 무데뽀로 임하리라! 결심하고 있다.

부유층 자제 오디션 준비생 채비, 노자와 극빈층 자제 오디션 준비생 란조, 새롱이 완전히 갈라진 순간이다.

늦은 오후가 되자 내일 수지 갑 보선 TV 2차 토론회를 정상적으로 진행할 수 있을지에 대해서 양당 관계자들이 심도 있는 논의 끝에 그냥 취소하는 쪽으로 결정하였다.

괜히 예정대로 했다가 지난번과 같은 초유의 엉뚱한 일이 벌어질 것만 같은 느낌이 들어 미연에 막겠다는 발로였다.

아직까지 지지율만 놓고 보면 최영복이 15% 이상 앞서기에 그는 토론회가 불발됐어도 여유롭다.

엊그제 성복동 킥복싱 아카데미에서 훈련 중 재영에게 전화를 넣었는데 받지 않아 조금 낙담한 조덕강은 자신의 밸런스가 무너지는 느낌이 들어 오늘 재영이 노래 연습에 열중인 죽전동 8595 라이브 카페에 가 보리라! 마음먹었다. 그는 지금도 그녀가 그곳에서 오디션 준비를 하고 있을 거라고 알고 있다. 야심 차게 점심을 함께할 복안에서 오전 11시쯤 들어갔다.

하지만 여자 둘만 노래 연습을 하고 있다.

난데없이 그가 들어오자 그녀들은 깜짝 놀라며 "어어! 어떻게 오셨어요?"라고 물었다.

기억을 떠올려 보니 지난번 국민사랑당 전 후보가 로고 송 때문에 왔을 때 동행했던 선거운동원이고 후보가 그러자 덩달아 재영에게 접근한 선거운동원였던 게 기억났다.

"어! 왜 재영 씨는 안 보입니까? 어디 갔습니까?"라고 덕강이 묻는다.

"네, 걔는 여기 안 나온 지 오래됐습니다. 그렇게 아세요."

"그럼 어디에 있습니까?"

"걔는 지금 현재 보정동 카페거리 쪽에서 한 남자와 같이 노래 연습 하고 있어요. 그렇게 아세요."

덕강은 혹시 얼마 전 철상이란 놈이 엉뚱한 유튜브를 만들어 자신이 재영이와 8년간 동거했다고 떠들어 댔던 기억이 떠올라 "자, 혹시 그 철상이란 놈과 어떻게 된 게 아닙니까?" 묻자 채비는 "아니죠.

철상이는 청렴맑은당 선거운동을 하고 있잖아요. 재영이와 같이 있는 남자는 오디션을 준비하는 사람입니다. 최근 뜨거운 열애에 빠졌습니다. 그렇게 아세요.”라고 답변했다.

깜짝 놀라며 당혹스러움을 감추지 못하는 그는 “예에, 재영 씨가 한 남자와 열애에 빠져……” 하며 당황스러워 입이 부르르 떨려 더 이상 말이 제대로 나오질 않았다.

“그런데 왜 내게 그때 전화번호를 알려 줬지. 이상하다.”

채비, 노자가 침묵하자 덕강은 “네, 일단 알겠습니다. 보정동 카페 거리라고 하셨죠? 당장 가 보겠습니다. 으으.” 하고 곧장 그곳으로 자신의 차 마세라티 기블리 검은색을 타고 세차게 달려갔다.

덕강의 이성에 대한 집념은 하늘을 찌를 정도다. 재영의 모습에 완전 홀렸기 때문이다.

눈 깜짝할 사이에 도착했는데, 그는 내리자마자 분명 무슨 음악 소릴 틀어 놓고 할 거라는 짐작하에 그런 소리가 나는 지점을 집중했다.

왼편에 조금 떨어진 지점의 한 계단에서 요란한 음악 소리가 울려 퍼지고 있어 그곳을 집중하자, 아까 그 여자들이 말한 그대로 재영이 한 남자와 함께 노래를 열창하고 있다.

덕강은 문득 재영이를 가로채야겠다는 승부욕이 발동하고 있다.

재영을 뺏고야 말겠다는 발로였다. 울긋불긋한 근육과 쫙 벌어진 어깨의 죽전대학교 유도학과 출신 그는 거침없이 그 방향으로 막 달려갔다.

“재영 씨, 거기 서서 뭐 하는 것입니까? 그럴 거면 왜 내게 전화번호를 알려 줬단 말입니까?”

그는 그녀가 그냥 아무런 의미 없이 무심결에 알려 준 번호 가지고 너무 크게 의미를 부여하며 펄쩍펄쩍 뛰며 핏대를 올렸다.

잠시 음악 소리에 묻혀 그 방향을 못 보던 행전, 재영은 그가 계단 바로 밑에까지 다가와 소릴 지르자 알아보고는 당혹감을 감추질 못하고 있다.

행전은 그를 보자 일면식이 없는 사람이라 놀랐지만, 재영은 여간 귀찮고 짜증 나는 게 아니었다. 일정 부분 자신의 과실도 있긴 하다. 불필요하게 전화번호를 알려 준 대목 말이다.

충분히 오해를 불러일으킬 만한 행동임엔 분명하다.

그가 난리를 치자 행전은 놀라워 일단 음악을 끄고 "누군지 모르지만 왜 그러세요?"라고 묻자 그는 난데없이 갑이 무대로 뛰어 올라와 그녀의 허리를 움켜잡고 끌고 내려갔다.

"으으아아아, 이러지 마. 이러면 안 돼. 으악악!"

너무 놀란 행전은 막으려고 뛰어 내려갔다.

어쩔 줄을 몰라 하는 그녀를 사이에 두고 두 남자는 맞부딪쳤다. 단연 완력은 유도선수 출신 덕강이 압도했다.

행전을 확 밀어 버리고 그는 재영을 끌고 가 자신의 차 마세라티 기블리에 태우고 달아나 버렸다. 차 안에 갇힌 그녀는 식은땀을 흘리며 몸이 바르르 떨렸다.

이를 놓친 행전은 앞이 새카맣게 보여 황급히 112에 신고를 했다.

보정파출소에서 경찰이 2명이 왔다. 상황을 말하니 달아난 방향으로 추격전을 벌였다. 덕강은 새터마을 쪽으로 갔는데, 금세 경찰차가 쫓아가 달라붙었다.

"자, 자자, 마세라티 기블리 검정색 서요. 멈춰요."

확성기로 경고하였다.

그는 하는 수 없이 세웠다.

경찰 2명이 내려 가까이 다가왔다. 덕강이 쓱 문을 열자 경찰들의 모습이 보였다. 순간 몹시 의아한 일은 경찰 2명은 덕강을 보더니 움찔하면서 "아, 네, 형님, 우린 그냥 돌아가겠습니다." 하더니 돌아서서 가 버렸다.

재영은 망연자실하여 심한 충격 속으로 빠져들었다. 지난번 행전이 정체불명의 괴한에 잡혀 이곳으로 왔을 때도 경찰에 신고하여 추격하여 범인을 잡자 경찰들이 그와 같은 반응을 보였는데, 지금 또다시 그러는 것이다.

그랬다면 그때 그 일당들과 지금 이 순간 덕강이 한 패거리란 짐작도 드는 그녀였다. 덕강은 재영과 행전을 쳐다보며 "뭐, 너무 무리하여 신고하고 그러진 말고 우리 순리대로 풀자고. 지금 이 시간부터 재영이는 내 차지가 된다. 왜냐, 내가 더 힘이 세기 때문이다. 아무래도 근력이 센 사람이 차지해야 더 보호를 잘할 수가 있다. 이 험난한 세상에선 말이야!" 하고 호기를 부리자 행전이 좌우로 손을 막 흔들며 "안 돼. 재영이는 나와 완전한 약속된 사이야. 그런 말도 안 되는 소린 집어치워."라며 맞섰다.

이 소리를 무척이나 우습게 여긴 덕강은 완력으로 그를 확 밀어 버리고 "야, 너 경찰에 또 신고하려고 해? 그래 봤자 아무런 소용이 없으니까." 하고 비웃으며 그녀를 태우고 달아나 버렸다.

행전은 당황스러웠으나 대책이 없어 택시라도 잡아타고 뒤쫓아 가야겠다고 마음먹는데, 불운인지 얼른 택시가 오지도 않았다.

차 안에서 그녀는 내려 달라고 고함을 쳤으나 전혀 먹히질 않았다. 덕강은 무데뽀로 액셀을 밟고 광교호수공원으로 내뺐다.

그녀가 지금 이 순간 몹시 두려운 건 혹시 그가 자신을 성폭행이라도 할 것만 같은 예감 때문이다.

조마조마, 설마설마한 것이다.

차를 세운 그는 아주 조용하고 침착하게 말하기 시작하였다. 그녀가 예상한 것과 정반대였다.

"아! 재영아, 이럴 거면 그때 내게 왜 전화번호를 알려 준 건데? 번호는 그냥 아무에게나 알려 주진 않잖아? 이것만 확실히 하면 내가 최종 결정을 하겠다."

"그땐 존댓말을 쓰더니 이젠 반말로 하니 나도 반말로 하겠다. 그땐 그냥 아무 생각 없이, 어쩌면 팬 서비스 차원이었다고……. 네 바지에 죽전대학교 유도학과라고 써진 걸 보고 그 순간 나의 모교라 동료애 비슷한 걸 느낀 거지 뭐! 그래서 순간 실수로 알려 줬을 뿐이야, 난 아까 나랑 같이 노래하던 행전이를 좋아하고 있어, 이게 전부야. 됐나?"

이 말에 힘이 쭉 빠진 그는 한순간에 산이 우르르르 무너지는 듯한 충격이 밀려왔다.

"뭐야? 어휴 내 바지에 새겨진 그 글자로 전화번호를 알려 줘. 그래서 나를 그 수많은 시간을 들뜨게 만들었단 말이야? 으으, 진짜 재수 없다. 짜증 그 자체다."

덕강은 순간 망연자실한 상태로 먼 산만을 바라볼 뿐이다. 화가 치밀어 오른 그는 "야, 너 말이야. 앞으론 그런 식으로 인생을 살지 마라. 내가 그때 네게 다가간 게 무슨 가수와 팬 사이처럼 간 거냐? 네가 무슨 꼴에 인기 가수라고 인기 관리를 해? 참 나, 더럽고 치사

하다. 으으." 하고 탄식하며 "야, 난 그냥 차 타고 가 버릴 테니 넌 네가 알아서 돌아가든가 어떻게 하든가 해, 이런 시건방진 년아."라고 쏘아붙이고 자신의 차 검정 마세라티 기블리에 올라타 거칠게 핸들을 돌리며 가 버렸다.

이로써 그는 더 이상 재영에 대해 조금도 생각하지 않고 오로지 내년 3월 초 한국 최대 종합 격투기 대회만을 위해 집중하리라! 결심했다. 재영은 핸드폰을 열어 행전에게 전화를 넣었다.

가슴이 쿵 내려앉는 그는 번호가 뜨자 얼른 받으며 "재영아, 나 여기 택시를 잡아타고 따라가려다가 얼른 안 오는 바람에 어디로 가야 할지 몰라 불안했는데, 너 지금 어디야?" 숨을 헐떡이며 말했다.

"행전아, 불안해할 건 없어! 그 자식 여기 광교호수공원으로 날 태우고 와 이러쿵저러쿵하다가 그냥 가 버렸어, 난 여기 혼자 남아 있고 말이야."라고 안심을 시켜 주는 그녀였다.

"그래. 그럼 내가 얼른 거기로 갈게. 너 지금, 거기 정확한 위치가 어디야?"

"음, 여긴 카페와 레스토랑이 많이 몰린 카페거리라고 부르는 곳이야. 벤치가 몇 개가 나란히 있다,"

"알았어. 거기로 택시로 갈게. 기다려."라고 하고 얼른 끊고 택시를 잡아타고 황급히 그곳으로 달려갔다.

택시가 금세 그곳에 도착하여 그가 계산하고 내릴 때 택시 기사가 밖을 보며 순간 깜짝 놀랐다.

"어! 재영이가 여기에 있네." 하며 택시 기사가 차를 세우고 내려 걸어오자 그녀는 깜짝 놀라며 "어! 아빠! 아빠가 여길 어떻게……." 하며 굉장히 당황스럽고 놀라 어리둥절해 하며 엉거주춤거렸다. 그러자 행전 또한 어리둥절해하며 당황하는 기색이다.

아빠가 택시 기사라 이렇듯 우연의 일치가 될 수도 있긴 하지만, 너무 다급한 위기 상황이 지나간 후에 마주하는 거라 딸은 뭐라 표현할 수 없을 정도로 놀랄 수밖에 없다. 방금 전에 벌어진 사건은 절대 말할 수가 없었다.

"아빠, 이 남자가 내 남자 친구이고 이번 트로트 오디션에 함께 나가는 이행전이에요."

"어어! 그래. 그래서 지금 여기서 만나는 거야? 거참, 내가 네 남친을 손님으로 태우고 여길 오다니 뭐! 내가 하는 일이 그러니 그렇긴 해! 그럼 난 간다."

짧게 말하고 그녀의 아버지 차풍환은 핸들 돌려 돌아가며 "이상하다. 남친이 저런 애였나. 저번에 듣기로는 무슨 무에타이인가 뭔가 운동을 하는 남자라고 한 것 같은데. 어떻게, 잘못됐나." 혼잣말로 중얼중얼거렸다.

지난번 딸이 혼술하며 괴로워할 때 부인에게 아무리 물어봐도 말을 하지 않아 알 길이 없는 아버지이다.

남게 된 둘은 뭔가 쓰나미가 스쳐 지나간 기분이 들었다.

"점심때가 조금 지났다. 어딜 가서 밥이라도 먹을까?"

"그래."

눈에 보이는 양식집이 보여 들어가 돈가스를 주문하여 먹어 가며 최근 일어난 사건들을 되짚어 봤다. 며칠 전에도 행전이 괴한 여러 명에게 잡혔고 오늘은 재영이 덕강에게 잡혔다.

실은 이 2개 사건은 서로 전혀 관련성이 없다. 행전이 잡혔던 것은 최 후보가 사주한 사건이고, 오늘 재영이 덕강에게 잡힌 것은 예전에 그녀가 쓸데없이 그에게 전화번호를 알려 주는 바람에 괜한 오해가 되어 자신을 좋아한다고 착각하여 저지른 사건이다.

그러나 이들 둘은 최근 자신들이 타인들에게 잡히고 협박당하고 이러다 보니 연결된 걸로 오해를 할 수밖에 없다. 이를 뒷받침하는 대목은 모두 다 경찰들이 왔다가 "형님, 우린 그만 그냥 돌아가겠습니다."라는 멘트를 하고 철수했다는 부분이다. 그때 사건은 가해자가 구체적으로 누군지 모르지만 오늘 사건은 누군지 알기 때문에 좀 더 생각을 해 보리라! 마음먹는다.

덕강은 한때 국민사랑당 선거운동원이었단 점이다. 물론 전 후보와 재영을 놓고 대립 각을 세운 뒤 관두고 나가 버렸기 때문에 전 후보와 어떤 연결 고리는 아닐 거라고 판단하는 게 합리적이었다.

"야, 재영아, 혹시 그때 여럿이서 날 잡아 너하고 같이 노래 연습하지 말라고 협박한 놈들도 아까 그놈 덕강이란 놈이 시켜서 그런 것 같은데……. 너와 나를 떨어뜨리려고 말이야."

"그래, 덕강이란 자식이 무슨 조폭인 것 같아! 저번에 모르는 놈들이 널 그렇게 한 것도 덕강이 시킨 거고. 그 새끼들 덕강의 졸개들 같다!"

"음, 덕강이란 자식이 널 좋아하다 보니 별짓을 다 하는 것 같아! 완전 이성을 잃었어, 그런데 이상한 건 아까는 꽤나 신사적인 척하려고 그냥 가 버렸다며?"

"그렇긴 한데……."

이들은 돈가스를 다 먹는 내내 계속 이런저런 의심과 추측을 늘어놓으며 앞으로 후속 대책도 한번 떠올려 보기도 하였다.

"일단 그놈이 그냥 가긴 했지만, 또 뭔가 돌발 습격이 올 것만 같다. 아니면 졸개들을 시켜서라도 말이야. 우리가 앞으로 트로트 오디션 나가기 전까지 노래 연습 장소를 다른 데로 바꿔야 하지 않을까 모르겠다."

"맞아. 행전이 네 말이 맞는 것 같아! 우리가 계속 보정동 카페거리 그 계단에서 하다 보면 신경 쓰여서 어디 제대로 할 수가 있겠어? 또 뭔가가 와 괴롭힐 것 같은 예감 트라우마 같은 게 생기면 우린 완전 음정, 박자, 감정, 리듬 다 깨지고 끝장나는 거다. 으으으."

"재영아, 우리가 최근에 겪은 일들을 사회관계망에 다 폭로해 버릴까?"

"지난번에 새터마을에서 일어난 일과 오늘 새터마을에서 일어난 일을 말이지?"

"그래."

"행전아, 옆에 카페로 가 따뜻한 아메리카노를 마시며 더 의논을 해 보자."

이들은 나가 옆 건물 카페로 들어갔다.

그는 더 볼 것도 없이 최근에 당한 일, 즉 경찰이 지난번과 오늘 2번이나 출동했다가 도리어 가해자에게 "형님, 그냥 우린 돌아가겠습니다."라며 인사하고 가 버린 내용을 그대로 실었다.

이날 오후에 올린 글인데, 삽시간에 퍼져 '직무유기를 묵과할 수가 없다.'라는 답글들이 우후죽순으로 올라왔다.

심지어 검찰에 직접 고소해 보라는 글도 보였다. 그는 특히 2번의 사건 모두 조덕강이 관련됐을 거라고 적었다.

같은 시각 덕강은 성복동 킥복싱 아카데미에서 잠시 휴식을 취하다가 다시 운동에 돌입하려는 순간 이 글을 접하고 깜짝 놀라며

"어! 이건 또 뭐야! 오늘 건은 내가 그랬다고 쳐, 그런데 지난번 건은 난 모르는 건데 왜 2개를 다 묶어 이 난리야. 이상하다." 갸웃거리며 개의치 않으려고 얼른 몸을 풀기 시작하였다.

"난 기분은 더럽지만 걔를 어떻게 한 건 없잖아, 그냥 가 버리라고 하고 나 혼자 와 버렸을 뿐인데."라고 계속 혼잣말로 중얼거렸다.

한창 이곳에 모인 수련생들과 스트레칭을 이어 가던 중 "만약에 문제가 되면 금방 돌려보냈으니 아무런 문제가 없다."라고 방어벽을 치려고 구상하기도 하였다.

재영과 행전은 일단 사회관계망에 글을 올렸을 뿐 더 이상 구체적인 행동은 하지 않고 있다.

왜냐하면 트로트 오디션 날짜가 목전에 다가왔고, 이게 더더욱 급하기 때문이다.

이들은 이날 오후부터 보정동 카페거리 그 계단을 피하고 광교 신대저수지 쪽에 아늑한 공터로 이동하였다. 전자반주기를 그곳으로 이동하였다.

산새가 날아와 지저귀고 움푹 들어간 지점이라 노래 연습 하긴 더없이 좋았다. 게다가 다음 달 오디션 1차도 여기서 가까운 광교대학교 실내체육관에서 하는 거라 밀접된 현장감이 느껴지기도 하였다.

**6**

타락한 트로트 오디션

아까 이들이 올린 사회관계망 글을 보게 된 최 후보 측과 전 후보 측 관계자들은 상당히 놀라는 분위기 속으로 빠져들었다.

최 후보는 지난 사건은 자신이 조종한 거라 여간 신경도 많이 쓰이고 찝찝한 게 아니었고, 추가로 이상하게 느껴지는 건 오늘 일어난 일은 도무지 이해가 가질 않았다. 게다가 사회관계망 글을 유심히 보면 한때 전 후보 측 선거운동원이었던 사람이 거론됐기 때문이다.

'이상하다. 혹시 철광이 저쪽 재한테도 부탁한 거야! 뭐야! 참 나, 희한하다.'라고 속으로 되뇌이다가 철광에게 이 내용에 대해 물어봐야겠다고 판단하고 묻는다.

철광은 깜짝 놀라며 "아니, 저것들이 이 사건을 폭로하고 나서니 큰일이다. 아직 우리가 배후라는 건 알려지진 않았고 또 내가 시킨 동생들이 절대 발설하진 않겠지만 말이야!" 당혹스러워하며 "야, 그런데 진짜 이상하다. 저쪽 덕강이란 놈이 끼어든 건 또 뭐야?"라고 말했다.

최 후보는 "음, 내가 볼 땐 오늘 사건은 쟤가 그냥 단독으로 저지른 일인 것 같다. 설마 전 후보가 시킨 것 같진 않아! 사실 전 후보란 놈도 재영이를 좋아하긴 하지만 그건 아닐 것 같고……. 소문에 의하면 쟤 덕강이 전 후보와 재영이를 차지하려고 다투다가 관두고 나가 버렸다는 말이 있으니 말이야."라고 추측을 늘어놓았다.

전 후보도 이 사회관계망 내용을 접하곤 뭐 특별히 놀라기보단 조덕강의 행동은 이미 어느 정도 예상됐던 거라 앞으로 대응책을 구상해야겠다고 느끼고 재영이 그를 외면한 것 자체로 안도의 한숨을 쉬었다.

하루가 다르게 날씨가 급격히 쌀쌀해져만 가고 있었다. 다음날 조간신문 문화면 기사에 다음 달 24일부터 27일까지 치러지는 트로트 미스미스터 천국 1차 심사위원장으로 죽전대학교 트로트과 전 교수인 최벽이 맡게 됐다고 나왔다.

이 기사는 현재 맹렬히 오디션 준비하는 사람들에겐 초미의 관심사가 될 수도 있었다.

죽전대학교 출신들은 자신들의 모교 출신 교수라 여간 신경 쓰이는 게 아니었다. 이날도 어제 노래 연습 공간을 바꿔 발성을 하던 재영, 행전도 이 기사를 핸드폰으로 접하고 당황스러웠다.

당황스러움의 강도는 재영이 더 컸다.

자신은 학창 시절 최벽을 마음속으로 좋아한 적도 있어서이다. 제대로 교제하진 않았지만 그가 오매불망 매달리는 과정에 이 사실이 알려져 그가 교수로서 교육자이자 유부남이라 명예 실추로 파면된 사건이었다.

그녀는 더 이상 이 과거의 사건을 떠올리고 싶지 않은데 자연스레 또 떠올려지는 마음이 괴롭기만 했다. 강도가 조금 약하긴 하지만 행전도 그 당시의 최 교수가 이번 오디션 심사위원장이란 점은 껄끄럽긴 마찬가지이다.

재영은 그 당시 속으로 최 교수에게 관심을 지녔던 대목은 행전에게 말하진 않았다. 지금 같은 시각, 심사위원장이 죽전대학교 전 교수 최벽이 된 사실에 대해 어제부터 탄천 둑방에서 생음악으로 연습 중이던 새롱, 란조도 접하며 조금 놀라운 기색이 역력하다.

"어! 란조야, 우리 학교 다닐 때 그 최벽이란 교수가 이번 오디션 심사위원장이 됐다던데?"

"글쎄, 말세다, 말세. 그 사람 그때 재영이에게 집적거리다가 파면 당했던 인간이잖아!"라며 비웃었다.

문득 둘은 '그럼 그 인간이 맡게 되면 재영이를 잘 봐 주지 않을까!' 하는 의구심이 든다. 한때 재영이를 좋아했던 인물이라서 그랬다.

이 시각, 죽전동 라이브카페에 남아 연습 중인 채비, 노자도 이 기사에 대해 놀라워하며 그가 그때 재영이를 열렬히 좋아하다가 파면된 사실을 알고 있어 그런 합리적 의심을 품게 됐다.

그녀들의 우려가 이어지는 중, 갑자기 속보가 하나 더 뜨는데, 이번 트로트 오디션에 심사위원장을 맡은 최벽이 "이번에 트로트 팬들의 열망인 트로트미스미스터천국에 심사위원장을 맡게 되어 무한한 영광으로 생각합니다. 이번에 눈여겨 볼 관전 포인트는 감정을 가장 잘 표현하는 사람을 뽑도록 하겠습니다. 이상입니다."라고 밝혔다고 나왔다.

최 교수는 그 당시 파면된 후 계속 새로운 음반을 발표하였으나 예전의 그 인기를 되찾질 못했다. 트로트 가왕의 체면이 말이 아니었다. 성격이 워낙 명예와 위신과 체면, 위치를 따지는 편이라 교수직 파면이란 조치는 그에겐 적잖은 타격 그 자체였다.

아주 기본적인 음정 박자마저도 흔들리고 감정도 온데 간데 없이 마구 옆길로 새 버렸다.

예전 벌어들인 수입은 엄청났지만 그 돈을 탕진하며 살다가 이번에 운 좋게 심사위원장을 맡게 됐다.

탄천 쪽 둑방에서 반주기도 없이 연습 중인 란조, 새롱은 생으로 하다 보니 리듬을 잘 잡질 못하고 잠시 우두커니 앉아 먼 산을 바라볼 때 지나가던 산책객들은 아까 이 길을 지나가다가 본 적이 있어 '이상하다!'라고 생각했다. 반주기가 없기 때문이다. 그래도 그런 기계라도 있으면 제대로 하는 것 같이 조금 있어 보일 수도 있는데, 없이 그냥 하니 조금 이상하게 갸웃거렸던 것이다.

그녀들은 현재 돈이 없어 100만 원 정도 하는 반주기를 구입하질 못했다.

재영도 여건은 마찬가지였으나, 행전이 보정동 카페거리에서 혼자 할 때 사용했던 걸 같이 사용하니 가능하다.

문제는 앞으로 이 서민형 오디션 준비생들에겐 쌀쌀한 날씨가 걸림돌로 작용할 공산이 컸다.

돈이 없어 어디 실내 공간을 얻을 수가 없다. 하지만 채비, 노자는 이모가 오디션이 끝날 때까지 연습에 전념할 수 있게 라이브카페 손님을 아예 받지 않겠다고 하여 그나마 유리하다.

현재 탄천 길거리 현장에서 연습하는 란조, 새롱과 광교 신대저수지 숲속에 자리 잡은 재영, 행전이 추위를 피해 다음 달 24일까지 매일 사설 노래방으로 갈 수 있는 상황도 아니었다.

이것도 돈이 여간 많이 드는 게 아니기 때문이다.

어제 재영을 차지하기 위해 난리를 치고 다녔던 덕강은 오늘은 마인드 컨트롤이 제대로 안 되어 킥복싱 아카데미에서 오전 스파링 도중, 상대방을 그냥 연습 상대로 여겨야 함에도 불구하고 너무 오버하여 화풀이식으로 막 줘 팼다.

상대는 완전 실신하여 119에 병원으로 실려 가는 참극이 벌어졌다. 아주대학교 병원 응급실로 갔는데, 응급조치에 들어갔다.

이 사건이 뉴스에 나오지 않을 거라고 생각하던 그는 갑자기 경인방송에 '성복동 한 킥복싱 아카데미에서 격투기를 연습하던 조덕강은 스파링 도중 제어가 안 되어 오버한 나머지 상대를 기절시켜 응급실로 들어가고야 말았습니다. 현재 상대방은 의식 불명 상태라고 합니다.'라는 방송이 나오자 더더욱 당혹스럽기 그지없다.

피해 당사자의 보호자인 아내는 "아무리 연습이라 하더라도 저희 남편이 기절하고 쓰러졌는데도 이를 알면서 더 막 공격을 한 것은 폭행이라고 생각합니다. 그래서 저 조덕강이란 사람을 폭행죄로 고소하겠습니다."라고 인터뷰하는 장면까지 나왔다.

성복파출소 경찰들은 그를 연행하기 위해 출동하였다.

그가 폭행죄를 저질러 연행됐단 소식을 접한 전 후보는 그저 웃고 있었다. 최 후보는 약간 복잡한 심경이다.

덕강은 파출소에 연행된 뒤 "난 저쪽 죽전 쪽 경찰들에게 말하면 그냥 풀어 주는 수준이야. 나보고 형님이라고도 한다고. 아직 이쪽 경찰들은 날 잘 모르는가 본데, 일단 그냥 풀어 줘. 나간 후에 내가 설명해 줄게."라고 훈계조로 말했다.

"그렇습니까? 확인해 보고 결정하겠습니다."

경찰은 그쪽 경찰에게 이 사실을 묻자 그렇다고 답하여 결국 풀어 준다. 참 이해할 수 없는 사건이었다. 명분은 더 조사해 봐야 할 것 같다는 게 훈방의 사유였다.

양심에 찔리는 구석은 있어 치료비 전액은 자신이 부담한다고 피해자 아내에게 통보하면서 일종의 모종의 보이지 않는 합의를 시도한 것이다.

피해자의 아내는 "어림없는 얘긴 하지 말고 어떻게든 당신은 구속되어야만 합니다."라고 저항하였지만 끝내 이루어지질 않았다.

이에 대한 상황 설명으로 스파링 도중 그렇게 될 거라는 걸 인식하지 못한 과실이라고 갖다 붙여 버렸다.

풀려난 사실까지 여기저기 알려지자 다들 복잡한 심경 속으로 빠져들었다. 또 다른 뭔가 일을 저지를 것만 같은 불길한 예감이 들기 때문이다. 각자 자신들에게 피해만 없으면 되겠지만 왠지 피해를 입힐 것만 같은 찝찝함이 앞섰다.

현재 첨예하게 내적으로 대립된 사람들은 최영복, 전대광, 조덕강, 김철상이다. 덕강이 워낙 다혈질이라 3명이 예의 주시 하는 형국이다.

이들은 서로서로 골치가 아파 어서 빨리 보선이나 끝나길 바랄 뿐이다. 그 후 본격적인 사랑 전쟁이 발발할 걸 대비하고 있다.

무료한 오후 죽전동 러버하임아파트 25층에 사는 채비 이모 홍단비는 집에만 틀어박혀 있자 너무 갑갑해 탄천 산책로를 돌아다니려고 밖으로 나갔다.

늦가을 탄천에 유유히 흐르는 물은 이제야 제대로 된 자연으로 돌아온 듯한 정취를 내뿜었다.

수지구청역 쪽으로 어느 정도 걸어갔을 즈음, 한구석에서 란조, 새롱이 반주기도 없이 생으로 노래 연습을 하는 모습이 보여 단비는 너무 놀라 더 가까이 다가가 "야, 얘들아, 니네 왜 거기서 그러는 거야? 우리 라이브카페 가게에 가서 해야지?"라고 물었다.

"……."

이에 잠시 멈칫멈칫 말을 하지 않고 가만히 있었다. 더 이상하게 느낀 단비는 "야, 지금 날씨도 조금 쌀쌀해졌어. 니들만 왜 여기 나와서 그러는 건데?"라고 재차 물었다.

재차 묻는 말에 끝내 란조가 엊그제 일어난 균열 상황을 알렸다.

"뭐야, 그런 일이 있었다고?"

단비는 놀라며 "야, 나하고 같이 가자. 여기서 이러지 말고 말이야." 하고 이들을 데리고 라이브카페로 간다.

안 가려고 하였으나 채비 이모의 재촉으로 가게 된 이들은 기분이 별로 좋진 않았다. 들어가자 노자, 채비는 깜짝 놀라며 "어! 이모와 같이 오고 있잖아?" 하고 어리둥절한 기분이다.

단비는 "야, 채비야, 너희들 말이야, 사이좋게 지내야지 이게 뭐야? 말 들어 보니까 뭐, 별것도 아닌 것 가지고 말이야, 이게 뭐야? 야, 빨리 같이 화해하고 잘해 봐. 오디션이 얼마나 남았다고 이러는 거야? 어휴~"라며 마구 역정을 냈다.

채비 이모 단비의 적극 개입으로 이들은 극적 화해를 하긴 하였으나, 형식적인 면이 더 많아 보였다.

이들이 어느 정도 화해하며 진정된 걸로 여긴 이모 단비는 "애들아, 난 아까 운동하다가 애들 보고 데리고 여기 온 거라 또 가서 운동 좀 해야 되겠다. 난 간다. 얼마 안 남았으니 열심히 해 봐."라며 손을 흔들며 나간다.

새롱, 란조는 다시 온 기분도 그리 탐탁치 않았으나 어차피 화해한 마당에 잘해 보려는 마음도 들었다. 채비, 노자는 속으로 여간 복잡한 게 아니었다. 현재 표면적으로 드러난 균열 원인 말고 내면

적 본질이 괴롭다. 새롱과 란조가 방정환과 백수달이란 남자를 좋아하기 때문이다.

새롱이 정환을 좋아하고, 란조가 수달을 좋아한다. 남자 둘을 채비, 노자가 좋아하기 때문이다. 채비가 정환을 좋아하고, 노자가 수달을 좋아하고 있어서다.

다시 결합된 여자들 4명은 어떻게 설명이 안 될 정도로 묘한 기운이 감돌았다. 이들 다 순간 속으로 '으으, 그놈의 남자가 뭐길래, 나를 이리도 힘들게 하는가?'라고 곱씹는다.

속으론 남자 문제 때문에 앓는 것인데 겉으론 그것이라 말 못 하고 괜히 다른 꼬투리를 잡아 시비 걸고 트집 잡고 간섭하고 이러는 것이다.

격해지면 사이가 깨져 갈라서고 그러는 것이다.

분위기를 반전하고자 노자가 "야, 얘들아, 다음 달 트로트 오디션 며칠 남지 않았다. 다시 새로 시작하는 마음으로 임하자! 우린 서로 별거 아닌 일로 흩어지면 다 죽는다. 자, 파이팅 하자."라며 주먹을 불끈 쥔다.

그러자 채비, 새롱, 란조도 같이 주먹을 불끈 쥐고 "아, 아! 파이팅!"이라고 크게 외쳤다.

지금 이 분위기만 보면 엄청나게 단합되는 듯했지만, 한창 노래 연습을 하다가 저녁때가 다 되자 난데없이 이번엔 노자가 말한 한마디가 또 다른 불씨를 만들기 시작했다.

란조와 새롱은 며칠 전 괜히 신용카드와 현금 영수증 얘길 꺼냈다가 친구들과 시비가 일어난 쓰린 기억이 있어 말을 조심하며 가만히 있었는데, 이번엔 노자가 먼저 말을 꺼내 든다.

"요즘은 인터넷 쇼핑몰을 이용하는 게 대세잖아! 그런데 어떤 사람이 그러더군. 인터넷 사이트를 이용해 물건을 구입할 땐 반품 규정을 제대로 보고 하라고. 괜히 문제 있는 걸 구입하면 후회하니 환불, 교환 관련 내용을 완전히 알고 하라고 말이야. 야, 그까짓 사고 나서 문제가 있으면 그냥 확 버려 버리면 되지 뭘 귀찮게 그런 규정이 있나 없나 확인하고, 뭐 할 게 있어?"

이 말에 채비는 끄덕였으나 새롱, 란조는 너무 놀라운 기색이 역력하다. 오늘은 말을 아끼며 조심해야겠다고 생각을 하고 있었지만 또 무슨 통제 불능 상태가 되어 새롱이 나서며 "그게 무슨 소리야? 왜 사고 나서 그냥 버려, 버리긴. 미리 환불 규정을 알아내어 그걸로 반품을 하여 돈을 받으면 되지. 아님 교환을 하든가."라며 발끈한다.

듣던 란조는 "그럼, 당연하지. 그래야지."라고 동조한다.

둘이 반박하자 채비는 그저 피식피식 웃으며 고개를 옆으로 절레절레 흔든다.

균열을 빚다가 채비 이모 단비에 의해 화해하고 합쳐지는 듯했지만 또 다른 환경적인 문제로 비하하고 무시하면서 또 깨질 것 같은 삭막한 분위기가 감돌았다.

물과 기름 같은 거였다. 아무리 친한 친구 사이라도 서로가 서로를 존중하지 않으면 이런 얼굴 붉히는 참극이 터지고 만다.

속으로 노자의 말에 동조하며 겉으론 침묵을 유지하던 채비가 결국 입을 열기 시작한다.

"난 어딘가 보니까 인터넷 쇼핑 할 때 너무 지나치게 싼 거는 조심하라고 하던데. 뭐 그럴 게 있어? 사서 쓰다가 이상하다 싶으면 그냥 버리면 되지 뭐! 뭘 조심할 게 있어."

　너무 다른 세계에서 삶을 사는 친구 채비의 말은 새롱, 란조의 가슴을 끝없이 먹먹하게 만들었다. 잠시 말을 멈췄던 채비는 느닷없이 친구들이 반주기도 없이 개천 길에서 생으로 노래 연습을 했다는 소문을 들었던 기억으로 "야, 얘들아, 반주기도 없이 길거리에서 그러면 사람들이 우리보고 실성한 사람이라고 할 수도 있어. 그럼 우리 전체가 체면이 말이 아니야. 어휴~" 하며 또 긁어 버렸다.

　새롱은 자신의 환경적인 역경과 답답함을 이해해 주질 않고 끊임없이 속을 파고 들어오는 친구들에게 일격을 날릴 마음으로 남자 얘길 꺼내드는 것은 아니지만 갑자기 자신이 좋아하는 남자 얘길 과감히 꺼내고 싶은 충동에 사로잡혔다.

　"그래, 인터넷 쇼핑도 좋고 반주기도 좋고 다 좋은데, 그보단 나는 최근 들어 좋아하게 된 남자가 한 명 생겼다. 그건 바로 청렴맑은당 선거운동원 방정환을 보고 너무 울렁거리고 있다. 그래서 좋아하고 있지."

　이미 알고 있던 친구들은 겉으론 내색하진 않지만 속으론 가슴이 쿵 내려앉았다. 특히 정환을 좋아하는 채비가 더욱더 가슴을 쓸어내렸다. 표현 안 하던 새롱이 방금 전 표현을 했단 것은 더 가열차게 쇄도한단 뜻으로 풀이되기 때문이다.

　새롱의 멘트에 힘을 입어 우군 격인 란조도 느닷없이 "난 말이야, 백수달을 좋아하고 있다. 수달도 나를 보는 눈빛이 예사롭지가 않았어!"라며 공개 선언 하며 과시하였다.

　이 말은 수달을 좋아하는 노자의 가슴에 비수를 꽂는 듯했다. 노자도 속으로 '음, 란조가 이런 말을 떠들 정도면 조만간 더 엄청나게 덤비겠다는 말인데, 거참, 큰일이다. 으윽.' 하며 탄식했다.

란조, 새롱은 친구들이 수달, 정환을 좋아하는 사실은 전혀 모르고 그저 자신들의 현재 마음 상태를 내비친 건데 잠복된 내상이 터질 것 같은 적막이 흐른다.

노자가 "야, 누가 누굴 좋아하든 말든 좋아하는 건 자유지만 상대가 받아 줘야 되지 좋아하기만 하면 뭘 해?" 하고 인상을 쓰며 약간 비웃는 표정도 짓는다.

"그래. 그건 그래. 그 말이 맞다."라고 옆에서 채비가 거들었다.

맞받아치는 의미로 노자가 "야, 그래. 그럼 나도 밝힌다. 나도 백수달을 좋아하는데, 이미 걔도 날 쳐다보는 게 대단했지. 다 그런 거야! 히히히히." 하며 절대 물러서질 않겠다는 결연함을 보였다.

이 말에 깜짝 놀라는 채비는 "어! 야, 노자야, 너 그랬었니? 난 참, 네가 그런 줄은 몰랐다. 그럼 나도 내가 좋아하는 남자에 대해 밝힐 순간이 왔다. 난 방정환을 좋아하는데, 그때 길에서 부딪쳤는데 걔도 나를 좋아한다고 말하고 얼굴 빨개져 도망치더군! 우하하하."라고 허구로 말하며 기선 제압에 나섰다.

피하지 않고 표출하는 둘의 정면 승부에 새롱, 란조가 더욱더 경계하는 눈빛과 상당히 경색되는 얼굴로 바뀐다.

"뭐야, 야, 어디 남자라는 게 좋아하기만 한다고 다 되는 줄 아냐? 서로 제대로 눈이 맞아야 한단 말이야! '사랑은 아무나 하나~ 눈이라도 마주쳐야지~' 이런 트로트 노래도 있다."

"그래. 그럼 니들은 걔들과 눈이 제대로 맞았나? '사랑의 이름표 꼬리표를 붙여 줘~' 이런 노래처럼 꼬리표라도 붙였는가? 꼭짓점이 어쩌고저쩌고하는 트로트도 있다."

이젠 서로 피하질 않고 까발리며 공격을 펼쳤다. 서로는 감정이 격해지면서 고성이 오고 갔다. 때마침 문을 열고 단비가 불쑥 들어오며 이들의 붉어진 얼굴로 고성이 오고 가는 언쟁을 듣게 됐다.

놀라는 표정으로 단비는 "어어, 이것들이 진짜 미쳤나? 또 왜들 그래? 또 뭐가 틀어진 거야? 또 뭐가 문제인데…." 하고 목소리를 높였다.

입을 꽉 다물고 남자 문제라는 건 절대 발설하질 않는다. 조카 채비가 눈으로 이모 단비에게 사인을 보낸다. 그러자 단비는 알았다는 말 대신 같이 눈으로 사인을 보냈다.

잠시 정적이 흐르자 새롱, 란조는 분위기가 상당히 좋지 않음을 직시하고 서로 눈으로 사인을 보내며 가방을 챙겨 밖으로 나가며 "내일 봬요, 이모님." 하고 갔다.

완전히 빠져나가자 채비는 이제야 이모에게 좋아하는 남자 문제라는 걸 밝힌다.

"야, 채비야, 니들은 지금 오디션이 코앞에 닥친 사람들이야. 그런 남자 문제로 신경 쓰면 안 돼! 사실 나도 같은 여자이지만. 남자라는 건 우리 여자들로선 엄청 중요하긴 하지! 없으면 미칠 정도로 외롭고 고독하긴 해! 하지만 시기와 상황을 잘 따져 해야지. 지금 그러면 오디션 탈락만이 남았다. 자, 우리 조카 채비 그리고 노자 파이팅!"

"네."

단비는 확 나가 버렸다. 단비 본인도 최근 남자 문제로 골치가 아프다. 친구들과 놀러 골프를 하러 갔는데, 거기 온 남자들과 같이 편을 이루어 하다가 눈이 맞아 몇 번 만나게 되면서 처음엔 좋았으나, 시간이 지나자 짜증이 나기 시작한 것이다. 그 남자 파트

너가 단비에게 남편과 이혼하고 자기와 새로운 만남으로 결혼을 하자고 생떼를 쓰며 매달렸기 때문에 여간 신경 쓰이고 부담스러운 게 아니다.

처음엔 싫다고 하다가 가만히 생각해 보니 자꾸만 흔들리는 마음이 생겨서다. 남편의 성질이 워낙 말도 함부로 하고 괴팍하여 폭력적인 데에 비해 그 파트너는 다정다감하게 대화하며, 아주 부드러운 성향의 소유자라 그랬다.

아까 오후에 여기 왔다가 또 밖으로 나간 이유는 그 애인과 동천동 쪽에서 만나 데이트하다가 모텔로 들어가 대실을 끊고 작렬한 섹스를 즐기고 다시 방금 전 이곳으로 돌아온 것이다.

그랬으나 조카에게 이런 세세한 얘기는 할 수 없었다.

채비, 노자는 조금 더 머물다가 저녁 식사 하러 나가려는 순간, 채비에게 어디선가 전화가 걸려 왔다. 열어 보자 새롱이었다. 채비는 이미 어느 정도 어떤 내용의 전화일지 예감하고 있다.

"왜, 새롱아?"

"음, 우린 여러모로 힘들 것 같다. 보면 볼 때마다 부딪치니 말이야! 너희들 둘과 우리 둘은 잘 맞지가 않아! 오늘 너희 이모님에 이끌려 가긴 했지만 이젠 힘들겠다. 그러니 그렇게 알고, 얼마 남지 않은 오디션 서로서로 잘 준비하여 좋은 결과 맺길 응원하자고…… 이만 끊자."

"그래. 마음대로."

말만 응원이지 실체는 썰렁함 그 자체였다.

다음날도 새롱, 란조는 탄천 산책로 위에서 생으로 발성 연습을 이어 가고 있었는데, 이 시간도 단비가 지나가다가 보게 되어 어제

처럼 또 다가와 "또 틀어졌네? 또 신용카드 현금 영수증 가지고 말다툼한 거야? 어휴~ 그래, 친구들 사이에 벌어진 일은 친구들끼리 해결해야지 뭐! 난 바빠서 간다. 열심히 해." 하고 잰걸음으로 지나갔다. 채비에게서 들은 남자 문제라는 건 절대 입 밖에 낼 수 없는 이모 단비이다.

하지만 이미 새롱, 란조도 어제 라이브에 남았던 채비, 노자가 남자 문제라고 이모에게 말했을 거라고 직감했다.

어제 방송에 나와 다음 달 트로트 오디션 1차에 심사위원장을 맡게 된 소회를 밝힌 최벽은 깊어만 가는 늦가을 주말이 오자 여러 가지 심정들이 교차하였다. 그 무엇보다 자신의 과거의 최고 명예직으로 여겼던 죽전대학교 트로트과 교수직 파면이 아직도 뼈아프게 남아 있고, 그 당시 흠모의 대상이었던 재영의 모습이 또한 오늘따라 유난히 아른거렸다. 그는 다음 달 오디션에 그녀가 참가할 거라는 예상도 한번 해 본다. 그럼 그때 볼 때 새롭고 가슴 벅찬 순간일 수 있다고 기대감에 젖어 있다.

어느덧 7년이나 된 과거사였다.

자신은 그 후로 줄곧 새로운 음반을 냈어도 히트가 안 되고 불발이 됐는데, 더 큰 화근은 아내였던 사람도 몇 해 전 춤바람이 나서 외도하기 일쑤였다.

이때 최벽은 갈라서진 않았으나, 심한 충격으로 공황 장애를 앓아 신경 안정을 위해 마약을 하기 시작했다. 그 후 얼마 지나지 않아 복용 사실이 언론에 도배되면서 향정신성 약물 복용 위반 행위로 구속될 위기에 처했으나, 어떻게 요리조리 잘도 빠져나왔다. 이번 오디션 심사위원장으로 내정된 일로 트로트 팬들 사이에선 '무슨 여학생에게 치근거려. 교수직에서 파면됐었고 마약 복용자를 어떻게 트로트 오디션 심사위원장으로 내정할 수가 있겠는가?' 하는 이런 반발과 항의성 댓글이 줄을 지었으나, 그냥 유야무야 술에 술 탄 듯 물에 물 탄 듯 흐지부지 넘어가 버리는 시간이다.

그는 이런 세간의 여론이 돌자 여간 심경이 괴로운 게 아니었다. 오늘따라 아주 오래전에 콧노래를 부르며 아내와 사이좋게 지내며 데이트를 즐겼던 광교호수공원에 가보고 싶어 집을 나섰다. 죽전동 러버하임아파트에서 나와 쭉 걸어가 탄천 쪽으로 내려갔다. 죽전역 쪽으로 안 가는 이유는 그래도 한때 트로트 가왕이었던 적이 있어 많은 사람들이 알아보고 달라붙을까 봐 우려되어 피하는 심리이다. 개천 길로 내려갔는데도 지나가는 행인들은 그를 알아보고 여럿이서 달려오고 있다.

"혹시 가수 최벽 아닙니까?"

"와아, 최벽이 나타났다!"

군데군데에서 아우성치며 달려드는 사람들의 소리들.

더 빠른 걸음으로 그는 피해서 갔다. 대인기피증이 생긴 지 꽤 오래됐다. 어느 정도 사람들의 시야에서 멀어져 안도의 한숨을 푹 쉰다. 조금 더 걸어가자 어디선가 여자들이 생으로 발성하는 소리가 들려 그 방향으로 눈을 돌리자 새롱, 란조가 둘이 서서 노래를 부르고 있는 게 보였다. 최벽은 그들이 보이자 깜짝 놀랐다. 교수 시절 제자들이라서다. 그녀들도 그가 지나가자 보고 알아보고 갑자기 노래를 멈췄다.

"어! 최 교수님! 와아, 진짜, 교수님, 너무 오랜만에 뵙게 됩니다." 하고 제법 큰 소리로 말하였으나 그는 아무 말 없이 더 빠르게 쑥 지나쳐 버린다. 그가 왜 그러는지 대충 알고 있는 그녀들은 "교수님, 저희들 다음 달에 오디션 나갑니다. 잘 부탁드려요."라고 아주 크게 외쳤다. 어제 오전, 그가 트로트 오디션 심사위원장이 됐다는 기사가 나왔기 때문이다.

그는 무슨 말 대신 손만 살짝 흔들어 보이는 걸로 대체하고 재빨리 지나쳐 버린다.

그는 꽤 먼 거리일 수도 있는 광교호수공원으로 무작정 걸어간다. 오래전 아내와 콧노래를 부르며 가던 그때처럼 오늘도 콧노래를 부르며 가 본다. 사이사이에 사람들이 알아보는 것 같아 보이면 순간 더 빠른 걸음으로 가로질러 달리듯이 갔다.

예전 아내와 사이가 좋을 때 함께했던 이 거리는 꽤 아늑하고 정취가 흐르던 거리였지만, 지금 이 시간 홀로 걷는 이 거리는 고독감이 몰려오고 꽤 처량함이 밀려오자 오늘따라 그는 더 유난히 재영이 보고 싶고 그리워진다.

그래서 자신의 음반 곡에 그대가 어쩌고저쩌고하는 가삿말엔 '그대'라는 글자 대신 '재영'이란 글자를 넣어 노래를 부르며 걷고 걸어 어느새 상현역에 거의 다 다다랐다. 벌써 점심때가 다가왔다.

돌아서 쭉 갔다. 이젠 목적지가 그리 많이 남아 있지 않았다. 그는 아주 미세하게 들려오는 음악 소리에 귀를 최대한 집중해 본다. 그런데 어디선가 사람들이 반주기를 틀어 놓고 노래를 부르는 것 같았다. 한 발 한 발 더 내디딜수록 그 소리는 좀 더 크게 들을 수가 있었다. 문득 들리는 소리가 그래도 꽤 수준이 있는 듯한 노래라는 게 느껴졌다. 아직 그 지점이 어느 정도 남아 있어 노래하는 사람들의 모습은 보이질 않았다.

더 걸어가자 조금씩 조금씩 그 사람들의 얼굴이 아주 작게 보이기 시작하였다. 그러나 최벽은 그들이 모르는 사람들일 거라 얼굴을 집중하여 봐야겠다는 생각까진 하지 않았다.

　그랬는데 왠지 노래 수준이 상당하다는 느낌이 많이 들어 자연스레 그 사람들을 보게 됐다.

　순간 "어! 저, 저, 저건 재영이 아니야! 재영이잖아! 아 아아." 하며 온몸이 완전히 굳어져 버렸다. 방금 전 이곳에 걸어올 때 재영이를 생각하면서 왔는데, 실제로 보이니 신기할 따름이다.

　멍하니 잠시 바라보자 그들도 고개를 돌려 그를 보게 된다. 하던 노래가 갑자기 멈춰지며 멍하니 그를 보게 된다.

　그들은 속으로 '어! 저 사람 최벽 교수 아니야! 어떻게 이 사람이 여기에 왔지?' 하며 놀라움 그 자체이다. 그들도 7년 만에 보는 거라 어렴풋하게 떠오르긴 하였으나 그가 맞긴 맞았다.

　재영과 행전은 아무리 그가 자신들의 교수이긴 하지만 그 당시 그의 파면은 재영이와 관련된 문제라 순간 께름칙한 기억으로 떠올랐다.

　행전은 "재영아, 저기, 저쪽으로 가자. 저 사람이 우릴 계속 처다보니까 말이야." 하고 팔을 잡아당기며 옆길로 가 산기슭으로 올라간다. 최벽은 문득 저들이 나를 기억할 텐데 교수에게 인사도 하지 않고 예의도 지키질 않는다는 생각에 꽤 기분이 상했다. 본인의 과오는 좀체 떠오르진 않는다. 그녀의 속내는 약간 괴롭기도 하다. 자신도 그 당시 표출을 하진 않았지만 최벽을 좋아하기도 했던 기억 때문이다.

　행전은 재영의 이런 심리까진 알 리가 없다.

행전은 최벽이 혼자 재영을 좋아하며 날뛰다가 그 당시 남친 철상이 열받아 난동을 일으키고 대자보 붙이고 개망신을 주어 시끄러워지자 학교 측에서 최벽을 교수 직에서 파면 조치 한 것까지만 알고 있다.

둘이 잠시 피해 있자 최벽은 굉장히 무안한 기분에 사로잡혀 발길을 돌려 호수공원 쪽으로 걸어간다. 속은 착잡하다. 7년 만에 보게 된 그녀였는데 그 당시 남학생과 함께 피한다. 하나 특이하다고 느낀 건 그 당시 무에타이과에서 운동을 하던 그놈, 철상이란 놈과 어떻게 된 건지 모르지만, 지금 눈앞에 보인 건 트로트과 행전과 함께하고 있다는 점이다.

'그냥 노래 오디션을 대비하여 그러는 건가! 아님 다른 뭔가!' 속으로 새겨 본다. 한참 걷다가 뒤를 쓱 돌아다 보자 그들이 다시 제자리에 돌아와 반주기를 틀고 노래를 이어 가는 모습이 보였다. 그는 매우 씁쓸한 기분에 사로잡힌다.

최벽은 현재 홀로 사는 거나 마찬가지이다.

아내는 몇 해 전 춤바람이 나 집에 잘 안 들어오기 때문이다. 아내가 이혼을 요구하였으나 그는 받아들이지 않았다. 엄청날 정도로 명예와 위치와 체면과 위신을 따지는 성향인 최벽이라 그랬다.

이혼했단 기사가 사회면에 도배되는 걸 극도로 신경 쓰는 점이다. 그래서 선뜻 못 할 정도이다. 오래전 아내와 사이가 좋을 때 함께 와 앉았던 그 둑방 그 벤치가 눈앞에 다다랐다.

'아! 저 벤치구나.'

다가가 턱 걸친다.

트로트 가왕의 과거사는 이미 낙엽과 같다. 늦가을 광교호수공원

물은 청량하고 맑게 보였다.

점심 식사를 하지 않아 배가 고프단 느낌이 들어 주변 카페로 들어가 케이크라도 먹는다.

한참 시간이 지나 다시 돌아가야겠다고 마음먹었을 땐 아무래도 아까 그 지점에서 노래 연습을 하던 재영을 한 번 더 볼 수 있을 거라는 기대감이 앞섰다.

그들이 또 피할 수도 있으리란 우려도 있지만 그래도 먼발치에서 볼 수 있다는 기대감이 크다. 점점 아까 그 방향으로 되돌아가며 주시하는데, 그들은 반주기를 틀고 노래를 집중하고 있었다.

'제발, 재영아, 이번엔 저 남학생과 피하질 말고 거기 좀 가만히 서 있어라!' 하고 속으로 빈다.

그러면서 점점 더 가까이 그 지점으로 가고 있는데, 그가 보이기 시작하자 이미 이곳으로 다시 되돌아올 거라고 예상하고 있던 둘은 아까처럼 또 그렇게 행전이 재영의 손을 잡고 산기슭 쪽으로 피해버린다. 문득 최벽은 행전이 재영의 손을 감싸고 피하는 모습이 그냥 단순한 사이는 아닌 것 같아 보였고, 사귀는 사이 같다는 느낌을 받았다. 아까 여기 올 때도 그런 걸 느꼈다.

그는 더욱더 씁쓸함을 몇 배로 느껴 가며 그들이 달아난 그 자리에 처량할 정도로 서 있는 반주기로 더 가까이 다가가 우두커니 그 기계만을 하염없이 바라만 볼 뿐이다.

그들은 산기슭에 숨어 그의 행동을 예의 주시 하고 있다. 최벽은 돌아서 가며 멀리 보이는 지점에 광교대학교가 보였다.

'아! 다음 달 24일부터 내가 저곳에서 심사위원장을 맡는다. 그땐 저들이 오늘처럼 이렇진 못할 것이다. 어떻게 감히 심사위원장 앞에

서 저런 추태를 보이겠나! 그랬다간 바로 퇴장 조치를 취하리라!'

이를 갈며 곱씹는다.

사실 지금 숨어서 그를 주시하는 행전과 재영도 저 교수가 이번 오디션의 심사위원장으로 정해진 어제 기사는 여간 불편하고 신경 쓰이는 게 아니다.

불행이라고 여겼다.

최벽은 한 번 더 그 반주기를 힐끗 쳐다보더니 완전히 돌아서서 간다. 아까 왔던 그 길로 그대로 한참을 걸어 어느새 죽전역에 다다랐다.

그런데 어디선가 아주 요란한 확성기 소리가 나며 선거운동 하는 로고 송이 울려 퍼졌다. 그는 자신의 개인사가 너무 괴로워 자신이 사는 동네 수지 갑 보선에 대해 전혀 관심이 없다.

먹거리를 사려고 이마트로 가는데, 길 건너를 사이에 두고 한쪽에 선 청렴맑은당 최영복 후보 측 선거운동원이 '대세 굳히기'라고 새겨진 피켓을 들고 함성을 지르고 있었고, 반대쪽에선 국민사랑당 전대광 후보 측 선거운동원들이 '막판 뒤집기'라고 새겨진 피켓을 들고 함성을 지르고 있었다.

최벽은 다른 사람들은 자세히 모르고 눈에 들어오는 한 사람, 바로 김철상이 한눈에 확 들어왔다.

자신이 오래전에 교수를 하던 그 당시, 재영이와 문제가 요란해졌을 때 온갖 협박과 난리를 다 친 그 장본인이 바로 철상이었기 때문이다. 최벽이 철상 쪽을 주시하자 처음엔 몰라보던 철상도 최벽을 기억해 내고 맞받아치듯 주시한다. 마치 눈싸움을 펼치는 형국이다. 최벽은 최근 자신의 신상이 너무 괴롭고 힘들어 TV나 유튜브

같은 걸 안 보기에 저들이 재영을 놓고 토론회나 유튜브로 괴이한 주장들을 뿜어낸 사실을 알 길이 만무하다.

그저 철상과 재영이 교제하고 있을 거란 예상만 할 정도였는데, 아까 호수공원 인근에서 행전과 재영이 보인 모습은 여러 추측을 일으키는 중이다. 최벽은 더 이상 철상과 눈싸움을 펼치기가 더럽다고 느껴 돌아서서 죽전동 러버하임아파트로 가기 위해 죽전교를 지나가 앞으로 걷는데, 인근 8595 라이브카페에서 노래 연습을 하다 잠시 쉬러 나온 노자, 채비가 근처 카페로 들어가기 위해 횡단보도를 건너고 있었다.

최벽은 그들을 못 봤는데 그녀들은 그를 보고 막 달려오며 "교수님! 교수님, 와아아, 안녕하세요." 하고 인사하고 막 웃는다. 깜짝 놀란 그는 바라보자 노자, 채비였다.

"어어! 여길 어떻게⋯⋯?"

엉거주춤하는 그였다.

"교수님, 너무 오랜만에 뵈어요. 그간 어떻게 지내셨어요? 와우우."

"그래, 그래요. 하하하. 난 너무 힘든 일들이 조금 있어서 그만, 흠흠."

그가 교수직에서 불명예스럽게 나갔다는 걸 기억하는 그녀들이지만 어제 조간신문에 그가 이번 오디션 심사위원장으로 내정됐다는 소식을 알고 있기에 어떻게든 잘 보이고 싶은 충동에 사로잡혔다.

"교수님, 저기 카페에 들어가 잠시 쉬셨다 가시죠?"

"네, 그럴까요."

이들은 맥스카페로 들어갔다. 들어가 앉아 그는 속으로 '참, 오늘은 신기하다. 새롱, 란조도 보고 재영, 행전도 보게 되고 집에 거의 다 와서 채비, 노자도 보게 되니까. 참, 이 동네는 너무 좁다.'라고 느꼈다.

아까 처음 새롱, 란조를 부딪쳤을 땐 피하다시피 달아났는데 이번 채비, 노자의 대화 제안엔 흔쾌히 받아들이는 심리는 단연 재영에 대한 소식을 알고 싶어서이다.

"너무 오랜만에 뵙네요, 교수님? 어제 교수님이 다음 달 오디션 심사위원장이 되신 것을 신문 보고 알게 됐어요. 호호호."

"아! 그런가요."

"잘 부탁드립니다, 교수님."

"아니, 뭘 잘 부탁할 게 있나? 각자 알아서 그냥 하는 거지 뭐!"

뜨거운 아메리카노를 절반쯤 마셨을 즈음, 그는 서서히 핵심 본론을 물어봐야겠다고 느꼈다.

아까 산책 도중 봤다는 말은 빼고 그냥 평범한 질문을 던지리라 마음먹고 던진다.

"아! 근데 혹시 차재영은 잘 지내나요? 다음 달 오디션에 나오는지 아세요?"

"하하, 재영이는 나옵니다."

질문에 본론을 듣고 싶었는데 형식적인 답변만 듣자 몹시 갑갑한 나머지 "아하! 그 학교 다닐 때 교제하던 무슨 무에타이과인가 하는 철상이란 사람과 지금도 교제합니까?"라고 직선타로 묻는다.

그녀들도 최 교수가 이 말을 물어 올 거라고 예상하고 있던 차에 그 말이 나오자 미소를 짓는다.

"네, 교수님. 재영이는 그 철상이란 애와 깨졌죠. 지금은 트로트과 출신 남학생 이행전이와 사귀고 있고 둘이서 같이 오디션에 나가려고 준비합니다."

'아! 그래서 아까 거기에서 둘이서 그랬구나!'라고 속으로 최벽은 생각하게 된다.

"아마 지금 보정동 카페거리에서 노래하고 있을 거예요."

"……."

이 말에 그는 침묵하며 속으로 '어! 보정동 카페거리……. 아까 거긴 광교호수공원 쪽이었는데. 여기저기 왔다 갔다 하나.'라고 짐작해 봤다.

그녀들이 이렇게 말하는 것은 재영, 행전이 며칠 전 보정동 카페거리에서 광교호수공원 쪽으로 이동한 정확한 내막을 모르기 때문이다.

최벽의 관심사는 이젠 다 파악됐으니 그는 "아, 아! 이제 이만 일어납시다. 열심히들 하시죠. 자, 응원하겠습니다." 하고 벌떡 일어나 나간다.

"아, 네, 교수님. 그럼 잘 부탁드려요. 히히."

그는 자신의 집이 그 근처라는 게 알려지질 않게 하려고 다시 잠시 탄천 쪽으로 내려갔다가 바람을 쐬고 돌아서 옆길로 러버하임아파트로 들어갔다.

그녀들은 다른 방향 탄천 쪽으로 내려가 바람을 쐬는데 멀리서 새롱, 란조가 생으로 노래 연습 하는 모습이 보여 "야, 야, 야, 저기, 저기. 쟤들이 저러고 있다. 어휴~ 쟤들 진짜 쪽팔리지도 않는가 봐. 길거리에서 저게 뭐야! 누가 보면 실성한 미친년들이라고 욕하겠다. 큭큭큭." 비웃는다.

러버하임아파트로 들어간 그는 아무도 없을 거라고 생각했는데,

아내가 모처럼 만에 들어와 있었다. 여기저기 춤바람을 일으키고 다니는 그녀가 집에 들어오는 경우는 아주 예외적인 일인데, 오늘은 무슨 일인지 들어온 것이다. 남편 최벽이 들어가도 쳐다보지도 않는다.

서로 그렇다.

그는 우두커니 탁자에 앉아 깊은 생각 속에 잠겼다. 이젠 지나간 김철상과의 악연은 어느 정도 지우개로 지울 법도 하다. 현재 재영이 행전으로 마음을 이동했기 때문이다.

하지만 철상이 과거에 보인 터프한 극성의 기억은 그리 쉽게 잊혀지진 않는다.

잠시 과거의 회상 속에 잠긴 사이 아내는 핸드백에 무슨 물건을 챙겨 밖으로 나간다.

그는 냉장고 안의 양주를 꺼내어 반 병쯤 마시고 낮잠에 든다. 대낮에 자는데도 무슨 희한한 꿈을 하나 꾸는데, 재영이 다음 달 열린 오디션에서 자신에게 다가와 "교수님, 사랑합니다. 내 사랑을 받아 주세요."라고 말하고 느닷없이 그녀는 입술을 그의 입술에 대고 꾹꾹 눌러 버린다.

그는 너무 황홀경에 빠져 "으으으으." 하다가 잠에서 깨어난다.

"아이, 이게 뭐야! 꿈이잖아. 에잇, 재수 없다."

7

꿩 대신 닭

**11월도** 며칠밖에 남지 않아 세월의 무상함을 드러낸다. 12월이 되면 광교, 수지지역은 아주 요란한 전쟁터를 방불케 하는 전장이 될 듯하다. 사활을 건 양당 후보들은 어떻게든 당선의 기쁨을 누리려고 날뛰고 다닌다. 죽전동, 동천동, 풍덕천동 3개의 동이 수지 갑 보선지역구이다.

　청렴맑은당 후보 최영복이 선거운동원들과 함께 죽전동 새터마을 쪽으로 이동하고 있었다.

　요란한 확성기 소리에 잠시 라이브카페에서 노래 연습 도중 휴식을 취하던 채비, 노자는 귀를 쫑긋 세웠다.

　"야, 야, 노자야, 청렴맑은당 최 후보 운동원들인 것 같은데, 가만히 소릴 들어 보니 '최영복'이라고 외치는 소리야! 자, 잘 들어 봐. 창문을 열고 저길 봐 봐."

　노자가 문을 활짝 열자 실제로 그들이 맞았다.

　"야, 야, 나가서 우리 선거운동원들을 보자. 난 백수달을 너무 보고 싶다. 우아아. 넌 방정환을 보면 되잖아? 우후후."

　"그래, 저들이 지나가기 전에 얼른 가서 가까이서 보자고."

　이들은 번개같이 자신들이 좋아하는 남자를 보기 위하여 달려 나갔다.

　이들이 나가 그 지점에 갔을 때 선거운동원들도 이들을 알기에 쳐다본다. 예전에 로고 송 제작할 때 라이브에 왔었기 때문이다.

"와아, 우리 죽전대학교 출신 친구들, 안녕?"

무에타이과와 트로트과의 만남이라고도 볼 수 있다.

"아니, 다른 친구들은 안 보이네. 다들 어딜 갔어?"라고 백창이 물었다.

"아하! 쟤들은 자기들의 스타일이 맞는 곳으로 갔지. 각자 알아서 열심히 할 뿐이야."

균열사를 밝힐 이유가 없다. 그런데 갑자기 수달이 채비를 보고 마음에 들었는지 "야, 채비야, 넌 백 프로 내 스타일이다. 다음에 한 번 보자, 맥주나 한잔하게."라며 공개 프로포즈를 감행하였다. 순간 노자는 가슴을 쓸어내리는 통증을 느낀다.

채비는 순간 가슴이 뜨끔거린다.

노자가 수달을 좋아한다고 공공연히 밝혀 왔기 때문이다. 채비는 이럴 땐 어떻게 처신을 해야 할지 몰라 주춤주춤거리다가 그냥 고개를 좌우로 이리저리 흔든다. 친구 간의 예의 차원이었다.

하지만 속으론 이왕이면 정환이 더 좋긴 한데 그렇다고 수달이 아예 마음에 안 드는 것도 아니다. 이래서 은근슬쩍 속으론 달콤함도 느꼈다.

정환은 그저 소, 닭 보듯 하다가 최 후보가 앞으로 쭉 걸어가자 묵묵히 걸어갔다. 선거운동원들이 지나간 자리에는 황량함이 몰려온다. 노자 입장에서 그랬고 채비 입장은 다르다.

채비는 아닌 척하며 "야, 노자야, 걱정 마. 난 저런 수달 같은 애는 거들떠보지도 않는다. 관심 밖이다. 자, 들어가자. 어휴~" 하며 노자의 팔을 잡아당기며 라이브로 데리고 들어갔다.

이래 놓고 막상 들어가서 비치된 뜨거운 아메리카노를 한잔하면서 갑자기 돌변하여 "야, 노자야, 사실 난 수달 같은 애들을 내 스타일은 아니긴 해! 정환이 더 마음에 들긴 하지만 얘 눈치로 볼 땐 얘는 난 별로로 여기는 것 같고……. 그래서 말이야, 흠, 흠, 그렇다면 난 그냥 수달 쪽으로 생각을 할 수도 있을 것 같기도 하다. 음."이라고 말하며 한 모금 더 마시는 채비이다.

"아니, 뭐야! 야, 채비야, 너 이런 식으로 생떼 쓰면 안 되지. 이게 뭐야? 에잇, 이 씨발."

"뭐? 씨발이라고?"

나름 솔직 담백한 채비는 속에 있는 감정을 감추질 않고 내뱉다 보니 일어난 다툼이다.

믿었던 채비마저도 이래 버리자 노자는 심한 충격을 받고 더 이상 이곳에서 함께하기가 너무 힘들었다. 워낙 감수성이 예민한 노자는 "으악!"이라고 버럭 소릴 지르고 나가 버린다.

결국 이 8595 라이브카페엔 채비 혼자 남게 됐다.

이날 밤, 채비는 내심 좋기도 하고 반면 노자를 생각하면 찝찝하기도 한 시간의 밤이었다.

노자는 부모가 워낙 돈이 많은 사람이라 오디션 날까지 노래 연습할 수 있는 공간을 만들어 주는 문제는 아무것도 아니다.

바로 다음 날, 일사천리로 마련해 줬다.

채비 이모 단비가 오전 운동 하러 나가기 전 라이브카페에 불쑥 들어왔다. "어! 너 왜 혼자 있니? 네 친구 노자는 어디 있어? 아직 안 나왔나?"라고 단비가 묻는다.

"음, 아니야, 이모. 어제 남자 문제로 그리 된 거야! 걔는 완전 떠

났어. 딴 데 가서 하겠지 뭐."

"남자 문제라니. 무슨 남자 문제인데……?"

"음, 이리저리 꼬이고 꼬였어요. 이번엔 새롱이랑 란조 하고 겹친 게 아니라 남자 수달을 놓고 노자와 내가 맞부딪친 거야! 어제 수달이 선거운동 하러 돌아다닐 때 우리가 내려가 알은체 좀 했는데, 수달이 날 보고 좋아한다고 하더라고. 사실 난 걔보단 정환을 더 좋아하긴 하지만 수달도 그냥 봐 줄 만 해. 근데 문제는 노자도 수달을 좋아하고 있었는데, 그래서 완전 열받은 거라고. 결국 그렇게 된 거야! 으으."

"……."

잠시 침묵을 이어 가는 단비이다. 속으로 자신도 최근 골치 아픈 남자 문제가 도사리고 있는데, 조카의 문제를 듣자 더더욱 자기 스스로가 압박을 느끼는 희한한 심리를 일으킨다.

동일한 골칫거리라서 더더욱 배가 되는 것이다.

"그래, 그러냐! 그래, 난 잘 모르겠다. 참! 어려운 게 남녀 문제이긴 해! 그 누구도 답을 줄 수도 없는 게 바로 남녀 문제라고도 볼 수가 있다. 그래, 결국 그래서 너 혼자 이 장소에 남게 된 거야? 혼자하면 속은 편하지만 조금 쓸쓸하고 심심하긴 하겠다. 안 그래?"

"뭐! 괜찮아요. 어차피 오디션 당일 무대 오를 땐 혼자 오르는 건데 뭐! 고독한 게임이잖아요."

그저 고개만 끄덕이고 "그래, 잘해 봐." 하고 나가 오늘도 운동하려고 탄천으로 내려간다.

오늘도 아침 일찍 새롱, 란조가 이곳에 와 연습을 할지도 모른다는 생각에 그 방향을 천천히 바라보며 걷는데, 실제로 그들이 보이기 시작하였다.

어김없이 그 자리에서 반주기도 없이 발성을 하고 있었다. 점점 가까이 다가가자 그들은 단비를 보게 되어 "안녕하세요, 이모." 하고 웃는다.

"그래, 안녕. 오늘도 열심히들 하는구나!"

문득 단비는 아까 라이브카페에 들러 채비에게서 들은 말을 할까 말까 고민하다가 끝내 말을 하게 된다.

"얘들아, 우리 채비는 노자와 깨져 지금 혼자 연습하고 있다."

이 말에 깜짝 놀란 이들이 "어! 걔들이 깨졌다고요? 이모님, 왜요? 왜 그렇죠?"라며 상당히 놀란 표정을 지었다.

이모 단비가 지금 이 말을 하는 속내는 이 친구들이 조카에 대한 앙심을 품을 수도 있어서 다소 완화하는 측면이다. 무조건 부유층 친구 노자와 견고한 것도 아니란 걸 보여 주며 조금 극빈층 친구들을 위로하려는 발상이다. 굳이 이럴 필요도 없는데 애써 이러는 것이다.

친구들은 애써 심각한 표정과 안타까운 얼굴로 "그래요. 이모 정말 안됐네요. 그래도 그 둘은 상당히 친하게 오디션 날까지 갈 것 같았는데. 아, 참, 다 어렵네요. 으으으." 하며 탄식한다.

하지만 속으론 무척 달콤하게 느낀다.

단비는 이들이 겉으로만 이렇지 속으론 희열을 느낄 거라는 것도 다 직감으로 간파하고 있다.

"그래, 이 세상 뭐든 남자든 여자든 남녀가 문제는 문제다, 문제!"

"그게 뭔가요? 걔들이 남자 가지고 싸웠나요?"

"하여간 남녀가 문제!"

짧게 말하고 자리를 피하는 이모 단비이다. 새롱, 란조는 주변이 떠내려갈 정도로 아주 크게 함성을 지른다.

"와아아아!"

그만큼 신난다는 것이다.

노자는 데미지를 받고 아버지가 풍덕천동에 급조하여 만들어 준 빌딩 지하를 개조하여 방음 장치를 해 놓은 곳에 반주기를 갖다 놓고 혼자서 마음 편히 연습에 들어갔다.

채비는 생각해 보면 상당히 찜찜하기도 하지만, 그래도 수달이라는 남자가 자신을 좋아한다고 밝힘으로써 극심한 외로움에서 탈출할 수도 있으리란 기대감에 싹터 트로트를 대비하는 입장에 너무 흥분되어 웬 전율의 락을 불러 대며 펄쩍펄쩍 뛴다.

이 시각 오늘, 일요일인데도 불구하고 내년 종합격투기 대회 우승을 거머쥐기 위해 성복동 킥복싱 아카데미에서 구슬땀을 흘리는 덕강은 쓸데없는 분노가 치밀어오르기 시작하였다.

전화번호를 알려 주어 받아 저장해 놓은 것에 대해 엄청난 의미를 부여하며 곧 재영이와 애인이 될 거라고 들떠 있던 시간도 잠시, 그녀의 실체는 그저 팬 서비스 차원이었다는 게 밝혀지자 여간 황망하고 불쾌한 게 아니었다.

그래서 며칠 전, 그는 재영을 납치하여 협박을 가하기도 했지만 전혀 효과가 없자 그 후로 낙담 상태이면서 현재 운동을 하는 게 강한 동기 부여도 안 될 지경이 됐다. 정신적 에너지가 고갈된 셈이다.

손이 부르르르 떨리는 현상, 다리가 후들후들 흔들려 떨리는 현상 같은 괴이한 몸의 반응이 나오기까지 하였다.

"어! 내가 왜 그러지, 이상하다."

그러던 중 갑갑하고 괴로워 잠시 뜨거운 아메리카노를 한잔하며 휴게실에 앉아 핸드폰을 이리저리 누르던 중 미국의 한 유명한 종합 격투기 선수가 '사생활이나 경기 전에 불안하거나 집중이 잘 안 되면 스테로이드를 복용하여 안정을 취하여 너무 좋았다.'라고 심경을 밝히며 하지만 이번 대회 직전에 재수 없게 도핑 테스트에 걸려 자칫 선수 자격이 박탈될 위기에 몰릴 부분에 대해 진짜 미칠 지경이라고 심경을 토로하고 있다.

　덕강은 이 기사를 접하고 혼잣말로 "아! 미국은 약물 검사가 상당히 철저하지. 그래서 저렇게 된 거지. 근데 한국은 아직 저 정도는 아닌데, 아하! 그럼 난 이 괴로움을 저런 약물로 한번 이겨 내 볼까! 한번 해 봐? 흠흠." 하며 엉뚱한 발상을 하는 지경에 이르렀다.

　다시 훈련에 들어가진 않고 영등포에서 스테로이드를 전문으로 취급하는 동생들에게 전화를 넣어 얻어 달라고 부탁하기에 이른다.

　"아침 일찍 왜, 조 형?"

　"야, 철석아, 약물 좀 구해 줘. 내게 힘이 너무 없다. 그 약물 힘으로라도 힘을 내어 대회에 나가야 할 것 같다. 하하하."

　"그래요. 어려운 건 아닙니다. 우리가 거기로 가면 됩니까?"

　"그래. 오늘 중으로 와라."

　덕강은 다소 두려움도 있었지만 국내 격투 단체는 미국처럼 철저한 사전 검사를 하지 않는다는 것만 생각하며 엄청난 무리수를 두고 있다.

　점심때가 지나자 동생들이 그 약물을 가지고 성복동 킥복싱 아카데미로 왔다. 받고서는 "야, 고맙다. 내가 우승하고 보답하겠다. 그만 가 봐."라고 화답하자 그들은 "우승하길 바랍니다." 하고 갔다.

새로 나온 특수 약물로 먹는 물약이라 그들이 알려 준 방식대로 복용하기 시작하였다. 먹자마자 1시간도 채 안 되어 힘이 불끈불끈 솟는 그런 느낌이 들었다.

희한한 건 힘도 그렇지만 되레 재영에 대한 호기로운 쟁탈 정신이 더더욱 배가 됐고, 게다가 현재 그녀에게 흠모를 품는 남자 놈들 4명, 최영복, 전대광, 이행전, 김철상을 하나씩 하나씩 제거해야겠다는 위험천만한 발상까지 슬금슬금 싹트기 시작한 것이다.

"아! 그 자식들 말이야, 감히 이 어린놈들이 내 것을 건드리려고 그래! 그래, 어디 한번 두고 보자. 지금은 내가 한국 최고 격투기 대회 우승을 노리는 입장이라 참고 참지만 한갓지게 대회만 한번 끝나 봐라. 니네들 이젠 다 죽는다. 이 무지막지한 팔과 주먹과 무릎과 발로 말이야! 푸하하하하."

그러더니 정말 핸드폰을 열어 재영의 번호에 문자를 보낸다.

'기다려라 난 물러설 줄 모른다'

지금 한창 광교호수공원 그 움푹 들어간 지점에서 연습하다가 잠시 쉬는 그녀가 폰을 보자 문자가 떠 있어 보자, 이런 내용이라 가슴이 뜨끔거렸다.

얼른 행전에게 이 문자를 보여 준다.

"야, 야, 행전아 이거, 이것 좀 봐. 그 덕강이란 인간."

"어어! 또 그 자식이 지랄이네. 어휴~"

이들은 리듬이 깨지기 시작했다.

이날은 덕강은 문자만 보내는 걸로 압박해 놓고 더 가열차게 트레이닝을 하고 성복동 집으로 들어가 밥을 먹고 휴식을 취하는데, 약물 복용의 여파인지 모르지만 갑자기 음주 운전을 하고픈 충동에 사로잡혔다.

그는 정신이 돌 것만 같아 밖으로 나가 아무데나 술집을 찾아 들어갔다. '야참이 있는 포차'라고 간판이 달린 가게로 들어가 소주와 맥주를 섞어 닭똥집을 주문하여 먹기 시작하였는데, '이 술을 퍼붓고 핸들을 잡고야 말겠다!'라는 객기가 드리워졌다.

몇 잔 비우곤 갑자기 사장에게 "사장님, 저는 말이죠. 이 술 다 먹고 밖으로 나가 검정 마세라티 기블리를 타고 음주 운전을 할 겁니다. 그렇게 아세요. 우하하하."라고 선언을 한다.

깜짝 놀라는 표정을 지으며 사장이 "아니, 손님, 음주 운전을 하시면 안 되죠. 아아! 그러시면 절대 안 됩니다. 위험합니다."라고 만류하였으나 그는 "아이, 이 정도 마시고 운전했다고 뭐 별일이야 있겠어요?"라고 의기양양한 기세를 보인다. 포차 사장은 더 이상 무슨 말을 하지 않았다.

계산을 마친 그는 다소 비틀거리며 나가 자신의 집으로 가서 자신의 차 검정 마세라티 기블리를 타고 통탄 쪽으로 거칠게 달렸다.

과속까지 이어지며 위험천만, 위태위태한 상황이 계속 스쳐 갔다. 운이 좋아 충돌 사고는 일어나진 않았으나, 몸은 더더욱 제정신이 아니었다.

더 큰 문제는 그는 음주 운전을 오늘 하루만 하고 멈춰야겠다는 생각을 하면 되겠지만, 계속 하고 싶은 마음이 불타오른다는 게 심각하다. 무사히 다시 집에 들어왔지만 오늘 동탄 갔다 오다가 추돌 사고가 날 뻔한 순간들이 여러 차례 있긴 했다.

음주 운전의 긴장감을 온수로 샤워를 하며 서서히 녹였다.

"아, 아! 정말 경쾌하고 호쾌했다."

혼잣말로 중얼거린다. 소파로 돌아와 리모컨을 잡고 TV를 켠다. 마침 9시 메인 뉴스가 나오고 있었는데, 동탄에서 수원 쪽으로 큰 도로에서 만취한 사람이 운전하듯 검정 마세라티 기블리 차량이 이리저리 흔들흔들거리다가 다른 차량들을 치일 뻔한 일들이 여러 차례 속출하는 일이 벌어졌다는 기사가 나온다.

"어! 저거 내 차인데……!"

다소 뜨끔거렸다.

그랬지만 "아! 저런 사고가 날 뻔한 것도 정말 스릴 넘치고 재미있고 짜릿해. 하하하하." 하고 호탕하게 웃어넘겼다. 그러고는 피곤했는지 눈이 스르르 감겨 소파에서 그냥 잠이 들어 버렸다. 잠이 든 사이 무슨 꿈을 하나 꾸는데, 어떤 산신령이 출현하여 "야, 야, 야, 덕강아, 넌 내년 국내 최대 격투기 대회에서 우승할 것이다. 너밖에 우승할 놈이 없다. 그리고 헤비급에서 너를 이길 자는 아무도 없다. 그리고 오늘부터 음주 운전을 하기 시작했는데, 그것은 너무 좋은 아이디어다. 앞으로 네가 운동할 때도 이런 음주 운전은 너무너무 좋다. 스트레스를 날려 주기 때문이다. 그리고 마지막으로 지금 네가 좋아하는 그 여잔 앞으로 네 여자가 될 것이다. 그러니 그냥 막 밀어붙여라! 막 밀어 버리면 네가 애인이 되고 네 것이 된다. 알겠나? 우하하하하." 하고 가르침을 주고 호탕하게 웃으며 날개를 저으며 하늘로 올라가는 꿈이었다.

"예에에에에? 그, 그, 그게, 그런가요, 산신령님?" 하며 벌떡 깨나 보니 천장과 벽이 보여 꿈이란 걸 알게 된다.

벽시계를 보자 벌써 새벽 5시 40분 정도가 됐다. 기상해야 할 정도의 시간인 것이다.

"그래, 음주 운전을 계속하면 그만큼 좋단 말씀 아니야. 맞다, 맞지. 운동 신경도 발달하고 특히 회피 능력이 너무 좋아지는 것 같다."

11월도 이젠 3일밖에 남지 않았고 찬 공기가 며칠 전보다 더더욱 매서워지는 즈음, 또 야당인 국민사랑당 전대광 후보는 현재 15% 이상 뒤지는 아픔을 반전하고 청렴맑은당 최영복 후보의 심기를 최대한 흔들기 위한 포석으로 재차 기자 회견을 자청하고 나섰다.

용인포은아트홀로 정하였다. 우르르르 벌떼같이 몰려온 기자들에게 그는 "오시느라 너무 고생 많으셨습니다. 제가 입을 열면 최 후보는 그냥 바로 끝납니다. 그러면 예의가 아니죠. 더 엄청나게 끌다가 막판에 며칠 남겨 놓고 공포해야 예의가 될 것 같습니다. 너무 큰 대형 메가톤급이라 그렇습니다. 바쁘신데 오시게 하여 너무너무 죄송하기도 합니다. 그만 물러갑니다."라고 또다시 김을 빼며 영복을 긴장의 늪으로 빠뜨렸다.

기자들도 화가 치밀어 올라 "아니, 전 후보, 이게 뭡니까? 우리가 무슨 호구입니까? 지난번에도 다음으로 보류한다고 하더니 오늘 또 쏙빼 버리면 우린 이게 뭐냐고요? 왜 쓸데없이 오라 가라 합니까? 어휴 ~ 진짜 더러운 후보네! 확, 진짜 꽉." 하며 핏대를 올리기도 하였다.

기자들이 아우성치며 항의하자 전 후보는 쏜살같이 도망쳤다. 이 장면을 TV를 통해 지켜본 덕강은 "참, 별놈 다 보네! 저거 뭘 가지고 저러는 거야. 미친놈이잖아!" 하며 피식피식 웃었다.

최 후보는 더더욱 정신이 돌 것만 같았다. 저게 분명 그때 그 납치 감금 사건 가지고 저러는 것 같긴 한데, 그런 건지 또 다른 무엇인지 정확히 알 길이 없기 때문에 긴장감만 고조된다.

오전에 지난번처럼 또 그렇게 치고 빠지는 전략을 구사한 대광은 선거운동원들과 지역구인 수지 갑구 지역인 동천동으로 빠져나갔다.

사람들이 많이 몰리는 동천역 앞에 간 그는 또다시 해괴망측한 발언을 쏟아붓기 시작하였다.

"자, 여러분. 수지 갑구 여러분, 동천동 시민 여러분! 저 전대광은 다음 달 광교대학교에서 트로트 오디션에 참가하는 차재영 예비 가수를 열렬히 사랑합니다. 저와 그분은 4살 차이가 납니다. 옛말에 내려오는 위대한 말이 하나 있지요. 남녀 간 4살 차이면 궁합도 안 본다고요. 그만큼 찰떡궁합이란 뜻이겠지요. 저는 이번엔 막판 극적 뒤집기로 역전하여 국회의원에 당선될 것이고, 그 후 차재영 씨에게 정식 프로포즈를 하여 공개 열애를 시작할 것입니다. 그래도 됩니까? 그래도 된다고 생각하시면 우레와 같은 함성 한번 질러! 더 크게 함성 질러~"

그러자 동천역을 지나가는 수많은 행인들은 대부분 "저 후보가 상대방에게 15% 차이로 밀리자 충격을 받아 실성했구나! 왜 한 여자를 좋아한다는 얘길 떠들고 다닐까! 이상한 사람이다."라고 그의 정신 상태를 의심하기도 하였다.

실제로 그에게 다가가 그런 말을 하는 사람도 있었다. 그럴 때마다 그는 "나는 현직 시나리오 작가로서 지금 한편의 시나리오를 쓰고 있다. 내가 쓰는 선거 시나리오는 곧 당선의 벨트를 허리에 두를 것이다. 기다려라." 이런 식으로 강변하며 조금도 개의치 않음을 보였다.

그가 이렇듯 호기롭고 득의양양한 기세를 펼칠 수 있는 근저에는 막판 일주일을 남겨 놓고 상대 당 최영복이 배후하여 사람들을 시켜 오디션 준비생을 납치 감금 협박한 내용을 폭로하면 모든 정치

게임은 끝난다는 걸 깊게 인식하기 때문이다.

점점 날짜는 가까워지고 있다.

동천동 자이 2차 아파트에 사는 그는 오늘은 동천역 인근을 선거 운동 하는 것으로 하고, 오후 4시가 되자 점점 쌀쌀해지는 날씨에 적응하지 못하고 오늘 그만 해산하자고 말하고 자신의 집으로 들어가 버렸다.

이날 밤 최영복 후보와 친구 반철광은 독한 양주를 마시며 대책을 마련하려고 애를 썼다.

"야, 친구, 도대체 그 대광이란 놈이 뭘 믿고 저러는 걸까? 정말 미치겠네! 아! 진짜 속 터져."

"그래, 일단 우린 끈기를 가지고 버텨 보는 거야! 저거 별거 아닌 거 하나 가지고 괜히 날뛸 수도 있어."

이들은 대책이라곤 특별할 것도 없었다. 흑색선전이나 유언비어 살포 선거법 위반으로 고발 조치 정도 운운하며 겁을 주는 정도로 차단하려는 포석밖에 없었다. 원래 선거는 이 정도 요란한 건 존재하기 때문이다.

드디어 광교지구가 선거와 노래로 아주 요란하게 들썩일 수 있는 대망의 12월이 밝았다.

오디션에 참가하는 사람들은 카렌더의 날짜를 하나하나 지워 나가며 긴장하였고, 선거에 참가하는 사람들도 마찬가지였다.

11월과 다르게 12월은 첫날부터 찬 공기가 횡하니 불며 살갗을 파고 들어온다.

덕강은 며칠 전부터 계속 음주 운전을 이어 가는데도 목격자들이 제보해도 그에 대한 단속이 이뤄지질 않고 있다. 어젯밤 성복역 부근에서 칼부림 사건이 일어났다는 속보가 나왔을 때, 이 주변에 사는 사람들은 불과 얼마 떨어지지 않은 킥복싱 아카데미 쪽에서 늘 해가 떨어지면 음주 운전을 하는 한 사람이 있다는 목격자들의 증언 때문에 혹시 어떤 연결 고리가 있는지 의구심을 보이기도 하였다.

어젯밤 칼부림 사건 가해자는 아직 검거가 되질 않아 인근 주민들은 공포에 떨고 있다는 보도가 뜬다. 경찰은 CCTV를 토대로 검거에 총력전을 펼친다는 것이다.

덕강은 12월 첫날도 그곳에서 격투기 훈련을 마치고 소맥을 막 섞어 먹고 검정 마세라티 기블리를 타고 큰 도로로 나갔다가 단속하는 경찰에 걸려 음주 측정을 해야 하는 순간에 "야, 내가 누군지 알지? 열심히들 살라고, 경찰 아저씨들?" 하며 매섭게 노려보자 겁에 질려 소스라치며 "네, 형님. 잘 들어가십시오." 하고 깍듯이 인사하는 경찰들이었다.

그는 이날도 통탄 쪽으로 음주 운전을 하다가 라디오를 틀자 어젯밤 칼부림 사건이 성복역 부근에서 일어났는데 아직 범인이 잡히질 않고 있다는 보도에 "아이, 이 자식. 그놈 완전 미쳤구나! 그놈 격투기 대회에 계속 나가 탈락 되더니 실성했네!"라며 혼잣말로 중얼거렸다.

그가 말하는 그놈은 자신의 죽전대학교 유도학과 2년 후배를 말하는 것이다.

"그래도 그러면 안 되지. 에이, 나쁜 새끼. 살인을 하면 안 되지. 저런 살인마들은 다 죽여 버려야 해." 하며 혀를 끌끌 찼다.

덕강의 선 후배들은 이쪽저쪽에서 흥신소 및 폭력배에 가담된 자들이 많고 경찰 검찰들과도 긴밀히 유착되어 있었다. 이들과 형 동생으로 지내는 사이이다.

이날도 덕강은 희대의 음주 운전을 하였으나 사고는 나지 않고 무사히 성복동 집에 들어올 수 있었다.

비틀대며 들어와 난데없이 자신이 운영하는 블로그와 인스타그램에 글을 하나 올렸다.

취김에 올린 것치고는 묘한 전운이 감돌았다.

'난 말이야 원래 뭐든지 라이벌 관계를 이루는 건 싫어! 모든 건 내가 독차지해야 한다고 특히 애정에 관련한 거는 더욱더 그래! 묵과하진 않을 것이다'

이런 내용을 양쪽 관계망에 올렸다.

밤에 특별히 할 일 없이 이것저것 보던 현재 양당 선거운동원들은 이 글을 접하고 고개를 갸웃거리며 이상하다 싶어 재빨리 카톡으로 후보에게 알렸다.

하지만 후보는 선거운동에 지쳐 잠이 든 상태라 카톡을 확인할 수가 없었다.

철상은 이 글이 자신을 향하는 내용이기도 하여 굉장히 기분이 나빴다. 행전은 이날도 재영과 노래 연습에 열중하여 피곤하여 깊게 잠이 들어 이런 글은 볼 수가 없었다.

날이 밝자 다시 선거운동은 불타 올랐는데, 운동원들이 후보들에게 어제 덕강이 관계망에 올린 글을 알렸다.

최 후보는 "그거 뭐, 저쪽 당에서 몸담았던 무식한 놈이니 뭐, 원래 이렇게 막말하지 뭐! 야, 난 이런 거 신경 쓰기 싫다. 현재 15% 이상 앞서니까 이거 대세나 굳혀 국회의원 배지나 좀 달자! 우하하하하." 하며 별로 개의치 않음을 드러냈다.

전 후보는 "말이죠, 시건방지게 내 가슴에 비수를 꽂고 빠져나간 놈이 뭔 짓을 못 하겠나! 그냥 둬요. 개만도 못한 자식 같은." 하며 발끈했다.

쌀쌀한 날씨에 반주기를 설치하고 발성을 시작하려던 행전도 재영이 이것저것 누르다가 알게 되어 보여 주었고, 상당히 불안한 기분이 들었다. 한차례 그와 사건이 일어났었기 때문이다.

"야, 행전아, 그 자식을 어떻게 해야 할까? 문제다, 문제!"

"음, 일단, 우린 최대한 오디션 준비에 만전을 기하고 대회가 끝난 뒤에 어떻게 다른 데로 이사를 하든가 어떻게 해 보자! 별 쓰레기 같은 것들이 다 끼어 우릴 방해하는 것 같다."

"그래, 그렇긴 한데."


덕강의 무차별 도발에 엉뚱하게 이번 오디션에 참가하는 재영의 친구들 란조, 채비, 새롱, 노자는 재영을 좋아하는 남자들이 위협을 당하는 상황을 은근히 즐기는 심보도 작용한다.

근저에는 애초 자신들이 양당 후보들을 좋아했는데 여의치 않았고, 후속으로 행전을 고려했지만 이 또한 재영이라는 장벽에 막혀 난제가 있어 포기할 수밖에 없었는데, 차라리 그 대상들이 위협을 받는 현실이 낫다고 위로까지 할 지경이다.

4인 여자들 중 현재 완전 신난 사람은 채비밖에 없다. 얼마 전 수달에게서 공개 프로포즈도 받아 기세등등하다.

라이브카페에서 연습하다 가끔씩 창밖을 바라본다. 혹시 선거운동원들이 지나가는지 궁금해서이다.

그녀에겐 너무 운이 좋았는지 오전 선거운동을 하러 청렴맑은당 일행들이 피켓을 들고 창밖으로 지나가고 있다.

채비는 수달에게 무슨 말을 하려고 쏜살같이 달려 나갔다. 그녀가 달려오자, 며칠 전 백 프로 이상형이라 밝혔고 맥주를 한잔하자는 의사를 밝혔던 수달이 무척이나 반길 줄 알았는데 전혀 아니었다.

도리어 굉장히 당황스러운 그녀는 "어어, 왜 그러는 거야? 무슨 안 좋은 일 있어?"라고 묻자 그는 "아니, 난 지금 상당히 바쁘다, 바빠. 선거가 코앞이다." 하더니 손을 저으며 빠르게 지나가 버렸다.

"아, 아, 그렇게 바쁜가? 그럼 다음에 네가 말한 대로 맥주를 먹을 수도……."

지나간 그의 뒷모습을 보며 다소 처량하게 혼잣말을 하는 채비이다. 일단 실제 바빠서일 수가 있고, 아니면 금세 변심하여 그럴 수도 있다.

맥없이 다시 돌아서서 라이브카페로 들어와 뜨거운 아메리카노를 한잔 쭉 마셨다. 친구들이 다 떨어져 나가고 혼자 하려는 긴장감에 풀려 잘되진 않았다.

이모라도 이럴 때 들어와 대화라도 조금 하면 기운이 조금 나겠지만 이모도 안 온다. 혹시 이모가 뭐 하는지 궁금하고 또 외로움에 빠져 이모에게 전화를 넣는다.

"이모, 지금 뭐 해요? 혼자 하려니 고독 때문에 힘들어요."

"에잇, 무슨 고독이야, 고독은……? 오디션이 얼마나 남았다고. 원래 노래 부르는 예술가들은 엄청나게 고독해야해! 그래야 감정이 살아나는 거라고. 알겠나, 채비 조카야?"

"음, 그렇긴 한데."

전화를 끊고 난 이모는 애가 이럴 애가 아닌데 오늘따라 이상하다 싶어 직접 가 보리라! 마음먹고 라이브카페로 들어간다.

"야, 채비야, 너 왜 그래? 네가 지금 고독할 때야?"

"실은 아까 수달이 선거운동 하러 지나가다가 날 보고 소 닭 보듯 하고 지나가 버렸어요. 이게 뭘까요?"

뭔가 짚이는 데가 있긴 하지만 내색진 않고 이모는 그냥 나가며 "야, 바쁘면 다 그럴 수도 있어. 선거 끝난 후에 한번 찾아가 봐라." 하고 쓱 빠져나갔다.

촉새 같은 이모 단비는 밖으로 나가 난데없이 노자에게 전화하여 이 사실을 알려 엉뚱하게 노자를 위로하려고 시도한다. 노자는 "예에? 수달이 채비에게 그랬단 말이에요, 이모? 참 희한하네요. 그놈의 정체를 모르겠어요. 일단 알겠어요. 특급 정보를 알려 줘서 고맙습니다."라고 감사의 뜻을 표했다.

이모는 이것으로도 그치질 않고 지금 탄천 쪽에서 한창 노래 연습을 하고 있을 새롱, 란조에게까지 찾아가는 광기 의협심을 발휘하고 있다. 쌀쌀해진 가운데, 그녀들은 생으로 발성을 하고 있을 때 이모가 나타나자 조금 놀랐다.

단비는 "야, 얘들아, 우리 채비는 말이야, 수달이라는 남자가 지를 좋아한다고 하여 철썩같이 믿고 있다가 이리저리 피하니 지금 멘붕 상태에 빠졌다. 그래서 내가 잘하라고 조언해 주고 왔다."라고 이들에게도 알리며 촉새 같은 행동을 서슴없이 자행했다.

얼굴빛이 환해진 이들을 바라보며 단비는 유유히 운동하러 성복천 쪽으로 막 달려간다. 단비의 이런 행동에 힘입어 노자, 새롱, 란조도 정신적 에너지를 받게 됐다.

청렴맑은당 선거운동원들 중 자신들이 좋아하는 스타일의 남자들이 앞으로 어떻게 마음을 먹을지 모를 일이기 때문이다. 즉, 자신들에게 쏠려올 수도 있으리란 기대감으로 한껏 고무된다.

새롱은 정환을 좋아하는 마음을 지속적으로 이어 가고 있고, 란조는 수달을 좋아하는 마음을 그렇게 이어 가고 있다.

노자도 수달을 좋아하고 있었지만 수달이 난데없이 채비에게 좋아한다고 하는 바람에 한풀 꺾였으나, 이제 다시 서서히 살아나는 상황이다.

노자는 무척 고무되어 목소리가 한껏 올라만 간다. 란조, 새롱도 마찬가지였다. 어제 덕강이 자신의 사회관계망에 꼴사나운 라이벌 인간들을 적시하였으나 자신이 현재 인식하는 4명 영복, 대광, 철상, 행전 말고도 죽전대학교 교수 직에서 파면됐던 트로트 가왕 최벽의 존재는 모르고 있다.

최벽은 현재 유부남이긴 하지만 호시탐탐 재영을 노릴 수도 있는 다크호스가 될 것이다. 그는 이번 오디션에서 심사위원장이 된 것만으로도 상당히 흥분되어 있고, 이 기회를 노려 옛날에 짝사랑했던 제자 재영에게 어떻게 한번 은근히 접근해 보리라! 궁리를 하는 중이다.

이 사람까지 인식된다면 덕강으로선 1명 추가된 5명이란 현실이 버겁게 느껴질 수도 있다.

노자는 혹시 수달이 자신을 생각하여 그런 게 아닐까! 하는 기대 심리가 가득하다.

그런 부푼 꿈을 꾸며 이달 트로트 오디션이 치러질 격전장 광교대학교에 가 보고 싶어 자신들만의 특수 연습장에서 나왔다.

작년에 아빠가 사 준 아우디 A6을 타고 그 방향으로 액셀을 쭉 밟았다.

가까운 거리라 금세 도착하여 주차한 뒤 교내로 들어가 예상되는 체육관으로 가 봤다. 때마침 문이 열려 있어 한번 들어가 보리라! 마음먹고 들어간다. 꽤 큰 체육관이었다.

관중석은 3층까지 설치된 아주 웅장한 장소였다.

"아! 여기가 연말 24일 일어날 나의 공간이다. 나만의 공간! 그 후로 보선도 끝나면 수달을 만나 멋진 여행을 떠나는 것까지. 히히히히."라고 혼잣말로 중얼거리며 흐뭇해하며 열광의 도가니로 빠진다.

나와 담배를 한 대 멋지게 피우며 여기저기 돌아다니다가 오늘따라 왠지 호수 주변을 구경하고 싶단 마음에 걸어가 본다.

그런데 어디선가 요란한 음악 소리가 울리며 노랫소리도 난다. 반주기를 아주 크게 틀어 놓은 것만 같다. 자신의 분야가 이쪽이라 단연 관심이 갈 수밖에 없다.

한 발 한 발 더 다가갔다.

노래하는 사람들의 윤곽이 조금 더 드러날 때 집중하고 보자 노자는 "어어! 저건 행전이랑 재영이잖아." 하고 놀라는 소리를 낸다.

노자는 저들이 현재 보정동 카페거리에서 하고 있을 거라고 알고 있는데, 이곳에서 하는 건 놀라운 일이 아닐 수가 없다. 노자는 그 당시 친구들과 연합하여 재영을 라이브카페에서 몰아냈으면서도 아닌 척 태연하게 그들이 노래를 하는 지점으로 더 가까이 다가갔다.

웃으며 "야, 재영아, 행전아, 니들 거기서 노래하고 있었니? 난 니들이 보정동 카페거리에서 하는 줄 알았지!" 하며 시치미를 뗀다.

지금 이 순간 재영은 자신을 채비가 수렁으로 몰아넣을 때 노자도 합세한 사실을 인식하고 있어서 달갑지가 않다. 이 사실을 노자도 인식하고 있어서 신경 쓰이는 건 마찬가지이다.

문득 노자는 자신이 뒤에서 조종한 것은 아니라는 걸 강조하려고 느닷없이 채비를 비난하고 나섰다.

"야, 재영아, 널 몰아낸 건 이모가 아니라 걔, 채비야, 채비가 행전을 좋아하는데 마음대로 안 되어 객기를 부린 거라고……. 에잇, 나쁜 년!"

자신은 그와 아무런 관련이 없다고 빠져나가는 노자이다.

"나는 니들이 잘되길 바라는 사람이다. 근데 보정동 카페거리에서 하다가 무슨 일로 여기로 온 거니?"

재영은 조금 단순하여 노자의 빠져나가는 전법에 놀아나고 있다.

"음, 넌 몰랐니? 그때 국민사랑당 선거운동 하다가 관둬 버린 조덕강이라고, 우리 대학 유도학과 나오고 말이야. 그놈이 카페거리에 와서 난리를 친 거야! 우릴 감금하고 협박하고 온갖 행패를 다 부린 거라고. 그런데 이해가 안 되는 건, 경찰에게 신고해도 경찰들이 왔다가 걔를 보고 형님이라고 하고 그냥 가 버렸다는 게 더 큰 문제라면 문제야. 정말 미치겠다. 그래서 신경 쓰여서 노래 연습을 제대로 못 해 여기로 피신 온 거나 다름없어. 으으으."

노자는 이 말을 듣자 너무 놀라 얼굴이 완전히 굳어져 버렸다.

"뭐야, 그런 일이 있었단 말이야? 말세다, 말세야. 가만히 있어 봐. 이것들을, 안 되겠는데……!"

노자는 속으로 궁리에 궁리를 거듭한다.

왜냐하면 자신의 친척 오빠가 과거 영글보이스 프로야구단에서 지명 타자 겸 4번 타자를 했고, 한해 홈런을 무려 67개를 몰아칠 정도의 거포 중의 거포였다. 이 기록은 한국프로야구 역사상 전무후

무한 깨지지 않는 대기록으로 남아 있고 그야말로 대단한 선수임엔 분명한데, 그 당시 구단 내에서 이것저것 마음이 안 들고 짜증 난다고 감독과 코치를 줘 패 버리며 폭력 사건을 일으켜 선수 신분을 박탈당하고 말았었다. 이 사건으로 어디 학교에 감독이나 코치 같은 걸로 갈 수 있는 처지도 아니었고 방황하며 배회하다가 선배들 중 그런 쪽에 가담한 사람들과 술자리를 하게 되면서 친해져 현재 수도권 일대의 양아치들을 섬멸하러 다니는 중책을 맡고 있어서다. 결국, 이를테면 이들보다 더 큰 규모의 폭력배라고도 볼 수 있다. 노자가 느끼기엔 덕강 같은 애들은 용인 수지구 피라미 정도로밖에 보이지 않았다. 친척 오빠는 전국 단위 대형 폭력 조직인 셈이다.

야구로 치면 메이저리그 대 마이너리그로 보면 맞다. 노자가 속으로 그에게 요청하여 박멸하려 하는 생각을 하는 것은 자신은 한참 재영을 위하는 마음이 있다는 걸 보여 주기 위함이다.

근저에는 수달이 채비에게 시큰둥하여 혹시 노자 자신에게로 관심이 올 수도 있다는 기대감이 가득해서이다. 괜히 선심을 쓰는 심리가 작용하고 있고, 궁극에는 자신은 채비가 역모를 꾀할 때 연합군이 아니었음을 표방하는 거라고도 볼 수가 있고, 자신도 채비와 남자 수달을 놓고 틀어져 심경 변화가 온 것일 수도 있다.

이런저런 복잡한 심리들이 교차할 때, 그녀는 갑자기 핸드폰으로 시간을 보면서 "야, 재영아, 점심 먹을 때가 된 것 같다. 내 차 타고 저기 상현역 쪽으로 나가 밥을 먹자고. 밥을 먹어야 노래를 하지. 안 그래?" 하며 손짓을 한다.

"그럼 그러자고."라고 재영과 행전이 말하며 함께 주차장으로 간다. 노자의 차 아우디 A6을 타고 3명은 그곳으로 빠져나간다. 메뉴는 뷔페였는데, 식단이 꽤 좋았다.

노자의 과잉 친절은 조금 이상하긴 했지만 이들은 아주 좋은 분위기하에서 맛있게 점심 식사를 하게 됐다.

"와아, 모처럼 재영이와 같이 밥을 먹으니 너무 맛있다. 원래 우린 좋은 사이라고. 괜히 그 채비 때문에 이상하게 꼬였지. 에잇."

밥을 거의 다 먹었을 즈음 노자는 "야, 재영, 행전, 우리 여기까지 온 김에 광교 교보문고에 들러 책 좀 구경하다가 갈까? 어떤 대회를 앞둔 사람들의 긴장을 완화할 수 있는 마인드 컨트롤을 할 수 있는 그런 책을 조금 봤으면 좋겠다. 마음에 들면 사기도 하고……."라고 제안하자 둘은 "그래, 알겠다."라고 답했다.

이들은 나가 노자의 차를 타고 그곳으로 내달렸다. 금세 도착하여 들어가 실제로 정신 통일을 돕는 도서들을 훑어보기 시작하였다.

"야, 노자야, 어째 책들이 다 그저 그래! 확 와닿는 게 없다. 저기, 저쪽에 동양 철학 쪽으로 가자."

"그런가?" 하며 한숨을 쉰 노자는 그쪽으로 가자 다양한 동양 철학서가 놓인 걸 볼 수 있었다.

재영은 갑자기 "우하하하하!" 하며 호탕하게 웃으며 "야, 노자야, 여기 노자 책도 있다. 혹시 네가 쓴 책이니? 네 이름과 같은 노자의 철학이다. 아하!"라며 성인군자이자 도인인 노자의 책을 꺼내 든다.

**8**

# 성인군자 노자의 말씀

그러자 노자도 막 웃어 가며 "이건 내 책이네. 야, 재영아, 이 책 저자가 나야, 나. 내가 쓴 거라고! 내 이름이 노자이니까 내 책이지! 이히, 이히." 하고 건네받아 쓱쓱 넘겨 본다.

문득 노자는 진정 자신이 오디션을 대비하여 마음을 안정시킬 수 있는 유일한 방책은 바로 이 책, 동양 철학서 노자의 책이라고 확신하기 시작하였다.

"이 책 너무 재미있겠다. 사서 조금씩 봐야겠다." 하고 이것을 들고 가서 계산을 마치고 나간다.

아까 재영이 노래를 하던 곳으로 가서 내려 주고 노자는 풍덕천동에 있는 자신의 연습장으로 향하였다.

선거운동 때문에 그런지 아니면 왜 그러는 건지, 수달이 다소 오락가락하는 바람에 채비가 주춤한 틈을 타 촉새 같은 이모 단비의 행동으로 노자의 기가 살아났고, 변방에 몰렸던 란조, 새롱도 조금씩 기지개를 펴며 한껏 기대 심리가 싹트기 시작하였다.

오후엔 란조, 새롱도 아까 오전에 채비 이모에게서 들은 달콤한 정보로 들떠 잠시 노래 연습을 접고 죽전역 부근 한 카페로 들어갔다.

쌀쌀한 날씨에 밖에서 연습하니 몸이 풀리지 않아 잠시 녹이려는 생각으로 그랬다.

이들에겐 행운인지 모르지만 아까 오전에 피켓을 들고 어깨에 띠를 두르고 이리저리 왔다 갔다 했던 청렴맑은당 선거운동원들이 그 카페 옆으로 지나가고 있었다.

란조, 새롱은 무척 들뜨기 시작했다.

애초에 란조는 수달을 좋아했고, 새롱은 정환을 좋아했었기에 기대하는 마음이 상당하다. 특히 란조가 느끼는 심정이 더더욱 상당하다.

수달이 흔들렸다는 전언을 들은 상태라서 그랬다.

새롱은 그저 막연한 기대감으로 덩달아 들뜬다. 이 둘은 번개같이 뛰쳐나간다. 단연 란조는 수달을 겨냥하는 거고, 새롱은 정환을 겨냥하는 것이다.

기대 반 우려 반이었으나, 하늘이 도왔는지 느닷없이 수달이 란조에게 다가와 "야, 란조, 난 널 오래전부터 알고 있었다. 내가 속으론 널 좋아했지만 말로 표현만 안 했을 뿐이다. 넌 내가 좋아하는 이상형임엔 틀림없다. 얼마 전 길거리에서 채비가 난리를 쳤지만, 그것은 모래알이다. 넌 큰 진주 같다."라고 밝히며 황홀한 표정을 짓는다.

란조는 마치 꿈꾸는 황홀경에 빠져 몸을 들썩거리며 자신이 가장 자신 있어 하는 댄스를 추며 이 행운을 만끽하는 순간을 맞이했다.

큰 기대를 하지 않았던 새롱은 그저 우두커니 정환을 쳐다보고 있을 때, 그가 다가와 "야, 새롱, 넌 너무 귀엽다. 나하고 딱 맞는 스타일이다. 오늘이라도 너와 교제하고 싶다."라며 환한 미소를 짓는다.

그녀들은 자신들이 평소 좋아하던 남자들에게서 동시에 공개 프로포즈를 받자 흥분을 감추질 못하고 몸이 들썩였다. 주체를 할 수가 없어서 이리저리 펄쩍펄쩍 뛰며 댄스를 춘다.

"와아아아, 이게 꿈이냐, 생시냐? 우하하하! 내게 이런 일이 일어나다니······."

더더욱 놀라운 일은 정환이 더 가까이 다가가 새롱의 입술을 향해 자신의 입술을 갖다 대고 꾹꾹 눌러 버리고, 수달은 더 가까이 다가가 란조의 입술을 바라보며 자신의 입술을 갖다 대고 서슴없이 꾹꾹 누르고 있다.

수많은 시간들을 그녀들이 갈망하던 일이 현실로 일어나는 역사적인 광경이었다.

그녀들은 조금도 피하질 않고 너무 기뻐 만끽하며 즐기고 있다. 속으로 '그래, 그래. 더 자극적인 키스를 보내 줘.'라고 요구할 정도다.

최 후보는 이런 모습이 지역 유권자들에게 몹시 안 좋게 비춰질까 봐 황급히 다가가 "아아! 그만. 부장님, 부장님! 지금 이러면 안 되죠. 우리 지역 투표권자들이 다 보고 있잖아요. 이런 건 안 되는 겁니다. 마이너스 요소가 될 수가 있어요. 나 참, 에잇." 하며 탄식한다.

총괄본부장인 철광이 나서서 "야, 야, 이 새끼들아. 지금 뭐 하는 짓이야? 그건 아니지. 그럼 안 되는 거야! 니들 때문에 우리 후보님의 이미지가 개떡 되는 수가 있어! 니들 때문에 표 다 깎아 먹겠다. 에잇, 씨발 새끼들." 하며 그러지 못하게 가로막는다.

"선거운동원 새끼들이 말이야, 이게 도대체 뭐야? 어휴~ 확 그냥."

그제야 그들은 입술을 떼며 "아아! 형, 미안해요. 저희가 순간 이성을 잃어버렸습니다. 앞으론 자제하도록 하겠습니다."라며 물러선다.

"유권자들이 목도하는 곳에선 절대 그러지 말라고, 어휴~ 니들 때문에 자칫 우리 당의 이미지가 실추되어 후보님이 낙선되겠다."

철광의 제재로 다시 선거운동 일행은 다른 곳으로 황급히 이동한다. 너무 큰 선물을 받은 그녀들은 너무 들떠 몸 둘 바를 몰라 한다.

결국 끝까지 버텨 낸 극기의 승리라고 서로는 자평하고 나선다.

"야, 우린 얼마 전에 저들 귀족층의 정신적, 물질적 텃세로 쟤들과 같이하질 못하고 쫓겨나다시피 했는데, 우리가 좋아하는 남자들을 쟁취하는 기쁨의 시간이 왔다. 왜냐하면 쟤들도 저 남자들을 좋아했지만 연결되진 않았잖아?"

"그래, 우린 극빈층이지만 그래도 남친을 잘 만날 남자 복은 있는 것 같다. 히히히히."

"이런 남녀 간의 사랑은 빈부의 차이로 해결되는 게 아니야! 서로가 절대적으로 반해야 결정 나는 거지! 쟤들은 우릴 보고 반한 거야! 하하하하."

굉장히 기적적인 일이 벌어진 것이다. 그것도 둘이서 좋아하고 있는 남자들에게 어떤 조그마한 표현도 하지 않았는데도 상대가 알아서 다가와 그랬다는 대목이다.

천지조화라고 판단할 정도였다.

그녀들은 이 정신적 에너지를 받아 비록 현재 돈이 없어 반주기도 구입하질 못하고 어디 건물 안으로 들어가 연습을 못 하지만, 이성의 힘이 더해져 다시 돌아 탄천 쪽으로 연습하러 간다.

이들은 자신들의 아지트로 돌아간 뒤 곧바로 이 역사적인 사실을 채비 이모 단비에게 전화로 알린다.

단비는 엄청 놀랍다는 반응을 보였다. 지금 둘이서 이모에게 알린 꼼수는 이모가 워낙 성격이 촉새 같아 이 내용을 접하면 곧장 노자라든가 채비에게 전달할 거라 일부러 그러는 것이다.

친구들에게 데미지를 안겨 주고 싶단 발로이다.

그 꼼수가 그대로 적중하여 단비는 먼저 채비에게 이 사실을 알린 뒤, 노자에게도 그대로 알렸다. 채비와 노자는 땅이 꺼지는 충격 속으로 빠져든다.

"으으, 걔들이 그렇게 없는 애들에게 기울다니. 그렇게 여자를 볼 줄 모른단 말인가! 형편없는 애들에게 빠져들다니! 어휴~"

아까 오전 재영, 행전을 만나 한껏 신났던 노자는 땅이 꺼지는 것 같았고, 채비는 굉장히 갈대 같은 성격의 수달의 행동에 큰 실망감과 개탄스럽다는 마음만이 앞섰다.

그렇다면 며칠 전 왜 쓸데없이 자기를 보고 백 프로 이상형이니 뭐니, 다음에 보면 맥주나 한잔하자는 둥 떠들었나! 하는 것이다.

노자, 채비는 그 남자들이 엉뚱한 측면이 있는 건데 남자들에 대한 불만보단 그저 가만히 있다가 선택을 받았을 뿐인 친구들에게 도리어 불만이 더더욱 증폭되어 간다.

노자, 채비는 각자 마음속으로 '남자 복이 없다'라고 생각하며 친구들에게 불만만 쌓일 뿐, 어떻게 해 볼 도리가 없이 속절없이 노래 연습만 할 뿐이었다. 그러나 급격히 리듬이 깨지고 있다.

새롱, 란조는 완전 신나 이번 오디션을 다 평정할 것만 같은 기세로 치달았다.

어느새 해질녘이 되자 아까 이들에겐 기습적인 키스를 퍼붓고 간 남자 둘이 어떻게 알고 찾아왔는지 탄천 야외 노래 연습장으로 왔다.

정환, 수달은 "아! 왜 날씨도 쌀쌀한데 여기서 연습을 해? 실내에서 해야지."라고 묻는다.

"아니, 근데 너희들 여길 어떻게 알고 찾아온 거야?"라고 새롱이 묻는다.

"······."

그들은 아무런 말을 하지 않는다. "우리 다 고생했는데 저기, 어디 가서 밥이나 먹을까?"라고 수달이 제안하자 "그래, 좋아. 너희들이 사 준다면 따라가야지."라고 란조가 대답한다.

4명은 풍덕천동 식당가를 찾아가 부대찌개를 주문하여 저녁을 때운다. 기습적인 아까 그 키스는 이들에겐 충격 그 자체였는데, 특히 그녀들이 몹시 희한하게 여기는 것은 자신들의 마음을 어떻게 알고 그것도 새롱이 좋아하는 정환은 새롱에게, 란조가 좋아하는 수달은 란조에게 정확히 알고 그랬는지가 좀체 너무너무 신비스러웠다. 그래서 이 대목을 묻지 않을 수가 없다.

"아니, 우린 지금도 솔직히 너무 얼떨떨한 상태야! 내가 널 좋아하고는 있었지만 내 마음을 어떻게 정확히 어떻게 알고 아까 그 카페 앞에서 그랬냐고······?"

"음, 그래. 그게 그렇게 궁금하면 말해 줄게. 너희들이 그곳에서 우릴 보고 뛰어올 때 직감한 게 있다. 새롱은 우리 정환이를 좋아하는 눈빛이었고 란조는 나 수달을 좋아하는 눈빛이란 게 확연히 드러났다. 그래서 나는 너 란조에게 달려든 건데, 나도 이해가 안 되는 건, 우리 정환이도 나와 같은 생각으로 새롱에게 그랬단 게 생각해 보면 너무 신비하기만 해!"

그러자 정환은 "푸하하하하!" 하며 아주 호탕하게 크게 웃어 버린다.

새롱, 란조는 이왕에 말이 나온 김에 채비, 노자 얘길 안 꺼내 들수가 없었다. 그 친구들과 이 남자들 문제로 심한 언쟁이 벌어져 틀어져 그 라이브카페에서 나오게 된 거라 그랬다.

"우린 채비 이모에게서 전해 들어 아는 건데, 수달이 채비를 좋아하려다가 변심하고 나를 좋아하게 되어 그 틈에 노자도 겉으론 말은 하지 않았지만 수달 널 좋아하고 있었다가 받은 상처가 크지! 어쨌든 채비는 네가 그때 한번 좋아한다고 말하는 바람에 그걸 찰떡같이 믿고 있다가 충격이 이만저만이 아니다. 수달, 넌 이젠 확실히 내게로 온 거라고 난 확신한다. 그렇게 믿어도 돼?"

"뭐야, 노자도 날 좋아하고 있었다고……? 어쩐지 날 쳐다보는 눈빛이 예사롭진 않았던 것 같아! 으하하하. 근데 그런 건 다 필요없는 거고, 난 란조 널 좋아하는 것으로 일단락을 짓고 싶다. 됐나?"

란조는 얼굴이 완전 하늘을 나는 듯한 표정으로 "이히히히, 그래, 그러면. 좋아, 좋아. 게임 끝."이라고 말하며 느닷없이 벌떡 일어나 그에게 다가가 자신의 입술을 수달의 입술에 대고 아주 세게 꾹꾹 눌러 버린다. 이를 지켜본 새롱은 자신도 자극받아 아까 그가 보내 준 키스에 대한 화답 차 자신의 입술을 정환의 입술에 대고 아주 세게 꾹꾹 눌러 버렸다.

12월 2일 금요일 저녁, 풍덕천동 식당, 새롱, 란조, 정환, 수달 식사 중 아까 남자들이 보내 준 키스에 화답 차 이번엔 여자들이 키스를 퍼붓다.

수달과 정환은 너무너무 엄청난 황홀감에 빠져 헤어날 줄을 몰랐다. 밥을 다 먹고 난 이들은 밖에 카페로 들어가게 된다. 아메리카노를 마셔 가며 앞으로 진행될 26일 수지 갑 보선과 24일부터 27일까지 4일간 치러질 트로트미스미스터천국에 대한 얘길 주로 한다.

이것이 이들의 주 관심사이기 때문이다.

"우리 청렴맑은당 최 후보님이 현재 15% 차로 앞서니까 아마 정말 큰 이변이 없는 한 우리 후보님이 될 거야! 그럼 우리에게는 진짜 큰 떡이 떨어진다. 우하하하."

"그래, 그렇겠지 뭐! 근데 우린 지금 돈이 없어 반주기도 없이 밖에서 연습하는 거 봤지? 우리 현실이 이래."

이 말에 그들은 매우 안쓰러워하는 표정을 지으며 "아, 아! 너희들 참 안됐다. 생각 같아선 우리가 그 반주기라도 사 주고 싶지만 우리도 현재 돈이 없다. 우리도 극빈자다, 쯧쯧. 이번에 우리 후보님이 당선되어 우리에게 큰 떡을 떨어뜨리면 그걸로 너희들에게 전용 오디션 연습장을 차려 줄게. 그때까지만 기다려라." 하며 괴로워한다.

"그래서 정환이와 내가 채비와 노자에게 이질감을 느꼈던 것 같아! 쟤들은 옷차림도 그렇고 먹는 것도 그렇고 여러 가지 말하는 것도 그렇고, 너무 귀티 나는 행동만 골라 하려고 그러는 게 보여!"

"그래. 그래서 옛말에 끼리끼리라는 말이 나오기도 한 거지."

이들은 더더욱 서로가 잘 맞는다는 걸 느끼며 앞으로 잘해 보자는 데에 합의하는 시간으로 채웠다.

갑자기 새롱, 란조가 "야, 얘들아, 니들도 최벽 교수가 이번 오디션 심사위원장을 맡은 거 알지? 그럼 그가 학교 때 재영이를 좋아했으니 재영이를 유리하게 봐 주지 않을까? 모르겠어?" 하며 한숨을 푹 쉰다.

"뭐야? 그 최벽이 심사위원장을 맡아? 우린 그런 건 모르지. 우린 선거운동에 온통 집중되어 있으니까 말이야."라고 정환이 말한다.

듣던 수달도 "글쎄, 마음으론 그럴 수도 있겠지만 보는 눈들이 있어 그럴 수가 있을까! 괜히 알려지면 개망신을 당할 수도 있을 텐데 말이야! 그렇긴 한데, 워낙 사람들이 하는 일이란 별일이 다 벌어지는 거라 아예 배제할 순 없겠지! 일단 너희들은 거기까진 신경 쓰지 말고 최선을 다해 전력투구를 해!"라며 주먹을 불끈 쥐며 "자, 자, 우리 새롱, 란조, 파이팅 한번 하자. 파이팅!"이라고 갑자기 고함을 쳤다. 그러자 정환, 새롱, 란조가 함께 "아차! 파이팅, 파이팅! 우후~"라고 함성을 질렀다.

카페에서 꽤 오래 머물다가 밤 10시쯤 되자 이들은 인근 포차에 들어가 짧게 소주와 낙지를 먹기로 하고 들어가 각자 한 병씩 마신다.

"야, 애들아, 내일 또 우린 선거운동도 해야 하고 니들은 노래 연습도 해야 하니까 한 병 정도로 마치자. 괜히 더 하면 몸이 힘들 수도 있다. 안 그래?"라고 수달이 말하자 다들 끄덕였다.

그 후 나간다. 그래 놓고 나가자 수달은 무슨 반칙인지 뭔지 모르지만 느닷없이 란조의 허리를 움켜잡고 인근 큐모텔로 밀고 들어가려고 힘을 가한다.

"야, 수달, 너 지금 이게 뭐 하는 행동이야? 난 널 좋아하긴 하지만 오늘은 첫날이라 서로 뽀뽀하는 정도로 마쳐야지 너무 이러면, 사실, 좋긴 하지만 이건 너무 이상하기도 하다! 얼른 놓지 못해?"

그녀는 최대한 발악을 떨며 저항하였으나 수달의 묻지 마 애정 공세 차원으로 그저 속절없이 그곳으로 밀려 들어가게 됐다.

수달이 그러자 이를 지켜본 정환도 객기가 발동하여 똑같은 행동을 저지른다. 새롱은 속으로 쾌재를 불렀으나 겉으로 내색하기엔 여자로서 너무 부끄럽게 생각하여 손으로 막 밀며 고래고래 소릴 질렀다. 그러나 정환의 막가파 사랑 공세가 너무 거칠어 하는 수 없이 밀려 들어갈 수밖에 없었다.

이들은 첫날부터 무지막지한 사랑 탑을 쌓는 데 성공하고야 말았다. 내심 그녀들은 노자, 채비를 완전 따돌리고 승리를 거머쥔 승리자의 기쁨을 만끽하는 시간을 보냈다.

비록 돈이 없어 반주기도 없이 실개천에서 오디션을 준비하는 그녀들이었지만 각자 좋아하는 남자에게서 열렬한 사랑을 받고 정신적인 에너지가 생겨 정신력은 기세등등하다.

엊그제 밤 10시경 성복역에서 칼부림 사건이 났을 때, 가해자는 아직 잡히지 않고 있고 피해자는 황급히 119에 실려 가 아주대학교병원 중환자실로 간 후 아직 생명엔 지장은 없으나 중태 상태라고 보도가 났다.

이번 보선 수지 갑구는 아니지만 수지구라 양당 후보들도 촉각을 곤두세울 수밖에 없는 사건이다. 국민사랑당 전대광 후보가 현재 15% 넘게 열세라 이 건을 이리저리 연구하며 인기를 올려 보려고 상념 속에 빠진다. 그는 현직 시나리오 작가라 이 사건을 화제 삼아 기가 막힌 반전 시나리오를 쓰듯 탐색해 보리라! 마음먹는다.

문득 이날 밤, 그가 떠올린 아이디어는 현재 중단된 사형 집행을 부활하는 것을 골자로 자신이 당선되면 총대를 메고 힘써 보겠다고 급조하여 공약을 한번 해 보는 묘수를 짠다. 이것도 어쩌면 약 70% 정도 국민들이 희망하는 사항이라 효과적일 수 있겠다고 판단했다.

날이 밝기가 무섭게 그는 자신의 관계망에 '오늘은 싱그러운 토요일이지만 하나도 즐겁지 않습니다. 왜냐하면 며칠 전 성복역에서 칼부림 사건이 일어났기 때문입니다. 피해자는 한시라도 빨리 쾌유되시길 진심으로 바랍니다. 이런 일련의 사건을 접할 때 가장 근본적인 해결책은 바로 위하 효과라고 생각합니다. 즉, 사형 집행을 부활하는 것입니다. 그래야만 가해하려는 계획을 세웠던 자들이 자기 자신의 생명은 끔찍이 아끼는 고약한 성질이 있어서 실행에 옮겼다가 걸려 잡혀 구속되면 자신의 신체가 처참한 아픔을 겪을 거라는 두려움으로 주춤주춤 망설이게 되고, 고민하다가 끝내 포기하게 되는 결과로 이어질 수도 있습니다. 그러면 현재 흉악범들을 최소 반으로 줄일 수도 있겠다고 사료됩니다. 이런 점을 제가 이번 보선에서 당선되면 정계에 진출하여 여러 방면으로 노력해 볼 것입니다.'와 같은 내용의 글을 게시하였다.

전대광은 관계망에 이 글을 올린 직후, 이날 선거운동부터 이 내용을 집중적으로 부각하여 나갔다.

행인들의 반응도 대체로 좋은 편이었다. 이 사실을 접한 상대 진영 최영복은 다소 신경 쓰이기 시작하였다.

이게 자칫 여론에 힘입어 그런 방향으로 쏠려 들어갈 수도 있기 때문이다.

급기야 영복은 자신의 관계망에 '국민사랑당 전 후보가 사형 집행을 골자로 한 내용을 급조하여 들고 나오는 것은 지금 우리 수지 갑 보선 지역 일꾼을 뽑는 자리와 맞질 않는 것 같습니다. 하여튼 이런 문제는 법무부에서 검토하여 절차를 밟아 나가야 될 것으로 판단됩니다만, 개인적인 소견으로는 휴머니즘에 입각하여 그런 방법보단 가석방 없는 무기형 정도가 낫지 않나! 생각해 봅니다. 이보단 우리 지역을 발전시킬 수 있는 유일한 후보 저 최영복 확실하게 밀어 주셔야 합니다.'라고 글을 올려 반격하였다.

현재 최 후보가 15% 넘게 리드하고 있어서 여유롭게 될 걸로 보고 평온한 이미지 관리 차원의 휴머니즘을 강조하는 쪽을 택하였다. 그런데 그에겐 또 다른 악재가 하나 터지고 만다.

그가 반격성 글을 올리고 난 후 불과 2시간 뒤에 며칠 전 성복역 칼부림 사건에 이어 또 다시 상현역 부근에서 칼부림 사건이 터지고야 말았다. 다행히 피해자가 사망까지 이르진 않고 경상에 그쳤다고 나온다.

최 후보는 상현동도 이번 보선의 지역구는 아니지만 꽤나 신경 쓰이기 시작하였다. 전 후보가 주장한 사형 집행 쪽으로 급격히 기울지 않을까! 하는 우려가 드리워진다. 워낙 사람들은 시류에 휩쓸리기 때문이다.

설마설마하는 마음으로 자신은 그저 큰 지지율 격차를 슬기롭게 유지만 하면 된다고 판단한다. 그랬지만, 이날 저녁때가 되어 이번엔 해당 지역구인 죽전역 부근에서 또 동일한 사건이 터졌다. 최 후보는 가슴이 철렁하며 "으악, 이거 봐라. 이게 무슨 난리야! 이러다가 대광이가 주장한 사형 집행 쪽으로 확 쏠리는 거 아냐! 그놈 참, 이 시기에 그런 기가 막힌 주장을 해서 말이야!" 하고 최측근 철광에게 푸념한다.

"아, 아! 친구, 이런 일 가지고 너무 그렇게 일희일비하지 마. 깜짝 반짝하다가 금세 수그러들 수가 있다고. 그리고 이번 보선은 지역 발전을 위해 일할 사람 뽑는 거지 무슨 저런 문제가 우리에게 직접적인 문제이겠나? 법무부와 사법부의 문제라고 사람들도 다들 인식할 거야! 보선에 나온 후보가 그런 걸 주장하는 건 어째 좀 오버하는 느낌을 줄 것 같기도 해."

"아니, 글쎄, 나도 그런 건 알겠는데 저 대광이란 놈이 저런 주장을 막 떠들면 혹 먹히는 경우도 있다고. 최근 3건이 속출했으니까. 그거 참, 에잇, 그렇다고 내가 지금 아까 올린 글을 번복하여 나도 덩달아 사형 집행을 찬성한다고 해 버리면 줏대가 없고, 또 저놈의 주장에 따라 하는 걸로 비춰지잖아! 내가 먼저 선수를 쳤으면 몰라도……. 아! 저놈은 시나리오 작가라 이런 쪽엔 굉장히 빠른 동물적 감각이 있긴 해! 흠, 흠."

이들은 조금 위기의식을 느끼며 만나 풍덕천동에 위치한 임시 숙소 호텔에 들어가 맥주를 퍼부으며 혹시 모를 대책 마련에 들어갔다.

시끄러워 TV를 켜지 않다가 오늘 일어난 관련 사건 기사를 보려고 켰다.

"네, 오늘 상현역과 죽전역에서 일어난 칼부림 사건의 용의자는 동일인임이 CCTV상에 포착됐습니다. 그런데 아직도 검거가 이뤄지질 않고 있어 지역 주민들은 불안에 떨고 있습니다. 게다가 얼마 전 성복역에서 일어난 사건의 용의자도 인상착의와 신체를 면밀히 분석한 결과, 동일인임이 확인되었다고 합니다. 그러나 잡힐 듯하다가 못 잡고 또 잡힐 듯하다가 못 잡고 계속 반복되어 경찰력의 한계가 드러나 지역민을 비롯한 타 지역 사람들도 매우 공포 스럽고 개탄스럽다는 반응을 보이고 있습니다. 사회부 홍동발 기자였습니다."

전원을 끄고 다시 영복과 철광은 이 점에 대해 깊게 상의를 하기 시작한다.

"참 희한하다. 왜 저렇게 경찰들이 저런 거 하나 간단히 못 잡나! 이해가 안 돼."

"음, 그렇긴 한데……!"

하지만 이들은 이런 문제가 막판 선거전에 별 영향은 없을 거라고 판단하고 슬며시 꿈나라로 들어가 버렸다.

눈 깜짝할 사이에 아침이 밝자, 영복은 바로 스마트폰으로 손이 간다. 어제 연속으로 벌어진 칼부림 사건 때문이다. 검거 여부가 궁금하다. 속보가 뜨는데, 검거됐다고 나온다. 용의자는 죽전대학교 유도학과 출신인 전석대였다.

잡힌 후 경찰 조사에서 밝힌 말은 "난 격투기 대회에 출전하면서 우승을 목표로 했고 우승하면 미국종합격투기 태블씨에 참전하여 챔피언이 되는 게 최종 꿈이었다. 그러나 국내 대회에서조차 번번이 고배를 마셔 나의 상실감은 엄청났다. 그래서 제정신이 아니었고, 정신 질환을 앓았고, 결국 심신 미약자가 됐다. 최근엔 마약도 좀 했고, 매일 소주 3병씩 마셨다. 이왕 잡혔으니 차라리 날 죽여 달라. 나 같은 인간 살아서 무엇하랴? 격투기 대회에 나가 번번히 예선 탈락 하는 주제에 말이야. 으으으."와 같았다.

영복은 이 기사를 접하고 이젠 잡혔으니 다행이라고 생각하며 이보단 대광이 주장하는 안이 주효할지에 대해 끊임없이 잡념이 엄습한다.

그의 숙소 호텔 옆 호실에서 묶는 친구 철광도 잠에서 일어나면서 이 기사를 접하고 복잡한 생각들이 심하게 교차했다.

아침밥을 하는 식당이 있어 그곳에 가서 식사를 마쳤다. 오전 9시면 어김없이 일제히 선거운동원들이 이곳에 모여 대책 회의를 하고 밖으로 나간다.

오늘도 서로서로 "파이팅, 파이팅. 승리는 우리의 것이야!"라고 외치며 일단 가장 많이 인파가 몰리는 죽전역으로 나갔는데 철상, 백창이 탄식하는 목소리로 "어어! 이게 뭐야. 후보님, 하루아침에 후보님과 저쪽 대광과 지지율이 10% 내로 좁혀졌다고 선거 관련 기사에 나옵니다. 여기, 여기 보세요."라며 얼굴이 완전 경색된다.

최영복 후보와 철광은 깜짝 놀라며 "으으, 아아! 어제 우리가 술 먹으며 그렇게 우려했던 사태가 일어나고 말았구나! 이거 심각한데." 하며 둘은 금방 미칠 것만 같은 표정으로 변한다.

영복은 오늘 하루는 급할수록 돌아가라는 격언을 떠올리며 "자, 자, 여러분, 다들 당황하지 마세요. 지지율이 급격히 좁혀졌다고 절대 동요하지 마세요. 원래 여론이란 물살처럼 이리저리 출렁출렁거리는 것입니다. 또 내일 되면 원위치 될 겁니다. 그런 의미에서 옛말에 급할수록 돌아가라고 했죠. 그렇습니다. 그간 여러분들도 고생 많으셨는데 아주 시원하게 오늘 하루 휴식을 취합시다. 그러면서 더 많은 아이디어를 떠올려 보는 시간으로 채웁시다. 그리고 내일 아침 9시에 그 호텔 앞에서 만납시다."라며 도리어 한 템포 쉬는 여유를 보였다.

다들 오늘 하루만 휴식으로 들어갔다.

내부자 격인 철상이 상대 진영 진갑에서 살짝 전화하여 "배 형, 우리 후보가 지지율이 좁혀지자 데미지를 받고 오늘 하루 휴무로 돌림."이라고 밝혔다.

"뭐야, 그런 호재가 일어났어? 완전 최가가 흔들렸구나! 그래, 알겠다. 심리적 정보까지 흘려줘 고맙다. 오늘 하루 잘 놀고 내일 보자고."라고 진갑이 화답하였다.

선거운동원들은 꿀맛 같은 하루 휴식을 맞아 내년 봄 격투기 대회를 대비하여 하체 단련 차 산에 오르기로 하고 일제히 광교산을 오르고 있다.

영복, 철광만이 지지율 격차가 좁혀진 현 상황을 타파하고자 의논 차 머리도 식힐 겸 흥덕골프장에 갈 계획을 세운다.

영복은 자신의 원래 차는 제네시스 90이었지만 오늘은 기분을 낼 겸 렉서스를 몰고 친구 철광과 함께 유유히 그곳으로 들어갔다.

오늘은 일요일이라 그곳에 유력 인사들이 줄줄이 몰려들었다. 여당 청렴맑은당 국회의원들, 야당 국민사랑당 국회의원들이 제법 많이 모였다.

이들은 영복이 나타나자 금세 알아보고 "어! 저 사람 이번에 수지갑 보선에 나온 후보잖아! 선거가 얼마 남지 않았는데 선거운동은 하지 않고 한가롭게 이곳에 올 수가 있나? 이상하다." 대체로 이런 반응들이 이어졌다.

더 큰 문제는 영복과 철광도 그들을 알아보고 다가가 정중히 인사를 하고 자연스레 동석하게 됐다. 라운딩을 돌며 무척 화기애애한 분위기가 연출됐는데, 한 여성 캐디가 영복의 모습을 그대로 동영상을 찍어 버렸다. 특별한 목적도 없이 그랬다. 오후 4시가 조금 넘자 게임이 끝나고 빠져나갈 때 그 캐디는 그가 타고 가는 렉서스 차량마저 찍어 버렸다. 인근 음식점으로 가게 됐는데, 공교롭게도 일식 전문점으로 가게 됐다. 이들이 대체로 일식을 선호하기 때문이다.

단연 일식이니 술도 일식이고 요리도 그랬다.

희한한 일은 며칠 전 이곳 음식점으로 일하러 들어온 한 여성이 영복이 일제 맥주를 먹는 장면을 쥐도 새도 모르게 찍어 버렸다는 것이다.

점점 영복으로서 심각한 위기가 몰려올 수도 있는 건 그는 평소 당원신분일 때도 그랬고, 압구정대학교 사물놀이학과에 다닐 때도 그랬고, 졸업 후 압구정로데오역 부근에서 사물놀이 학원을 운영할 때도 늘 입버릇처럼 반일을 주장했고, 일제 불매 운동에 앞장섰던 사람이다.

그랬던 그가 오늘 일본차 렉서스에 일식점에 들어가 일본산 맥주와 요리를 먹는 부분이 만약 알려진다면 타격이 올 수도 있음은 자명했다. 총괄본부장이자 친구인 철광은 이런 쪽에 예리하질 못해 귀띔도 못 하고 그저 재미있다고 따라만 다닐 정도였다.

이들이 회식을 마치고 각자 귀가한 뒤에 저녁때가 되자, 영복으로선 고요한 날에 날벼락 맞듯 골프장 캐디와 일식점 종업원이 동시에 동영상을 올려 버렸다.

괴이한 건 올린 이가 누군지 전혀 알 수 없도록 올린 것이다.

그녀들은 마치 각본에 의해 서로 짜고 일사분란하게 군사 행동 하는 걸 방불케 했다.

숙소인 호텔에서 이를 처음으로 접한 철광은 어떤 강한 펀치에 한 대 얻어맞은 그런 심정이었다. 얼른 옆 호실 영복이 사용하는 호에 문을 두드렸다. 쿵쿵, 꽝꽝꽝.

영복은 문을 연다.

"들어와, 철광아."

"아니, 아니, 이거, 이거 봤어? 이 동영상 말이야?"

거친 숨을 쉬며 정신없이 말하자 영복도 얼굴이 굳어진다.

"뭔데 그래?"

그는 이를 보자 가슴이 쿵 내려앉는다.

"어어! 이게 어떻게 된 거야? 이 두 장면이 동시에 올라갔다. 희한하다. '일제차 렉서스에 일식점에서 일제 맥주와 요리를 먹다.'라고 대문짝만 하게 글씨를 새겼네! 어떤 놈이 올린 거지? 이거 완전 미치겠다. 그럼 내가 평소에 반일과 일제 불매운동한 이력이 완전 풍비박산 나는 거 아니야? 어휴~ 으으으으, 이거 때문에 가뜩이나 아까 대광이란 놈과 10%로 좁혀졌는데 더 좁혀지는 거 아냐? 아아아악!"

그는 두 손으로 머리를 감싸며 금방이라도 미쳐 죽을 듯한 얼굴이 뻘겋게 되어 온몸이 후끈거리기 시작하였다.

더 섬뜩한 사실은 이 영상에 댓글들이 우후죽순으로 달리기 시작하였다.

'청렴맑은당은 특별히 반일을 외치는 정당도 아닌데 왜 최영복 후보는 압구정대학교 사물놀이학과를 다닐 때나 압구정로데오역에서 사물놀이학원을 운영을 할 때 그토록 반일과 불매 운동을 외쳤는가?

이번 공천도 잘 어울리지 않는 것 같고, 당의 지향점과 안 맞고 그걸 떠나 일본 차, 일본 맥주와 요리는 무엇으로 설명할 수 있단 말인가? 알다가도 모를 후보임엔 틀림없다.'

이런 댓글은 그의 심장을 송곳처럼 파고들어 오는 거라 더더욱 아프게 느껴졌다.

지금 이 순간, 그는 또다시 실책을 저지르고야 만다. 그냥 가만히 있으면 시간이 지나 조금씩 무마될 수도 있었을 텐데, 해명을 한다는 게 이런 식으로 하였다.

'아, 네, 그 차는 제 차가 아닙니다. 친구 것입니다. 그리고 일식점에 들어가 일본 맥주와 요리를 먹은 건 원래 저는 안 들어가려고 했는데, 여야 의원님들이 골프를 친 후 저보고 그곳에 들어가자고 보채는 바람에 그냥 따라 들어간 것입니다. 오늘 처음으로 가 본 곳이고, 난생 처음 먹어본 음식입니다. 맛도 하나도 없군요. 앞으론 입에 대지도 않을 것입니다. 그 이상도 그 이하도 없습니다.'

옆에서 총괄본부장이자 친구인 철광이 센스와 눈치코치가 있다면 이 해명 글은 문제가 있어 보이니 게재하지 말라고 만류했을 텐데, 그는 그저 멍하니 보고만 있었다.

그의 해명 글이 오르자 이 글을 본 이날 홍덕골프장에 참석했던 여야 의원들은 일제히 반발하기 시작하였다.

'우리가 언제 그 최 후보에게 일식점에 들어가자고 끌어당겼는가? 지가지 발로 굴러들어 온 거지! 이리저리 핑계도 잘 댄다. 그리고 그 렉서스는 본인 것이라고 우리에게 그토록 자랑하고, 그래 놓고 이제 와 친구 거라고 발뺌하면 게임 끝인가? 이해하기 힘든 후보인 것 같다.'

대체로 이런 내용의 공격성 글들이 줄을 이었다. 영복은 완전 사면초가에 몰렸다.

자칫 여야 현역의원들과 공방을 펼친다는 건 자신에게 상당한 위험 부담이 있기 때문이다.

"야, 철광아, 지금 상황이 너무 안 좋다. 일단 네 방에 가서 잠을 자라. 그리고 내일 일은 내일 생각하자."라고 다독였다.

"그래, 오늘 너무 이상하게 꼬였어. 수습을 잘해야 할 텐데, 시간이 약이다, 약! 편히 쉬어."

각자 침실에서 아무 생각 없이 내일을 위하여 눈을 감았다.

내일 한 주가 시작되는 월요일부터 새롭게 시작하리라 마음먹는 최 후보이다. 10% 내로 좁혀진 지지율을 다시 15%로 벌려 놓는 게 지상 과제이다.

그런 계획으로 눈을 떠 곧바로 또 무슨 속보가 떴나 아침 뉴스를 틀자 수지 갑 보선에 출마한 청렴맑은당 최영복 후보와 국민사랑당 전대광 후보가 하룻밤 사이에 5% 내로 급격히 좁혀져 이젠 오차 범위 내로 근접전을 펼치게 됐다는 기사가 떴다.

"으악악! 이게 뭐야! 어떻게 하룻밤 자고 일어나 보니 이렇게 확 바뀔 수가……. 어어! 이러다가 뒤집히는 거 아냐! 으악, 진짜 돌아

버리겠다."

그는 허겁지겁 후다다닥 나가 옆 호실에 친구 철광의 문을 쿵쿵쿵 막 두드린다.

철광은 샤워하는 도중 너무 놀라 몸이 움츠러든다. 영복이 그런다는 걸 느끼고 얼른 수건으로 물기를 닦고 속옷이라도 걸치고 나와 "왜, 또 무슨 사태가 터졌나?"라고 묻자 "야, 철광아, 이젠 5% 내야, 5%."라고 영복이 말하면서 금방 쓰러질 것만 같은 몸짓을 취했다.

"뭐야! 5%라고……."

지금 이 시각, 상대 진영 국민사랑당 전대광 후보 측 선거 총책 격인 배진갑이 이 속보를 접하고 너무 들떠 펄쩍펄쩍 뛰며 "야, 야, 이젠 다 됐다. 조금만 더, 조금만 더 하면 게임은 완전 우리의 것이다. 우하하하하." 하고 호탕하게 웃으며 어깨 춤과 허리 춤을 마구 춘다.

진갑은 재빨리 대광에게 이 사실을 전화로 알리자, 대광은 "우하하, 내가 바로 이런 일이 생길 걸 알고 있었지. 난 세상 일을 다 꿰뚫어 보는 시나리오 작가이니까 말이야! 오호, 오호." 하며 마치 당선자가 된 것만 같은 객기를 뽐냈다.

대광은 선거구와 그리 멀지 않은 동천동 자이 2차 아파트에서 사는 사람이라 영복처럼 특별히 숙소를 정해 선거운동을 하고 그러진 않았다.

꼭 아침 시작 선거전의 출발은 죽전역부터 출발한다.

대광은 그곳으로 가면서 그렇다면 영복이 수행원들을 시켜 행전을 납치, 감금하는 범죄를 저지른 것을 지금쯤 폭로하면 완전히 역전을 할 수가 있을 거라는 예상도 들었다.

시기를 조율할 뿐이다. 오늘이냐, 내일이냐, 모레냐. 과연 언제 그

무지막지한 범죄 행위를 폭로하는 시점 말이다.

대광으로선 이게 승부를 완전히 결정짓는 쐐기타라고 판단하고 있다.

영복은 다시 격차를 벌리기 위해 오늘부터 안간힘을 다하리라! 다짐한다.

이달 24일부터 광교대학교 체육관에서 트로트미스미스터천국이 개최되기에 이젠 20일 남짓한 시점이라 오디션 준비생들은 점점 긴장의 끈을 바짝 매야만 할 시점이 왔다. 재영은 자신의 집인 풍덕천동 한올아파트에서 나와 연습장소인 광교호수공원 쪽으로 가려고 버스를 기다리고 있었다. 이미 파트너 행전은 그곳에 도착하여 우승을 목표로 맹렬히 연습 중이다.

버스가 거의 다 다다랐을 때, 뒤편에서 누군가 "야, 야, 재영, 재영."이라고 상당히 어설프게 부르고 있어 뒤로 돌아다 보자, 최벽 전 교수가 있었다.

"어어! 최 교수님이 여기에……."

너무 놀라 엉거주춤한 자세를 취하는 그녀였다.

열흘 전 그가 광교호수공원 쪽을 지나갈 때 황급히 피해 버린 그녀였기에 다소 겸연쩍음과 찝찝함이 교차한다.

버스 문이 열리자 얼른 올라타려고 발을 내딛는 순간, 최벽은 재빨리 움직여 그 앞을 가로막아 못 타게 하였다. 버스는 그냥 지나가 버렸다.

조금 당황스러운 표정을 지어 가며 "아하! 교수님, 오랜만에 뵈어요."라고 재영이 먼저 말한다.

조금 겸연쩍은 기분에 사로잡히는 그녀이다. 지난달 그가 호수공원을 지나갈 때 황급히 행전과 피했기 때문이다.

새삼스레 그 대목을 말하지 않는 최벽이다. 대신 "어! 반가워, 재영. 어디에라도 가서 아메리카노 한잔하면 안 되나?"라며 약간 웃는다.

뿌리쳐야 된다는 걸 알면서도 재영은 순간 뭔가에 씌었는지 "그럼 그럴까요. 단, 금방 먹고 갈 데가 있습니다."라며 사정을 밝힌다.

지금 이 시각, 행전은 그곳에서 노래 연습을 하며 재영을 마냥 기다리고 있다. 약간 늦어지는 것 같아 전화를 하려다가 조금 있으면 오겠지! 하고 생각하며 그냥 기다려 보기로 하였다.

풍덕천동 버스정류장 바로 뒤편에 위치한 영카페로 들어간다.

학창 시절, 그녀는 철상과 사귈 때 내심 최벽 교수를 좋아하기도 했었다. 구체적 표현은 하지 않았었다. 그 과거의 기억들이 그녀의 뇌리에 스쳐 지나가고 있다.

재영은 무엇에 홀렸는지 그와 마주한 상태에서 멍한 기분이 든다. 그 당시 철상에게 눌려 최 교수에게 아무 말도 하지 못한 그녀이지만, 지금 이 순간 제대로 마주하게 된 상황에서 속으로 움직이는 감정은 표현 불가한 이상야릇함이다.

"내가 이번 오디션에 심사위원장이 된 것 알아?"라고 그가 먼저 말을 건넨다.

이미 알고 있었지만 그냥 모른 척하는 그녀이다.

"어! 그래요? 그렇게 됐어요?"

이때 어떤 한 여자가 카페 문을 열고 들어오다가 벽 쪽에 앉은 그를 보자 깜짝 놀라며 집중하며 쳐다본다.

'어! 저 사람은 트로트 가왕 최벽이잖아! 저 사람이 여길 왔네.'라고 속으로 느끼며 그들의 장면을 동영상을 찍는다. 그 여자가 이러는 까닭은 최벽을 열렬히 좋아했던 팬이라서 그랬다.

여자 손님과 대화를 하고 있어서 다가가 사인을 해 달라 같이 사진을 찍자 이런 말만 하지 않는 것이다.

그 여자는 주문을 하지 않고 그냥 나가 버렸다. 예전에 최벽 가수가 대히트를 쳐 방송에 거의 매일 나오다시피 할 때, 자신의 아내라며 함께 인사한 프로가 있었는데, 지금 마주한 여자 손님은 분명 아내는 아니었다. 방금 전 나가 버린 그 여자는 버스 정류장 의자에 앉아 카페 안을 집중하며 최벽을 바라본다.

그는 순간 재영의 손을 지그시 잡는다. 재영이 깜짝 놀라며 손을 뒤로 빼려 하자, 그가 잡아당기며 웃는 장면을 밖에서 그녀가 다 봤다. 은근히 시샘의 눈빛을 던졌다. 저 남자가 내 손을 저렇게 잡아당겨 주면 얼마나 좋을까! 곱씹는다. 그 장면마저 밖에서 다 찍어 버렸다.

그 여자는 수원 쪽이 직장이라 그 방향으로 가는 버스를 타고 갔다. 가면서 그 옛날 최벽의 노래를 들으며 위로했던 기억들이 왠지 허망하다는 생각마저 들기 시작하였다.

그가 낯선 여자 손님의 손을 잡아당기는 장면을 목도했기 때문이다.

왜냐하면 그가 그의 아내와 아주 오래전에 홍채널 토크쇼에 나왔을 때 아내의 얼굴을 기억하고 있어서다.

현재 재영으로선 불필요한 시간이 흐르고 있는 중이다. 평소보다 꽤 늦어지자 시계를 보자 10시에 닿았다. 급기야 행전이 몹시 궁금한 나머지 재영에게 전화를 넣는다.

**9**

광교호수공원

울리는 소리에 그녀는 확인하자 행전이다.

"어! 행전이다. 참! 나 얼른 거길 가야지 내가 지금 뭐 하는 거지. 저, 교수님, 빨리 가야겠습니다." 하고 벌떡 일어나 나간다.

"어어! 그래. 그럼 오디션 할 때 보자고······."

지금 이 순간 최벽은 희한한 만용과 객기가 싹트기 시작하였다. 지금 당장이라도 아내와 갈라서 버리고 재영을 잡아내겠다는 야심이 꿈틀거린다.

그가 노리는 것은 오디션 할 때 자신의 지위를 이용하여 재영의 정신을 빼앗겠다는 발로이다. 재영이 타고 간 버스는 금세 광교호수 공원 그 지점에 도착하고 있다. 내려 허겁지겁 그곳으로 달려가자, 행전이 막 노래를 부르고 있다가 그녀가 보이자 환하게 웃으며 하던 노래를 끝까지 마무리 짓는다.

서로는 보온병에 든 뜨거운 물로 커피를 한잔씩 타서 먹으며 오늘 연습 일정에 대해 의논한다.

"왜 늦었니?"

"음, 그냥 그런 일이 있었다."

최벽은 무슨 카페에서 재영의 손을 잡아당긴 게 대단한 애정의 증표라도 된다고 확신한 듯 돌아서 가며 실개천에서 곧장 이혼을 천명하기 위해 아내에게 전화를 건다.

아내는 현재 댄스스포츠 학원을 다니며 수많은 남자들과 애인으로 지내고 중이다. 이 시간도 오전부터 열띤 댄스를 하느라 전화를 받을 수가 없다.

그래서 그는 아내에게 '난 너와 이혼할 마음의 준비가 됐다 각오하라'라고 문자를 보냈다.

금세 시간이 흘러 점심때가 되자, 오전 댄스 연습이 끝나고 그의 아내는 문자를 확인하게 된다. 내용을 읽고 그저 피식피식 웃기만 했다. 그만큼 대수롭지 않다는 반응이다.

아내는 잠시 우두커니 앉아 있다가 '내가 예전부터 그토록 이혼하자고 요구할 땐 침묵하더니 웬 뜬금포를 쏴'라고 답장을 보낸다.

'그렇게 알라 네가 그토록 요구한 보람을 느껴 봐 난 새로 여자가 생겼다 난 지금 집으로 향하는 중이니까 오려면 어서 오고'

냉혹했다. 금세 집에 들어가자 오리역에서 한창 댄스를 하던 아내가 쏜살같이 들어왔다.

이들은 더 구차스러운 말은 생략한 채 아메리카노를 한잔하며 합의하기에 이른다.

그가 지금 이 시각 이처럼 서두르는 까닭은 이달 24일부터 시작되는 트로트 오디션에서 자신이 심사위원장이라 유리한 점을 이용하여 재영에게 접근할 때 자신이 유부남이라는 걸림돌을 없애 버리려는 포석이다.

26일 치러질 보선과, 24일부터 27일까지 4일간 치러질 트로트 오디션의 향배가 어느 방향으로 움직일지 귀추가 주목된다.

금세 시간이 지나 이젠 불과 얼마 남지 않은 19일이 되자, 노렸다는 듯이 5일 오전 풍덕천동 버스 정류장에서 기습적 몰래카메라를

찍은 그 낯선 여자가 '이번 오디션 심사위원장이자 한때 트로트 가왕이었던 최벽의 행동을 목도하라! 12월 5일 풍덕천동 정류장 앞 카페에서 일어난 사건'이라는 제목으로 인스타그램을 올렸다. 이 낯선 여자가 최벽의 노래를 좋아하는 광팬이자, 짝사랑하다 보니 나타난 광기이자 객기였다. 가뜩이나 며칠 남지 않아 긴장감이 고조에 이르던 친구들은 당혹감과 두려움이 한꺼번에 몰려왔다.

란조, 새롱은 가뜩이나 자신들은 돈이 없어 반주기도 구입하질 못하고 이 쌀쌀한 날씨에 개천에서 노래 연습을 하는 중인데, 재영과 심사위원장 최벽의 행동은 뭔가 내통하는 듯한 혹시 보이지 않는 밀어주기가 아닌지 의심을 사기에 충분했다.

노자, 채비도 마찬가지였다. 친구들 4명이 더더욱 진한 의심 속으로 빠져드는 이유는 재영은 현재 행전과 연인이 되어 노래 연습을 하며 열렬한 관계를 이어 가는 과정이란 걸 인식하고 있기에 구태여 최벽 전 교수를 특별히 만날 만한 이유가 없기 때문이다.

사실 재영은 학창 시절부터 속으론 최벽 교수에게 관심은 있긴 했지만 철상에게 완전히 눌려 엄두도 내질 못했고, 또 자신의 속마음을 친구들에게도 발설하질 않았다.

그런 과거사라 현재 친구들에게는 더더욱 이 인스타그램의 광경은 괴이하게 느껴질 수밖에 없다. 뒤늦게 행전도 이 인스타그램을 보게 되어 이상하다 싶어 "야, 재영아, 이게 뭐야? 여기 날짜와 장소까지 찍혀 있는데 말이야?" 하며 묻는다.

계속 당황스러운 표정이 역력한 그였다.

"……."

아무 말도 못 하고 침묵을 지키는 그녀였다. 이 침묵으로 인해 행전의 의심스러운 마음과 당황스러움은 더더욱 배가 되고 있다.

더 길어진 그녀의 침묵은 그에겐 체념을 유발했다.

오늘은 보선도 7일 앞으로 다가오자, 대광은 기다리고 기다렸던 대폭로의 시점이 찾아왔음을 깊게 인식하기에 충분했다.

선거 총책 배진갑과 전대광 후보는 아침부터 긴밀히 논의하기 시작하였다. 물론 그전에도 계속 시기를 조절하는 대화는 했지만 구체적인 시점은 이 시각이다.

국민사랑당 전대광 후보는 기자들에게 "오늘은 진짜 중대 발표를 하겠습니다."라고 총책 배진갑을 통해 알렸다.

이런 중대 발표를 몇 번이나 한다고 해 놓고 늘 허탕을 쳤던 그였기에 기자들도 시큰둥했지만 진갑은 '오늘은 굉장히 중요합니다. 만약 기자들이 오지 않는다면 우리가 그냥 단독으로 발표하겠습니다.'라고 공지를 띄웠다.

몇 번 속았던 기자들은 오늘만큼은 또 그렇진 않겠지! 하고 용인 포은아트홀로 몰려들었다.

오전 10시에 시작한 대광의 대폭로가 시작되었다. 그는 현재 5% 정도 근접전 중이라 이것 하나만으로 완전 장외 홈런을 칠 수 있을 거라고 굳게 믿고 있다.

그는 긴장된 심정으로 마이크를 잡았다.

"자, 자, 지금부터 대 수지 갑 유권자 여러분들에게 청렴맑은당 최영복 후보에 대한, 그야말로 파렴치하고 흉악한 메가톤급 내용을 폭로하는 시간을 갖도록 하겠습니다. 최 후보는 현재 앞으로 며칠 있으면 치러질 트로트 오디션에 참가하는 차재영이란 예비 가수를 좋아하고 있습니다. 물론 그 예비 가수는 저와 결혼 약속된 사이이기도 합니다. 희한하게 한 여자를 놓고 라이벌이 되어 버린 것입니다. 내막은 차치하고, 최 후보는 자신의 선거 관리 책임자를 시켜 차재영 씨가 현재 함께 연습하고 있는 남친 이행전을 납치하고 감금한 사건을 주동했습니다. 정확한 날짜와 시기는 이렇습니다.

지난달 11월 20일에 벌어진 사건입니다. 아무리 이성을 좋아하는 마음이 극치에 올랐다 하더라도 이렇게까지 상대 여성의 남친을 납치하고 감금하여 온갖 협박을 가한 행위는 결코 용납될 수 없는 일입니다. 이런 문제 말고도 그의 몰지각과 파렴치한 행위가 하늘을 찔러 제가 예전 1차 TV 토론회 때 불가피하게 예비 가수 차재영 씨를 좋아하고 있다고 피력한 것입니다. 그 당시 제 공개적 프로포즈는 토론회를 이용한 점은 엄청 외람되긴 합니다만, 그 얼마나 순수하고 담백합니까? 좋아하는 상대 여성의 남친을 납치, 감금, 협박한 것보단 백배 낫지요.

청렴맑은당 최영복 후보는 오늘부로 선거운동을 중단하고 납치, 감금, 협박을 사주한 교사범으로 떳떳하게 수사 기관의 조사를 받길 바랍니다. 이상입니다."

그야말로 초강력 대폭로였다.

이를 지켜본 최영복 측은 한편으론 뜨끔하기도 했지만, 잠시 영복과 철광은 단둘이서 다른 선거운동원들이 안 보이는 곳으로 가서 대책 마련에 골몰했다.

끝내 도출된 결론은 그 당시 결정적 단서나 증거가 없을 거라는 느낌과 실제 다른 선거운동원들이 알 수가 없을 거라는 판단도 해 본다. 왜냐하면 이들 둘이서 감쪽같이 한 것이고, 철광이 자신이 아는 동생들에게만 은밀히 귀띔한 상황이었기 때문이다.

분명 결정적 단서나 증거가 없음이 확실하다. 다만 대광이 어떤 누군지는 모르지만 누구에게 들어 그럴 거라는 짐작 정도만 가능하다.

오전에 국민사랑당 전대광 후보의 기자 회견이 있었고, 영복과 철광은 이 문제를 그냥 뒤선 안 되겠다 싶어 오후에 청렴맑은당 최영복 후보는 곧장 기자 회견으로 맞대응을 한다.

장소도 눈에는 눈, 이에는 이, 입에는 입으로 하는 식으로 대광이 했던 용인포은아트홀로 정하였다.

"네, 안녕하십니까? 시민 여러분, 아까 보신 전대광 후보의 회견은 그야말로 후안무치한 궤변임에 분명합니다. 보셨겠지만 아무런 근거와 증거도 없이 그냥 막무가내식으로 주장만 한 것입니다. 이것은 이번 선거를 방해하려는 선거방해죄가 될 거고, 다음으로 명예훼손죄, 모욕죄, 무고죄, 흑색선전 및 허위사실유포죄 등 여러 가지 악행을 저지른 것입니다. 지금 당장 확실한 근거와 증거를 들이대지 못한다면 제가 그 전 후보를 이와 같은 혐의로 법적 조치를 취할 것입니다. 시민 여러분, 절대 흔들리지 마시고 저 청렴맑은당 최영복에게 몰표로 지지해 주실 것을 마지막으로 호소합니다."

이렇듯 초강경 대등에 나섰다.

그러자 대광, 진갑은 다소 초조해지기 시작하였다. 의표를 찌르긴 했지만 성급하게 움직인 듯했다. 지지율이 5% 남짓이라 쐐기타가 될 거라고 판단했지만 하고 나니 근거, 증거가 뒷받침되진 않았다. 물론 저쪽 진영의 내부자 김철상이 있긴 하지만 그가 폭로를 해 줘야만 하는 지경으로 몰렸다.

급기야 진갑은 황급히 철상에게 전화를 건다.

"왜, 형?"

"야, 철상아, 우리 후보님이 오전에 회견한 것 봤지? 이젠 네가 결정적인 증거로 대폭로를 한번 해 줄 때가 됐다. 네 말 한마디면 완전 이번 선거는 게임 끝난다. 일단 여기 죽전동 히라카페로 와 줘. 기다릴게."

"아, 아아! 이런 건 내가 나설 문제는 아니지, 형. 그냥 그렇단 거지 뭐! 솔직히 내가 이 시점에서 막 그럴 수가 있나? 나는 우리 당 후보 선거운동에 전념할 뿐이야! 흠, 흠."

이 말에 깜짝 놀란 진갑은 믿는 도끼에 발등 찍히는 심정이다. 당연히 해 줄 거라고 여겼기 때문이다.

"야, 뭐야? 안 된단 거야? 으, 으, 야, 야, 그럼 네가 찍은 동영상이나 사진 같은 거라도 보내 달라고……."

"아니, 형, 무슨 그런 게 있어! 그런 건 없어요. 그냥 농담으로 한 말입니다. 하하하."

"야, 너 그딴 식으로 나오면 그때 주겠다고 약속한 금액선물은 백지화된다. 그래도 좋나?"

"아이, 난 그런 건 모르고, 난 그런 금액보다 명예를 소중히 여기는 성인군자 김철상이라고 합니다. 하하하. 수고해요, 배 형?"이라고 비꼬며 끊어 버렸다.

진갑은 가슴이 쿵 내려앉았다.

"어어! 이를 어쩌지 이것만 믿고 있었는데. 이 자식이 이렇게 배신을 하다니, 이런 배신자!"

이렇듯 혼잣말로 중얼거리며 탄식을 쏟아낸다.

자칫 대광이 가짜 뉴스를 퍼뜨려 표를 얻으려고 한 파렴치한 몰지

각으로 몰릴 위기에 몰렸다.

"어! 이거 이러다가 내가 실없는 사람으로 낙인찍혀 5%까지 추격한 게 아무 보람도 없이 허무하게 더 벌어져 막 추락당하는 거 아닐까?"라고 대광이 푸념을 늘어놓는다.

이들은 지금 섣불리 철상에게 쳐들어가 제대로 말하라고 압박을 가하면 도리어 협박했다고 그놈이 역공을 가할 것만 같아 불안하기도 하였다.

"내가 대실수를 한 겁니다. 그놈이 그때 그런 말 할 때 쥐도 새도 모르게 바로 녹취를 해 놓았어야 했는데, 너무 정신이 없어 미쳐 그걸 못한 겁니다. 아, 아, 원통하다." 하고 얼굴이 일그러지는 진갑이다.

이들은 늦은 저녁 시간, 어차피 이렇게 궁지에 몰린 마당에 그 특급 정보를 흘린 내부자가 김철상인데 지금 시점에 양심선언을 하지 않고 꽁무니를 뺀다고 우리가 나서서 그를 양심선언 거부자, 공익 제보 거부자로 알리며 낙인을 찍어 들어 가는 압박 전술 폭로를 해 버리는 정공법을 구사할 것인가를 놓고 심각한 고민에 휩싸였다.

벌써 그들이 법적 조치를 취하여 압박이 들어올 것만 같고, 이번 일로 실없는 사람으로 비춰져 지지율이 계속 떨어질 것만 같은 불길한 예감이 들어 미칠 지경이었다.

시무룩한 얼굴로 대광은 동천동 집으로 갔고, 진갑도 성복동 집으로 갔고, 다른 선거운동원들도 조금만 더 제대로 추격전을 가하면 뒤집을 수 있을 것만 같았는데 이상하게 꼬이는 느낌이 들어 후보와 총책을 은근히 원망하며 각자의 집으로 돌아갔다.

이날 결과는 이랬지만, 영복과 철광도 불안한 것은 마찬가지였다.

어느 누군가가 흘리긴 흘린 것 같은 불길한 예감이 드리워진다.

영복과 철광은 풍덕천동 임시 숙소 호텔에서 어떤 놈이 흘렸을까! 이 대목에 대해 심각한 의논을 하는 시간을 갖는다.

철광이 먼저 "내가 시킨 애들은 다 죽전대학교 유도학과 나온 애들인데 말이야. 거참, 이상하다. 혹시 걔들이 덕강이 하고 내통한 건가! 덕강이 선배들이라고 알고 있는데, 선배들이니까 말이야. 소통했을 가능성⋯⋯. 그런데 더 이상한 건, 덕강이는 전 후보와 사이가 안 좋은데, 만약 그런 정보를 선배들에게서 전해 받았어도 전 후보에게 힘을 실어 주는 일을 할 것 같진 않아. 그래서 알리진 않을 것 같은데. 걔는 재영이 문제로 열받아 그쪽에서 선거운동을 관두고 나가 버린 사람이라고⋯⋯. 너무 어렵다, 어려워." 하며 맥주를 쭉 들이켠다.

그렇다고 그들에게 묻기도 난감하기 짝이 없다.

영복은 그저 한숨만 내쉰다. 만약 그 당시 철광의 조종을 받고 행동에 옮긴 애들이 미친 척하고 나서서 양심선언이라도 하는 날에는 완전 난리 나는 거라 그랬다.

분명 누구에게라도 대광, 진갑이 뭔가 들었긴 들었으니 그러는 것 같은데 더 파고들어 단서와 증거를 들이대려고 온갖 머릴 굴릴 게 뻔하고, 특히 인적 증거를 잡아내려고 혈안이 될 것이고, 현재까지 드러난 것만으로도 괴이할 정도라 뭔가 더 구체적인 게 있긴 있는 것만 같은 섬뜩한 느낌 좀처럼 지울 길이 없다.

실은 그 당시 철광의 지시를 받고 납치, 감금, 협박에 가담한 그들이 아닌 철상이 대광 측 진갑에게 말을 흘린 건데, 이 사실은 전혀 알 길이 없다.

초미의 관심사로 떠오른 24일 광교대학교 체육관에서 치러지는 트로트미스미스터천국의 향배가 어떻게 될지 모를 일이다. 드디어 하루 앞둔 23일 금요일이 왔다.

이 부근에서 행전과 연인이 되어 맹렬한 훈련을 한 재영, 그리고 친구들 노자, 채비, 새롱, 란조 등 그 외 타고난 가창력을 지닌 수많은 참가자들이 살이 떨리는 심정으로 날이 밝기를 기다렸다.

이틀 뒤 치러지는 수지 갑 보선도 마찬가지였다. 특히 대광은 5% 정도로 좁혀진 상태에서 맞이하는 선거라 긴장감이 팽배한다.

이 긴장감은 상대방 영복도 똑같이 느꼈다. 마지막 며칠은 지지율을 공개할 수 없는 룰이 있어 더더욱 그랬다.

대광과 진갑은 이전투구식으로 내부자 철상의 실체를 토로하느냐를 놓고 막판 엄청난 고심 속으로 빠져든다. 이날 저녁때가 되자 성미가 급한 대광은 "그냥 그 철상이란 놈이 내부자라고 폭로를 하시죠. 선거는 어차피 너 죽고 나 살고입니다. 이러다가 그냥 죽으니 물어뜯고 살아납시다. 어서 저 대신 폭로를 해 주세요."라고 진갑에게 간절히 부탁했다.

진갑은 "글쎄, 다 좋은데 그놈이 아니라고 발뺌하며 근거를 대라, 증거를 대라, 이래 버리면 또 난감해지고 더 큰 피해가 속출할 수도 있지 않겠습니까?" 하고 신중론을 폈다.

"네, 그렇긴 한데 지금은 어차피 이 문제는 엎질러진 물입니다. 이번 대폭로로 내가 오히려 지지율이 더 떨어졌는지도 모릅니다. 어차피 망했을지도 모르니 그냥 더 세게 내질러 보는 게 상책입니다."라고 강경책을 펴는 대광이다.

"시간이 없습니다, 본부장님. 으으으."

더더욱 재촉하는 그였다.

그래도 그가 침묵을 지키자 대광은 "그럼 내가 직접 대폭로를 해 버려야 할 것 같습니다."라고 다급한 심경을 내비쳤다.

진갑은 "그냥 제가 하겠습니다. 그 철상이란 놈에게서 직접 들은 건 바로 저 배진갑이니까요."라며 결국 하겠다는 의사를 밝혔다.

일단 진갑은 자신의 페이스북에 '청렴맑은당 김철상에게서 지난달 20일 최 후보 측 총책이 아는 사람들을 시켜 차재영 예비 가수의 남친을 납치, 감금, 협박을 했습니다. 이런 흉악한 최 후보는 당장 후보직에서 사퇴하라. 모든 수지 갑 유권자들은 이 사실에 대해 경악을 금치 못하고 분노가 치밀어 오릅니다. 물러나라, 물러나라.' 이렇게 올려 버렸다.

그리고 실제로 기자 회견을 하며 폭로하는 건 내일 24일 토요일 오전 10시에 용인포은아트홀에서 하겠다는 취지의 글을 덧붙였다.

순식간에 이 글을 접한 김철상은 깜짝 놀라며 "어어! 이거 봐라. 이젠 막가자는 거잖아! 이것들, 두고 보자. 으흑." 하며 이를 바득바득 간다.

다음날이 되자마자 진갑은 어제 예고한 대로 용인포은아트홀에서 기자 회견을 자청하여 청렴맑은당 최 후보의 납치, 감금, 협박, 사주 행위는 김철상에게서 들은 내용이라고 밝혔다. 이 속보를 듣고 제일 먼저 충격에 빠진 사람은 단연 최 후보였고, 다음으로는 총책 철광이었다.

최영복과 반철광은 서둘러 "야, 철상아 이게 뭐야? 저 인간이 하는 말이 뭐냐, 도대체?" 하고 발끈하였다. "아니, 후보님, 철광 형, 저런 인간의 말을 믿습니까? 말도 말 같지도 않은 말인데……. 에잇." 하며 철상은 시치미를 떼고 다른 데로 피해 버렸다.

최 후보와 선거 관계자들은 상당히 불안감 속으로 빠져든다. 흑색 선전 및 허위사실유포죄로 고발 조치 운운해도 막판 이런 묻지 마 폭로가 팽팽한 접전하에서 영향을 줄 수가 있어서다.

진갑은 그 당시 철상이 정보를 흘려줄 때 몰래 녹취를 할 걸 하는 아쉬움에 젖어 든다. 너무 같은 죽전대학교 유도학과, 무에타이과라는 공감대를 믿고 무한 신뢰 한 폐단이 굉장히 크다.

이젠 모든 건 이틀 앞으로 다가온 시점에 이 지역 유권자들이 판단할 문제로 직면한다.

같은 시각, 광교대학교 체육관에선 트로트미스미스터천국 1차 예심이 작렬히 거행되었다.

심사위원장 최벽은 인사말을 통해 "아아! 이번 위대한 트로트 축제에 심사위원장을 맡게 되어 무한한 영광으로 생각합니다. 특별한 건 없고, 감정을 잘 넣는 쪽에 포커스를 두고 심사하려고 합니다. 이상입니다. 다들 각자 분투해 주시길 바랍니다."라고 아주 짧게 말한다.

24일 첫날은 예전 접수할 때 가장 먼저 모바일로 접수했던 차재영, 김란조, 박채비, 신새롱, 노자가 출전하게 된다.

최벽 심사위원장이 중앙에 앉았고, 좌우로 마스터들이 20명이나 더 앉아 심사하는 구조이긴 하지만 최종 심사 결정권은 심사위원장에게 일임된 아주 특이한 구조로 진행된다. 다른 오디션은 마스터와 무작위 ARS로도 집계를 뽑아 결정하는 시스템도 있지만, 이 오디션은 전근대적인 구조를 유지하고 있다.

이행전의 오디션 날짜는 마지막 날인 27일에 잡혔다. 그 당시 접수를 늦게 했기 때문이다.

그녀들은 예전에 연습할 때 별별 일들로 사사건건 트러블이 있던 터라 서로를 상당히 껄끄럽게 바라보며 대기실에 앉아 있다. 노자는 채비와 지난달 말에 남자 수달을 놓고 대격돌을 벌인 일이 있어 서로 마주 바라보진 않았다.

게다가 자신은 재영이와 친해진 게 아니라는 느낌을 주려고 재영이를 쳐다보지도 않고 그저 우두커니 혼자 벽을 보며 아주 작은 목소리로 발성을 이어 가며 몸을 풀었다.

란조와 새롱만이 마주하며 화기애애한 분위기를 연출했다.

그런데 난데없이 심사위원장 최벽이 출연자 대기실로 불쑥 들어오고 있다. 다들 깜짝 놀라며 눈이 휘둥그레진다.

"아하하, 우리 죽전대학교 출신 가수님들 반가워요. 다들 열심히 연습했죠. 우리 죽전대학교의 명성을 빛내 주시길 바라요. 하하. 재영이 얼굴이 너무 예쁘다. 나하고 잘 어울릴 것 같다."라며 호기를 부리는 최벽이다.

이곳엔 재영의 친구들 4명 말고도 다른 참가자들도 꽤 많은 자리에서 상당히 엉뚱한 짓을 하기 시작한 것이다. 아무리 생방송 카메라가 없는 자리이긴 하지만 도를 넘는 행동이었다.

재영의 남친 행전이 오늘 안 보이니 최벽으로선 더더욱 활개를 치는 것이기도 하다. 이미 그때 풍덕천동 정류장에서 낯선 여자가 인스타에 올려 의심하는 마당에 친구들은 더더욱 괴이한 기분 속으로 빠져든다.

"다 왜들 그래? 난 옛날 대학 교수 시절처럼 지금은 유부남이 아니라고. 지금은 홀로 된 몸이라 이렇게 처녀에게 접근해도 무방한 거야! 하하하하."라며 심사위원장답지 않은 객기를 이어 간다.

친구들과 다른 참가자들이 이상한 눈초리로 쳐다보자 조금 당혹스러운 표정으로 뒤돌아서서 심사위원장 석으로 황급히 도망친다.

진행자가 나오기 시작하였다.

"대한민국 가요계의 최고의 엠시, 조배달입니다. 여러분, 많이 기다리셨죠? 오늘이 그야말로 가장 반가운 날입니다. 오늘은 가요계의 최고의 축제의 날이죠. 바로바로 트로트미스미스터천국 전국 모든 가수 지망생들이 최고의 자리를 위해 맹렬히 달리는 한 장소입니다. 자, 지금부터 작렬히 시작하겠습니다. 첫 번째 출전자 차재영 씨, 나와 주세요!"

아주 요란한 장내 테마 송이 울려 퍼진다.

재영은 나오며 온몸을 던져 발성하리라! 다짐하는 표정이 역력했다. 그녀의 참가곡은 '동반자'였다. 아마 천신만고 끝에 남친이 되어 뜨겁게 교제하는 이행전에게 선물하는 곡인 것 같다.

행전은 27일 마지막 날 참가가 잡혀 있어 큐비 채널을 통해 생방송을 지켜보며 재영을 뜨겁게 응원하고 있다.

첫 번째 참가자라 무척 긴장됐을 그녀였지만 아주 빼어난 감정을 살려 성공적으로 마무리하고 무대를 빠져나간다. 그런데 심사위원장 최벽은 난데없이 공개된 마이크를 잡고 "아하! 역시 앞으로 제 아내가 될 차재영 참가자는 너무 노래 가창력이 좋아요. 그렇다고 백이 작용하진 않습니다. 엄정한 심사는 진행 중입니다." 하고 엄지 척을 세운다.

방금 전 그의 또라이를 방불케 하는 행동은 마치 국민사랑당 대광이 TV 토론회 도중 재영을 사랑한다고 밝히며 결혼 예정자라고 허구로 떠벌리는 것과 상통됐다.

이 공개 구애는 그대로 공중파로 나가는 바람에 현재 남친 행전이 다 보게 됐는데, 굉장히 얼떨떨한 기분 속으로 빠져든다.

행전은 문득, 며칠 전 한 낯선 여자가 희한한 인스타그램 게시물을 올려 재영과 최벽의 사진을 올린 게 떠오르며 가슴이 뜨끔거리기 시작하였다.

"어! 진짜 저 둘이 그냥 그런 것 아닌 것 같은데."라고 혼잣말로 중얼거리며 다소 의기소침한 현상도 나타나기 시작했다.

행전은 두려웠다. 곧바로 재영에게 확인 전화를 건다. 하지만 그녀는 전화를 받을 수가 없는 상황이다. 방금 전 노래가 끝나 정신없이 쉬고 있기 때문이다.

2번 참가자 노자, 3번 란조, 4번 새롱, 5번 채비 순이었고, 여기까지가 재영의 친구들이고 6번부터는 다른 참가자들이 줄줄줄 줄을 이어 가며 나오고 있다.

특이한 건 오전, 오후로 나눠 심사하고 오전에 참가한 참가자들은 점심식사 전에 발표하는 방식이다. 식후 오후 참가자들이 하고 다 끝난 뒤 발표하는 방식이다.

이윽고 오전 참가자들의 노래가 다 끝났는데 공교롭게도 재영을 비롯하여 친구들 4명은 다 통과됐다. 그리고 다른 참가자들도 일부 통과됐다.

심사위원장 최벽이 꼼수를 쓴 것은 재영이만 올리면 다른 사람들이 엄청난 의심을 사기에 친구들 4명도 전원 다 올려 준 것이다. 속으론 "어휴~ 저것도 노래야? 감정도 하나도 안 들어가네! 떨어질 것들인데 그냥 올려 주는 거지 뭐! 이게 뭐, 별 의미나 있어? 난 재영이만 잡아내면 되지 뭐! 하하하하." 하며 흥도 본다.

1차 예심에 통과된 이들은 각자 집으로 돌아간다. 재영이 집으로 향하며 바로 행전에게 전화를 넣어 기쁨을 알리려 했는데, 행전은 이 전화를 받자마자 "야, 재영아, 그 사람 그게 뭐야? 심사위원장 말이야."라고 물으며 한숨을 크게 쉰다.

"미친놈이지 뭐! 야, 우린 그런 거 신경 쓰지 말고 노래나 죽으라고 하여 본선에 오르는 것만 신경 쓰자. 여기 수지구청역 4번 출구 앞으로 올래? 밥이나 먹고 술이나 먹게. 통과된 기쁨으로."

"그래. 일단 기다려."

오늘은 보정동 카페거리에서 몸을 풀던 그가 수지구청역 쪽으로 간다.

단연 행전은 최벽의 망발이 여간 거슬릴 수가 없는 노릇이다. 식당에 들어가자마자 뚫어지게 재영의 얼굴을 쳐다보며 "그게 뭐냐고, 그 사람?" 아까 전화 내용을 재차 말하며 압박한다.

"괜한 오해는 하지 말고 밥이나 먹고 광교호수공원에 가서 너 며칠 후에 할 참가곡이나 같이 연습하자, 음?"

자신을 교묘히 따돌린다고 의심한 행전은 더 크게 소릴 지르며 "그게 뭐냐니까 왜 딴소릴 하는 거야! 나도 지금 참고 참는 중이다. 어휴~ 씨발." 하고 매섭게 재영을 쳐다본다.

그의 이런 의심의 증폭은 오늘 최벽의 행동도 그렇지만 오늘 오디션 있기 5일 전 그 낯선 여자의 인스타그램 때문이다.

주문한 음식이 나왔어도 먹지 않고 계속 인상을 쓰는 그였다. 그러자 재영이 먼저 먹기 시작한다.

"야, 맛있다. 어서 먹어. 너 그 이상한 낯선 여자의 인스타그램 때문에 그런 것 같은데, 저쪽에 내가 지나가다가 그 최벽을 보게 되어 그냥 한번 들어가 커피 한잔했을 뿐이야. 더 없다."

평소 대범하게 살던 그도 이런 문제가 벌어지자 유난히 예민해지며 까다롭게 굴기 시작하였다. 재영의 친구들은 오늘 1차 예심 통과된 기쁨을 만끽하려고 새롱, 란조는 반주기도 없는 길거리 연습의 신화라고 자평하며 소주와 삼겹살을 먹으러 풍덕천동 먹거리 골목으로 갔다.

노자는 노자대로, 채비는 채비대로 각자 자축하는 술을 먹으러 갔다. 노자, 채비는 사이가 예전에 틀어져 함께할 순 없다.

새롱, 란조는 술을 먹으며 도리어 오늘 심사위원장 최벽의 객기로 인해 오히려 더 잘됐다고 느낀다.

왜냐하면 행전의 의심이 가득하여 재영에게 압박을 가할 게 뻔하기 때문이다.

노자는 집에 들어가 홀로 독한 양주를 마시고 이달 초 행전, 재영과 광교 교보문고에 들러 동양 철학서 노자 책을 산 적이 있는데, 그 책을 슬며시 꺼내어 펴고 서서히 읽어 내려 간다.

그녀의 마음은 오늘 1차 예심에 통과됐으니 이젠 내년 3월에 치러질 본선에서 우승의 트로피를 거머쥘 궁리만 엄습한다.

모레는 수지 갑 보선이 치러지는 날이라 그야말로 광교 지역은 가무와 정치가 정점으로 치달아 오르고 있는 형국이다.

긴장된 채로 대망의 수지 갑 보선 26일이 찾아왔다. 막판 전대광 후보가 5% 정도 뒤졌는데, 전대광 측의 폭로가 어떤 영향을 줄지 안개 속이라 양측 모두 살 떨리는 시간 속으로 빠져든다. 양측 다 진흙탕 선거는 한 영향으로 유권자들 상당수가 환멸을 느껴 기권표가 많을지도 모른다는 예상과 달리 동천동, 죽전동, 풍덕천동 3곳 투표장에는 엄청나게 많은 시민들이 몰려들기 시작하였다.

저녁이 되어 최종 결과가 나올 때까지 양측은 초조, 불안, 공포 속에서 시간을 흘려보내야만 했다.

이날은 광교대학교 실내체육관에서 트로트미스미스터천국 1차 예심 3일째가 진행되고 있다.

심사위원장 최벽은 현재 재영의 남친 행전이 언제 참가하는지 여간 신경이 사나운 게 아니었다. 나오기만 하면 볼 것도 없이 떨어뜨리려고 독을 뿜는다.

아무리 잘하더라도 무조건 떨어뜨리고야 말겠다는 독기가 가득하다.

혹시 오늘 나오는지 눈이 빠지게 지켜봤지만 나오지 않자 속으로 '아하! 내일 마지막 날 나오는 놈이구나!'라고 짐작한다.

최벽은 그를 떨어뜨리기만 한다고 모든 게 완성되는 것도 아닌 걸 안다. 자신이 재영을 차지하기 위해선 적수를 탈락시킨다는 것도 어느 정도 의미가 있긴 하지만 본질은 그녀의 마음을 완전히 사야만 한다는 걸 뼈저리게 느낀다.

이윽고 해 질 녘이 되자 이젠 오늘 치러진 보선 결과에 지역민들은 집중되기 시작하였다. 출구조사 결과가 나왔다.

청렴맑은당 최영복 후보 42%, 국민사랑당 전대광 후보 38%로 집계됐다. 막판 5% 내로 나온 게 그대로 굳어진 듯했다.

이 조사를 선거사무실에서 접한 대광과 진갑, 그 외 선거운동원들은 바닥에 퍽 쓰러질 것만 같았다.

"으으으으, 이게 뭐야. 뭐냐고, 어휴~"

같은 시각, 이 보도를 접한 청렴맑은당 최영복과 관련자들은 "우아아아하하하!" 하며 환호성을 터뜨리며 쾌재를 불렀다. 다른 사람보다 특히 김철상이 안도의 한숨을 푹 쉰다. 하마터면 모든 화살이 자신에게 쏠리기도 하고 아주 난처한 상황에 직면할 뻔했다. 하지만 좀 더 지켜봐야만 했다. 최종 집계가 나와 봐야 확실하기 때문이다.

밤 9시쯤 되자 오늘 수지 갑 보선의 당선자는 출구조사 그대로 청렴맑은당 최영복 후보라고 자막에 뜨며 보도가 나온다.

영복은 너무 기뻐 펄쩍펄쩍 뛰고 있고, 상대 당 대광은 시무룩이 그대로 자리에서 일어나 빠져나가고 있다.

그 뒤를 진갑이 따라 나간다. 이들은 한 술집으로 들어가 울분을 토하며 마구 술을 들이붓는다.

"작전 미스였던 것 같다. 납치, 감금, 협박 건을 더 일찍 터뜨렸어야 했던 것 같기도 하고, 뭔가 스텝이 꼬였다. 아! 나의 시나리오가 패착을 맞다니! 완벽한 시나리오인 것 같았는데……."라며 넋두리를 하며 탁자를 탁탁 치며 후회만 늘어놨다.

다음날, 모든 일간지가 최영복의 당선 보도로 도배됐다. 이날은 이번 참가자가 너무 많아 4일 간 치러진 트로트미스미스터천국 1차 예심도 마지막 날이 됐다.

이날은 죽전대학교 트로트과 시절 가창력이 가장 뛰어났던 이행전이 참가하는 날이기도 하다. 행전은 그 당시 죽전대학교 트로트과 교수이자 이번 오디션의 심사위원장인 최벽 트로트 가왕보다 감정의 표현이 더 세다는 호평을 받았고, 그의 아성을 위협할 수도 있는 인물로 평가된 적도 있다.

문제는 최벽이 행전의 참가 소식을 알고 있었고, 나와 노래를 마치면 즉시 잘했든 못했든 묻지 마 막가파로 떨어뜨리려고 작정하고 있는 터라 자칫 분란의 소지도 잠복된 상태이다.

행전은 오후에 진행되는 시간에 순번이 잡혔다.

그는 엊그제 재영과 소주를 먹으며 그 인스타그램과 최벽의 엉뚱한 객기 때문에 말다툼을 심하게 한 상태라 기분이 영 편친 않지만, 워낙 기량이 뛰어나 가볍게 통과되고 내년 3월 본선 우승도 차지할 가능성은 거의 따 놓은 당상으로 볼 수도 있을 정도였다.

재영에게는 여기까지 오진 말고 브라운관 생중계로 봐 달라고 부탁한 상황이다. 그만큼 신경이 예민한 편이기도 했다.

참가 번호도 상당히 뒤쪽이라 오후 4시가 다 되어야 할 것 같았다.

준비도 준비지만 그로선 엄청난 악재 불운이 밀려오는 순간이다. 왜냐하면 바로 어제 김철상은 보선 투표일에 쥐도 새도 모르게 한 사람을 접촉했는데, 우연의 일치로 바로 이 사람이 희한하게도 작년 11월 20일 철광이 행전을 납치하고 협박할 때 가담했던 죽전대학교 유도학과 출신들 중 한 명이었다. 철상은 아직까진 이들이 그 당시 그 인물들이란 걸 알진 못한다.

그들 중 한 명인 금석은 철상으로부터 구체적인 작전 내용을 전해 들었다.

철상은 그에게 "어제 우리 후보님이 당선되어 이젠 내게 큰 금액의 선물을 줄 것입니다. 일만 잘 처리해 주시죠?"라고 신신당부한 상태였다. 본론은 이행전이 차례에 무대에 오를 수 없게 막아 달라는 것과 그를 납치, 감금, 협박하여 재영의 곁에서 완전 떠날 수 있게 해 달라는 것이었다.

참가자 대기실에 철상이 잠시 나타나 동태를 살피다가 그들에게 귀띔만 하고 사라지는 순간, 행전은 그 장면을 잠시 스치는 식으로 목도하게 됐다.

이때는 아무런 생각이 나질 않았다. 얼굴만 기억이 날 뿐이다. 점점 그의 순번이 되어 가는 시간, 구석에서 여러 명의 신체가 건장한 남자들이 그를 움켜잡아 끌고 나간다. 이땐 대기실에 아무도 없어 목격자가 없었다. 그들은 혹시 CCTV 같은 데 잡힐까 봐 복면을 깊게 쓴 상태였다.

그들은 밖에 대기 중이던 스타렉스에 그를 집어넣고 광교저수지 쪽으로 내뺐다.

너무 얼떨결에 닥친 일이라 그로선 미쳐 죽을 지경이다.

"이게 뭐야? 당신들 뭐냐고. 난 지금 오디션에 참가한 사람이라고…… 당장 풀어 주지 않으면 다 신고해 버릴 거야!"

이런 비명에도 아무런 소용이 없었다.

광교저수지에 다다랐다.

끌고 나가 그들은 행전에게 시퍼런 물을 바라보게 한 후 협박을 가하기 시작하였다.

"야, 너, 우리에게 예전에 한 번 끌려온 적 있지? 죽전 새터마을 말이야. 기억나나?"

몹시 당황한 그는 그들의 인상착의가 문득 떠오르기 시작하였다. "어어! 이, 이 사람들이잖아!" 하며 갑자기 소름이 돋는다.

지금 이 시각 그가 노래해야 할 차례가 됐는데 무대에 오르지 않자 심사위원장 최벽 및 진행자 조배달도 당황스러움을 감추질 못한다.

배달은 "자, 자, 어서 나오시죠. 다음 참가자 이행전 씨, 빨리 나와 주세요. 와우~"라고 외쳐도 그는 지금 이 순간 나올 수 없는 납치, 감금된 상태이다.

진행자가 그를 재차 불러도 좀체 나올 수가 없다. 이 생방송을 눈이 뚫어지게 시청하며 응원하던 여친 재영은 잠시 얼굴이 매우 놀라는 표정으로 바뀐다.

"어! 행전이가 왜 안 나오지? 이상하다. 얘가 너무 긴장했나? 그럴 리가 없을 텐데. 날 위해 날 사랑하는 마음으로 죽기 살기로 열창하여 본선 우승하여 내게 선물을 준다고 했는데……"

계속 불러도 나오질 않자 급기야 진행자가 그를 찾으려고 대기실로 들어가는 촌극이 벌어지고 만다.

자리에 없다. 아까 그가 끌려갈 땐 이 자리에 아무도 없었지만, 지금은 다른 참가자들이 여럿 모여 있었다. 그들에게 "혹시 이행전 참가자 못 봤습니까?"라고 묻자 "못 봤습니다."라고 대답한다.

진행자는 다른 진행 종사자에게 "혹시 이행전 씨가 화장실에 갔는지 한 번 가서 확인해 주십시오."라고 부탁한다. 그는 재빨리 달려가 남자 화장실을 확인하며 "참가자 이행전 씨? 이행전 씨?"라고 반복하여 불러도 아무런 소리가 나질 않았다.

돌아와 진행자에게 이 사실을 전하자 진행자는 매우 당혹스러워한다. 진행자는 다시 무대로 올라가 "아아아! 네, 네, 지금, 방금 전 이번 참가자 이행전 씨가 무슨 일인지 모르지만 나오질 않고 자리에 없습니다. 모르겠습니다. 어디론가 간 것 같습니다."라고 상황 설명을 했다.

응원하던 시청자이자 여친 재영은 깜짝 놀라며 "어! 이게 어떻게 된 거야! 이게 뭐지?!" 하고 재빨리 핸드폰으로 그에게 전화를 넣는다. 받을 수가 없다.

심사위원장 최벽도 놀라긴 마찬가지였지만 그리 깊게 생각하진 않는다. 다음 참가자가 나오게 된다.

이들은 순식간에 납치, 감금된 사실을 모르고 그가 중뿔나게 어디론가 가 버렸다고 판단한다.

재영은 다급해졌다. 지난번에도 그가 새터마을 쪽으로 납치, 감금된 일이 있어서 혹시 그런 일이 또 재발한 거 아닌가! 하는 의구심이 가득하여 112에 신고했다.

경찰은 황급히 오디션이 진행되는 광교대학교 체육관으로 출동할 즈음, 행사는 다 끝나 가고 있었다. 신고한 재영도 황급히 그곳으로 갔다. 제일 먼저 대기실에서 있을 수 있는 사건들을 취합하기 위하여 목격자들을 모으려고 하였으나 그 시점에 목격자는 없었다.

다음으로 CCTV를 검색해 보는 절차로 들어가는 걸 택했다. 마침 그를 끌고 나는 납치범들이 한결같이 마스크와 두건을 쓰고 있어서 파악하기가 여간 힘든 게 아니었다.

심사위원장 최벽은 재영이 경찰들과 몰려와 상황 조사를 하고 그러자 당황하면서도 물끄러미 그녀를 보며 이젠 자신의 독차지가 될 거라는 기대심에 한껏 달아오른다.

내년 3월 본선에서 그녀에게 자신의 직권으로 우승을 안겨 주고 이걸 빌미로 좀 더 가까워지고 교제하는 밑그림을 그려 보며 야릇한 미소를 짓는다.

경찰은 아직 이렇다 할 증거를 찾질 못하고 그 악당들을 목격한 사람 중심으로 수사를 펴 나간다는 복안을 밝혔다. 얼굴 전체를 가리는 바람에 수사의 난항이 예상되긴 하지만 끝까지 추적한다는 결

의를 다진다. 이날은 트로트미스미스터천국 1차 예심 마지막 날이
라 다 순조롭게 마무리가 됐지만, 참가자 이행전이 납치, 감금되는
오디션 역사상 초유의 사태가 일어나면서 트로트 축제의 장에 오점
이 하나 생겼다.

**10**

납치, 협박으로 외통수

재영은 "경찰관님, 지난번에도 제 친구 행전이를 새터마을 쪽으로 납치한 놈들이 있었는데, 아마 또 그놈들일지도 모릅니다."라고 경찰들에게 알린다.

경찰들은 "일단 알겠습니다." 하고 돌아갔다.

재영은 집에 돌아가 한숨도 잠을 이룰 수가 없고 불안, 초조, 공포로 정신을 뒤덮었다. 끊임없이 전화를 넣어 봐도 그는 받질 않는다.

계속 뒤척이다가 어렵사리 잠이 들 수 있었는데, 아침에 일어나 바로 아침 뉴스를 틀자마자 어제저녁 트로트미스미스터천국 오디션장에서 참가자 이행전을 납치한 납치범들이 오밤중에 광교저수지 둑방에서 그에게 협박을 가하는 장면을 목격한 산책하던 노인들이 목격하여 경찰에 신고하여 잡히게 됐다는 속보가 나오고 있었다.

"아아아, 으으으." 하며 가슴을 쓸어내리는 그녀였다. 밤사이 지옥과 천당을 오고 간 심경이다.

광교파출소로 끌려간 그들은 한결같이 우린 경찰들과 형님, 동생들 하는 사이이니 그냥 풀어 달라고 고함을 치고 집기를 다 때려 부숴 버릴 기세였다.

"뭐야? 경찰들과 형님, 동생이라니, 그게 무슨 소리야?"라고 조사하는 경찰이 소릴 지른다.

"우리 죽전 쪽 경찰들은 그런 사이라고."

광교파출소 경찰들은 방금 전 연행된 피의자가 하는 궤변을 더 자세히 알아본다는 자세를 취했다. 이들이 잡혔다는 기사를 접한 철상은 가슴이 뜨끔거리기 시작하였다.

저들이 다 불어 버리면 난리 나기 때문이다. 충분히 그러지 못하게 해 놓긴 했지만, 그래도 두려웠다.

조사를 받던 피의자가 한 실토에 대해 상황 조사를 펼친 광교파출소 경찰들은 실제로 죽전 쪽 경찰들이 죽전대학교 유도학과 출신들과 수년간 형님, 동생으로 지내며 범죄 행위를 무마해 준 정황이 포착됐다. 의협심이 워낙 강한 한 경찰이 이 사실을 수원지검과 서울경찰청에 제보하려 하자 다른 동료 경찰은 "그러지 말라"고 강력히 제재하고 나섰다.

하지만 그 경찰은 의협심으로 똘똘 뭉쳐진 성격이라 곧바로 그렇게 해 버렸다. 공권력의 붕괴와 타락과 파멸을 초래할 수도 있는 메가톤급 위기 상황이라 판단하여 구국 차원으로 그랬다.

현장 조사를 나온 양 기관은 일벌백계의 각오로 철저히 수사해 보니 실제로 하나하나 다 드러났다. 관련자들은 다 직권 남용과 불법 행위로 다 구속될 것으로 예상됐다.

범죄자 한 명은 이번 트로트 오디션 참가자 이행전 납치, 감금, 협박 사건을 자신들에게 사주한 자로 김철상을 거론 하기 시작하였다. 즉, 물귀신 작전이라고도 볼 수 있다.

광교파출소는 철상을 교사범으로 조사한다고 밝혀 그가 연행됐다.

하지만 그는 "내가 조종했다는 증거를 대라. 그런 증거가 어디에 있느냐?"라고 더 거칠게 설레발을 쳤다. 그는 자신은 빠져나가고 시선을 다른 곳으로 집중시키려고 경찰에게 은밀히 제보를 하나 던졌고, 이에 탄력을 받은 경찰은 계속 집요하게 캐고 파고 들어가며 수사를 하던 끝에 이들이 지난번에 철광의 사주를 받고 11월 20일에 보정동 카페거리에 가 재영의 남친 행전을 붙잡아 새터마을로 가 "노래 연습 하고 싶으면 혼자서 하라, 재영과 갈라서라"고 협박한 악당임이 드러났다.

이틀 지나 다시 조사에 임한 철상은 이를 노렸다는 듯이 "이봐요, 경찰관님, 이거 보시죠. 이들은 일단 저와 전혀 관련 없고요, 지금 이들이 그날 행전을 붙잡아 협박한 증거는 드러나지 않았습니까? 그러니 이번 오디션 마지막 날 참가자 행전을 붙잡아 광교저수지로 간 적도 그런 맥락 아니겠어요?"라며 자신은 아무 관련 없다고 빠져나가려고 몸부림을 쳤다.

결국 자신의 선배인 죽전대학교 무에타이과 철광에게 뒤집어씌우는 형태를 취한다. 다소 복잡한 구조라 다음 기일에 조사한다고 밝히고 배후로 의심을 받던 철상은 일단 풀려났다.

이 사회면 기사를 접한 철광은 속이 부글부글 타들어 갔다. 게다가 하나 두려운 건 이 사건이 알려진 것도 그렇고, 또 철상이 걔들을 어떻게 알고 그렇게 접촉하여 그랬는지 이 모든 것이 이상하게 느껴졌다. 자칫 영복이 당선된 게 트로트 오디션 참가자 이행전을 납치, 감금, 협박을 사주한 혐의 교사범으로 당선무효가 될지도 모른다는 위기감이 드리워졌다.

"어휴~ 저 자식을 봐라. 이젠 다 내게 뒤집어씌우려고 그러네!"

철광은 어제 당선된 영복에게 "철상에겐 당선되면 주겠다고 한 두둑한 금전 선물을 주지 마."라고 조언했다. 그만큼 불쾌하다는 것이다. 화가 치밀어 오른 철광은 곧장 철상에게 전화를 건다. 안 받았다가 끊기자 이번엔 철상이 넣는다.

"왜, 철광 형?"

"야, 너 인마, 지금 뭐 하는 짓이야?"

"하하하. 형, 내가 우연한 기회에 형이 그런 거사를 일으킨 걸 알게 됐다고……!"

"뭐야? 그걸 알게 돼?"

철광은 몹시 당황하며 심장이 멎는 듯했다. 잠시 말문이 막힌 것을 느낀 철상은 "아하! 철광이 형, 너무 그렇게 놀라진 마요. 우리 서로 좋게 좋게 지내면 돼요. 영복 후보와 형이 그 행전이란 놈을 납치한 걸 내가 영원히 감춰 줄 테니까 며칠 전 일어난 광교저수지 사건은 참 미안하지만 형이 사주한 걸로 하고 콩밥 좀 먹으러 들어가요. 그럼 영복 당선자가 백도 있고 돈도 참 많은데, 다 가석방으로 해결해 줄 것 아니겠어요?" 하고 제안 같지만 어쩌면 협박성을 띠는 말을 한다.

철광은 이런 상황 자체가 뭐가 뭔지 헷갈리고 미쳐 죽을 지경이다.

"야, 일단 끊고 생각 좀 해 보자."

철광은 끊고 얼른 영복 당선자에게 전화로 이 사실을 알렸다. 금시 초문이던 영복은 이 내용을 듣고 부르르 살이 떨리기 시작하였다.

"어! 뭐야? 그런 일이 생겼다고? 참, 별일이 다 일어나네!"

영복은 "철광아, 일단 우리 지금 점심때라 밥이나 먹어 가며 대책을 세우자." 하자 "그래, 좋아."라고 철광이 답하고 서로는 풍덕천동 한 식당에서 만났다.

굉장히 당혹스러운 둘은 이 사실을 아는 사람은 둘밖에 없는데 이게 어찌 된 일인지 좀체 괴상하기만 하였다.

"혹시 그들이 걔에게 발설한 것 아닐까? 철상이에게 말이야."

"글쎄. 일단 그 가능성이 높긴 한데, 그 영문을 모르겠네!"

한창 대화 중 갑자기 철상으로부터 카카오톡이 하나 날아온다.

'철광 형 그 어렵고 힘들게 국회의원까지 당선된 형의 친구 최영복 의원인데 괜히 불필요한 일로 당선 무효가 되면 얼마나 마음이 아프겠냐고 그러니 아까 내가 전화상으로 한 말 잘 새겨야 합니다'

이 카톡을 영복에게 보여 주자 그는 "으으으, 이거 봐라. 완전 협박하고 조롱하는 거잖아!" 하며 비통해한다.

대낮부터 술을 퍼부으며 고심에 빠진 두 사람이다. 정확한 내막은 알 길이 없지만 하여간 철상의 막가파 행동이 굉장히 두렵다는 생각이 든다.

철광은 "친구, 내가 그냥 저놈의 요구대로 하고 들어갈 테니 친구는 그냥 가만히만 있으면 돼. 이 상황은 어쩔 수가 없는 것 같아! 갔다 온 후에 저놈을 완전 아작 내 버리자고. 철저히 복수를 해 줘야지."라며 속절없는 현실과 심경을 밝힌다.

"그래, 그럼 철광아, 네가 날 위해 그렇게 희생하는 의미로 들어가 주겠다면, 으으, 진짜 눈물이 난다."

두 사람은 철상이란 놈이 재영에 대한 미련으로 뒤늦게라도 차지하려고 그런 극악무도한 범행을 저질렀다고 판단한다. 괴이한 건 철광은 자신이 아는 죽전대학교 유도학과 출신들을 철상이 어떤 식으로 접촉하여 또 그런 범행을 저지를 수가 있었는지 이런 대목이 사뭇 의구심이 든다.

하여간 엎질러진 물이라 주워 담을 수가 없는 노릇이라 그가 요구하는 대로 하지 않으면 영복의 국회의원 당선이 휴지 조각으로 변할 수도 있는 위기 상황이라 그냥 이번 광교저수지 행전 납치 사건은 철광이 한 범행이라고 자수하기로 입을 모은다.

입에서 소주 냄새가 풀풀 나는 그는 광교파출소로 전화를 걸어 자수의 뜻을 내비쳤다.

"아, 네. 제가 저지른 납치 사건입니다. 트로트미스미스터 1차 예심 마지막 날 이행전 참가자를 제가 배후하여 납치하였습니다. 자수하겠습니다."

"그렇습니까? 그럼 여기 광교파출소로 나오시죠."

"네."

그가 제 발로 허위 자수 하여 가는 모습을 보는 영복은 가슴이 찢기는 고통을 느꼈다. 훗날 어떻게든 친구를 가석방으로 빼내고 교묘한 범행을 저지른 철상을 제거하는 계획을 세운다.

경찰에 도착한 그는 자수한 그대로 재차 밝혔다.

문제는 직접 납치 범행에 가담한 악당들이 어떤 진술을 할 것인가가 초미의 관심사가 될 수도 있었는데, 다들 침묵을 지켰다.

그러다가 며칠 전 트로트 오디션 대기실에서 아무도 없는 틈에 쥐도 새도 한 남잘 접촉하여 거액을 제공하겠다는 약속을 한 터라 그 남자인 금석은 액면 그대로 철상의 말을 믿고 입을 꾹 다물고 있는 중이다. 결국 철광이 트로트 오디션 마지막 날 행전을 납치하고 협박한 배후로 구속됐고, 가담한 일당들도 구속됐다.

특이한 건 이번 사건은 철광과 실행에 옮긴 자들이 예전에 다른 건으로 관련됐지만 이번 사건은 연결이 안 됐어도 공범으로 구속됐다는 점이다. 철광은 그들에게 이번 사건에 대해 은밀히 물어봐도 그들은 꿈쩍도 하질 않는다. 하지만 그는 속으론 어느 정도 예상은 하고 있다. 철상과 긴밀한 공조가 됐음을 말이다. 공포의 납치 사건에서 풀려나긴 했지만 악당들의 온갖 협박 속에서 시간을 보냈던 행전은 두려움의 트라우마와 또 자신의 차례에 노래를 하지 못한 한이 남아 있다.

그를 위로해 주려고 재영이 올해 마지막 날 한 해를 정리도 할 겸 찾아와 많은 이런저런 얘길 꺼낸다.

"야, 행전아, 하마터면 큰일 날 뻔했다. 그놈들 때문에 말이야! 이렇게 무사히 살아나서 정말 천만다행이다. 으으."

잠시 말문이 막혔던 그는 "아니, 그건 그렇고 나는 이번에 우승하여 네게 큰 선물을 주려고 단단히 마음을 먹었는데, 이런 불운으로 이렇게 제대로 노래도 못 해 보고 이 지경이 되어 진짜 미칠 것만 같다." 하며 눈물을 흘렸다.

문득 그의 머릿속에서 떠오른 기억은 그날, 오디션 마지막 날, 조금 긴장된 채로 자신의 차례를 기다리던 중 대기실에 철상이 들어와 그 악당들에게 무언가 사인 같은 걸 하는 장면이 떠올랐다. 소곤소곤거려서 들리진 않았지만 뭔가가 숨은 베일에 감춰진 게 있는 듯하였다.

끝내 그 건을 재영에게 밝히는 행전이다.

"뭐야? 그런 일도 있었다고……? 그렇다면 아무래도 철상이 짓인 것 같기도 한데……. 이건 더 자세한 수사가 필요한 부분인 것 같다."

엄청난 의심을 품게 된 그녀였다. 현재 일단 철상이 가장 의심스럽고, 다음으론 심사위원장 최벽도 여간 께름칙한 게 아니었다. 나열하자면 많긴 하다. 보선에서 낙선된 대광, 당선된 영복, 국민사랑당 대광 측에 몸담았다가 관두고 나가 버린 덕강, 이 모든 남자들이 의심의 대상이긴 했다. 그랬지만 구체적인 점에선 철상이 그날 그 장소에 나타났다는 점이 더 의심됐다.

하지만 어제 사회면 속보에 뜬 내용에 의하면 청렴맑은당 측 철광이 예전 새터마을 건도 그렇고, 이번 오디션 마지막 날 광교저수지 건도 자신이 다 저질렀다고 자수한 걸 보면 혹시 최영복 후보가 배후에 도사리고 있는 게 아닐까! 추측해 보는 행전과 재영이다.

둘은 도무지 어디서부터 어디까지가 문제인지, 뭐가 뭔지 헷갈리고 착잡하기만 하였다.

갑자기 그녀는 울먹이더니 그를 아주 세게 끌어안으며 "내가 내년 3월 어떻게든 트로트미스미스터천국 본선에서 우승하여 네게 우승 트로피를 선물하고 네 한을 풀어 줄게! 내 우승 트로피는 네 것이 되는 거야!" 하자 그도 괴롭고 착잡한 심경에 "그래, 내가 못 한 걸 너라도 해내고 우승하길 바란다."라고 답했다.

"좀 더 경찰 수사가 진행되면 이번에 나를 납치하여 노래를 못 하게 한 주범들과 배후가 드러날 거다. 그때까지 참고 견디겠다. 그 실체가 드러나면 나도 가만히 있진 않을 거야. 할 수 있는 모든 법적 조치를 취할 거다." 하며 분노를 곱씹었다.

둘은 그야말로 암흑 지옥 같은 아주 긴 터널을 빠져나온 심경이다. 계속 함께 있는 시간이 길어져 지금 이 시각 이들은 자신들이 마지막 노래 연습을 하던 그 자리 광교호수공원에 나와 있다. 재영은 주먹을 불끈 쥔다. 어찌 됐든 현재 드러난 범인들은 잡혀 사법처리만 남은 시점이다. 다 잊으려고 노력하지만 좀체 그리 쉽진 않다.

둘은 손을 잡고 유유히 인계동 쪽으로 걸어간다.

한 아늑한 모텔 간판이 하나 보였다. 아직도 분노가 가라앉질 않은 그는 그저 지나치려고 하였으나 재영이 그 간판을 손으로 가리키며 그를 밀고 들어가려 하자 "야, 야, 재영아, 이러지 마! 난 괴롭고 심란한 상태야. 다음 기회에 하자!"라고 거부의 뜻을 표했으나, 완력으로 악착같이 밀고 들어가는 재영이다. 결국 둘은 그곳에 들어가 깊은 관계를 맺게 됐다.

눈 깜짝할 사이에 해가 밝아 2023년 첫날이 왔다. 어제 일기 예보에는 눈이 온다는 말이 없었는데, 새벽부터 함박눈이 제법 많이 내렸다. 하지만 모텔에서 깊은 잠이 든 둘은 이 사실도 모르고 마냥 깊게 자고 있다.

얼마 전 수지 갑 보선에서 당선된 영복은 이제 국회의원 당선자 신분으로 의정활동을 시작하게 됐다. 또 양당의 선거운동원들은 선거가 끝났으니 이젠 올 3월에 치러질 한국 최대 종합격투기 대회에 매진할 계획을 세운다.

또 이번 트로트미스미스터천국 1차 예심을 통과한 그녀들은 더욱 더 가열차게 노래 연습을 하여 3월에 치러질 본선에서 입상하고 더 큰 욕심을 부려 우승의 트로피까지 거머쥘 비장한 각오를 다졌다. 시기가 동일하게 맞물리고 있다.

작년 그랬던 그대로 노자는 노자대로 혼자 하고, 새롱, 란조는 둘이서 콤비가 되어 하고, 채비는 채비대로 혼자 하는 형태다. 재영은 행전과 콤비이긴 하지만 범행의 피해로 참가 자체가 불발되어 본선에 갈 수가 없어 그는 그저 그녀가 하는 걸 옆에서 지켜보며 어느 정도 조언해 주는 정도로 그쳐야 할 운명이었다.

역대 보선치고 유난히 치열하게 치러진 작년 연말 26일 선거의 열기가 차츰 식어갈 즈음, 아쉬운 석패를 당한 국민사랑당 전대광은 새해 첫날을 맞이하여 본업인 시나리오 작가로서 시나리오를 구상하기 위해 홀로 배낭여행을 떠난다.

특별한 목적지 없이 그저 자신의 집 수지 동천동 자이 2차 아파트에서 나와 신분당선에 몸을 싣고 경기대역으로 향한다. 광교산 정상에 올라가 보리라! 마음먹는다.

측근 중의 측근 오른팔 격인 진갑에게서 카톡이 날아왔는데 '작년 선거에서의 아픔과 상처를 잊고 새해 유쾌, 상쾌, 통쾌하길 바랍니다'라는 아주 짤막한 한 줄이다.

'그간 감사드립니다 배 형도 올 한 해 좋은 일만 가득하시길 바라요'라고 짧게 답했다.

진갑은 이번 3월 한국 최대 격투기 대회에 참가할 것인지 말 것인지 고심 중에 있다. 새해 36세라 스피드 면에선 다소 무뎌진 게 사실이다. 그래도 죽전대학교 유도학과 출신이라 근력과 그래플링 기술은 살아 있다. 작년 보선 운동 하기 전까지 타격을 꽤 보강했던 터라 한번 해 볼 만한 게임이 될 수도 있다.

작년 11월 15일, 전 후보와 죽전동 8595 라이브카페에 들러 선거 로고 송 주문 제작 시에 재영을 놓고 설전이 벌어지면서 격분이 포화되어 선거 캠프에서 이탈하고 나가 버린 덕강은 그 후로 줄곧 성복역 부근 킥복싱 아카데미에서 피나는 훈련을 해 온 상태라 기량이 배가 됐다.

그는 그 당시 며칠 더 지나 재영을 잊질 못하고 찾아갔지만, 열매를 얻질 못하고 실패하자 그녀를 납치하고 협박하는 행동까지 서슴지 않았다.

그녀의 완강한 거부로 그도 마음이 약해져 포기하고 돌아서긴 했지만 말이다. 그 후로 한동안 잠잠하다가 12월 첫날 라이벌들을 그냥 묵과하진 않을 거라는 협박성 글을 올린 일이 있다.

그 뒤, 그도 얼마 전 끝난 보선의 결과를 예의 주시 하고 있었다. 사실 그 누가 당선되든 재영을 놓고 크게 한번 붙어야 하는 인간들이라 누구의 당선은 그에겐 그리 큰 영향은 없다.

오늘 새해 첫날 그는 또다시 객기와 만용이 싹터 그때와 같은 글을 재차 올린다.

'난 이것저것 다 지켜봤다 난 한 여자를 좋아하면 절대 포기하지 않는다 그저 잠시 쉬고 싶을 뿐이다 왜냐하면 내가 3월 초 한국 종합격투기 대회 헤비급 챔피언이 될 것이고 그 후 차재영에게 예전보다 더더욱 세찬 공격으로 내 애인으로 만들고야 말 것이다 각오하라 눈엣가시들 최영복, 전대광, 이행전, 김철상'이라고 선전 포고와 함께 타깃인 실명까지 거론해 버린 묻지 마 도발이었다.

이 글을 접한 4명은 다 각자 상당히 불쾌하고 경악스러움을 감추지 못했다. 특히 이번 오디션에 사건으로 참가하지 못한 행전은 더욱더 혈압이 오르고 있었고, 호시탐탐 재영을 다시 차지하려는 궁리를 이어 가는 철상에게도 마찬가지였다.

국회의원에 당선된 영복은 그래도 마음은 한결 평온한 상태였지만, 이런 글이 기분이 좋을 수는 없다. 대광은 이젠 고요히 시나리오를 준비하며 낙선의 아픔을 잊으려고 애를 쓰는데, 상당히 심기가 사나워지고 있다.

3명은 그저 가만히 상황을 지켜보며 앞으로 대응책을 수립하는 쪽으로 시간을 보내고 있지만 철상은 이에 대해 즉각 반응을 내비쳤다.

'그래 관계망 글 잘 봤다 조덕강? 한동안 뜸하더니 겨우 한다는 게 협박성 글 올리기밖에 없는가? 그럼 이번 3월 초 격투기 대회에서 나와 작렬히 한판 붙자 난 체급이 미들급이긴 하지만 너와 붙기 위하여 헤비급으로 두 체급이나 올리겠다 라이트헤비급도 있으니 말이다 난 무슨 여자 하나 놓고 이처럼 지저분하게 물고 늘어지는 놈들은 그냥 묵과할 순 없다 각오하며 기다려라?'

즉각 반응을 보인 그에게 덕강은 자신도 곧바로 화답 차 즉답으로 응수하였다.

'참 빨라서 좋다 넌 죽전대학교 무에타이학과 출신 난 죽전대학교 유도학과 출신 그렇다면 무에타이 대 유도의 대결이란 말인가? 그래 유도의 힘을 보여 주겠다 단 넌 초크로 목이 졸리는 순간 탭 쳐도 난 놓지 않으리라! 왜냐하면 숨통을 끊어 놓을 것이기 때문이다 자칫 죽음을 맞이할 수도 있다 이 글을 보고 다소 두렵다면 지금이라도 포기하고 도망치든가 그냥 각오하든가 크큭'

철상도 이 글을 보고 'OK'라고 짧게 넣고 이 시간 후로 절대 너절한 글 전쟁은 피하고 맹훈련에 들어가려고 정자역 5번 출구 위치한 슈트박싱으로 도장을 옮기고 구슬땀을 흘렸다.

얼마 있으면 지난달 트로트 오디션 마지막 날 참가자 행전을 납치, 감금, 협박한 범인들의 재판이 열릴 예정이다.

일단 청렴맑은당 측 본부장 철광이 모든 총대를 메고 구속된 상태인데 앞으로 최종적으로 어떤 결론이 날지 알 수가 없다.

그 범행에 가담한 일당들은 구치소에 구속된 채로 가족들의 면회가 오면 수시로 거액의 금액을 건네기로 약속한 교사자 철상으로부터 금액이 들어왔는지 확인하기 시작하였다.

그 당시 가담자들은 자신들의 가족들의 계좌를 알려 주고 이곳에 넣어 달라고 부탁해서이다.

문제는 가족들은 "그런 돈이 들어오질 않았다"고 말했다.

그러자 그들은 발끈하기 시작하였다.

"뭐야? 돈을 안 넣어? 이 자식 봐라. 이거 안 되겠는데."

벌써부터 그들은 철상을 가만두면 안 되겠다는 보복심이 싹텄다.

부글부글 끓어오르는 감정이 폭발할 즈음, 첫 재판 기일이 도래하게 됐다. 피해자 이행전에 대한 가해자 중 교사범인 반철광이 입장하고, 범인 여럿도 입장하게 됐다.

시작된 재판에 가해자 중 범인들은 한결같이 김철상이 사주한 대목을 여과 없이 그대로 발설했다.

법정에 모인 모든 관계자들은 깜짝 놀라며 아연실색하지 않을 수가 없다. 특히 반철광이 더욱더 깊은 충격 속으로 빠져든다. 철광도 철상과 긴밀히 내통된 내용이 있긴 한데, 이 특급 비밀은 절대로 발설할 순 없는 노릇이었다. 왜냐하면 청렴맑은당 최영복 당선자의 정치 생명이 걸린 문제이기 때문이다.

속으론 '아니, 그 철상이란 놈이 이 사람들을 시켜 그랬단 거잖아! 그래 놓고 그 전에 나와 내 친구 영복의 약점 하나를 잡아 놓고 이걸 무마 대가로 내게 총대를 메게 하고 뒤집어씌워 버린 것인지……!' 하며 이를 바득바득 간다. 이제야 대략 사건의 윤곽이 잡히기 시작하였다.

첫 재판은 종결됐고 이 내용이 기사화되자, 철상은 그야말로 완전 독 안에 든 쥐 신세가 됐다.

지금 한창 야탑역 5번 출구 위치한 슈트박싱에서 덕강을 쓰러뜨리려고 체급까지 두 체급이나 올려 가며 맹훈련 중인 철상은 이 보도를 접한 뒤 심한 충격으로 몸이 흔들거렸다.

그가 그들과 약속한 그대로 그들의 가족들에게 일종의 보상금 명목으로 금액을 건넬 수 없었던 것은 애초 영복이 당선되면 자신에게 주기로 한 거액의 선물을 주지 않는 바람에 현재 돈이 없어서이다. 그래서 현재 계속 달라고 요구하는 중인데, 영복이 지급하질 않는다.

까닭은 자신의 절친 철광의 조언도 있고, 그가 철광을 궁지로 몬 것 같은 느낌이 들어서 그랬다.

철상은 완전 미쳐 죽을 지경이다. 급기야 곧바로 그는 트로트 오디션 마지막 날 이행전 납치, 협박 교사범으로 경찰에 연행됐다.

그가 연행되자 관련자 철광도 그렇고 영복, 덕강, 대광, 행전, 재영 등 그를 아는 사람들은 살이 떨리듯 오싹한 두려움이 밀려왔다. 특이한 건 이번 건은 그렇다 치고, 지난번 사건인 11월 20일 새터마을에서 일어난 이행전 납치, 협박 사건은 영복, 철광, 그리고 현재 이번 건으로 재판 진행 중인 가담자들이 한 범행인데, 이 대목은 베일에 감춰질 수가 있다. 하지만 철상이 이 대목을 자세히 알고 포착한 상태라 그냥 넘어갈 이유가 없다. 자신만 사법처리 되어 구속된다는 것은 억울하기도 하기 때문이다. 즉, 어차피 이렇게 된 마당에 너 죽고 나 죽고 식의 물귀신 작전으로 들어갈 수밖에 없다.

그가 광교경찰서에 가 조사받는 도중, 한창 선거운동 기간이었던 11월 20일에 최영복 후보와 반철광 선거본부장이 모의하여 아는 사람들을 시켜 이행전을 새터마을로 납치, 감금, 협박한 일이 있었다고 대대적인 폭로를 해 버렸다.

"경찰관님, 아무리 한 여자를 짝사랑한다고 하더라도 명색이 국회 의원 보궐선거에 나온 사람이 사람들을 시켜 그 여자의 남친을 붙 잡아 같이 노래 연습 하지 말고 혼자서 하라고 협박했다는 것은 도 저히 있을 수 없는 심각한 범죄 행위입니다. 최영복 당선자와 반철 광 본부장을 고발하겠습니다. 증거도 확보됐습니다."라고 낱낱이 밝 혔다.

이로써 급반전되는 상황을 맞는다.

증거를 들이대자 이젠 꼼짝없이 당선자 영복, 본부장 철광은 법정 구속을 면할 길이 없게 됐다.

그 후 청렴맑은당 최영복 당선자는 속절없이 단연 당선 무효형을 선고받게 됐고 위계에 의한 특수협박죄 교사범으로도 구속을 피할 수가 없게 됐다.

어쩌면 특수협박죄에 있어서 가담한 범인 일당들이 철상과 약속 한 대로 입을 다물고 있으면 문제가 없으나, 돈 문제가 걸렸고, 이에 열받아 위기에 몰린 철상이 다 모조리 불면서 추풍낙엽이 되어 버 린 형국이다.

자신의 상대 후보였던 영복이 법정 구속 되자 대광은 기쁨과 희열 보다는 무슨 정치판이 이토록 지저분하고 추한가! 하는 것을 느끼 며 자신이 이번 보궐선거에 참가한 자체가 심히 회의를 느끼기 시작 하였다. 같은 물이 된 것 같기 때문이다.

'참 나! 나도 한때 저 재영이란 예비 가수를 엄청 좋아하고 짝사랑 하긴 했지만, 무슨 사람들을 시켜 특수협박을 하고 그렇진 않았는 데, 저 녀석은 여자를 잡으려고 여자의 남친을 납치, 협박을 하게 시 키는 악랄한 인간이다. 정말 해도 해도 너무하는 놈이구나!' 하며 곱씹는다.

시나리오 작가 출신인 대광은 정치판의 비열함을 직시하며 앞으로 더 이상 이런 업종에 미련도 관심도 다 버리고 홀로 겨울 산행을 하고픈 충동에 사로잡힌다.

어디로 갈까, 한참 생각하던 중 그리 멀리 가고 싶진 않았기에 경기도 이천 쪽 설봉산이 문득 머리에 스쳤다.

배낭을 멘 채 떠난다. 실체가 드러나자 피해 당사자 행전도 그렇지만 특히 그의 여자친구 재영의 충격도 상당했다.

한 번은 영복에게서 납치됐고, 한 번은 철상에게서 당했다. 2번이나 그런 참극을 겪은 행전을 생각하니 눈물이 흐르며 흐느끼기 시작하였다.

다 굉장한 충격이긴 하지만 그중 철상이 저지른 납치 배후가 더더욱 그녀의 마음을 아프게 했다.

"야, 행전아, 난 말이야, 철상이란 자식은 진짜 죽여 버리고 싶다. 난 그 자식과 8년이나 동거를 한 사이다. 난 걔를 끝까지 좋아하려고 했지! 그런데 걔가 날 싫다고 별안간 도망친 거다. 그래 놓고 지금에 와 이게 무슨 짓이야? 행전이 널 아프게 하고 있잖아? 으으으."

재영이 흐느끼자 지켜보는 행전도 마음이 괴롭고 아프다.

살며시 재영의 허리를 감싸며 "야, 재영아, 이젠 그놈들 다 구속됐으니 우리도 잊을 건 잊으려고 노력을 하자! 사실 내가 대학생 때 널 엄청 좋아하긴 하면서도 소심한 탓에 뒤에서 관망만 한 게 후회스럽고, 또 최근 일어난 일들은 참 미칠 것만 같지만 마음을 비우려고 노력을 하려고 하지. 사실은 내가 트로트 오디션 본선에서 우승하여 그 트로피를 네게 선물하려고 마음먹었던 거야. 이젠 참가 자

체가 안 되는 기가 막힌 일이 벌어져 현실성은 없지만 말이야!" 하고
위로하였다.

"고맙다. 하지만 이젠 넌 노래를 할 수가 없잖아? 그놈들의 덫에
걸려서 말이야! 나라도 우승하면 네게 우승 트로피를 안겨 줄 거다.
기다려라, 행전?"

"……."

그가 침묵을 지키자 위로 차 그녀는 그를 꽉 끌어안는다.

이들이 서로의 아픔과 상처를 어루만지며 조금씩 조금씩 치유되
어 가는 즈음, 난데없이 이번엔 심사위원장 최벽이 무지막지한 객기
와 만용을 부리기 시작하였다.

그는 자신의 페이스북에 장문의 글을 하나 올렸는데, 심각한 스
토커 수준이었다.

그는 오디션 첫째 날도 재영이 노래를 마치고 들어가는데 갑자기
마이크를 움켜잡고 "아하! 역시 앞으로 제 아내가 될 차재영 참가자
는 너무 노래 가창력이 좋아요. 그렇다고 백이 작용하진 않습니다.
엄정한 심사는 진행 중입니다." 하며 엄지 척을 세운 일이 있다.

그런데 오늘은 한술 더 떠 오디션 하기 며칠 전에 한 낯선 여자가
풍덕천동 버스 정류장 앞에 있는 카페에서 최벽과 재영이 그달 초순
에 서로 손을 잡고 있는 장면을 동영상을 찍은 걸 인스타그램에 올
린 일이 있었는데, 이것을 공유하며 굉장히 악의적인 발표를 해 대
기 시작하였다.

'이것을 보십시오 이게 바로 1번 참가자 차재영과 제가 결혼을 약속한
사이라는 결정적인 증표입니다 사랑의 이름표라고 해야 할까요'

최벽이 지금 이런 무리수를 두는 배경에는 요즘 한창 뒤숭숭한 재

영과 행전을 사정없이 뒤흔들어 깨지게 하고 자신이 그 틈으로 들어가 그녀를 사로잡으려는 발로이다.

그의 이런 원동력은 그날 그 카페에서, 그녀의 눈빛과 몸짓이 왠지 자신을 갈망하는 듯한 걸 포착했기 때문이다.

이날은 재영과 행전이 모처럼 양평으로 겨울 여행을 떠나며 심기를 새롭게 다지고, 갔다 온 후에 앞으로 남은 오디션 본선 날까지 그가 지극정성으로 코치를 하겠다는 결의와 새로운 마음을 다지는 장을 열기 위함이다.

둘은 콜택시를 불러 한참 가다가 차 안에서 그녀가 이것저것 폰을 보는 과정에 최벽이 올린 페이스북과 인스타그램을 보게 되는 순간을 맞는다.

갑자기 심장이 멎는 듯 뜨끔거린다.

"으으, 야, 행전아, 이거 봐, 이거. 심사위원장이었던 우리 대학 교수 출신 최벽 말이야, 이게 또 무슨 지랄이야?"

"어! 뭐? 뭔데 그래?"

행전도 그걸 보게 됐다. 오디션 며칠 전 한 낯선 여자의 인스타그램 때문에 행전도 그 당시 재영과 최벽 사이를 엄청나게 의심하고 그랬는데, 지금 이 순간 최벽의 글은 더더욱 자극을 받을 수밖에 없는 기분이다. 게다가 오디션 첫날 방송으로 생중계되는 중에 최벽이 마이크를 잡고 재영이 자신의 아내가 될 거라고 호기를 떨며 내뱉은 말도 어마어마한 수준이었다.

문득 다시 그 당시 불쾌감이 회상되는 순간을 맞는다. 그런데 지금 그가 또다시 같은 글을 올렸다는 게 괴이할 뿐이다. 차 안이라 택시 기사가 있어 최대한 말을 아끼려고 침묵을 지키는 그였다. 기사가 들어서 좋을 게 없기 때문이다. 방송을 타는 문제라 그랬다.
양평에 도착하자 정오가 됐다. 내려 식당가를 찾아 들어간 후 차근
차근 그 대목을 묻는 그였다.

"재영아, 아무래도 너무 이상하다. 그 심사위원장, 우리 대학 교수
출신 말이야. 그렇게 만천하에 자신과 너의 열애를 공포하고 난리를
치는데, 그 저의가 뭘까? 뭐! 대충 느낌은 오지만 말이야. 지난번에
내가 널 의심하고 오해하여 화를 낸 건 미안하게 생각한다."

"……."

그녀가 침묵을 지키자 다시 "그때 네가 말한 그 해명은 난 100%
믿어. 이제부턴 심사위원장 최벽의 헛소리를 막아야 할 과제를 안고
있다."라고 행전이 말한다.

"행전아, 3월 본선까지 시간이 있으니까 우리 그 사람을 찾아가
확실하게 눌러 놓자고. 그러지 못하게 말이야. 앞으로 이런 식으로
계속 그러면 명예훼손죄로 조치를 취하겠다고 으름장을 놓는 거야."

"그래, 그거 괜찮은 방법 같아."

아까 최벽의 객기의 의도는 자신이 자꾸 이렇게 하여 남친 행전이
제 풀에 꺾여 나가떨어지게 하려는 전략이다.

밥이 나와 먹기 시작하다가 문득 그녀는 지금 어느 정도 공격을
퍼부어야겠다는 충동에 사로잡힌다. 식사를 마친 둘은 밖으로 나가
옆 건물 카페로 들어갔다.

들어가자마자 재영은 아까 최벽이 올린 페이스북과 인스타그램에
대해 맞받아치는 글을 올렸다.

'심사위원장 최벽 님 지금 뭐 하자는 겁니까? 나는 당신의 접근을 용납
할 순 없습니다 교수님 사법처리 당하고 싶지 않으면 더 이상 그러지 마

세요 우리는 한때 죽전대학교 트로트과 교수와 제자로서 좋은 사제지간으로 기억되길 기원합니다 부디 앞으론 공적인 심사에만 집중하여 주시길 바랍니다 이게 바로 시청자와 가요 팬들에 대한 예의이기도 합니다 나는 지금 이번 납치 협박 사건으로 당일 참가하지 못한 이행전과 뜨거운 데이트를 하는 중입니다 자 이 사진과 영상을 보십시오 여기는 양평 사랑의 유원지입니다'

이런 글과 함께 카페 안에서 바짝 붙어 앉아 서로 키스를 하는 장면을 사진으로 올리고 동영상까지 찍어 올리는 엽기를 발휘하였다.

이런 초강수를 쓰는 저변에는 더 휘말리며 세인들이 그의 객기와 광기가 사실인 줄 알고 기정사실화할 수가 있기에 미연에 차단하는 포석이다.

지금 이 순간, 최벽은 심장이 뜨끔거렸다.

이제 둘은 제대로 그의 기를 꺾었다고 여기고 마음 편히 데이트를 이어 갔다.

재영은 무척 호기로운 공격을 퍼붓고 보란 듯이 행전에게 이 사항을 알렸다.

"야, 행전아, 이젠 더 이상 나에 대한 쓸데없는 오해는 없길 바란다. 넌 성격이 너무 예민하고 까다롭다는 게 문제라면 문제야. 우리가 앞으로 결혼을 하면 별별 일들이 다 일어날 텐데, 넌 영락없이 100% 의처증 환자의 전형이다. 킥킥."

"그래, 너무 미안하다. 내가 너무 속이 좁았던 것 같아! 이젠 앞으로 괜한 엉뚱한 생각은 다 버리고 트로트미스미스터천국 본선 날까지, 네가 우승의 트로피를 거머쥐는 그 순간까지, 난 전력 질주를 하련다."

그가 진심을 드러내자 재영은 너무 감격하여 몸 둘 바를 몰라 갑자기 더 세게 자신의 입술을 그의 입술에 대고 꾹꾹 누르고 한참 유지하고 있다.

이런 최벽과 재영의 사회관계망 공방에 대해 수많은 트로트 팬들은 우려와 경악을 금치 못한다.

예술과 문화의 신성한 본향 가요 장르인 트로트대축제가 이상하게 변질되는 상황에 대한 안타까움을 금치 못하겠다는 댓글들이 우후죽순으로 올라왔다.

이날은 최벽이 도발을 감행했다가 본전도 못 찾고 퇴각하는 쓸쓸한 시간을 맞았다. 문제는 재영은 겉으론 이래 놓고도 속으론 최벽에 대한 향수를 느끼곤 한다는 것이었다. 사실 죽전대학교 트로트과 학창 시절, 최 교수를 흠모한 적이 있어서이다. 그러나 지금 그런 아련한 향수에 휘둘리면 난리 나게 생겼다. 최벽도 최근 집중하여 호기를 부리는 이유는 그가 느낄 때 왠지 재영이 자신을 바라보는 표정이 예사롭지가 않기 때문이다. 뭔가 직감이라는 게 작용한다. 그녀가 겉으론 표현을 못 하지만 왠지 자신을 동경하고 있을 것 같은 직감이 든다.

최벽의 호기가 앞으로 어느 정도 작동할지 알 수가 없다.

며칠 지나자 이런 사회관계망 공방에 대해 재영의 친구들이 들썩거리기 시작하였다. 란조, 새롱, 채비, 노자 4명이 본능적으로 죽전대학교 트로트과 옛 교수 최벽을 감싸고 돌고 싶은 충동으로 빠져든다. 그녀들은 대착각 중이었는데, 그렇게 하면 자신들에게 뭔가 가산점이 작용할지도 모른다는 기대감이 싹텄다는 것이다. 트로트 오디션도 결국 사람이 하는 일이라 뭐니 뭐니 해도 심사위원장에게 잘 보이면 박빙의 승부에서는 손을 들어 줄 수도 있으리라는 기대 심리가 작동하기 때문이다. 란조와 새롱만 극빈층이라 둘이서 같이 연습하고, 채비와 노자는 각각 연습하는 중인데, 너무 희한하게도 이들 다 비슷한 시점에 최벽을 옹호하고픈 충동에 사로잡혔다는 것도 참 기이한 일이다. 1월 23일 월요일이 되자 새롱, 란조는 너무 추워 야외 연습을 포기하고 실내 카페로 들어가 잠시 쉬는 틈에 최벽을 옹호하며 친구 재영을 까는 글을 페이스북에 올렸다.

'우린 일련의 사건들에 대해 뭐가 뭔지 알 수가 없습니다 왜 신성해야만 할 트로트 축제가 이토록 변질됐는지 심히 개탄스럽기도 합니다 종합해 볼 때 저희 친구 재영의 이중성격이 드러나는 대목이라 하지 않을 수가 없습니다 우리의 기억으로는 친구는 학창 시절 최 교수님을 좋아하는 것 같은 행동을 정말 수도 없이 했던 것 같습니다 또 지난 풍덕천동 정류장 뒤 카페에서 보인 그 장면도 그 누가 봐도 연인으로 생각할 수 있는 장면임에 틀림없습니다 이행전과 최 교수님 양쪽을 걸고 양다리를 걸치는 듯한 느낌 좀처럼 떨쳐 낼 수가 없습니다 친구야 더 이상 교수님을 힘들게 하지 않길 바란다'

이들은 친구 재영에 대한 악감정이라면 자신들이 행전을 좋아한 적도 있는데, 그에게 선택을 못 받자 억지를 부리는 것이다. 행전과 최벽 교수의 피 튀기는 싸움을 조장하여 다 깨져 버리게 하려는 저열한 꼼수가 작동한다. 이 글이 알려지자 재영과 행전은 진짜 죽을 맛이었다.

"야, 행전아, 친구들마저 이렇다. 정말 남녀 관계란 피도 눈물도 없는 것 같다. 영원한 적도 동지도 없는 것 같아! 어떤 사람들은 정치는 피도 눈물도 없다고 하는데, 난 정치보다 남녀 관계가 더 심한 것 같아! 이거 봐, 내 친구들이 한 짓을 말이야."

가슴이 착잡한 그였다. 심한 충격에 낙담한 채 아메리카노를 마시고 있다가 다 먹고 일어나 재영의 노래 연습을 도와주려고 어디론가 실내로 들어가야 할 처지에 놓인 그에게 또다시 청천벽력 같은 소식이 왔다.

채비도 거들고 나오는 것이다. 채비는 이모 단비의 라이브카페에서 연습하는 상황이라 여건이 최상이다. 채비는 이렇게 올렸다.

'원래 엉큼한 여자는 좋아도 좋다고 하지 않고 속으로 꼴만 보다가 결정적 기회가 오면 물불을 가리지 않고 막 주지!'

보기에 굉장히 저속적인 느낌 좀처럼 지울 길이 없다. 아까 란조, 새롱에게서 궤변의 글이 날아와 충격이 상당한데 엎친데 덮친 격으로 채비마저 이래 버리자 재영, 행전은 몸이 비틀거리기 시작하였다.

"야, 야, 야, 행전아, 이년들 완전 미친 거 아냐? 이것들 완전 굶주린 여우들 같다. 지들이 선택을 받지 못하니까 별별 지랄을 다 떤다. 글쎄, 이것들을 어떻게 눌러 놔야 할까? 참, 남녀 관계가 이렇게 추잡한 줄이야! 시기하고 질투하고 시샘하고 배 아파하고, 이게 뭐야! 무슨 정글의 법칙이야? 하이에나를 보는 것 같다."

심적 데미지를 받고 우왕좌왕하며 정오를 넘겼는데, 오후가 되자 마치 십자 포화, 융단 폭격을 퍼붓듯 이번엔 노자가 조롱투로 최벽과 재영의 사이를 파고들어 왔다. 오늘 일련의 재영의 친구들의 공습은 마치 심사위원장 최벽에게 아부하는 그런 느낌이 세게 들었다. 친구의 입장이나 의리 이런 건 안중에도 없어 보였다.

게다가 친구들 새롱, 란조는 불난 집에 휘발유를 뿌리는 격으로 실제 하지도 않았던 허구의 글을 서슴없이 올려 버렸다.

'예전에 재영이는 죽전대학교 트로트과를 다닐 때 늘 했던 말이 있었다 어느 날인가 구질구질 비가 오던 날 노래 연습을 마치고 우리는 막걸리와 해물파전이 떠올라 보정동 카페거리 전집으로 술을 먹으러 간 적이 있었지 그날 재영은 우리에게 "우우! 난 우리 과의 교수님을 너무너무 사랑하고 좋아하고 있지 하지만 뭐라고 표현하고 싶긴 하지만 용기가 나질 않아 뭐라고 말을 못 하겠다 너희들이 나 대신 말해다오!"라고 외친 게 기억난다'

이런 글을 올렸다.

11

사랑의 휘발유

마치 서로 짜고 약속이라도 한 듯 몇 분 지나자 채비가 '교수님은 워낙 정직한 분이라 그냥 그런 글을 올리진 않았을 것 같다 재영이 뭔가 의사 표시를 했을 것 같다 좋아한다고' 이런 글을 올린 후 불과 몇 분 지나자 노자가 거들었다.

'말로만 행전을 좋아한다고 떠벌려 놓고 은근슬쩍 최벽 교수까지 좋아하다니 너무 엉큼한 친구'

완전 조롱과 비아냥의 극치였다.

설상가상으로 치닫는 행전과 재영이다. 위기를 모면하고자 "재영아, 원래 큰 과업을 이루는 일에는 저렇게 똥파리들이 끼어 있는 거야! 신경 쓰지 말고 우린 최선을 다해 노래에 전념하자."라고 그가 말하며 살며시 재영을 끌어안는다.

눈물이 핑 돌며 "그래, 쟤들은 참 웃긴 애들이지. 쟤들은 예전 보선에 나왔던 후보들을 좋아하기도 하고 너를 좋아하기도 했다. 내가 쟤네들에겐 걸림돌이었지. 남자들에게 인기를 끌지 못하다 보니 이젠 막 나가는 거야!"라며 화답하는 그녀였다.

"뭐야? 걔들이 나를 좋아했다고……?"

그는 재영의 친구들이 자신을 좋아했었단 말에 놀라움과 경악을 금치 못했다. 요란한 십자 포화, 융단 폭격에 정신이 하나도 없지만 심사위원장 최벽에게 잘 보이려고 별짓을 다 한다고 여기며 둘은 마인드 컨트롤을 시도했다. 오늘 하루 무척 찝찝하고 불쾌한 감정을 지우려고 둘은 야밤 포차에 들어가 소주와 닭똥집을 먹었다.

오늘 같은 일들이 더 이상 일어나지 않을 거라고 굳게 믿고 싶었다. 실력으로 트로트 오디션 본선에서 재영이 우승만 하면 될 거라고 서로는 야심을 불태웠다.

밤사이 아무런 일이 발생하지 않기를 바랐건만, 여의치 않았다.

채비는 늦은 밤 시간, 자신의 연습장 라이브카페에서 이모 단비에게 재영을 골탕 먹일 방법에 대해 의논하는 모략을 짜고 있었다. 채비가 이성을 잃고 묻지 마 광기를 발휘하는 저변에는 애초에 행전을 좋아하다가 실패하고 수달을 좋아하였지만, 이 또한 불발되어 괴로움에 빠졌고, 수달이 란조에게 가 버린 현실이 엄청난 충격과 상처로 남았기 때문이다. 행전이 재영으로 굳어진 현실도 채비에게 모두 다 악몽으로 남는다.

날이 밝자, 이모 단비는 아직까지 구체적인 전략을 세우지 못한 탓에 더 많은 아이디어를 짜내려고 바람도 쐴 겸 운동차 탄천으로 나가 제법 빠른 걸음으로 걷는다.

그랬으나 아무리 돌아다녀도 이렇다 하게 묘수가 떠오르진 않았다.

다시 돌아와 죽전동 러버하임아파트 집으로 향했다. 엘리베이터에 오르려는데, 심사위원장 최벽이 반찬을 사 들고 엘리베이터에 오르고 있다.

단비는 깜짝 놀라며 "어! 최벽 교수님이 왜 여기에……" 하고 엉거주춤한 자세를 취한다.

그녀는 그와 대화를 나눈 적은 없지만 예전 그가 트로트 가왕이던 당시 그의 음반을 거의 매일 듣다시피 할 정도로 팬이었다. 또 조카 채비가 다닌 대학의 교수라는 것도 아는 처지라 느껴지는 게 남다르다.

그는 그녀를 잘 모르기에 "아! 누구시죠? 저를 압니까?"라고 묻는다.

"이히히히, 그럼요. 알죠. 트로트의 황태자 최벽 가수님 아니십니까? 우리 채비도 죽전대학교 트로트과를 나왔습니다. 이번에 본선에 올랐지요. 제가 채비의 이모 됩니다. 우하!"

"어! 그래요? 그럼 반갑습니다. 그런데 이 아파트에 사세요?"

"아, 네. 25층에 살고 있지요."

"아, 그래요. 저는 24층에 사는데 어떻게 오르내리다가 한 번도 본 적이 없는지 모르겠네요."

그녀는 문득 최근 불거진 그의 관계망 글과 재영이 맞받아치는 글을 본 게 떠올랐고, 어젯밤 채비에게서 전해 들은 내용 같은 게 떠올랐다.

실로 위험천만한 작전을 논의하는 그녀였다.

"잠시 대화를 나눌 수 있을까요, 교수님?"

"네, 그러시죠."

"여긴 조금 그렇고, 다른 곳에서 은밀히……."

최벽의 주장에 힘을 실어 줘 재영을 옴짝달싹 못하게 하겠다는 단비의 저의로 전략을 말한다. 단비가 목격한 바에 의하면 재영이 러버하임아파트로 최벽의 손을 잡고 들어가는 장면을 봤다고 증언하는 것을 골자로 한다. 그러면 최벽이 완전 날개를 달게 된다.

그야말로 완전 맹폭이다. 이 전략을 전해 들은 그는 조금 움찔하기도 하면서 한편으론 재영을 잡아내야만 하는 절체절명의 승부처라 꽤 비겁한 방법도 솔깃하게 느껴졌다.

"글쎄요. 채비 이모님이 그렇게까지 무리를 하여 저를 도와주신다는 건 너무 고맙긴 하지만, 재영이가 그냥 넘어가진 않고 발악을 떨며 법적으로 가겠다고 난리 치면 이모님이 위험하지 않을까요?"

"네, 그렇긴 한데 그걸 대비하기 위해 그냥 '그런 것 같다.' 정도로 하고 걔가 발악을 떨면 내가 잘못 본 것 같다고 하면서 쓱 빠져 버리면 되지 않겠어요? 나는 어떻게든 교수님을 돕고 싶습니다. 하하하."

"아니, 그렇긴 한데, 마음은 감사하지만 어째 좀 그렇군요."

"교수님, 이런 무리수를 쓰지 않으면 교수님이 재영을 잡기가 쉽지 않고, 걔는 남친 행전이와 날이 갈수록 견고하게 됩니다. 수단과 방법을 가리지 않고 뒤흔들어 그들의 사이가 깨지게 해야 합니다. 그런 후 교수님이 낚아채면 만사형통이지요. 오호호호."

그러자 그도 회심의 미소를 지으며 고개를 끄덕거렸다.

그런 뒤 둘은 각각 러버하임아파트 24층과 25층으로 들어갔다. 단비는 집에 들어가 별별 궁리를 다 하다가 자신이 직접 나서면 조카 채비가 의심을 받을 수가 있어서 조카를 보호하는 차원으로 자신이 직접 나서지 않고 절친 하나를 끌어들이려고 물색을 이어 간다.

이 아파트 11층에 사는 절친 화미에게 의뢰하였다. 푼수 같은 화미는 흔쾌히 받아들여 액면 그대로 사회관계망에 올렸다. 삽시간에 퍼지자 재영은 미처 죽을 만큼 충격을 받게 됐다.

휘몰아치는 악담에 행전도 충격에 휩싸이며 진짜 이게 현실인가! 하는 강한 의구심에 빠져든다. 러버하임아파트 입주민 화미의 만용이 이어진 뒤 이 글을 접한 란조, 새롱도 깜짝 놀라며 "야, 야, 재영이 저런 애였다. 저렇게 엉큼한 년이 행전이 지 유일한 사랑이라고 그때 그 사랑을 찾아간다고 자랑하고 떠들었지?"라고 란조가 말하자 "이히히히, 웃긴다."라고 새롱이 답했다.

이들은 잠시 노래 연습을 멈추고 자신들의 남친들에게 이 사실을 알리고 공조하여 재영을 괴롭히는 것에 대해 의견을 일치시켰다. 란조는 남친 수달에게, 새롱은 남친 정환에게 도움을 요청하였다. 내용은 아까 러버하임 입주민이 한 내용에 대해 동일한 증언을 퍼붓는 것을 골자로 한다.

수달, 정환은 다른 특별한 글을 올리진 않고 아주 짤막하게 '내 여친의 주장이 맞다' 정도로 굵고 짧게 공세를 폈다.

재영은 마치 복싱 경기에서 KO 패를 당하기 일보 직전인 그로기 상태처럼 휘청휘청거리기 시작하였다. 이럴 땐 남친 행전이 완벽하고 확실하게 재영을 믿어 주면 되는데, 그도 워낙 감수성이 민감하고 의심이 많은 성격이라 불과 어제까지만 해도 그녀의 말을 액면 그대로 믿고 흔들리지 않고 열심히 그녀를 코치하여 함께 트로트 오디션 본선 우승을 이끌어 내자고 맹세했지만, 또 금세 하루가 지나자마자 여친 재영에 대해 불신과 의구심을 서서히 드러내기 시작하였다.

해 질 녘, 행전은 갑자기 말이 없어지기 시작하더니 홀연히 어디론가 떠나 버렸다. 저녁을 같이 먹기로 했는데, 두절되자 재영이 계속 전화를 넣어도 받질 않았다.

문득 그녀는 직감했다.

'얘가 또 날 의심하기 시작했구나! 참 지겹다, 지겨워! 사랑이란 의심하고 풀어졌다 아닌 척하다가 재차 또 의심하고 피하고 침묵하고 풀어졌다 또 무한 반복 한다.'

조금씩 조금씩 그에 대한 환상에서 벗어날지도 모르는 식상함이 느껴지기 시작하였다.

심사위원장 최벽과 자신의 친구들 모두 다 혐오의 대상으로만 보일 뿐이다.

더더욱 어두워진 시간에 재영은 홀로 오리역 쪽으로 걸어가 길거리 한 포차에 들어가 소주와 닭똥집을 먹었다.

'아! 이번 오디션 본선에 불참할 것인가! 다 귀찮고 짜증 나고 싫다! 뭐 인생이란 게 이토록 말이 많고 지저분하고 구역질 나는가?'라고 스스로 반문을 가했다.

소주를 한 병 후다닥 해치우고 한 병 더 마실 것인가 말 것인가 잠시 고민하는 시간이 몇 초 지나자, 문득 덕강이 떠오른다. 그는 별로 좋지 않은 기억으로만 남았던 인물이긴 한데 남친 행전과 비교하면 그리 구질구질 느끼한 성격은 아니었던 기억이다.

'아! 얘가 개만 같아도……'

속으로 되뇌인다.

그녀는 고민 끝에 결국 소주를 한 병 더 시켜 먹기로 했다. 그저 스쳐 지나갔으면 좋을 기억인 덕강의 호쾌한 성격이 자꾸만 소주잔 속에 그려진다.

덕강은 애초에 새해 첫날 철상에게 선전 포고를 감행하였고, 이에 철상이 이런 사적인 장에서 다투기보단 아예 화끈하게 3월에 치러질 격투기 대회에서 한판 붙자고 정식 도발 한 일이 있다.

덕강이 바로 화답 차 '단 넌 초크로 목이 졸리는 순간 탭 쳐도 난 놓지 않겠다 까닭은 네 숨통을 끊을 것이기 때문이다 이에 죽을 수도 있으니 각오하라 아님 겁나면 지금이라도 항복하고 도망치든지'라고 겁박성 도발로 맞받아치자 철상은 그냥 'OK'라고 답하고 옥타곤에서 그를 죽일 각오로 맹훈련에 돌입하였으나, 얼마 후, 트로트 오디션 1차 예심 마지막 날 재영의 남친 행전을 납치하고 협박한 교사범으로 알려져 구속되고 말았다.

덕강은 철상과 작렬하게 한판 붙고 헤비급을 평정한 뒤 재영에게 다시 세차게 달려들어 프로포즈를 감행하려고 잔뜩 벼르고 있었지만 그가 출전자 명단에서 사라지는 바람에 꿈의 대결은 물거품이 됐다.

대신 그 누구라도 맞붙게 되면 초전박살 내고 우승한 후 멋지게 재영에게 달라붙으려고 늘 호기로움을 유지하는 중이다. 소주가 두 병째 들어가자 취기가 몰려와 더 이상 안 되겠다고 느낀 재영은 조금 흔들리는 걸음으로 오리역에서 걸어서 풍덕천동 한올아파트까지 갔다.

잠들며 속으로 '행전이가 속이 좀 넓어졌으면 좋겠다. 걘 애가 너무 속이 좁은 게 문제라면 문제야!' 하며 눈을 감고 한참 있자 슬며시 잠이 들었는데, 교제 중인 남친 행전의 꿈을 꾼 게 아니라 도리어 조덕강의 모습이 나타나며 가까이 다가와 "재영아, 너와 난 하늘이 낸 천생연분이다."라고 말하며 더 가까이 다가와 몸과 몸을 바싹 붙이고 느닷없이 키스를 퍼부었다. 하지만 그녀는 그리 싫은 기색을 보이지 않고 그 느낌을 느끼며 만끽하고 있었다.

그 순간 어디선가 두 사람 사이로 검은색 고양이가 감나무에서 뚝 떨어지며 "야아아오옹옹!"이라고 아주 크게 비명을 질렀다.

이 소리에 몹시 놀라 그녀는 심장이 굳는 듯했는데, 그렇게 몸을 이리저리 움직이다가 꿈에서 깨어난다.

"어, 뭐야, 뭐야? 이, 이, 이건 꿈이잖아! 꿈! 휴우, 휴우, 후후."

악몽 같은 기분은 아니지만 놀라긴 엄청나게 놀랐다.

일단 정신을 차리고 냉장고 가 찬물을 꺼내어 쭉쭉 마셨다.

탁자 옆 의자에 우두커니 앉아 있는데, 덕강의 패기가 남다르게 느껴지는 묘한 시간이었다.

다시 졸려 저절로 눈이 감긴다. 들어가 자야겠다고 생각하고 들어가 누웠다.

벌써 새해가 된 지 한 달 가까이 되는 시점이 됐다.

오늘은 어제 전화를 받지 않은 행전이 받을 수도 있지 않을까! 기대 심리도 생겼다. 아침밥을 먹고 난 후 그의 번호를 클릭하였다. 그랬더니 받진 않고 '내일 연락할게 기다려'라는 문자가 왔다. 기대했건만 소용없는 일이다. 성격은 천성이라 어떻게 개조가 안 되는 성질이라서다.

잠시 포기하고 바람 쐬러 나갔다가 너무 추워 풍덕천 4거리 라라 카페로 들어갔다.

뜨거운 아메리카노를 한잔 마시며 앞으로 노래 연습에 대한 궁리를 이어 갔다. 핸드폰으로 저절로 손이 가 이것저것 훑어봤다.

덕강이 올린 페이스북 글이 하나 눈에 보였다.

'자 나는 새해 첫날 4명을 내 타깃으로 설정한 글을 올린 바가 있다 그런데 지금 이 시점에 3명은 아무런 의미가 없게 됐다 바로 최영복 전대광 김철상이다 둘은 구속됐고 하나는 자진 포기 했다는 소문이 자자해서이다. 그럼 최종 타깃은 이행전 하나만 남게 됐다 하나 남은 그도 곧 정리될 것이다'

이것인데, 터프하기도 하고 선명하기도 하였다.

자꾸만 행전과 비교하게 되는 기분을 가눌 길이 없다. 구질구질한 행전은 이렇듯 담백하진 않다.

　문제는 다이내믹한 성격으로 보이는 그가 행전을 겨냥하고 있다는 것을 그대로 표출하고 있다는 것이다.

　이 모든 걸 접고 3월 중순으로 잡힌 오디션 본선에 집중하리라! 다짐하는 시간으로 채워 갔다.

　문제는 돈이 없어 동절기 노래 연습에 문제가 있다는 대목이다. 채비 같은 애들은 이모 단비의 라이브카페에서 하니 여건이 최고이지만 재영은 아무것도 없다. 게다가 혹시 재영이 진짜 최벽을 좋아하나 해서 의심으로 틀어진 행전이 반주기를 갖고 있긴 하지만, 전화를 잘 받으려고 하지도 않는다.

　가난이란 죄는 아니지만 일상을 심히 괴롭게 하는 것은 자명하다. 아르바이트를 하여 따뜻한 공간과 반주기를 구입하기엔 시간이 녹록하진 않다.

　고심 속으로 빠져든 그녀였다.

　일단 오늘 하루는 탄천 길을 조깅하며 콧노래를 부르며 몸을 풀리라! 계획해 보며 풍덕천 4거리 분식집에 들러 오므라이스를 하나 먹고 나와 곧장 탄천 쪽으로 내려가 내달리며 그렇게 노래를 불렀다.

　'바람 풍경'이란 노래였다. 예전에 그녀가 직접 만든 노래였다. 겨울 바람이 좋아 보여 그냥 그런 곡을 불러 봤다. 지금 이 시각, 성복역 킥복싱 아카데미에서 3월 초에 잡힌 격투기 대회에 참전하는 덕강은 피나는 맹훈련을 하던 중, 오늘따라 상당히 지친다는 느낌을 받았다.

　식후 오후엔 성복천으로 내려가 함께 참전하는 동료들과 가볍게 조깅하는 걸로 오후 훈련을 채우려고 하였다.

이들은 일제히 상현역 쪽으로 달려가다가 다시 돌아 반대로 성복천을 지나 탄천 쪽으로 굉장히 빠른 속도로 달렸다. 한겨울에 땀이 날 정도면 속도를 알 수 있을 정도였다.

우렁찬 기합 소리를 내며 세차게 달렸다.

재영은 탄천 벤치에 잠시 앉아 쉬며 계속 메들리를 불러 댔다. 왼편에서 신체가 건장한 사내들이 우렁찬 함성을 지르며 세차게 달려오는 게 보였다. 별로 신경이 가진 않았다.

마냥 자신의 메들리를 불러 댈 뿐이다.

점점 그들이 가까이 오자, 결국 재영과 덕강은 두 눈이 딱 마주치는 순간을 맞았다.

그가 "어! 재영이잖아!" 하며 놀라며 발을 멈추자 동료들도 덩달아 발을 멈췄다.

그녀도 소스라치게 놀랄 정도였지만 부르던 노래는 그냥 이어 가며 불렀다. 개의치 않겠다는 발로였다.

하지만 문득 속으론 '어젯밤 꿈에 쟤가 나타났는데 지금 이 길에서 부딪친다는 게 기이하다.'라고 느꼈다. 덕강이 그녀를 빤히 바라보며 "어! 여기서 보게 되니 너무 반갑다. 근데 왜 여기서 노래를 부르지? 날씨가 추운데 노래가 제대로 돼? 어디 실내로 들어가서 해야지."라 묻는다.

이 말에 갑자기 노래를 멈추고 고개를 옆으로 흔들었다.

"아까 내가 페이스북에 글을 하나 올렸는데 혹시 봤어? 나의 목표는 바로 너다. 너라고."

"……"

이렇듯 재영은 대꾸하지 않았다.

덕강은 속으로 재영이 지금도 행전과 열렬한 열애를 하고 있을 거라고 짐작했다. 계속되는 그녀의 침묵에 그는 다소 주춤하며 "그래, 알았다. 뭐라고 할 말이 없단 말이지? 그럼 그냥 간다. 하지만 네 번호를 아니까 다음에 전화하면 받길 바란다." 하고 동료들과 앞으로 막 달려갔다. 그들이 앞으로 약 20미터쯤 달려갔을 즈음, 덕강은 재영의 모습을 보려고 뒤로 고개를 쓱 돌려 봤다. 그 순간 그녀도 그 방향을 쳐다보다가 그와 눈이 딱 부딪치자 자신의 속내가 순간 들킨 기분이 들어 움찔하며 재빨리 다른 데로 확 돌렸다.

그러자 그는 손을 번쩍 들어 막 흔든다. 어떻게든 마음과 마음이 통하게 하려는 애착을 드러냈다. 그러자 그냥 가만히 있으려고 했던 그녀도 뭔가에 홀렸는지 화답 차 살짝 손을 흔들었다. 이 모습만으로도 또 그때 전화번호 알려 줘 괜한 오해를 일으킨 전철을 밟을 수도 있는데도 또 실수인지 고의인지 모르지만 그랬다.

그 뒤 다시 노래를 불렀다.

아까 달려간 그들은 쉬지 않고 금세 동천역 부근까지 달려갔다가 다시 돌아서 달려왔다. 덕강은 혹시 지금도 재영이 그곳에서 노래를 하고 있을지도 모른다는 생각도 들었다.

아닌 게 아니라 그랬다.

다시 멈추는 그였다.

"추운데 노래가 돼? 나는 막 달리니까 땀이 조금 나니까 괜찮지만 말이야! 왜 실내로 들어가질 않고……?" 물으며 굉장히 애처롭게 바라봤다.

이런 말까지 할까 말까 심히 망설이다가 끝내 입을 연다.

"난 실내에서 노래를 할 돈이 없다. 그래서 겨울 연습은 꽝이다."

"뭐? 돈이 없어서 실내로 못 들어가……?"

"그렇다!"

다혈질인 그는 느닷없이 그녀의 손을 움켜잡고 들어올리며 "야, 내가 만들어 준다. 네 남친 행전이란 놈이 해결해 주질 않나?"라고 물으며 눈을 부릅떴다.

그래도 말이 없자 "야, 내가 성복동 킥복싱 아카데미에 있는 선수들 다 쫓아내고 거기에다가 반주기 하나 사다가 놓아 줄게. 거기서 끝장내라. 넌 트로트 우승, 난 격투 우승! 그리고 화끈한 연인의 사랑 이야기를 써 보자고……."라며 아주 호기롭고 객기를 부렸다.

다소 황당하기도 하고 괴이한 그의 말에 얼굴이 완전 굳어지며 "그게 무슨 소리야?"라고 묻는다.

"뭘 무슨 소리야, 소리는. 그냥 그러면 해결될 것 아니겠어? 자, 말을 많이 하지 말고 얼른 가자고."

그 순간 재영은 도대체 뭐에 홀렸는지 그를 마냥 따라가게 됐다. 그가 손을 놓아 버렸어도 그녀는 피하지 않고 그들이 마구 달리는 그대로 그 뒤를 따라 달려갔다.

어느새 오후 4시가 가까이 다가왔다. 무심히 그냥 그 뒤를 따라 들어간 건물인데, 간판 그대로 성복역 킥복싱 아카데미였다.

느닷없이 그는 앞에 보이는 어떤 남자에게 "관장님, 내가 여길 전세 내고 여기 선수들은 다른 데로 가서 훈련하게 할 테니 자리를 비워 주시죠. 이 여자가 여기서 노랠 부를 겁니다. 내가 당장 반주기도 사다가 놓을 것입니다."라고 제안하였다.

별안간 뜬금없는 말을 하자 관장은 가슴이 쿵 하며 "아니, 그게 무슨 소리야, 덕강아?" 묻는다. 여기 관장은 덕강의 죽전대학교 유도학과 7년 선배이다.

황당한 말에 그를 데리고 휴게실로 들어가 더 자세한 내용을 묻자 그가 더 자세히 설명을 하였다. 관장은 황당무계하긴 하지만 그가 모든 걸 보상해 주고 다른 데로 순조롭게 도장을 이전해 주겠다고 약속하니 믿고 알겠다고 답했다.

특이한 건 그가 잔머리를 굴렸다는 것이다. 차라리 그런 돈으로 재영에게 다른 장소를 물색하여 얻어 주면 되는데, 군이 이곳에 하는 저의는 그만큼 자신이 손해를 감수한다는 이미지 관리나 희생하는 듯한 느낌을 더 강하게 주기 위한 꼼수이기도 하다.

이런 수법에 흔들린 그녀는 속으로 감격하고 있다. 상황 설명을 다 전해 들은 관장은 곧바로 나가 선수들에게 그대로 말했다. 놀랍기도 하지만 그가 하는 계획에 반대하는 선수들은 하나도 없었다.

덕강은 자신은 돈이 별로 없지만 부모가 어느 정도 재력이 되기 때문에 그걸 믿고 밀어붙이는 것이다. 체육관은 2층이라 소음이 상당할 걸로 예상하여 즉석으로 방음 시설을 전문으로 하는 업체에 전화하여 방음벽을 설치하는 순발력까지 발휘하는 덕강이다.

이것으로 그치질 않고 곧바로 오늘부터라도 노래를 할 수 있게 또 즉석으로 반주기까지 주문하였다. 금세 반주기 대리점에서 기계를 가지고 도착하였다.

"야, 재영아, 여기 있는 운동 시설들은 오늘 다 치우기는 여기 선수들이 그렇게 쉽진 않을 것 같다. 시간이 되는 대로 할 테니 그냥 이 공간에서 노래 연습을 하라고. 조금 불편하더라도……."

이런 자체만으로도 엄청나게 여건 환경이 좋아진 거라 그녀는 특별히 뭐라 말을 하지 않으면서 이런 환대를 받아도 될지 자못 신경은 쓰였다.

분명 그가 자신을 좋아하기 때문에 그러는 게 뻔하고, 이를 받으면 교제가 이뤄짐은 두말하면 잔소리이기 때문이다.

그렇다면 서서히 행전과 갈라설 상황으로 치닫는 형국을 맞을 것은 자명했다. 지금 이 순간부터 재영의 마음은 구질구질한 성향인 행전에게서 호쾌한 성향인 덕강 쪽으로 급변하고 있다.

이런 정리를 마친 그들은 무슨 군사 훈련을 방불케 할 정도로 짐을 정리하며 나가 버렸다.

덕강도 전략상 후다닥 나가 버렸다. 저의는 꽤나 노래 연습 쪽으로 배려하는 척하는 연기력이다. 극심히 추운 1월 말, 이런 온기가 넘치는 장소에서 노래를 하자 제대로 발성이 됐다.

상당한 부담을 느끼곤 있으면서도 그저 무엇에 씌었는지 노래가 더 좋아 불러 대기 시작하였다. 빠져나간 그들은 오늘 저녁은 별다른 운동은 생략하고 성복역 인근 숯불갈비에 들어가 소주와 갈비를 먹었다.

덕강은 그 무엇보다 재영이 자신의 의도대로 그곳에서 노래를 하는 이 자체가 완전 꿈만 같다. 호기로움이 극에 달하였다.

"아하하하, 쟤가 순순히 날 따라와 저기서 노래를 하는 걸 볼 때 날 엄청 좋아하긴 좋아하는가 봐! 쟤는 행전이란 남친이 있는 걸로 아는데, 어떻게 이렇게 갑작스럽게 행동하는 것도 참 이상하긴 하지만, 그만큼 내게 더 관심이 생겼단 것이기도 하지! 우후후후."

여기에 모인 선수들은 오늘은 술에 만취하는 시간을 갖기로 하였다.

"오늘까지만 이렇게 술을 먹는 거야. 내일부터 3월 초 대회 때까진 절대 금주다, 알겠나?"라고 관장이 말했다.

그러자 많은 선수들은 "네, 알겠습니다. 오호, 오호."라고 답하였다.

술에 취한 채 각자 집으로 들어가 하루를 정리하였다.

잠에 들 즈음, 그의 폰에 어디선가 문자가 날아온다. 얼른 바라보자 재영이 보내는 문자였다.

기쁨의 놀라움이 교차하면서 눈동자가 함박처럼 커졌다.

'아! 내게 이런 훌륭한 노래 연습 공간을 제공해 줘서 매우 고마운 마음이다 알다가도 모를 행전보단 백배 낫다!'

그는 이럴 땐 바로 반응을 보이는 것보단 품위 유지 차원에서 그저 가만히 아무런 반응 없이 폰을 닫고 고요히 꿈나라로 들어갔다. 그는 잠들기 전 이불이 재영이라고 생각하며 갑자기 꽉 끌어안고 먼 미래에 있을 로맨스를 떠올리며 황홀감에 빠졌다.

아침이 되자 어제 관장과 약속한 그대로 다른 장소로 체육관을 이전하는 엽기를 발휘하였다.

그럴 수 있는 바탕은 그의 부모가 수지구 성복동 부자라서이다.

이전한 곳은 바로 옆 옆 건물이었다.

다른 곳으로 하지 않고 일부러 그런 것이다. 재영을 더 자주 보기 위한 포석이었다.

그녀는 자신의 집인 풍덕천동 한올아파트에서 신나게 벌떡 일어나 성복역으로 세차게 달렸다. 한시라도 더 빨리 노래를 부르기 위함이다. 노래를 부르면서 그 방향으로 거칠게 달리자 지나가던 행인들은 순간 깜짝 놀랐다. 노래를 너무 잘하기 때문이다.

아직 선수들이 짐들을 다 가져가지 않은 상태라 어수선하긴 했지만 따뜻한 공간에서 하는 노래란 금상첨화 천당 같았다. 커피를 한 잔 먹고 하려고 밖으로 나가 편의점에 가는데, 어제 본 선수들 중 일부가 그곳에 들어왔다. 어제 처음 본 기억이 있어 그들은 알은체 하였다.

"안녕하세요? 하하하."

"네, 그래요." 하고 대답하며 나가려는 그녀에게 그들은 "저기, 저 건물이 오늘부터 우리가 격투 훈련 하는 공간입니다."라며 손으로 가리켰다.

"어! 그렇게 빨리 됐어요?"

"네, 우리 덕강이란 친구는 아버지, 어머니가 성복동의 최고 부자 입니다. 이런 건 장난도 아니에요."

"어! 그래요?"

그녀는 자신과 너무 비교가 되니 조금 놀랐다. 나가 오늘부터 노래 연습 전용 공간으로 발을 내딛는데, 덕강이 아래쪽에서 올라오고 있다. 문득 그녀는 엊그제 자신을 괴롭힌 공개 글들을 그에게 알려 보여 주고 싶은 충동에 사로잡혔다.

"잠시, 잠시만 이것 좀 봐. 얘들이 이렇게 날 힘들고 피곤하게 하는 것들이야! 되지도 않는 말 같지도 않은 말들이지!"

무슨 하소연 같은 거라고 볼 수가 있다. 처음 원인을 일으킨 장본 인은 심사위원장 최벽인데, 그 후로 여러 사람들이 벌떼처럼 달라붙어 그녀를 괴롭힌 대목이다.

특히 글 중엔 수달과 정환의 악성 글도 보였다.

"아! 얘들은 청렴맑은당 선거운동원으로 일한 얘들이잖아? 아마 얘들도 이번 격투기 대회에 나가는 걸로 알고 있는데……?"

"음, 난 그건 자세히 모르지만 그럴 것 같기도 해!"

문득 그는 그들에 대한 보복심이 활활 타오르기 시작하였다.

"재영아, 다 대충 알겠다. 얘들이 더 이상 널 괴롭히지 못하게 내가 조치를 취할게. 기다려 봐."

그녀는 한편으론 속이 시원한 것도 있지만, 다른 한편으론 여간 괴로운 게 아니었다. 덕강은 자신이 아는 친구들을 활용해 현재 수달, 정환이 어디에 있는지 알아내려고 애를 썼다.

그 결과, 신봉동 신라뷔페 옆 건물 체리박스아카데미에서 훈련을 한다는 정보를 입수하여 강력한 경고를 하러 검정색 마세라티 기블리를 타고 달려갔다.

도착하자 10시가 조금 안 됐는데, 실제로 그들이 몸을 풀고 있었다. 현관문을 거칠게 밀고 들어가며 "야, 내가 왔다. 내가 대충 누군지 알지? 니들은 무에타이과 나온 애들이지? 난 유도과다. 이번 격투기 대회에서 내가 너희들과 부딪힐 수도 있겠다. 그럼 너희들의 뼈를 부러뜨려 주겠다. 왜냐하면 쓸데없이 니들 여친들과 연합하여 재영이를 힘들게 했기 때문이다. 니들과 난 같은 죽전대학교를 나왔고 종목은 다르지만, 무도과 동료들이라 한 번 정도는 봐주겠다. 그러나 한 번 더 그러면 그땐 용서할 수가 없다. 골절상을 입게 될 것이다. 각오하라."라고 말하며 삿대질을 해댔다.

그러자 이들은 현재 재영이는 행전이랑 교제하는 걸로 아는데 덕강이 쳐들어와 이런 항의를 하는 자체가 잘 이해가 되질 않았으나, 수달이 다가와 "그래, 그래. 다 알겠는데, 네가 우리 동료 철상이와 시합에서 한판 하자고 서로 도발하며 약속됐다가 철상이가 구속되어 불발됐지? 뭐 사실 개도 우리들을 위해서 잘한 것도 하나도 없긴 해! 쓸데없는 짓을 하여 우리 후보가 당선됐어도 무효되어 버리기도 했지, 이 모든 걸 떠나 내가 우리 동료 철상의 대타로 너와 맞짱을 떠 주겠다. 물론 이게 철상을 위해서 그런 건 아니고, 내가 순순히 널 깨부수고 싶다. 시합 때 토너먼트에 부딪히길 기원한다."라며 선전 포고를 감행하였다.

이를 지켜본 정환도 다가와 "하여간 다 지나간 일이긴 하지만, 보궐선거는 참 지저분하게 됐지. 우리 측이나 너희 측이나 다 진흙탕으로 종결됐다. 나는 내 동료였던 철상 같은 놈도 참 가증스럽고 괘씸해, 여기 수달이처럼 '철상을 대신하여 맞짱 뜬다.' 이런 뜬구름 같은 그런 말은 하고 싶진 않고, 나는 나 자체로 너와 토너먼트에서 작렬히 한번 붙고 싶다. 나의 무에타이가 센가, 아니면 네 유도가 센가 한번 자웅을 겨뤄 보고 싶은 생각뿐이다." 하며 덩달아 도발을 감행하였다.

덕강은 그들 둘을 매섭게 노려보며 "아하! 이것들이 완전 날뛰네. 그래, 다 좋아! 정식 대회에서 붙는 게 참 신선하긴 해! 그건 그렇고, 난 니들 둘이 덤벼도 다 부숴 버릴 수 있다. 하지만 대회에서 룰대로 붙자. 더 구차한 말은 생략하고 재영이에게 엉뚱한 말 하지 말라고 너희들 여친들에게도 단단히 주입 좀 해 줘. 한번 지켜보겠다. 자, 간다."라고 마지막 경고 메시지를 던지고 사라졌다.

둘이서 더욱더 재영이 얘기가 나오면 더 광분하는 까닭은 자신들의 여친들이 재영에 대해 상당히 안 좋은 평을 하기 때문이다. 결국 좋아하는 남자들을 잡아내지 못한 분함을 표출한 것이다.

둘은 현재 라이트헤비급이라 헤비급인 덕강과 붙기 위해서 한 체급 올리는 건 그리 큰 부담은 아니었다. 현재 구속되긴 했지만 철상은 미들급인데도 불구하고 두 체급이나 올려 덕강과 맞짱을 뜨려고 도 한 것에 비하면 그래도 양호하다.

이것으로도 분이 풀리지 않고 뭔가 더 확실히 눌러 놓아야겠다고 판단한 그는 재영에게 전화하여 친구들이 지금 현재 어디에서 노래 연습을 하는지 알아내 쳐들어가는 엽기를 발휘하였다. 란조, 새롱 의 거처를 알아내려 한 것이다. 그랬지만 재영이 친구들의 거처를 알 수가 없다.

"걔들의 거처는 모르고, 채비는 예전 그 라이브카페에서 하고 있 고, 노자는 별도로 하나 얻어 하는 걸로 아는데 어딘지 잘 몰라."

"그래, 알았어. 그 채비를 족치면 노자가 어디에 있는지 알 수 있 을 것 같다. 어쨌든 둘 다 혼을 내 줘야지. 그리고 말이야, '화미'라 는 여자는 누군지 모르지만 싹 다 알아내어 처단할 거다. 일단 내게 맡겨 봐."

예전에 한 차례 들른 적이 있었던 죽전동 8595 라이브카페로 검 은색 마세라티 기블리는 거칠게 달렸다. 들어가자 채비 혼자 노래 연습을 하고 있었다.

"뭐야? 야, 너 말이야 살고 싶으면 그냥 조용히 노래나 해! 괜히 네 친구 재영에 대한 엉뚱한 소린 늘어놓지 말고 말이야. 내가 지켜보 겠다. 각오하라."

거의 협박에 가까웠고 나갈 땐 주먹을 불끈 쥐고 그대로 그녀의 눈을 가리켰다.

그대로 라이브카페를 나가려다가 다시 들어와 "야, 채비, 너 혹시 노자는 지금 어디에 있는지 알아? 노자도 내 경고를 받아야 돼!"라 고 소릴 지르자 "걔는 어디에 있는지는 모르고, 자, 이게 걔 번호야."

라고 말하며 번호를 알려 줬다.

번호를 건네받자 곧장 노자에게 전화를 건다. 노자는 모르는 번호가 뜨자 이상함을 느끼면서도 일단 받았다. 그러자 그는 벼락같은 고함을 치며 "야, 친구들이 그게 뭐야? 왜 그렇게 우리 재영이를 못 잡아먹어서 안달이야? 난 덕강이다. 너 앞으로 말도 안 되는 글 올리면 훅 간다. 각오하라." 하며 겁을 줬다.

아주 거친 혐오스러운 목소리로 윽박이 들어오자 그녀는 소름이 돋을 정도였다.

"알았어."

이 정도 전화로도 어느 정도 경고가 됐다고 판단한 그는 유유히 다시 성복역 체육관으로 돌아갔다. 마지막으로 '화미'라는 여자의 정체를 알아내긴 해야겠는데, 좀체 쉽진 않았다.

끝내 불발되어 포기하고 만다. 이날 하루는 무사히 운동에 몰입할 수가 있었지만, 저녁때가 끝날 즈음, 재영이 그 체육관에 찾아와 심사위원장 최벽의 괴롭힘을 정리해야 종결되는 거라고 알렸다.

하지만 재영도 그렇고 덕강도 최벽의 집을 몰라 쳐들어가 대책을 세울 수가 없었고, 대신 덕강이 운영하는 관계망에 경고를 올리는 정도로 대체하였다.

'나는 이번 한국최대종합격투기 대회에 참전하는 조덕강이다 트로트미스미스터천국 심사위원장 최벽 씨는 참가자 차재영에게 엉뚱한 소린 그만하고 심사에 집중하라! 딴마음 먹지 말라 -미래 재영과 결혼을 올릴 남자 덕강-'

최벽은 이 글을 보고 뜨끔했다. '재영이 언제 저놈에게 간 거야. 행전이란 놈과 죽고 못 살 정도인 것 같았는데, 무슨, 어쩌다 격투기 선수 조덕강에게 갔지?'라고 혼잣말로 중얼거렸다.

잠시 며칠간 재영의 연락을 거부하며 은둔 생활을 하던 행전도 우연한 기회에 이 글을 접하여 이 사실을 알게 됐다.

구질구질했던 그도 이젠 다시 재영에게 연락을 취해 만나 노래 연습을 이어 가려고 마음먹는다. 재영에게 전화를 걸었지만 받질 않는다.

불길한 기운이 세게 드리워진다. 그래서 문자를 보냈다.

'난 지금 격투기 선수의 글을 봤다 네가 이번엔 어쩌다가 격투기 선수에게까지 흔들렸는지 도저히 이해할 수 없다 여자가 갈대라더니 네가 갈대인가? 나도 때론 수많은 여자들을 보면 갈대처럼 흔들리기도 하지! 하지만 나는 굳은 절개를 지킨다 그런데 너는 도대체 왜 그러는 것인가?'

재영은 점심을 먹고 잠시 쉬다가 핸드폰을 보다가 행전의 문자를 보았지만 별다른 답장을 하고 싶은 마음이 들지 않았다.

구질구질한 그보단 호쾌한 덕강이 좋아 보여 급격히 쏠렸기 때문이다. 더군다나 추운 한겨울, 따뜻한 공간에서 노래를 할 수 있게 도와준 은공을 입고 다시 행전에게 간다면 갈대를 넘어선 실없는 여자가 될 수 있는 상황이었다.

엊그제 같은 죽전동 러버하임아파트에 사는 절친 화미에게 최벽과 재영의 혹세무민 차원의 열애 사실을 폭로하게 만든 단비의 저의는 궁극엔 현재 그녀와 열애에 빠진 행전이 나가떨어지게 하려는 것이었다.

소기의 목적을 이룬 셈이다. 워낙 성격 자체가 묵직하지 않고 촐랑거리는 편이라 뭐든 귀에 들어보면 발설하고 만다. 그녀의 이런 성향을 최벽은 아직 간파하질 못하고 있다.

최벽은 주말을 하루 앞둔 시점에 산책을 하기 위해 러버하임아파트에서 나오는데, 엘리베이터에서 우연히 단비는 보게 됐다.

단비가 25층에서 내려오다가 24층에서 타는 최벽을 보게 됐다.

앞서 며칠 전 이 엘리베이터에서 마주한 적이 있어 알아보는 데 어려움이 없었다.

"아! 최 교수님? 여기서 보게 되네요? 이럴 때도 있군요?"

"아, 네. 반갑습니다. 하하하."

며칠 전 11층에 사는 절친 화미에게 사주한 내용을 알렸다. 그러자 그는 깜짝 놀라며 "어! 제3자를 이용했군요!" 하며 당황스러움을 감추질 못했다.

엘리베이터는 금세 1층에 다다랐다. 내려 이들은 탄천 산책로로 내려가 더 많은 내용을 공유하였다. 최벽의 우려 사항 하나가 현실로 나타난 걸 밝혔다.

"이거 보세요. 이모님이 펼친 전술은 참 좋은 것 같긴 한데, 이건 뭘까요? 여기 덕강이란 놈이 관계망에 올린 협박 글입니다."라며 어제 그가 올린 협박 글을 그녀에게 보여 줬다.

이들은 며칠 사이 재영과 덕강이 긴밀히 교류한 내용은 알 수가 없기 때문이다. 그렇다면 재영이 행전에서 덕강 쪽으로 기울어져 갔다는 반증이라고 여길 만했다.

"글쎄요. 교수님 이거 너무 어렵네요. 또 이렇게 되면 너무 혼란스럽기 짝이 없군요. 참 나."

탄천길 한편에 산책객들이 뜸한 지점에 다다르자 그는 절대 발설해선 안 될 위험천만한 말을 서슴없이 내뱉는다.

"채비 이모님, 저는 솔직히 예전 죽전대학교 트로트과 교수 시절에 그 당시 학생이었던 재영이를 엄청 좋아했었습니다. 그때 무슨 무에타이과인가 뭔가 하는 과를 다니는 어떤 놈하고 재영이가 동거까지 한다는 게 알려져 어떻게 힘을 한번 써 보지도 못하고 포기하다시피 했죠. 하지만 지금은 상황이 다른 것 같습니다. 애는 이 남자, 저 남자 다 깨지고 어떻게 지금은 또 생소한 덕강이란 놈과 됐는지 참, 알다가도 모를 일이네요. 또 제가 이번에 트로트 오디션에 심사위원장으로 내정됐을 때 마음속으로 단단히 각오를 했지요. 어떻게든 머릴 써서 하다 못해 백으로 라도 걔를 우승 트로피를 안겨 줘야겠다고 말이에요. 그래야 걔가 저를 좋아할 테고 제대로 한번 사귀어 볼 수가 있으니까요!"

이 말을 듣자 단비는 얼굴이 확 굳어지며 상기됐다. 사실 그녀도 조카 채비로부터 그런 비슷한 의심스러운 떠도는 뜬소문을 들은 적은 있다. 오래전 풍덕천동 정류장 앞에서 한 낯선 여성이 앞 카페 안에서 재영, 최벽이 손잡고 있는 장면을 인스타그램에 올린 사건이 회상됐다.

그것도 오디션 며칠 남겨 놓은 시점에 그랬던 거라 의심을 사기에 충분했는데, 방금 전 그가 실제로 밝히자 그냥 떠돈 말은 아니었구나! 하는 강한 의구심이 들었다. 이모 단비는 우두커니 한겨울 얼음이 낀 개천의 물을 바라보다가 또 무슨 심사인지 모르나 호기인지 객기가 발동되고 있다.

"아니, 근데 교수님, 지금 재영이는 어떻게 된 일인지 이 남자 저 남자 돌고 돌아 어떻게 덕강이란 건달 같은 남자와 사귀게 된 것 같은데, 그런 애는 그냥 접어 버리고 우리 채비 어떠세요? 우리 조카 채비는 그렇게 아무 남자나 막 만나고 그렇진 않습니다. 오로지 노

래밖에 모르는 여자이지요. 우리 조카 채비와 한번 교제를 해 보시
겠어요?"

"……."

**12**

# 인생의 목표가 된 사랑

침묵을 지키자 그녀는 대충 눈치를 챘다. 최 교수가 채비를 별로로 여기는 것을 말이다.

"호호호호, 그럼 이만 저도 운동하러 가야 하니까 그만 가 보겠습니다. 오늘도 좋은 시간 되십시오, 교수님." 하며 재빨리 다른 방향으로 달려갔다.

오늘 지금 이 시각 그는 지난번에 그녀의 허심탄회한 접근에 경계벽이 허물어지는 바람에 그만 낭설을 하고 말았다. 지난번에 그녀가 자신에게 너무 좋은 방법론을 제시하는 바람에 모든 게 다 좋아 보인 착각 속으로 빠져든 것이다.

앞으로 이 문제가 어떤 회오리를 불어올지 아무도 모를 일이었다.

동천역 방향으로 달려간 단비는 뒤를 보자 아무도 없자 곧바로 조카 채비에게 전화하여 방금 전 오고 간 그 대화를 누설해 버렸다. 채비도 어느 정도는 감을 잡고는 있었지만 실제로 이모에게서 듣자 당혹감은 배가 됐다. 채비는 도저히 참을 수 없는 분노를 느꼈다. 왜냐하면 자신이 우승 후보라고 자신감을 지니고 있었기 때문이다. 그녀는 이번 오디션에 참가한 친구들에게 일제히 폭로를 해 버렸다.

현재 사이는 굉장히 좋진 않지만 이 사안만은 서로가 날카롭게 반응하며 금방이라도 공조하여 대응해야 한다는 공감대가 설 수 있는 대목이었다. 다들 각자 자신이 우승 후보라고 호기를 갖고 있어서 그랬다. 서로 냉냉한 살얼음 같은 사이로 시간을 보낸 노자, 새롱, 란조, 채비가 모처럼 한자리에 모이게 됐다. 장소는 죽전동 그라이브카페였다.

서먹서먹 상당히 껄끄럽긴 했지만 이들은 정의를 구현하는 트로트 오디션 바로 세우기에 명분을 내세웠다.

벌써 점심때가 다 되어 인근 식당으로 가 닭도리탕을 주문하였다. 다 먹고 난 뒤 아메리카노를 한잔씩 하였다.

"자, 얘들아, 우린 이런저런 일로 틀어져 각자 흩어져 노래를 하고 있긴 하지만 이번 일은 그럴 성질이 아니다. 우리의 호프 트로트대축제가 비리로 얼룩져서야 되겠니? 우리가 총대를 메고 비뚤어진 악행을 바로잡아야지 안 그래?"

"그래, 그래. 오호, 오호, 파이팅."

"자, 다들 좋은 아이디어가 있으면 말해 봐."

이들의 속내는 이런 대의명분도 있긴 하지만 실은 재영에 대한 시기와 질투 이런 게 악감정으로 남아 이렇듯 일사분란하게 움직이는 측면이 강하다.

"그런데 우리가 나서면 재영이에게 보복하는 느낌을 주는 게 문제야. 다른 루트가 필요하다."라고 채비가 제안했다.

그러자 노자는 "우리 말고 다른 참가자들, 그러니까 우리 죽전대학교 트로트과 출신들에게 알려 걔들이 해결하게 하고 우리는 뒤로 쏙 빠져 버리는 게 최상이다. 우리는 정보만 주고 뒤에서 꼴만 보는 거야!" 하며 구체적인 방안을 내놨다.

그러자 친구들은 일제히 "와아아아아!" 하며 우레와 같은 박수를 보냈다. 이들은 각자 아는 선배든 후배든 누구든, 모교 출신 참가자들을 물색하기 시작하였다. 거사를 이루기 위함이다.

그렇게 몇 명이 등장했는데, 그들도 너무 충격이라는 반응을 보이며 "그냥 묵과할 수 없는 사태다."라고 입을 모았다. 그들은 즉각 움직이기 시작하였다. 자신들이 운영하는 사회관계망에 일제히 퍼붓기 시작하였다. 하루가 지나기가 무섭게 삽시간에 다 퍼져 버렸다.

앞으로 있을 트로트 오디션 2차가 엄청난 타격을 받을 수도 있는 지경에 이르렀다. 그들은 그냥 폭로만으로 그치는 게 아니라 사법당국에 불법 거래가 있었는지 수사를 요청하는 고발장을 작성한단 말도 무성했다. 최벽은 이날 해 질 녘 이 속보를 접하고 온몸이 굳는 것만 같은 당혹감을 맛본다.

'가만 있어 봐. 내가 이 사실을 알린 건 아까 채비 이모밖에 없는데 불과 몇 시간도 안 되어 다 퍼졌지. 그럼 그 여자가 그랬단 말인가!'라고 홀로 곱씹는다.

속이 부글부글 타들어 갔다. 전화번호라도 알아야 항의라도 하겠지만 몰라 옴짝달싹 못 하고 정신이 완전 돌 것만 같았다. 아파트 바로 위층이 그녀의 집이란 건 알지만 묻지 마 쳐들어가기를 감행하기도 난감했다. 가족들도 있을 것 같기 때문이다.

도저히 견딜 수가 없어 밖으로 나가려고 엘리베이터를 타고 놀이터 쪽으로 나갔다. 한참 멍하니 앉아 하늘만 쳐다보는데, 그녀가 종량제 봉투에 이것저것 먹을 음식들을 사서 들고 오고 있다.

벌떡 일어나 후다닥 달려가 "아니, 채비 이모님, 이게 어떻게 된 일입니까? 지금 연예계 속보에 제가 '재영이에게 백으로 대상을 줄 거라고 비리로 얼룩진 트로트 오디션 심사위원장 최벽'이라고 속보가 떴습니다. 뭡니까, 이게? 이 사실을 제가 말한 사람은 이모님밖에 없는데 뭐예요, 뭐!"라며 얼굴을 붉히며 눈을 부릅떴다.

갑자기 나타나 소릴 지르자 단비도 매우 놀라며 들킨 표정을 지으며 몸이 벌벌 떨렸다. 그렇지만 평정심을 유지하며 태연하게 "어! 그래요. 저는 모르는 일입니다. 알려졌다니 너무 힘드시겠군요. 난 입이 워낙 무거운 사람이라 입을 벌리진 않았고, 혹시 교수님이 예전에 풍덕천동 어디 정류장 근처 카페에서 재영이와 손을 잡고 있는걸 어느 여자가 인스타그램에 알린 일로 그렇게 됐을지도 모르지요?"라고 그쪽으로 걸고 넘어졌다.

이 말에 그는 잠시 주춤거렸다.

"또 교수님이 오디션 당일에도 너무 불필요한 언행을 했다는 말도 있어요. 자업자득 아닙니까?"라며 그를 매섭게 쳐다봤다.

일단 유력한 증거가 없어서 그는 더 그녀를 몰아세울 수는 없었다. 상당히 불안한 얼굴로 뒤돌아서서 탄천 쪽으로 내려갔다. 단비는 달콤하게 웃어 가며 엘리베이터에 몸을 싣고 유유히 올라갔다.

자정쯤이 되자 이젠 퍼질 만큼 다 퍼져 이젠 걷잡을 수가 없는 지경으로 몰렸다.

최벽은 자정이 넘은 시간에도 집에 들어가질 못하고 발만 동동 굴렀다. 자신의 위신, 체면, 위치, 명예가 송두리째 날아갈 위기에 직면했다.

곰곰이 궁리해 보니 만약 더 이상 사태가 불거지면 자신은 '전혀 아니다. 모르는 일이다.' 정도로 치부하며 버텨 볼 심사를 계획해 본다. 괴소문이라고 역으로 유언비어를 퍼뜨린 자들을 고발 조치 하며 맞불을 놓는 것도 계획해 봤다.

어느 정도 마음의 정리가 되어 집에 들어와 잠을 이룰 수가 있었지만, 다음 날 주말이 되자 속보는 더더욱 불길하게 떴다.

2차에 참가할 참가자들이 전원 보이콧을 선언하겠다고 결의문을 작성한 것이다. '심사위원장 최벽은 물러나고 문제가 된 대상 차재영도 사과하라'와 같은 내용이었다.

그는 가슴이 먹먹했고, 재영은 격분되어 그 자리에서 펄쩍펄쩍 뛰었다. 그녀는 자신은 이 건에 있어서 아무런 관련도 없는데 공범 취급을 받는 자체가 여간 분한 게 아니었다.

갑자기 노래를 할 수가 없었다. 주저앉아 따뜻한 아메리카노를 한잔하며 원인과 결과에 대해 되짚어봤다. 답이 나오질 않자 덕강에게 전화하여 토로하기 시작하였다.

덕강은 격분이 포화되었다.

"뭐야? 그런 일도 다 벌어진단 말이야? 참 기가 막힌다."

급격히 여론의 십자 포화를 맞기 시작했고 가요를 별로 안 좋아하는 사람들에게도 불신의 악영향이 드리워지기도 하였다.

끝내 채널 큐비와 광교대학교가 야심차게 진행한 트로트의 대축제 트로트미스미스터천국은 온갖 부작용과 혹평을 들으며 '심사위원장 최벽과 참가자 차재영 간의 내부 거래의 진상을 밝혀라'라는 무지막지한 악성 글을 받고 2차 본선은 거행되지 않는 걸로 결론났다.

뒤늦게 이 기사를 보게 된 행전은 내심 오히려 더 잘됐다고 느꼈다. 왜냐하면 자신이 1차 예심에서 납치, 협박 사건으로 피해를 당해 참가하지 못했기 때문이다.

아직 정확한 내막은 모르지만 재영이와 최벽 간의 뭔가 우승 밀어주기 내부 거래가 있을 것만 같다는 의구심은 끝없이 이어지는 중이다.

실재하지도 않는 연인 사이를 한없이 의심하더니 최벽 혼자 생난리를 친 사건인데도 끝내 둘 사이를 갈라서게 해야겠다는 야욕마저 솟구치기 시작하였다. 그녀는 말로 다 할 수 없는 억울함을 느꼈다.

그러던 중 행전은 많은 시간을 두문불출하더니 갑자기 재영을 만나 확실한 상황을 알아내고 새롭게 시작해 보려고 전화를 넣어 본다. 재영은 더 생각할 것도 없이 피해 버렸다. 정확한 근거도 없이 의심하고 그러는 성격을 질색해서이다. 의심이 너무 많은 행전보단 쿨한 성격인 덕강이 훨씬 나아 보였다. 몸이 달아오른 행전은 기다리다가 오기가 발동하여 그녀의 집에 쳐들어갈 생각까지 하게 됐다.

오늘은 일요일이라 집에 있을 거라고 추측한 것이다. 아파트 정확한 호까지는 몰라도 동은 대충 알고 있던 터였다. 날씨도 매섭게 추운 시기였는데 아랑곳하지 않고 풍덕천동 한올아파트 6동 앞에 가 무작정 서 있다.

그랬지만 그녀가 보일 리가 없다. 집에 있을 거라고 예상하고 서 있었다. 언젠가는 한 번쯤 나올 거라고 기대하고 있다.

혹시 문자라도 남기면 동정심에 나올 수도 있으리란 기대심리가 생겨 '재영아 나 지금 한올 아파트 6동 앞에 서 있다'라고 문자를 보냈다.

정오가 조금 지나고 있는데, 좀체 보이질 않았다. 그녀는 지금 현재 성복역 위치한 덕강이 얻어 준 전용 노래 연습 공간에서 발성을 하다가 잠시 쉬려고 앉아 핸드폰을 보자 행전의 문자가 온 걸 확인할 수 있게 됐다. 옆 옆 건물에 새로 얻은 킥복싱 아카데미에선 덕강 혼자 샌드백을 격렬하게 치고 있었다.

12시 15분가량 됐다. 그녀는 덕강에게 전화를 넣자, 그는 샌드백을 치고 있었지만 핸드폰의 소리를 켜 놓았던 상태라 요란한 소리에 잠시 멈추고 걸어가 받게 됐다.

"음, 오늘은 일요일이라 다른 선수들은 나오질 않았어. 나 혼자 나와 하는 중이야!"

"또 행전이가 문자를 보냈는데……."

"뭐야? 그게 또 그래?"

다혈질인 그는 "구질구질하게 널 의심하고 그런다면서 이건 또 뭐야? 야, 가자. 당장 거기 가서 걔에게 참교육 좀 시켜 주자."라며 그녀의 손을 움켜쥐고 벌떡 일어나 자신의 차 검은색 마세라티 기블리를 타고 그곳으로 거침없이 핸들을 돌렸다.

가까운 거리라 금세 도착하여 내려 그에게 다가간다.

"야, 뭐야? 너 거기서 뭐 하는 거야?"

덕강이 가까이 오며 위협하자 행전은 몹시 당황스럽다. 예상할 수 없는 일이 생겨서다. 그는 현재 재영이 최벽과 연결된 걸로 아는데, 전혀 다른 형태라 의아스럽다.

"아니, 재영아, 너 지금 어떻게 된 거야? 에스앤에스에 온통 너와 최벽 간의 내부 거래가 어쩌고 하여 2차 오디션이 열리지 않는다는 말도 나오는데 말이야."

더군다나 덕강이란 존재는 오래전에 재영을 납치하여 새터마을로 갔던 흉악범이라서다. 물론 그 후 그날, 그가 재영을 데리고 광교호수공원으로 내뺐다가 그녀의 완강한 거부의 뜻으로 기가 꺾여 포기하고 돌아섰지만 말이다. 그런 그와 오붓한 사이로 변해 이 시각 자신을 압박하는 것 자체가 도저히 이해할 수가 없다. 행전은 마냥 최벽과 재영 간의 관계를 의심했을 뿐 지금 이 순간 눈앞에 보이는 장면은 상상하기 힘든 일이다.

"아니, 재영아, 오디션 문제는 그렇고, 이건 뭐야? 왜 이 덕강이란 인간과 이렇게 된 건데? 예전엔 널 납치하고 협박까지 한 흉악한 인간이잖아?"라며 노려봤다.

개의치 않는다는 표정으로 눈을 부릅뜨며 "뭐야, 뭐는. 넌 구질구질하게 엉뚱한 걸 의심하고 그러지만 얘는 그렇진 않고 엄청 쿨하지 너완 완전 정반대야. 그래서 그렇게 된 거야. 원래 남녀 관계는 이렇게 되는 거다."라고 쏘아붙이는 그녀였다.

"어어어!"

상당히 충격적인 얼굴로 변하는 그였다.

"야, 행전, 넌 그렇게 충격을 받을 필요도 없어! 여기 새로운 내 남친 덕강에게 참교육 좀 받고 앞으론 알아서 네 인생을 살도록."

"으으으!"

옆으로 빠졌던 덕강이 나서며 "이젠 모든 게 설명됐을 걸로 보인다. 내가 할 말을 재영이가 다 해 줬어! 그럼 난 그냥 가도 될 것 같다. 결론은 나하고 재영이는 이렇게 된 사이다. 끝." 하고 소릴 지르며 얼굴에 힘을 주며 그녀의 허리를 감싸고 돌아서 차가 세워진 쪽으로 가더니 태우고 유유히 가 버렸다.

그 모습이 사라질 때까지 물끄러미 쳐다보다가 어지러워 정신을 잃고 그 자리에 픽 하고 쓰러졌다. 빠져나간 마세라티 기블리는 성복역 방향으로 직진하려는데, 재영이 갑자기 "야, 덕강아, 여기 수지구청역에서 돈가스를 먹고 가자. 오늘따라 돈가스가 당긴다." 하며 옆구리를 꼬집자 "그래, 알겠다." 하고 차를 돌려 헤롱돈가스집 주차장으로 들어가 세웠다.

"여긴 내가 자주 왔던 돈가스집이야!"

"그래. 먹자고."

음식을 먹어 가며 그의 입가엔 웃음꽃이 만발하기만 하였다. 이젠 더 적수가 존재하지 않을 거라고 확신하기 때문이다. 새해 첫날만 하더라도 잔뜩 긴장됐고 영복, 대광, 행전, 철상 남자 4명에게 공개 도발 하며 훗날 한번 보자는 식으로 이를 바득바득 갈았던 그가 지금 이 시각. 자신의 눈앞에서 그리워했던 대상이 돈가스를 먹고 있다.

한창 돈가스를 먹고 있는 시각에 유리창 밖으로 보이는 큰 도로에 한 119 구급차가 아주 요란한 소리를 울리며 아주대학교 병원 방향으로 빠져나가는 장면이 눈에 들어왔다.

둘은 다 먹고 나가 성복역 쪽으로 갔다. 도착하여 부근 한 작은 카페에 들어가 아메리카노를 한잔씩 마시고 있을 때 다른 손님들이 이 가게에 들어와 아메리카노를 주문하고 자리에 앉았다.

그런데 손님들이 다 하여 4명인데 그중 1명이 핸드폰을 만지작거리더니 "어어! 여기 연예계 기사가 있네. 이건 뭐야. 죽전대학교 트로트과 출신 이행전이 이번 트로트 오디션 1차 참가가 불발된 것에 대한 후유증 때문인지 풍덕천동 한올아파트 6동 앞에서 실신해 있던 걸 지나가던 행인이 발견해 신고하여 119에 실려갔고, 현재 아주대 병원 응급실에서 심정지로 인해 심폐 소생술을 받고 있다."라고 말했다.

귓가에 이 소리가 들리자 재영, 덕강은 깜짝 놀라며 얼굴이 갑자기 굳었다.

둘은 옆 탁자에 앉은 손님들의 귀에 들릴까 봐 뭐라고 말은 하진 않지만 소스라친 얼굴이 지속됐다.

특별히 자신들이 그를 때리거나 어떤 정신적 타격을 주어 그리된 건 아니지만, 그래도 꽤나 신경은 쓰였다. 재영이 덕강에게 넘어간 사실을 공포한 게 죄가 될 순 없기 때문이다.

후다닥 빨리 커피를 먹고 나와 그녀가 노래 연습 하는 전용 공간으로 이동하였다.

이젠 선수들이 며칠에 걸쳐 짐들을 옮긴 상태라 재영만의 아늑한 노래 공간이 된 자체가 더더욱 보기에 좋고 기쁨이 몰려왔다.

갑자기 덕강은 정욕이 발동하여 재영을 끌어안으려고 하였으나 "야, 덕강, 너의 목표가 있고 나의 목표가 있다. 그 전에 너무 이러면 정신 집중이 안 돼! 넌 3월 초 격투기 챔피언이 되고 난 원래 3월 중순 트로트 오디션 2차에서 우승하는 게 목표였으나 심사위원장 최 벽이란 인간 때문에 무효 처리 되어 할 수 없게 되긴 했지만, 아마 내가 볼 땐 새롭게 다시 다른 데서 처음부터 1차 오디션을 할 것으로 기대하는데 이런 목표를 완전히 이뤄야 너와 난 제대로 그런 관계도 가능한 거라고……!" 하며 확 밀쳤다.

그랬지만 그는 이 자체만으로도 뿌듯하고 야릇하고 행복감이 밀려왔다. 덕강은 그녀의 의사를 최대한 존중하는 의미에서 더 이상 이런 쪽으로 안달을 부리진 않고 그저 얌전하게 지그시 손을 잡았다.

이때 서로는 굉장한 교감을 느꼈으며, 이미 그런 관계가 이뤄진 것 그 이상의 정신적 만족감을 얻었다. 더 신사적인 이미지를 남기려고 그는 갑자기 벌떡 일어나 나가며 "재영아, 난 네 말 그대로 3월 초 격투기 대회 우승을 위하여 죽기 살기로 훈련하러 새로 만든 옆 옆 건물로 간다."라고 말하고 막 달려 나갔다.

그가 나가 옆 옆 건물 새로 설치한 체육관으로 들어가자 그의 핸드폰에 곧바로 카톡이 날아들었다. 재영이 보낸 것이다.

'너무 아쉬워할 것도 없다 훗날을 기다려라 난 이미 네 정신세계 속으로 들어간 상태'라고 추상적이면서 더더욱 기대감을 증폭시키는 연락을 남겼다.

지금 바로 노래 연습을 하기보단 잠시 숨 고르기를 할 필요가 있어 이번엔 체리차를 한잔 마시기 시작하다가 덕강이 며칠 전 설치해 준 TV를 켜자, 아까 아주대학교 병원으로 긴급 이송된 이행전에 대한 속보가 떴는데 '생명엔 지장은 없다'라고 자막이 나왔다.

그래도 잠시 사귀었던 대상이라 다소 안쓰럽게 느껴지는 마음은 있다. 가요 채널로 돌려 노래를 들어 봤다.

"음, 가수들이 나보다도 노래를 못하네! 저게 뭐야! 저렇게 하면 안 되지. 감정이 안 들어갔잖아! 킥킥." 하며 확 꺼 버렸다. 조금 더 쉬었다가 자신만의 노래를 하려고 마음을 가다듬었다. 그러면서 앞으로 덕강의 격투기 대회 우승을 위하여 열렬한 응원도 겸해야겠다고 마음먹었다. 덕강은 더욱더 신나 발로 샌드백을 찼는데, 그 강도가 쇠줄이 끊어질 정도였다. 지금 이 시각, 신봉동 신라뷔페 옆 건물 체리박스아카데미에선 수달, 정환이 일요일인데도 스파링을 하며 구슬땀을 흘리고 있다.

덕강을 타도하기 위하여 한 체급씩 올리기에 임하고 있다. 이들의 뒤에 정신적 지주로 현재 열렬히 응원하고 있는, 사귀는 대상 수달에겐 란조가 있고, 정환에겐 새롱이 있었다. 이들의 여친들도 재영에게 굉장한 앙금과 불만이 쌓여 있어서 어쩌면 이번 격투기 대회는 그녀들 간의 대리전이라고 볼 수도 있었다.

게다가 수달, 정환은 자신들의 주특기가 무에타이라 결국엔 타격으로 덕강을 완전 보내 버리려고 그 기술을 좀더 연마하면서 비디오 분석까지 하는 중이다. 반면 덕강은 유도라 그런 쪽에 취약할 것 같아도 이미 오래전에 보궐선거 운동이 진행되는 도중 국민사랑당 전대광 후보가 재영이를 좋아하는 걸 보고 이에 반발하여 관두고 나와 곧바로 자신의 취약점인 타격 훈련을 시작했기에 그들보다 더 많은 훈련을 했고, 다양한 기술과 비디오 분석 및 훈련을 마친 상태이다.

국민사랑당에서 선거운동을 한 사람 중 한 명인 진갑도 이번 대회에 출전을 하는데, 덕강과 다른 상현역 부근 체킹주짓수 무도관에서 대비하는 중이다. 덕강은 이 사실은 모른다.

이윽고 격투선수들이 기다리고 기다리던 한국 최대 격투기 대회 첫째 날이 도래하였다.

3월 2일 목요일에 신도림 테크노마트 특설링에서 개최됐다. 진행되는 방식은 미국식이라 미리 쇠철창 옥타곤을 만들어 놓았다.

특이한 건 미국처럼 철창이 검은색이 아니라 흰색이라는 게 색달랐다. 토너먼트식으로 올라가는 경기였다. 룰은 미국식을 그대로 따라갔다. 예전 국민사랑당 선거운동 할 때 함께한 진갑이 보이자 덕강은 깜짝 놀라며 다가가 "어, 진갑이 형도 이번 대회에 나왔어요?" 묻는다.

"그래, 나왔다. 자, 가 봐. 난 집중해야 하니까!"

상당히 긴장감이 흐르는 그였다. 덕강은 돌아서서 자신의 대기실로 가 앉았다. 특이한 건 강당이 굉장히 넓디 넓다 보니 옥타곤을 4개나 설치했다. 4일간에 걸쳐 진행되는데, 첫째 날이랑 둘째 날은 4개로 하다가 셋째 날이 되면 인원이 많이 좁혀지고 장내 집중력 차원으로 두 군데에서 치러지기로 정하였다.

오전 10시가 되자 채킹 FC 단체 회장의 인사말이 시작되어 짧게 2분 만에 끝났고, 곧바로 경기에 들어갔다. 네 군데라 군데군데 요란하고 긴장감이 몇 배가 됐다. 시작하자마자 1코트 장에서 한 선수가 플라잉 니를 상대 선수에게 작렬시키며 관중석에서 탄성이 쏟아지고 말았다.

니킥을 맞은 선수는 피를 흘리며 주춤주춤 뒤로 물러서더니 픽 하고 쓰러져 기절하고 만다.

심판은 황급히 달려들어 손을 흔들며 경기 종료 선언을 했다.

이 장면은 모든 대기실에 설치된 카메라 영상으로도 나가고 있었는데, 대기 중인 선수들의 간담을 서늘하게 만들었다.

무엇보다 조덕강, 배진갑, 백수달, 방정환 4인이 대회 한창 전부터 사적인 앙금과 자신들의 여친들과 얽혀 있는 한이 있어 더더욱 전율의 비장감이 더해졌다. 배진갑은 제외하고 말이다.

진갑은 이런 쪽은 별것도 없지만 선거 운동 당시 덕강이 불시에 관두고 나가 버릴 때 굉장히 못마땅하게 여긴 점은 남아 있어 이번 대회에서 어떤 영향을 줄지 아무도 알 수가 없다.

4명 다 헤비급이라 올라가다가 부딪칠 확률은 높다. 특히 수달, 정환이 덕강을 타도하기 위하여 한 체급씩 올린 상황이라 서로는 긴장감이 더 세다.

오후가 되자 첫째 날 대진표가 자막에 떴다.

둘은 오늘 당장 덕강과 부딪치길 고대했지만 다 빗나가고 진갑과 수달이 맞대결이 잡혔고 정환은 다른 선수와 잡혔다.

이들은 현재 미처 모르고 있지만 관중석에 수달을 응원하기 위하여 란조가 와 있고, 정환을 응원하기 위해 새롱이 와 있고, 덕강을 응원하기 위해 재영이 와 있었다. 한 시간이 훌쩍 지나자 먼저 배진 갑과 백수달이 3코트 경기장에 등장하고 있다.

수달이 옥타곤에 먼저 들어왔는데, 이제야 관중석에 란조가 와 있는 걸 확인할 수 있었다.

그녀는 "와아아! 나 여기 란조! 수달아, 파이팅! 우아아아!"라고 아주 큰 함성을 질렀다. 그는 그 방향을 보고 미소를 지으며 손을 흔들었다.

상하의 검은색 복장을 한 심판이 들어와 "레디, 고!"라고 크게 소 릴 질렀다. 덕강은 진갑이 자신의 죽전대학교 유도학과 5년 선배라 약간 그에게 마음이 가긴 하지만 그리 큰 정도는 아니고, 현재 자신 의 컨디션 유지만을 집중하는 중이다. 죽전대학교 무에타이과 출신 백수달 대 죽전대학교 유도학과 출신 배진갑의 한판 승부였다. 이들 은 종합격투기를 수련한 지가 그리 많이 되진 않았기에 자신들만의 주무기로 피니시를 하려고 벼루었다. 아까 오전, 첫 경기 1코트에서 진행된 한 선수의 화려한 플라잉 니킥으로 상대 선수가 실신 KO 패 당한 장면이 문득 수달의 머리에 스쳤다. 갑자기 자신도 그 기술을 구사하고픈 충동에 사로잡혔다. 그랬으나 잠시 망설이며 옥타곤 주 위를 빙빙빙 돌았다.

탐색전을 좀 더 하다가 그 기술을 하는 게 낫겠다! 판단하였다. 진갑은 선거운동 기간에 과열됐던 것까지 다 머리에 스쳤다. 어차피 지금은 상대 당 당선자가 당선무효형을 받고 구속됐으니 다 소용없 는 일이 됐지만 말이다.

1라운드는 둘 다 서로가 주무기가 뭔지 알고 있는 터라 굉장히 살

얼음판을 걷듯 조심조심 경기에 임했다. 그러다가 약 1분 정도 남았을 즈음, 수달이 아까 처음 시작할 때 생각했던 플라잉 니를 해야겠다고 단단히 마음먹기 시작하였다. 상대가 잠시 멈췄을 때나 들어올 때 하는 게 효과적임을 직시했다. 뒤로 빠질 때 하면 타점을 맞추기가 쉽지 않을 거라고 여겼다.

그 상황을 주시하고 있던 차에 진갑이 자신의 주특기인 하단 태클이 들어오고 있었다.

때는 이때다 싶어 수달은 공중으로 붕 날아 무릎으로 그의 턱을 향해 가격하였다. 제대로 꽂혔다. 퍽퍽 하는, 마치 뼈가 부러지는 소리와 함께 그가 "으으아악!" 하는 비명을 지르며 그 자리에 퍽 하고 쓰러졌다.

수달이 피니시를 가하려고 달려들자 진갑은 가까스로 옆으로 피하며 바닥에서 이리저리 뒹굴며 도망 다녔다. 그러자 수달은 막 달려들어 주먹 파운딩으로 끝내려고 하였다.

순간 둘은 엉키게 되어 밑에서 엄청나게 불리한 위치인데도 불구하고 진갑은 옆으로 돌며 그의 목을 조르기 시작하였다. 완전히 전세가 역전되어 버렸다.

심판은 이젠 10초 남았다는 콜을 보냈다. 9초, 8초, 7초……. 이젠 6초밖에 남지 않은 상황에 수달은 더 이상 버티질 못하고 탭을 치고 만다. 손으로 바닥을 탁탁탁탁 쳤다.

수달이 6초만 더 버티면 휴식으로 들어갈 수도 있었지만, 지금 이 순간 걸린 목의 압박감 통증이 상상을 초월할 정도의 아픔이라 그냥 반사적으로 쳤다.

결국 진갑의 초크에 의한 기권 승으로 승리하게 됐다. 순간 이를 지켜보며 열렬히 응원한 란조는 눈물을 펑펑펑 흘리며 "으으으으아아악!" 하고 두 손으로 머리를 감싸며 비명과 통곡 소리를 냈다.

수달은 기절하여 자리에서 일어나질 못하였다. 의료진들이 황급히 들어가 눈과 호흡을 확인하는 절차를 밟자 그제야 서서히 일어나며 망연자실 낙담한 얼굴로 변하며 눈물을 흘렸다.

진갑은 승리의 환호와 기압으로 포효하며 경기장 안을 이리저리 빙빙빙 돌다가 심판이 승리했다고 손을 번쩍 들어 올려 주자 한 번 더 "우아아차차!"라고 포효한 뒤 나갔다.

곧바로 진행된 2코트에선 정환이 다른 선수를 판정으로 이겨 올라가자 이를 응원하던 새롱은 너무 기뻐 자리에서 벌떡 일어나 좌우, 앞뒤로 엉덩이춤을 추며 기쁨을 만끽했다.

오늘 저녁 6시가 되기 조금 전, 덕강과 서초대학교 합기도학과 출신의 맞대결이 열릴 예정이다.

그는 이미 오래전부터 이 대회를 위해 와신상담 피나는 훈련을 한 상태라 자신도 한껏 기대감에 부풀어 있다.

그가 옥타곤 안에 등장하자 재영은 관중석에서 아주 크게 "덕강아, 네 사랑을 보여 줘! 날 사랑한다면 승리를 보여 줘!"라고 조금 기이하게 응원의 메아리를 날렸다.

죽전대학교 유도학과 출신 조덕강 대 서초대 합기도학과 출신 양 무도의 자존심을 건 한판 승부가 시작됐다.

시작과 함께 재영은 조금도 쉬지 않고 계속 함성을 지르며 사랑 타령을 쏟아부었다.

덕강은 온통 재영에 대한 사랑에 함몰되다시피 하여 이 함성이 상당한 에너지가 됐다. 유도학과 출신이긴 하지만 이미 오래전부터 입식 타격 훈련을 많이 했고 샌드백 쇠줄이 끊어질 정도로 파워를 익혀 지금 이 상황에서 거침없이 타격전을 시도하며 들어갔다.

상대는 몇 대 얻어맞더니 엉거주춤 뒤로 밀려나자, 그는 더 이상 끌 필요가 없음을 직시하고 더 거칠게 달려들어 소나기 맹폭을 날렸다.

상대가 바닥에 퍽 쓰러지자 더 거침없이 주먹 파운딩을 얼굴 부위에 집중하여 퍼붓고 옆구리 쪽도 막 팼다. 상대는 피를 흘리며 기절하고 만다. 오늘 자 화끈한 최고의 경기가 될 정도였다. 재영은 관중석에서 "우호호호!"라고 환호성을 터뜨리며 벌떡 일어나 두 손을 번쩍 들고 이리저리 흔들고 계속 기쁨의 탄성과 함께 "사랑하는 덕강아! 사랑하는 남자야!"라고 또 사랑 타령을 읊었다.

재영이 아주 요란하게 노래까지 불러 대며 응원하자 어느 정도 떨어진 지점에서 앉아 있던 신새롱은 깜짝 놀라며 "어! 쟤가 언제부터 덕강에게 붙었지? 최벽에게 달라붙은 줄 알고 있는데 어느새 또 이렇게 된 거야. 어쨌든 희한한 애다. 으흠, 그래, 너 이젠 한번 봐라. 우리 정환이가 아까 올라갔으니까 네가 좋아하는 덕강이와 붙어 완전 개박살 낼 것이다."라고 혼잣말로 중얼거렸다.

저녁 6시 반쯤 되자 오늘 첫날 경기는 종결됐다. 수달은 119 구급차를 타고 구로병원 응급실로 가 치료를 받게 됐다. 곧바로 그 뒤를 란조가 택시를 잡아타고 갔다.

진료 결과, 그리 큰 부상은 아니고 안정제를 하나 맞자 서서히 정신을 차리고 회복되고 있었다.

그녀는 가슴을 쓸어내렸다. 수달은 더 이상 경기장 주변에 있을 이유가 없다고 판단하여 란조와 함께 늦은 밤 풍덕천동에 있는 그녀의 집 주변으로 내려갔다.

뭐니 뭐니 해도 격투기 대회는 헤비급이 빅 이벤트가 될 것임이 자명했다. 파워가 남다르기 때문이다. 덩치가 있어 한 방 제대로 딱 걸리면 그냥 그 자리에서 훅 가기 때문에 보는 이로 하여금 전율을 느끼게 한다.

드디어 셋째 날 8강전에 돌입했는데, 진갑, 덕강, 정환이 올라갔고 다른 지역에서 참가한 선수들도 이름을 올렸다.

매우 공교롭게도 진갑은 다른 지역 선수와 격돌하게 되어 혈전을 치렀는데 상대가 워낙 기량이 뛰어나 수세 밀려 심판 전원일치 판정 패하고 말았다.

그도 이날 바로 자신의 집이 있는 성복동으로 내려가 버렸다. 란조와 재영은 수달과 덕강이 결승전에서 멋지게 맞붙어 자신의 남친이 우승하길 염원하고 있었지만, 그게 마음대로 되는 건 아니었다. 4강으로 올라가는 길목에 맞붙게 됐다. 이기면 4강에 안착하는 것이다.

오늘 셋째 날까지 각 체급당 결승 진출자를 가려 놓고 내일 마지막 날은 결승전만 치러지는 형식이다.

오후 3시가 조금 넘자 대망의 란조의 남친 수달 대 재영의 남친 덕강이 맞붙는 순간이 왔다. 이들 선수들보다 여친들이 더더욱 손에 식은땀을 흘리며 온몸이 굳어져만 갔다.

이를 이겨 내고자 고래고래 소릴 지르며 준비해 온 수건을 이리저리 좌우로 흔들고 즉석 가삿말을 만들어 부르기도 하였다. 아무래도 여친들은 트로트 오디션에 나갈 정도의 가창력을 갖추고 있으니 노래 수준은 남달랐다.

재영이 먼저 "나에게 따뜻한 아메리카노처럼 노래할 공간을 만들어 준 남자야~ 너는, 너는 나만 알고 ,나밖에 모르는 남자다. 네 덕분에 나는 노래 연습 너무 잘하고 있다~ 그래서 나는 나는 널 열렬히 응원하고 또 응원하겠다~"라고 무슨 사랑이라기보단 대가 관계로 사랑을 나누는 듯한 즉석 곡을 만들어 아주 크게 불러 댔다.

어느 정도 떨어진 지점에 앉아 수달을 응원하는 란조는 "이히히히, 저게 뭐야. 쟤가 쟤에게 뭘 제공했나? 노래할 공간은 또 뭐야! 참 나, 웃기는 애들이다." 하고 비웃었다.

재영의 응원가에 같이 란조도 응원가를 부르며 응수하리라! 마음먹고 "이미 우승은 수달 것이다. 수달의 엘보우가 덕강의 안면을 찢어놓을 것이다. 내가 예고한 대로 될 거야~"라고 심리전을 이어 갔다.

옥타곤 안에 들어간 두 남자, 서로는 매섭게 상대를 노려봤다.

심판은 시작을 알리는 "레디, 고!"라고 소릴 질렀다. 둘은 이 경기 전부터 사적으로도 심한 충동을 일으켰던 인물들이라 각오가 남달랐다. 사즉생의 각오가 엿보였다.

1라운드 시작을 울리는 종소리가 나기가 무섭게 서로는 달려들었다. 수달은 주특기 하이킥으로 덕강도 최근 타격을 엄청 보완한 상태라 바로 카운터 중단킥으로 맞받았다.

샌드백의 쇠줄이 끊어질 정도의 파워를 익힌 덕강이라 그의 위력은 어마무시하였다. 수달은 처음으로 그의 킥에 복부를 강타당하자 움찔하며 뒤로 주춤주춤거렸다. 예상했던 것보다 엄청 센 걸 느껴졌다. 재영은 "우아! 됐다, 됐어! 여기서 끝내! 끝내라, 빨리! 막 까! 까!"라고 고함을 쳤다.

이 소리가 들렸는지 아닌지 그는 더욱더 이를 악물어 이참에 끝낸다는 각오로 호랑이가 달려드는 것처럼 더 거칠게 달려들어 주먹과 킥으로 수달을 막 줘 팼다.

그가 중심을 잃고 옥타곤에 머리를 퍽 맞고 쓰러지자 덕강은 강력한 레그킥으로 그를 강타했고, 그는 완전 그 자리에서 졸도해 버렸다.

이 순간 란조는 피눈물을 흘렸고, 재영은 벌떡 일어나 덩실덩실 춤을 추며 '여행을 떠나요'라는 노래를 불러 대며 승리에 환호성을 터뜨렸다.

이날 수달은 119 구급차에 실려갈 정도는 아니지만 정신적 큰 아픔과 상처를 받고 씁쓸히 퇴각했다.

덕강은 이날 저녁에 다른 경기, 즉 결승전에 진입하는 경기마저 승리하고 내일 대망의 헤비급 결승전을 치를 만반의 준비를 하게 됐다.

신도림테크노마트 특설링 주변에 숙소를 하나 얻어 놓은 상태였는데, 재영이 그곳에 들어와 수건에 뜨거운 물을 묻혀 목, 어깨, 등, 허리, 허벅지까지 안마해 주며 뜨거운 응원을 보냈다.

"다 필요 없다. 무조건 우승밖에 없다. 우승 파이팅, 우리 사랑하는 덕강! 오호, 오호, 오호."

"그렇다. 난 우승을 삼키겠다. 내게 있어 준우승이란 치욕이나 다름없다. 내일 다 보여 주겠다."

그녀는 이날 밤, 이곳 숙소에서 취침을 취하며 오매불망 불같은 응원을 해 줬다. 금세 날이 밝자 신도림테크노마트는 결승전을 앞둔 격투선수들을 흥분의 도가니로 빠져들게 하였다.

헤비급 결승전은 그야말로 빅 이벤트 중 빅매치라 맨 마지막 오후 5시가 넘어 치러질 거라고 대기실 카메라 자막이 떴다.

그 시간이 되자 덕강도 다소 긴장된 표장으로 옥타곤 안에 입장하였다. 상대는 울산에서 올라온 전적 대학 시절 럭비선수인데, 격투 수련을 8년 정도 했다고 알려졌다.

상대방은 근육을 자랑이라도 하듯 울긋불긋한 몸을 선보이며 도발하는 자세를 취하였다. 덕강은 그런 몸은 아니지만 특히 타격을 엄청 보완하여 파워가 가동할 만한 상태였다.

심판은 "레디, 고! 고! 자, 자, 붙어. 붙어 봐!"라고 특이한 콜을 외쳤다. 영어와 국어가 혼합됐다.

잠시 탐색전이 이어졌지만 답답함과 갑갑함을 느낀 상대가 들어오기 시작했고, 이를 노리던 덕강은 그대로 카운터 오른손 스트레이트에 이어진 오른발 중단킥을 퍼부었다.

너무 파워가 강해 상대는 상당한 충격을 받은 아픈 얼굴로 "으으흑." 하며 뒷걸음질 쳤다.

호기라고 여긴 덕강은 마치 성난 독수리처럼 달려들어 얼굴과 몸통을 마구 두들겨 팼다.

피를 흘리며 쓰러졌다.

레프리 스톱에 의한 TKO 승이었다.

그는 승리하여 우승하자, 포효하며 링 둘레를 마구 뛰어다녔다. 이를 본 재영은 관중석에서 링 안으로 뛰어 들어가 그를 꽉 끌어안고 기쁨과 흥분을 감추질 못했다.

그는 그녀를 번쩍 들어올리고 또다시 포효하며 입을 쫙 벌렸다.

링 아나운서가 다가와 "아하! 조덕강 선수가 한국 최대 격투기 대회에서 헤비급의 황제가 됐습니다. 축하합니다, 우승 소감 한마디 하시죠?"라며 마이크를 건네자 그는 약간 울먹이며 말하였다.

"아아, 아, 네, 네. 다 필요 없고 난 수지 갑 보궐선거에서 국민사랑당 선거운동원으로 일하면서 재영을 보고 반해 좋아하게 됐는데, 그 당시 이 당의 후보 전대광이 재영을 좋아한다고 하여 난 선거운동 중 팸플릿을 집어던지고 선거 캠프에서 관두고 나간 일을 기억합니다. 그 후 이 대회를 위해 피나게 훈련했고, 그 원동력은 재영이를 내 아내로 만들겠다는 결기가 존재했기 때문에 가능한 일이었습니다. 으와악악!"이라며 계속 특이한 포효를 이어 갔다.

그러자 이에 반한 재영은 너무 감격하여 느닷없이 자신의 입술을 그의 입술에 갖다 대고 꾹꾹 누르고 한참 동안 유지하고 있다.

이를 본 수많은 관중들은 "우아아와와! 하하하하!" 하고 탄성을 쏟아냈다. 그는 너무 흥분에 도가니로 빠져들자 그녀를 목마에 태우고 노래까지 불러 댔다.

제목은 '사랑은 아무나 하나'였다. 이 방송은 생중계로 MXZ 채널로 나가고 있었는데, 행전이 저녁을 먹으러 한 식당에 들러 이 장면을 보고 밥을 먹다가 눈에서 피눈물이 흘러 흐느끼기 시작했다.

게다가 마이크를 쥔 그는 구속된 청렴맑은당 당선자 최영복, 낙선자 전대광, 재영이와 학창 시절 8년간 동거했고 현재 구속된 김철상, 얼마 전까지 재영의 남친이었던, 의처증 환자처럼 군 이행전 4명을 싸잡아 맹비난을 늘어놓는다.

자신의 실명이 거론되며 비난을 늘어놓자 행전은 밥을 먹다가 기절할 것만 같았다. 그렇지 않아도 지난 1월말 재영의 집 풍덕천동 한올아파트 앞에서 둘 때문에 기절한 적이 있었는데, 지금 이 순간 또 그런 현상이 나타날 것만 같은 상태였다.

밥을 먹다가 갑자기 토하며 바닥에 픽 쓰러졌다.

놀란 종업원이 다가와 "어! 손님, 왜, 왜, 그러세요? 괜찮으세요? 119를 부를까요?" 하자 그는 조금씩 정신을 차리며 다시 일어나 물만 먹고 "아아, 괜찮습니다. 너무 자극적인 방송을 봐서 그런 것 같습니다. 밥이 잘 안 들어가니 그냥 가겠습니다." 하고 계산하고 나갔다.

그는 몹시 우울하기만 하였다. 자신의 끈적끈적하고 구질구질한 성격이 여친 재영을 달아나게 만들었다는 게 굉장히 뼈 아프다.

이날 밤, 그는 뜬눈으로 밤을 지새우며 괴로움에 빠져들었다. 덕강과 재영은 우승 트로피를 들고 성복동 아카데미로 돌아가 다른 선수들과 파티를 열며 승리를 자축하였다.

그가 경기 내내 일방적으로 밀어붙인 거라 조금도 부상이 없어 경기가 끝난 날 이런 파티가 가능했다. 행전은 홀로 독한 소주를 마시며 내일부턴 재영과 그 추억이 서린 보정동 카페거리 그 계단에서 단식 투쟁에 들어가리라! 결심했다. 그러기 전에 재영에게 카톡을 날리고 또 자신이 운영하는 관계망에 단식으로 들어간다는 글도 남기고 할 계획이다.

단식 투쟁에 앞서 '재영아 부디 돌아와다오 내가 네 진정한 남자다 왜 건달과 사귀는가? 네겐 내가 필요하다 우리의 옛정으로 돌아와다오' 이런 글을 남겼다.

아침이 되자마자 그는 어제 결기를 보인 그대로 그 위치, 그 장소에 가 머리에 띠를 두르고 위와 같은 슬로건을 피켓에 새겨 놓고 무한 단식 투쟁에 들어갔다.

애정을 차지하기 위한, 사라진 애정을 도로 찾기 위한, 멀어져 간 여친에 대해 다시 회귀해 달라는 구애의 단식 투쟁인 것이다.

13

단식 투쟁의 목표

그것도 팝송을 틀어 놓고 하고 있었다. 그러자 이 사실이 알려지자 덕강은 "참 나, 단식이란 정치꾼들이 어떤 목적을 이루기 위해 호소 차 하는 거지! 무슨 남자 새끼가, 여자친구를 잃어 도로 오게 하려고 하는 단식 투쟁이 어디 있어? 저거 혹시 밥 먹어 가며 반찬도 갖다 숨겨 놓고 하는지 모르겠다. 우하하하하." 하며 비웃자 "난 걔가 무슨 짓을 하고 쇼를 해도 꿈쩍도 하지 않을 거야! 에잇." 하고 역정을 내는 재영이다.

하지만 그가 무작정 이런 무리수를 쓰다가 자칫 악화되어 더 큰 화가 일어나면 굉장히 부담스러운 것만은 사실이었다. 자신들과 관련된 일이라서 그랬다.

덕강은 지금 행전의 그런 행동은 완전 옥에 티라고 판단하고 있다. 재영이 앞으로 유명 가수가 될 때 적잖은 부담으로 작용할 수도 있겠다고 생각했다.

어제 격투기 대회도 다 끝나 한가한 시간이고 재영이도 그 오디션이 진흙탕으로 얼룩져 무효 처리 되어 지금은 한가한 시간이라 그 거추장스럽게 느껴지는 행전을 어떻게든 처리해야겠다고 입을 모았다.

"야, 우리 지금은 한가한 시간이라 시간을 내어 쟤가 저렇게 못 하게끔 어떻게 해야 할 것 같다. 저렇게 내버려 두면 여간 신경 쓰이는 게 아니야!"

"음, 그렇긴 한데……."

이들은 다소 껄끄러운 문제를 조기에 차단해야 한다는 쪽으로 결론짓고 그에게 가 강제로라도 단식을 중단하게 하고, 걸어 놓은 그 황당하고 엉뚱한 피켓을 빼앗고 입원 조치 해야 한다는 게 핵심 사항이었다.

그는 자신의 차 마세라티 기블리에 그녀를 태우고 황급히 그곳으로 달렸다. 도착된 시간은 오전 9시였다.

내리자마자 그 지점으로 달려가 "야, 너 뭐 하는 짓이야? 무슨, 남녀가 연애하다 깨졌다고 여친보고 돌아오라고 단식하는 인간이 다 있어? 너 미친 거 아냐?"라고 소리쳤다.

"야, 행전, 너 어서 관두지 못해?"라고 그녀도 가세했다.

아직 단식을 시작한 지 얼마 되지 않아 얼굴은 그래도 온전했다. 조금 놀라는 표정으로 "아아, 내가 하든 말든 상관하지 말고 어서 다 꺼져 버려……. 아니면 다시 내게로 오든가."라고 공격하는 행전이다.

그랬으나 이미 아까 여기에 오기 전 둘이서 의논했던 그대로 강제로라도 입원 조치를 취하리라! 생각하고 떠밀어 차에 태우고 인근 오리병원으로 가려고 시도했다.

안 타려고 몸부림을 치며 그는 "놔아, 놔아. 놓으란 말이야! 이거 놓지 못해?"라며 심한 반발을 일으켰다. 덕강은 온 힘을 다해 그를 차에 밀어 넣고 오리병원으로 내뺐다. 차 안에선 행전은 고래고래 소릴 지르며 "재영아, 날 좀 바라봐. 너는 나를 사랑했잖아? 너는 비록 싫다고 말해도 나는 너의 그 마음을 알아!" 하며 애걸복걸거렸다.

가소롭다는 듯이 "야, 너 그 말은 어디 무슨, 노랫말 같다. 노래는 그냥 순수하게 노래로 남겨 놔, 이럴 때 사용하지 말고. 넌 너무 사람을 의심하고 끈적거리는 게 문제고 화근이다. 가서 안정제 좀 맞고 안정을 좀 취하라고. 치료비는 여기 덕강이 지불할 거니까!"라며 쏘아붙이는 그녀였다. 행전은 원래 재영이 온순한 성격이라고 여겼는데 이렇듯 벌처럼 쏘아붙이는 걸 보며 당황스럽기 그지없다.

금세 오리병원에 도착하여 응급실로 밀고 들어가 간호사에게 "여기 이 사람은 밥을 안 먹었으니 영양제도 놓아 주시고 또 신경도 쇠약한 것 같으니 신경 안정제도 좀 놓아 주시죠."라고 요청하였다.

행전은 펄쩍펄쩍 뛰며 저항하였지만 덕강이 완력으로 눕혀 버렸다. 강제로 주사를 놓게 하려는 사람과, 이에 안 맞으려고 저항하는 사람의 옥신각신거리는 시간이 지속됐다.

간호사는 도저히 안 되겠다고 판단하여 112를 눌러 버렸고, 인근 오리파출소 순경들이 2명이 오리병원으로 들어와 상황을 조사하기 시작하였다.

덕강, 재영은 순경들에게 이 상황을 설명했다. 이 설명은 순경들을 매우 난감하게 만들었다.

양측에게 다 뭐라고 하기가 애매모호한 구석이 있어서 그랬다.

떠나 버린 여친에게 돌아와 달라고 단식 투쟁 한 것을 뭐라고 하기도 그렇고, 또 그러지 못하게 응급 조치를 취하려 했던 사람에게도 뭐라고 하기도 그랬다.

"아, 네, 네, 글쎄요. 이런 대목은 법의 문제라고 하기가 참 어렵네요. 서로 각자 알아서 슬기롭게 해결하시죠?"라고 원론적인 답을 내놓는 순경이었다.

그러자 덕강은 "혹시 이 사람이 보정동 카페거리 그 계단에서 그런 게 스토킹 정도는 되지 않을까요? 단순한 단식이라기보단 상대방 여친이었던 사람에 대해 정신적 압박을 가한 것 같은 것 말이지요." 하고 상황을 알렸다.

"글쎄요. 그럴 수도 있지만 논란의 여지가 있을 것 같습니다. 직접적인 공세나 압박은 아직 없었던 것 같아서 그저 이런 단식 정도로 그렇게 단정 짓기엔 조금 그러네요. 또 한편으론 애절한 절규 정도로 해석이 되기도 합니다. 집에까지 직접 쳐들어온다거나 어디 직장 같은 곳에 나타나거나 그러면 당연히 해당되긴 합니다만, 글쎄, 카페거리 어떤 계단에서 단식이라……. 이런 판례가 혹시 있는지 먼저 알아봐야 할 일입니다. 일단 그만 돌아가겠습니다."

이 틈에 행전은 벌떡 일어나 나가 버렸다.

싱그러운 3월 초, 트로트 오디션 1차 예심에 통과됐지만 여러 가지 불미스러운 스캔들에 휩싸여 2차 결선은 무효 처리가 된 트로트 오디션이 사라지자 한동안 숨을 죽이고 있던 노자는 다시 다른 오디션이 있는지 알아보려고 검색하여 본다.

그 후폭풍일까, 다른 오디션은 아직 미정인 상태였다. 그러던 중 봄을 맞아 이천 설봉산 축제가 벌어진다는 내용이 인터넷에 떴다.

대형 오디션보단 격이 조금 낮은 듯한 노래 대회인 듯했다. 설봉산 축제에 노래 대회가 있는데 이것도 1차 예심, 2차 본선으로 나눠 치러진다는 것이었다.

몸을 푸는 의미로 여기고 이거라도 나가려고 관심을 갖게 됐다. 3월 15일 수요일에 1차 예심을 설봉산 자락 입구에서 한다고 나왔다.

그녀는 재영이와 사이가 좋진 않았다. 원래 안 좋다가 복원됐다가 또다시 틀어진 일이 있다.

어차피 재영이도 트로트 오디션 2차 본선 때 희한하게 심사위원장 최벽과 얽히고설켜 불미스러운 오해를 뒤집어쓰고 별 볼 일 없게 생겼고, 노자 스스로도 꽤 따분한 시간들이 이어졌다.

현재 노자는 재영이가 덕강과 그리 새롭게 연결된 사실을 잘 모르고 있었다. 그가 혼자 재영이를 짝사랑하고 있는 정도로만 알고 있다. 이럴 수밖에 없는 까닭은 노자가 최근 재영이와 소통을 하지 않았기 때문이다. 그저 최벽 문제로 심란함 속에 빠져 있을 거라고만 알고 있다. 또 덕강이 재영이를 엄청나게 괴롭히고 있다고 인식하고 있다. 예전에 재영이 그런 하소연을 한 적이 있어서이다.

그래서 지금도 그런 일이 지속되는 줄만 알고 자신이 지금에라도 나서서 그 문제를 해결해 주고 재영이와 옛 우정을 떠올려 가까워지려는 마음이 싹텄다. 물론 자신이 혼자 노래 연습을 하다 보니 외로워서 그렇고, 또 남자 친구도 없고 그래서 더더욱 쓸쓸해서 그랬다.

노자 아버지가 아무리 돈이 많아도 이런 외로운 부분은 돈으로 해결되지 않는 성질을 띠고 있기 때문이다. 난데없이 자신의 친척 오빠이자 과거 영글보이스 프로야구단 지명 타자 겸 4번 타자였던 노영식에게 전화를 건다. 노영식은 현재 전국 대형 조직 폭력배이다. 과거 한 해 홈런을 무려 67개를 쳐 전무후무한 대기록을 세웠던 그가 이렇듯 엇나간 걸로 보면 인생사 새옹지마가 맞긴 했다.

그녀가 방금 전 그에게 전화한 까닭은 그에게 부탁하여 현재 재영이를 못살게 구는 덕강을 좀 혼내 주고 참교육도 좀 시켜 주고 재영이 앞으로 행전이와 교제하는 길에 서광이 비춰지게 해 주려는 깊은 뜻을 지녔다. 영식은 검은색 볼보 SUV를 타고 사촌 동생 노자가 노래 연습하는 전용 공간에 나타났다. 덩치가 완전 웬만하게 신체가 건장한 남자 두 배나 될 정도였다.

풍덕천동 한 빌딩 지하에 설치된 그녀의 공간으로 들어갔다.

"와아, 실내 인테리어 죽인다."

화려한 인테리어에 놀라움을 감추질 않는 영식이다.

"우리 작은아버지가 이렇게 잘 만들어 준 거야?"

"그래, 오빠, 오빠는 별일 없이 잘 지낸 거야? 호호호."

그는 사촌 동생 노자가 자신을 부른 이유가 궁금하여 본론으로 들어가고 있다.

"야, 노자야, 난 원래 잘 지내는 사람이야. 그건 그렇고, 날 왜 초대한 거니? 뭐야?"

"음, 이렇게 바쁜 와중에도 이렇게 귀하신 몸이 와 주셔서 땡큐 합니다. 히히히."

그녀는 조금 장난기가 섞인 말을 하다가 결국 본질을 밝히기 시작하였다.

"근데 오빠가 한 가지 해결을 해 줘야 할 게 있는데……."

이렇듯 자꾸 뜸 들이는 동생에게 노영식은 "빨리 빨리 핵심을 말해."라고 재촉했다.

"음, 그래. 말하지. 오빠가 어떤 한 인간 참교육 좀 시켜 줘야 할 것 같다. 그 인간은, 내 친구 재영이라고 있는데, 얘를 엄청 괴롭히고 있다고 그래. 그러니 막아 달라는 거야. 일종의 스토커라고도 볼 수 있어. 오빠는 힘이 대단한 홈런왕이었으니 가능할 거야! 왜냐하면 내가 다시 재영이와 가까워지려고 그러는 거지. 이렇게 한 번 정도 도와주고 말이야."

눈이 번쩍 뜨이며 영식은 "뭐야, 그런 게 있어? 뭐! 그런 거야 별것도 아니지 뭐. 그놈은 뭘 하는 놈인데 그래?"라고 물으며 주먹을 불끈 쥔다.

"음, 그놈은 죽전대학교 유도학과를 나온 사람인데, 얼마 전에 끝난 수지 갑 보궐선거에서 국민사랑당 선거운동을 하다가 중간에 관두고 나가 버린 사람이야."

개요를 들은 그는 호기로운 표정을 지어 가며 "그래, 뭐, 얼마든지 해결하겠다. 그놈을 볼 수 있게만 해 줘."라고 전율을 드러냈다. 대화를 잠시 중간한 뒤 그는 자신의 손아래 행동대원들을 몇 명 불렀다.

"야, 여기 약도 찍어 줄 테니까 여기로 좀 와라."

"아! 네, 주인님."

그들은 번개같이 송파구에서 풍덕천동 그 위치로 내려왔다. 그들이 오자 노자는 곧바로 재영에게 전화를 걸어 "만나서 밥이라도 같이 먹자"고 말했다. 재영은 조금 기분이 좋진 않다.

물론 노자에 대해 미운 정 고운 정이 있긴 하지만 최근엔 자신에게 악담을 늘어놓았기 때문이다. 재영은 "글쎄, 다음에 하자고. 난 지금 바빠서 이만……."이라고 거절하고 끊었다.

그러자 이번엔 노자가 그녀에게 카톡을 날렸다.

'재영아 너무 미안하다 나의 본뜻은 그게 아니었다 단지 잠시 타인들에게 휩쓸렸을 뿐이다 자초지종을 만나서 다 얘기할게 일단 들어나 볼래?'

이 카톡에 단순한 재영은 조금 솔깃하고 뭐가 어떻게 휩쓸린 건지 궁금해지기도 하였다.

저녁때가 다 되자 동생들이 몰려왔다. 노자는 다시 재영에게 전화를 하자, 이땐 받았다.

아까 그 카톡이 재영의 마음을 조금 흔든 것 같았다.

"저녁이나 같이 먹자, 재영아. 난 오로지 네 편이다. 넌 지금 어디 있니? 여기 수지구청역 5번 출구에서 볼 수 있니?"

"알겠다."

노자는 오빠의 동생들에게도 아까 그 상황 설명을 하였다. 이에 동생들은 "충분히 알겠어요."라고 대답하였다.

저녁 6시 그곳에서 이들은 만났다. 재영은 덕강과 동행하진 않았다. 5번 출구에서 나가 풍덕천뷔페로 들어갔다. 음식을 먹어 가며 노자는 장황하게 자신의 속사정을 털어놓았다. 재영은 조금 이해가 가는 듯 고개를 끄덕거렸다. 밥을 다 먹고 난 후 후식으로 커피를 마시며 스토커 덕강에 대한 얘길 꺼내기 시작하였다.

"지금도 그놈이 널 괴롭히니? 내가 해결해 주려고 우리 오빠를 데려왔어, 예전 프로야구 홈런왕이다. 덕강이란 놈에게 홈런을 날릴 수 있다."

이 말에 조금 움찔하는 재영이다. 현재 그와 사랑에 빠져 있기 때문이다. 그렇다고 선뜻 교제하고 있다고 말을 하지 못하는 그녀였다. 침묵이 이어지자 이번엔 노영식이 말을 꺼낸다.

"하하하, 제가 여기 동생 노자에게 말은 다 전해 들어서 알고 있습니다. 그 스토커 덕강이란 사람을 제게 알려만 주십시오. 그럼 참교육을 시켜 앞으로 그런 일이 발생하지 않도록 개과천선 시켜 놓겠습니다, 네?"

이때 그녀는 순간 실수를 범하고 만다. 복안은 일단 이들과 다 함께 만난 뒤 그때 자신이 그와 열애 중이라고 공포하려는 방법을 택했다. 이제 명실공히 애인이라는 걸 드러내겠다는 야심이었다. 그냥 지금 당장 말로 하면 되는 걸 굳이 보여 주며 하려고 하는, 조금 이상한 방법을 택하고 있다. 곧바로 덕강에게 전화를 넣어 이곳으로 오라고 말했다. 그러자 그는 "알겠어."라고 말하고 금세 왔다. 그가 들어오자 이들은 조금 놀라는 표정으로 바뀌었다.

"어! 어제 격투기 대회에서 헤비급으로 우승한 사람이잖아!"

영식의 동생들도 격투기를 무척 좋아하는 사람들이 있어 금세 알아봤다.

"와아아아!" 하며 환호를 보내는 이들도 있다.

그러자 덕강은 환하게 웃으며 "으아! 날 알아보는 팬들이 많군요. 내가 대스타가 된 거지. 우후후." 하며 자신이 어제 5천만 분의 1이 된 역사를 기뻐하며 만끽했다.

우두머리 영식도 실제 나타난 덕강을 보고는 깜짝 놀랐다. 노자는 격투기에 별 관심이 없어서 어제 그가 챔피언이 된 사실도 모르고 아무것도 몰랐다.

"아니, 재영 씨, 스토커 덕강이란 사람이 바로 이 어제 격투기 대회에서 헤비급 챔피언이 된 사람이에요? 난 참, 이름이 같긴 했지만 설마 이럴 수가 있다니. 참 기가 막히네요."

그녀는 말없이 고개를 끄덕이며 "내가 예전엔 우리 노자에게 덕강이 스토커라고 말하기도 했지만, 어떻게 시간이 지나가다가 이젠 이 남자와 난 어쩌면 애인 같은 게 됐어요." 하고 실제 상황을 그대로 밝혔다. 이 말에 덕강도 무척 우쭐한 표정으로 어깨에 힘이 들어갔다. 노자는 무척 놀라며 당황스럽다는 얼굴을 보였다.

"어! 재영아, 그게, 그러니? 그렇게 됐던 거야? 그럼 그런 말을 진작에 하지 왜 안 했어?"

덕강도 영식의 얼굴을 잠시 빤히 바라보더니 조금씩 갸웃거리기 시작하였다. 왠지 어디선가 본 듯한 기억이 스쳤기 때문이다.

"글쎄, 어디서 많이 본 기억이 납니다. 어디였나!"

그러자 영식은 아주 호기롭게 "아하, 절 몰라보십니까? 난 예전 프로야구팀 영글보이스 4번 타자로 한 해에 홈런 67개를 몰아친 역대 최고 홈런왕 노영식입니다." 말하며 얼굴에 힘이 확 들어갔다. 덕강은 오로지 유도 국가대표를 목표로 유도에만 집중한 터라 야구 경기를 많이 본 일이 없어 잘 기억이 나진 않지만, 그가 말하자 조금씩 어렴풋이 생각이 날 듯했다.

"어어, 그러네요. 이젠 기억이 나려고 합니다. 아시아 최고 기록이지요. 한 해에 홈런 67개, 우아."

덕강은 대충 그의 나이가 자신보다 7~8년 더 위라는 걸로 알고 있어서 느닷없이 '형님'이라고 부르기 시작하며 호의적으로 나왔다.

"아이, 뭘, 별말씀을……!"

"그런데 형님, 지금 어디에서 어떻게 지내십니까?"

"……"

영식은 아무런 말을 할 수가 없었다. 전국 대형 조직 폭력배라고 절대 말할 수가 없다. 그는 자신이 영글보이스 프로야구단 내에 마음에 안 드는 존재들이 있다는 이유로 감독과 코치들을 막 줘 패 버려 폭력 사건으로 선수 신분을 박탈당한 걸 드러내진 않았다. 자연스레 덕강이 그때 그 사건을 알고 있으면 모를까 구태여 밝힐 필요는 없다고 판단했다.

문득 덕강은 "아! 형님, 제가 다음 주 중에 방송 프로 예능 채널에 나갑니다. 어제 국내 최대 격투기 대회 헤비급 챔피언이 되는 바람에 그 채널에서 저를 초대하겠다고 하는데, 그때 형님도 동행하시지요. 그럼 완전 흥행 대박 난리가 날 것 같습니다. 우하하하."라고 한 껏 흥분을 돋운다.

이 말을 들은 영식은 잠시 가만히 생각에 잠기더니 "그래요, 동생. 그럼 그때 우리가 그 채널에다가 그 전에 거기에 나가 스파링을 하는 모습을 보여 주겠다고 제안해 보시죠. 그럼 순간 시청률 완전 대박 날 거라 그들도 너무 좋아 난리 칠 겁니다. 왕년에 한 해에 홈런 67개를 몰아 친 영글보이스 4번 타자 대 한국 격투기 헤비급 챔피언의 친선 스파링 경기 말이죠. 어때요? 다 비즈니스 차원입니다. 내가 하는 주식회사를 홍보 좀 해 보려고……"라며 엄지 척을 하며 제안했다.

지금 이 순간 그가 이런 제안을 한 저의는 이제 사촌 동생 노자의 부탁의 의미가 사라진 이 시점에 자신이 운영하는 전국 대형 조직 폭력배 동생들에게 사기를 북돋워 주기 위함이다. 즉, 한국 최대 격투기 헤비급 우승자도 이 형님이 무참히 쓰러뜨린다는 걸 보여 줌으로써 위용을 드러내는 금자탑을 쌓기 위함이다. 조직 결속력이라고도 볼 수가 있다.

잠시 망설이다가 덕강은 "아, 네. 비즈니스 차원이라면 얼마든지 그렇게 해 보겠습니다. 아마 그 방송사에서도 아주 달콤한 그림이라고 생각할 수도 있겠네요. 왕년의 기네스북에 오를 정도의 67개 홈런을 몰아 친 홈런왕 대 격투기 헤비급 챔피언의 스파링 말이죠. 좋아요. 그런데 아무리 스파링이긴 하지만 제가 너무 파워가 센 편이라 하다가 부딪치기라도 하면 형님이 크게 다칠 수가 있어서 어째, 흠, 흠, 좀 그러네요. 그렇게 해도 되겠어요? 왕년의 위대한 홈런왕이신데 만약 큰 부상이라도 입게 되면 제가 너무 미안하기도 하고 죄송하기도 한데……. 그래도 될까요? 너무 걱정이 됩니다."라며 그를 챙겨 주며 걱정하는 마음까지 표했다.

그러자 노영식은 "우하하하하. 에이, 그런 건 걱정하지 않아도 됩니다. 일단 비즈니스 차원이 중요하고, 핵심 사항이 됩니다. 쉽게 표현하면 돈을 벌고 우리 회사를 알려 수익을 올리는, 그저 바로 돈입니다. 홍보 효과가 장난이 아니죠. 난 그 채널에 나와서 최대한 내회사를 알리면 그걸로 대만족입니다. 뭐, 동생에게 얻어터져 부상좀 당하면 어때요. 두 달만 병실에서 누워 있다가 나오면 되지 뭐! 푸하하하하." 하고 매우 즐거운 표정으로 신났다.

그가 이렇듯 호기로움을 보이고 호탕하게 웃으며 환호하자 동생들도 분위기를 맞추려고 덩달아 똑같이 호탕하게 "푸하하하하!" 하고 웃음을 보였다.

노자는 한없이 웃기기도 하고 이상야릇한 기분이 이어졌다. 애초자신이 오늘 이런 만남의 목적과 의도를 완전 무색하게 만드는 일이 발생해서이다.

하지만 친구 재영에게 좋은 애인 덕강이 생긴 건 그 무엇보다 즐거운 일임엔 틀림없다.

"야, 재영아, 우리 새로운 마음으로 다시 시작하자는 의미에서 저기 4번 출구 쪽 노래방에 가서 신나게 놀아 보자."라고 노자가 말하자 "그래, 좋지."라고 재영이 화답했다. 다른 사람들도 다 호응하여 그곳으로 가게 됐다.

그곳에 들어가자 아무래도 노자, 재영은 오디션에 나갈 정도의 가수들이라 목소리나 음정, 박자가 일반인과 사뭇 다른 차원이었고, 다른 사람들은 일반인이라 그저 막 부르는 수준이었다.

끝나고 나와 다 흩어졌다.

덕강은 이날 재영에게 "어제 격투기 대회도 끝났으니 오늘 정도는 네가 지난번에 약속한 대로 함께 모텔로 들어가 처음으로 섹스를 하자."라고 말하며 잡고 늘어졌다. 그러나 그녀는 "다음에 내가 연락을 하겠다. 어제 격투기 대회 끝났다고 바로 다음 날 그러냐? 몸 생각도 좀 하고, 너무 그런 건 그렇게 서두르지 마라."라고 버텨 끝내 각자 흩어졌다.

하지만 그는 그래도 마냥 기분이 좋아 붕붕붕 뜬 채 공중을 날아다니는 듯한 황홀경에 빠졌다.

편한 잠을 자고 일어난 그는 BBA 방송 관계자에게 어제 저녁 영식으로부터 받은 제안을 알렸다. 그러자 핵심 관계자는 "우아! 그럼 너무 좋은 일입니다. 대기록 67개 홈런왕 대 격투기 헤비급 왕자와의 스파링, 너무 멋지고 좋습니다. 초대박이 나겠군요. 기대됩니다. 바로 추진하도록 하겠습니다." 하며 반색했다.

이 통보를 받자마자 방송 관계자들은 아예 철창 옥타곤을 설치해 놓고 하면 더더욱 흥행이 될 거라고 판단하여 준비하려는 계획까지 세웠다.

지난해 수지갑 보궐선거가 끝난 후 당선됐던 청렴맑은당 최영복이 불미스러운 일로 구속되자 그 당시 경쟁했던 상대방 국민사랑당 전대광은 정치판의 회의를 느끼고 비애를 느껴 더 이상 이런 판에 관심을 가지질 않고 머릴 식힐 겸 새해 1월 중순쯤 홀로 고요히 설봉산 산행을 하며 '삶이 무엇인가?'에 대해 많은 숙고를 하는 시간을 가졌다.

그의 본업이 시나리오 작가라 이번 사건은 더 많은 생각들을 하게 만든 시간이었다. 그도 선거 기간에 로고 송 제작 문제로 재영을 보게 되어 첫눈에 반하여 미온적인 접근을 하기도 하였으나 여의치 않자 훗날로 미루고 선거전에 집중했지만 패배하고 말았다. 그렇지만 당선된 최영복이 당선 무효가 되어 이도 저도 아닌 아무것도 아닌 상황으로 변했다.

측근들은 시나리오 작가 대광에게 다시 정치에 몸을 담고 역할을 해 달라고 제안하였으나 그는 속세를 끊고 싶다고 거절의 뜻을 밝혔다.

공석인 수지갑 보궐선거가 4월 말로 확정되면서 새로운 후보를 공천하는 문제를 두고 각 당은 열띤 논의를 이어갔으나 공천권을 쥔 당 대표가 후보자를 선택하는 결정권을 완전히 배제하고 100% 국민경선을 통해 뽑아야 한다는 의견이 지배적이었다. 이를테면 한 당에 후보자로 나온 사람들을 모아 놓고 100% 여론조사로 정한다는 것을 골자로 하는 것을 뜻했다.

먼저, 청렴맑은당 사무총장과 원내대표 간 대화이다.

"아! 말이죠, 지난해 트로트 오디션 1차 예선에서도 심사위원장과 참가자 간 무슨 커넥션인지 애정 관계인지 음모인지 모르지만 무효가 됐잖아요. 또 우리 보선도 무슨 후보가 선거 총책과 짜고 트로트 오디션 참가자를 붙잡아 납치하고 협박하여 여자를 차지하려는 짓을 했고 말입니다. 그래서 구속된 거 아닙니까? 하여간 말들이 많습니다. 또 무슨 일이 일어날지 모르니 이번엔 100% 국민경선으로 합시다. 당 대표의 손으로 결정하다 보면 그 트로트 오디션 같은 일이 재현됩니다. 우리도 맑고 밝게 거듭나야 하겠습니다."

"음, 원론적인 말씀입니다. 물론 공정과 투명하게 운영하는 건 그 말씀이 백번 맞습니다만, 그건 국민이 우리에게 준 대의제에 역행하는 일인지도 모릅니다. 대의제는 우리 정치인들이 심사하고 결정할 권한을 부여한 것이기도 합니다. 그럼 뭐 하러 당 대표를 뽑습니까? 이럴 때 결정하라고 뽑아 놓은 거죠."

비슷한 시기에 국민사랑당 사무총장과 원내대표도 같은 내용의 논의를 하게 됐다. 그랬으나 결론이 나질 않아 결국 당 대표의 손으로 결정하는 걸로 일단락 짓게 됐다.

전대광은 이런 문제에 아무 관심도 없게 되어 1월 중순부터 지금껏 줄곧 시나리오를 쓰고 있었다. '홉비'란 제목의 영화 대본을 쓰고 있었는데 현재 3월 중순이 다 되어 가는 시점에 중간쯤 정리되어 가고 있었다.

덕강이 BBA 채널 예능 프로에 출연하는 시점이 점점 점 도래할 즈음, 며칠 남겨 놓고 모든 일간지에 트로트 오디션 트로트미스미스터천국 1차 예심이 4월 말에 잡혔다고 떴다.

작년 말 불거진 심사위원장 최벽과 참가자 차재영의 커넥션은 그가 일방적으로 그녀를 차지하려는 불순한 그런 의도가 있었음이 드러났다. 그녀는 영문도 모르고 속절없이 당하는 형국으로 알려졌다.

그에게 그 당시 영구히 오디션 심사위원장을 맡을 수 없는 강력한 조치가 내려졌고, 음반 활동도 할 수 없는 초강력 징계 처분을 받았다. 방송윤리위원회의 징계도 받았다.

앞으로 한 달 반가량 남은 트로트 오디션의 명칭은 불놀이트로트장터로 바꿨다. 주관했던 채널도 호키 채널로 바꿨다.

수지대학교와 호키 채널이 맡게 됐다.

새해에도 새롭게 바뀐 트로트 축제와 수지갑 보선이 또 공교롭게도 4월 말로 일치됐다. 이윽고 덕강이 지난주 영식에게 알린 BBA 채널 예능 프로에 출연하게 될 날이 도래했다.

영식의 동생들도 무려 30명이나 그 무대에 동행할 예정이다. 생방송이라 긴장감이 감돌았다. 시청률을 한껏 끌어올리기 위하여 방송사는 옥타곤을 이미 며칠 전에 완벽히 설치해 놓은 상태였다.

진행자가 멘트로 "생방송 적수는 철망에서 만난다."라고 소리치며 시작됐다.

재영은 덕강 뒤쪽에 서서 그의 어깨를 주무르고 있다.

"덕강아, 저런 야구선수 출신과 스파링 한다는 게 어째 좀 그렇긴 한데, 다 비즈니스라고 하니까 적당히 해 줘."

"음, 내가 봐주며 해야지 뭐!"

이들의 스파링 말고도 그전에 다른 연예인들이 나와 자신들의 에피소드를 털어놓는 시간도 진행됐다. 그렇게 한 시간가량 지나자 이제 홈런왕 대 격투왕의 한판 스파링이 진행될 순간이 왔다.

방청객들이나 연예인들은 표정이 무척이나 진지했고, 다들 이벤트 쇼로 생각할 정도였고, 만약 제대로 맞붙으면 상대가 안 되는 거라고 예상하고 있었다. 분야가 다르기 때문이다.

영식은 온몸에 엄청난 문신이 새겨진 게 보였다. 덕강은 그런 건 없다.

글러브 터치를 하는 두 사람인데 특별히 눈싸움을 펼치고 그러진 않았다. 친선 스파링이라 그랬다.

처음에는 슬슬 툭툭 잽을 던지며 이리저리 스텝을 밟았다. 순간 덕강은 이상한 느낌을 받았다. 야구선수의 몸놀림치고는 예사롭지가 않았다.

점점 시간이 흐르자 영식은 아주 세게 그를 후려쳤다. 덕강은 순간 주춤거렸다. "아아……." 하며 충격을 받았다.

올 게 왔다. 그가 주춤거리자 영식은 더 거칠게 밀어붙였다.

아무리 친선 경기이지만 자신이 만약 여기서 실제로 쓰러지기라도 하면 헤비급 격투왕의 체면이 이만저만이 아니었다. 뒤로 밀리면서 정신을 바짝 차리고 제대로 자세를 잡고 반격에 나섰다. 하지만 영식의 파워는 무지막지할 뿐만 아니라 웬만한 공격은 다 흘리며 피해 버릴 정도였다. 몹시 당황스러운 덕강은 그래도 정신을 차리고 공격을 하려고 최대한 노력을 하였으나 좀체 감을 잡을 수가 없었다.

그러는 사이 영식이 기민한 몸놀림을 이용하여 재빨리 파고들어가 피니시를 작렬시키며 덕강을 무참히 기절시켜 버렸다.

이 장면은 BBA 채널 생방송으로 나가는 상황이었는데, 짜고 하는 쇼라고 볼 수가 없는 실제 상황임을 확인할 수 있는 건 그가 기절했다는 점이다. 자칫 방송 사고로도 비춰질 수 있는 사건이었다.

원래 어떤 스포츠든지 아무리 친선이라지만 하다 보면 승부욕이 싹터 가열될 수밖에 없다. 그것도 엄청난 피를 흘리면서 그랬다. 방송 관계자들은 황급히 119 구급차를 불러 그를 이송하였다.

이를 집에서 시청한 한국 최대 격투기 단체 채킹 FC 회장은 "우와아아! 저건 완전 왕대박감이다. 얼른 전속 계약을 해야지 쟤는 또 왕년 홈런왕이잖아! 사업으로 치면 시너지 벤치마킹은 넘버원이다. 우아하하." 하고 좋아서 펄쩍펄쩍 뛰며 어깨를 들썩거렸다.

이 프로를 본 전국의 모든 시청자들은 그야말로 경악을 금치 못하였다. 신촌병원으로 간 그는 긴급 진료에 들어갔다. 따라간 재영도 너무 큰 충격을 받아 계속 벌벌벌 떨고만 있었다.

다행히 큰 부상은 아니라고 담당 의사가 밝혔다.

채킹 FC 회장은 노영식과 연락을 취하여 "우리 단체와 전속 계약을 한다면 얼마든지 원하는 금액을 줄 수 있습니다."라고 제안하였으나 그는 "아아! 난 그냥 한번 몸을 풀어 본 거고 또 지금 하는 중요한 사업이 있어서 시간이 없어서 그건 좀 곤란하겠는데요."라고 사양의 의사를 표했다. 회장은 못내 아쉬워하며 한탄했다. 거액을 벌 수 있는 있었고 미국 시장에서도 충분히 통할 것 같아서 그랬다.

대광이 지금 쓰고 있는 시나리오 '흙비'는 한 무명 여가수의 인생을 담은 내용이다. 그가 선거운동 기간에 재영을 좋아한 일이 있어 아마 그녀에 대한 사랑의 감정과 에피소드나 비하인드 스토리가 주가 될 것 같다. 재영은 어제 덕강이 야구선수 출신에 의해 실신하자 당혹감과 충격 속에 빠졌는데, 다행히 큰 부상 없이 회복되자 안도의 한숨을 푹 쉬었다. 4월 말로 잡힌 새로운 트로트 오디션 불놀이 트로트장터에 나가려고 다시 몸을 풀기 시작하였다. 성복역에 있는 자신만의 노래 연습 전용 공간으로 들어가 발성을 시작했지만 어제 덕강이 방송 출연 중 갑자기 쓰러져 너무 놀라고 당황한 나머지 스트레스를 많이 받아서 그런지 몸이 힘이 쭉 빠져 탈진 상태가 됐다. 도저히 안 되겠다 싶어 간이침대로 가 누워 쉬고 싶어 슬며시 누워 버렸다.

대낮부터 무슨 꿈을 하나 꿨다. 내용은 무작정 설악산 산행을 하는데, 어떤 한 중년 여인이 다가와 막 웃어 가며 A4 용지를 건넸다.

그 용지에는 장문의 글이 적혀 있었다.

그러면서 "이봐요, 이 종이에 적힌 대로 노래를 부르면 아가씨는 챔피언이 될 거야! 가사라고." 하며 갑자기 점프하여 나무로 올라갔다.

"이게, 이게 뭐, 뭐에요? 어어, 이건 노랫말이잖아."

나무 꼭대기에 앉아 중년 여인은 "그 노래의 제목을 잘 봐 봐. '흙비'라고 써 있지? 그렇게 그냥 부르기만 하면 돼. 흙비야." 하고 무슨 열매를 하나 따서 바닥에 떨어뜨렸다.

재영은 "어어, 이건 뭐예요?" 하고 바닥에 떨어진 열매를 보자 바나나인데, 다 썩은 바나나였다.

"어! 이건 다 썩은 바나나잖아. 에잇." 하고 몹시 못마땅한 기분이 이어질 때 잠에서 깨났다.

눈을 뜨고 천장을 보자 머리가 띵했다.

"어! 그거 참, 진짜 이상한 꿈이다. 너무 이상해. 내 생전 이런 꿈은 처음이다. 으으."

정신을 차리고 다시 일어나 물을 한잔 마시고 다시 발성 연습에 들어갔다. 한창 소릴 지르며 애를 쓴 시간도 잠시, 금세 점심 식사할 시간이 도래하였다. 지금 이 시각 덕강은 어제 친선 경기에서 영식에게 당한 후유증으로 얼음 찜질을 하며 집에서 휴식을 하며 음악을 듣고 있는데, 전화가 와 보니 재영이다.

"좀 어때? 지금도 아픈가? 밥은 먹었고?"

"괜찮아지고 있는 걸 느껴!"

짧은 대화를 마치고 끊고 그녀는 성복역 인근 식당으로 가 밥을 먹는다.

식당 벽에 걸린 TV 브라운관으로 정오 뉴스가 나온다. 문득 이상한 느낌이 든 보도였다.

앵커의 멘트가 이어진다.

"자, 경찰은 조폭들이 업소를 상대로 금품을 뜯은 걸 포착하고 대대적인 수사에 나섰습니다. 강남구를 돌며 업소마다 들어가 보호비 명목으로 수백만 원씩 갈취한 혐의입니다. 이들을 조사해 본 결과, 다들 죽전대학교 유도학과 출신들이라고 알려졌습니다. 게다가 이들의 본거지는 영등포인데, 여기서 아시아 여러 나라들과 마약을 거래했고 스테로이드도 생산하는 회사를 만들고 다량으로 필요한 사람들에게 불법으로 유통한 혐의가 있습니다. 이들이 또 지난해 11월 말경에 성복역의 한 킥복싱 체육관에 들른 정황이 포착된 CCTV가 하나 있어 이 부분에 대한 수사도 이어 갈 방침으로 알려졌습니다. 이상으로 WOK 뉴스, 허상계 기자였습니다."

밥을 절반쯤 먹은 그녀는 문득 가슴이 철렁거렸다.

"어! 성복역 킥복싱 체육관……."

재영이 순간 가슴을 쓸어내리는 까닭은 성복역 부근에 킥복싱 아카데미는 덕강이 운영하다가 그 장소를 노래 연습 공간으로 활용하라고 자신에게 양보한 곳밖에 없기 때문이다.

너무 이상하다는 느낌만이 엄습했다. 이 순간부터 밥이 목구멍에 제대로 넘어가질 않았다.

'혹시 덕강이가 저들과 연결된 거 아냐? 학교도 죽전대학교고 위치도 그렇고, 너무 똑같잖아!'

속으로 되새겼다. 그래도 허기가 져 일단 밥은 어렵사리 다 먹긴 먹고 나가 노래 공간으로 들어가 핸드폰을 열자 아까 식당에서 본 그 보도가 이번엔 기사화되어 포털에 다 깔렸다. 몹시 께름칙하다고 느껴 확인 차 덕강에게 전화를 걸어 더 자세히 알아보고 싶었다.

"야, 덕강, 지금 내가 보낸 카톡 내용 좀 봐 봐."

"그래, 잠시만."

그는 그걸 보는 순간 가슴이 쿵 했다. 자칫 자신도 연루된 일이었기 때문이다. 물론 자신이 현재 그 일에 가담하고 있는 건 아니지만, 특히 스테로이드를 복용하고 얼마 전 끝난 격투기 대회에 나갔다는 게 알려지면 파장이 일어날 수가 있기 때문이다.

일단 "야, 야, 재영아, 나는 그런 것과 아무런 상관이 없는 사람이야! 무슨 같은 대학 출신이라고 하여 다 관련되는 건 아니잖아. 아카데미도 여기가 아니라 다른 곳이겠지 뭐! 이런 거 신경 쓰지 마." 하고 전화를 뚝 끊었다.

이랬으나 말투가 상당히 울렁거리며 쫓기는 듯한 느낌이 들어 재영은 조금씩 짐작하게 됐다. 전화를 끊고 잠시 멍하니 이런저런 생각들이 교차하다가 냉커피를 한잔 타서 마시며 심기를 추스르고 있을 때, 경찰들이 현관문을 쿵쿵쿵 막 두들겼다.

문을 열자 우르르 들어오며 "잠시 알아볼 일이 있어서 왔습니다. 이 장소가 작년 11월 말 영등포 마약밀매단이 들어와 약물을 건네고 달아난 곳입니다. 여기 증거도 있고요. 그 당시는 체육관이었는데 지금은 이게 뭡니까? 노래 연습 하는 반주기도 있고, 완전히 확 바뀌었네요. 그때 그 남자는 지금 어디 있습니까?" 묻자 그녀는 아무 말도 나오질 않았다. 경악스러울 뿐이었다.

일사천리로 진행되는 수사라 당혹스러웠다.

이젠 덕강을 숨길 수도 없는 상황이 현실이다.

끝내 그의 번호와 집을 알려 줬고, 경찰들은 전화로 이곳으로 오라고 알렸다.

이 전화를 받은 덕강은 온몸이 굳어 가는 심정이었다. 워낙 자존심이 강한 성격이라 어렵게 딴 격투기 헤비급 챔피언벨트를 박탈당할 처지에 몰리기 때문에 착잡하기만 하였다. 그래도 조금 안도의 한숨을 쉬는 것은 마약을 한 것은 아니고 경기력 강화 차원의 스테로이드를 한 거라 형사 처벌은 아니라서이다. 불편한 몸을 일으켜 그곳에 도착하여 쥐 죽은 듯이 "네, 네, 챔피언이 한번 되어 보고 싶었습니다. 문제가 된다면 처벌을 감수하겠습니다."라고 반성의 의사를 표했다.

"아니, 일단 마약을 한 게 드러난 건 아니고, 스테로이드 복용이라 연행할 일도 아니고, 격투기 단체에서 합당한 조치가 내려지겠지요. 혹시 그들이 다른 데로 마약을 밀매한 정보를 압니까?"

"모릅니다. 저와 아무런 관련이 없는 사람들입니다."

이 사실은 금세 하룻밤 사이에 다 퍼져 언론에 도배되어 버렸고, 채킹 FC 측에서도 묵과할 수 없는 상황으로 직면했다.

회장이 덕강을 불렀다.

그는 채킹 FC 단체가 있는 강남 논현동 한 빌딩으로 들어갔다. 이번 덕강의 스테로이드 투약 사실이 드러나면서 단체의 흥행에 빨간불이 켜질 위기에 놓인 회장은 잔뜩 찌푸리는 얼굴빛이 역력했다.

"그게 뭐야? 왜 그랬어?"

"아니, 난 스테로이드가 금지 약물인 줄 몰랐습니다."

"에잇, 이런. 그런 것도 몰라? 하여간 다 지난 일이고, 이제 남은 절차는 네게 중징계가 내려질 수밖에 없다. 미국 같은 경우도 다들 그렇잖아? 넌 앞으로 1년간 출전 정지가 될 것이다. 1년 지나면 풀어 줄게. 그때까지 기다려. 곧 랭킹 2위와 3위 간의 새로운 챔피언을 뽑는 타이틀전을 치를 거야! 그래, 됐어. 가 봐."

이번 사건으로 수많은 격투기 팬들은 관련 게시창에 '엊그제 BBA 채널 예능 프로에서 홈런왕 출신에게 실신 KO 패 당한 게 그냥 그런 일이 아니었다. 약발이 떨어져 그런 것인가!'라며 힐난하는 악성 글을 무지막지하게 도배하기도 하였다.

단체 사무실에서 고개를 떨구며 그는 나갔다. 중징계를 받고 심히 괴롭고 착잡하여 낮술을 들이켜려고 재영에게 전화하자 갑자기 안 받기 시작하였다. 불길한 예감이 들어 다시 카톡을 보냈으나 똑같다.

재영이 노래 연습을 하는 공간으로 더 빠르게 액셀을 밟고 달렸다.

도착된 시간은 오전 11시쯤이었는데, 문이 잠겨 있고 안의 전등도 꺼져 있었다. 너무 이상하단 마음에 또다시 카톡을 보냈으나 답신이 없자 이번엔 아예 그녀의 집인 풍덕천동 한올아파트 앞으로 향했다. 정확한 동, 호수는 모르지만 지난번 행전이 거기까지 와 애걸할 때 재영이 구원 요청을 한 적이 있어서 대략 그 위치 정도는 안다.

정오가 다 되어 그녀는 아파트 베란다 쪽에서 그가 와 있는 걸 포착했다. 분명 이 위치로 올 거라는 걸 직감했기 때문이다.

그녀는 폰을 꺼내들고 '아! 난 지금 홀로 신갈저수지에 와 있어 다음에 연락할게'라고 카톡을 날렸다.

**14**

## 스테로이드 운명

**덕강은** 도로 돌아서 자신의 집이 있는 성복동으로 돌아갔다. 교묘히 따돌린 그녀는 폰에 나오는 스포츠 기사를 보자 덕강이 스테로이드 복용을 하여 채킹 FC 측으로부터 1년 간 출전 정지 처분을 받았다고 속보가 떴다.

"음, 그래. 난 네가 돈 많은 아버지 만나 그 돈으로 나에게 노래 전용 공간도 만들어 주고, 맛있는 음식도 많이 사 주고 또 네가 이태리 명품 차 마세라티 기블리도 타고 다니고, 나도 얻어 타고 다니고 다 좋은데, 그런 스테로이드 같은 약물을 복용하는 남자를 만나고 싶진 않다. 내가 다 이상해질 것 같다. 넌 다른 여자를 만나는 게 낫겠다. 그것에 걸맞는 여자로 말이야!"라고 혼잣말로 중얼거렸다.

저녁때가 다 되자 끝내 그녀는 이번엔 구체적인 결별의 뜻을 알리는 문자를 보냈다.

이를 본 그는 심장이 멎는 듯했다.

"으으으, 야, 너, 이럴 수가. 스테로이드 같은 그딴 게 뭔데!"라고 혼잣말로 역정을 냈다.

"그런 게 헤어질 사유야? 흑흑, 진짜 더럽다. 내가 오죽 챔피언이 되고 싶었으면 그랬겠냐?"

이렇듯 마치 실성한 사람처럼 계속 혼잣말을 중얼거렸다.

이걸로 끝이 아닌 그는 자신이 그녀에게 베풀어 준 환대에 대해 이젠 손해만 봤다거나 억울하다는 심리까지 피어나고 있었다.

그래서 그 피해액을 산정하여 보상을 받아 내야겠다는 추잡함을 드러내기 시작하였다.

예로 한겨울에 춥지 않게 노래를 할 수 있게 전용 공간을 만들어 준 것 같은 것에 대한 임대료 같은 것 따위이다.

봄이 무르익어 가는 주말이 찾아왔다.

끊임없이 시나리오 '흙비'란 글을 쓰고 있는 전대광은 전국 이 산, 저 산을 돌아다니며 그 인근에서 숙박까지 하면서 창작을 하는 중이었다.

그는 오리대학교 철학과를 나왔으면서도 시나리오를 쓰는 데 있어서 다소 전문성이 떨어져 다시 수지대학교 문예창작과를 들어가 졸업하고 줄곧 시나리오를 썼다.

워낙 부모가 수지구 부동산 재력가라 그냥 먹고 놀아도 되긴 하지만 적성을 찾아 하고 있는 것이었다.

동천동 자이 2차 아파트에 사는 부모가 이 산, 저 산 돌아다니며 글을 쓰는 아들에게 꽤나 걱정되어 전화를 넣었다.

"야, 대광아, 너 지금 어디 산이야? 집에도 한 번 와야지 그렇게 맨날 산만 돌아다니면 돼? 그래, 글은 얼마나 썼니?"

"아, 네, 절반 조금 넘었어요. 여긴 향적산입니다. 계룡산 옆이지요. 참 신령스러운 산이에요."

"뭐야? 계룡산 옆 향적산이라고……? 야, 너 그러다가 신기가 생겨 무당 되는 거 아냐?"

"푸하하하하, 그런 능력은 없습니다. 그건 아무나 되는 게 아니지요. 다음엔 월악산으로 이동할 겁니다."

"그래, 하여간 넌 산을 돌아다니며 글을 써야 잘 써진다니 내가 뭐라고 할 말은 없다. 밥이나 거르지 말고 잘 챙겨 먹어라. 차는 잘 나가니? 너 이번에 아우디 Q8 타고 갔잖아? 지하 주차장 가 보니 다른 거, 네 것 벤츠 GLS는 그냥 있더라고……?"

"그랬어요."

전화를 끊고 시간을 보자 점심때가 다 되어 밥을 먹고 이번엔 월악산으로 이동하려고 마음먹는다. 꽤 먼 거리라 시간이 상당히 걸릴 것으로 예측된다.

'흙비'는 어느 한 무명 여가수의 일대기를 서술, 묘사하는 시나리오이다. 그가 1월 중순부터 쓰기 시작한 걸로 볼 때 아마 자신이 작년 연말 보궐선거에서 낙선한 심경과 그 전에 짝사랑한 차재영에 대한 감정 같은 게 전반적으로 스며 있을 것 같다.

아마 그녀의 일거수일투족을 묘사한 게 아닐까 하는 짐작마저 든다. 재영은 이날부터 덕강이 얻어 준 노래 연습 공간에 나가질 않고 홀로 무작정 탄천 쪽으로 갔다.

그래도 한겨울은 밖에서 할 수가 없지만 지금은 3월 중순 완연한 봄이라 하는 데 어려움은 없었다.

지난번 1차 예심 때 방송을 타서 그런지 지나가는 사람들 중 그래도 알아보는 사람들이 상당히 많음을 느꼈다. 아직 어떤 곡을 할지 지정하지 못하고 이 곡, 저 곡을 불러 보며 감을 잡는 것이었다. 봄이긴 하지만, 순간 다소 매서운 찬바람이 살갗을 스쳤다. 나름대로 차갑게 느껴졌다.

그 순간 지나가는 행인들이 여럿 있었는데, 바나나를 먹으며 가다가 벗긴 껍데기를 바닥에 휙 던지고 가는 것이었다.

그녀는 속으로 '아! 이 사람들은 너무 공중도덕이 안 된 인간들이다. 이러면 안 되지! 에잇.' 하며 흉을 보다가 얼른 다가가 주워 자신의 가방에 든 작은 비닐 봉투를 꺼내 담아 가지고 가 아파트 재활용장에 버리려고 도덕심을 발휘했다.

주우려는 순간 바나나를 보자, 다 썩은 바나나였다. 검은색이라 그렇게 느꼈다. 실은 원래 그런 것인데도 그렇게 느꼈다. 문득 그녀는 엊그제 낮잠을 자다가 꾼 그 꿈 내용이 엄습했다.

한 중년 여인이 나무 꼭대기에 앉아 한 노래 제목을 흙비라 하면서 그대로 노래를 하면 챔피언이 될 거라고 훈수를 뒀던 그 기억이 스쳤다.

"어! 그 꿈, 그, 흙비, 그거 참!"

다시 그 꿈이 회상되는 순간을 맞는다. 하지만 별 의미를 두려고 하지 않고 그 비닐 봉투는 구석 작은 바위에 얹었다.

다시 자세를 잡고 노래를 부른다. 탄천에 흐르는 작은 물살들이 오디션에 나갔을 때 자신을 바라보는 관객이라 여겼다.

시간 가는 줄 모르고 부르다 보니 어느새 조금씩 어둑어둑해지기 시작하였다. 또 하루가 지나가고 있었다. 이달 초 보정동 카페거리 그 계단에서 재영이 다시 돌아오길 갈망하는 것을 염원하는 단식투쟁을 강행했던 행전은 그 후로 여의치 않자 집에서 홀로 칩거하며 극심한 괴로움에 빠져 지냈다.

그러다가 어느 정도 시간이 지나자 다시 마음을 추스르고 심기일전하며 4월 말에 새로 예정된 트로트 오디션 불놀이트로트장터 1차 예심에 참가하려고 계획하고 있다.

오늘은 그는 격세지감을 느끼며 다시 돌아오지 않는 재영에 대한 그리움과 또 자신이 너무 지나치게 의심하고 피곤하게 한 대목에 대해 회한의 감정을 지니며 다음 달 말 치러질 새로운 트로트 오디션 개최 장소인 수지대학교 체육관에 가 보고 싶어졌다.

작년에 너무 어이없게 참가자 대기실에서 불한당들에게 납치 및 협박을 당하는 바람에 무대에 서지도 못하고 물러선 아픈 기억은 이젠 아무런 의미도 없는 사건으로 변했다.

왜냐하면 그 당시, 1차 예심 자체가 비리로 밝혀져 무효 처리 됐기 때문이다.

이젠 홀가분하고 한갓진 기분으로 임하는 장이라 더더욱 마음은 가벼웠다. 자신의 집인 구성동에서 나와 탄천 산책로로 세차게 달려 갔다. 마음속으로 '자신이 이번 대상감이다.' 이것 하나만 되새겼다. 그 후로 재영이 다시 돌아올 수만 있다면 더 바랄 게 없다고 소망하지만, 그건 그때 가서 부딪쳐 보리라! 결심했다.

그는 재영이와 사귀게 된 격투기 선수 덕강이 스테로이드 복용 때문에 1년간 출전 금지 처분을 받은 사실도 모르고 있다. 극심한 우울증으로 아예 매스컴을 접하질 않기 때문이다.

극심하게 예민한 성격이라서다.

수지구청역과 성복역 사이 중간쯤에 위치한 수지대학교 체육관은 앞으로 40여 일 후 그에게 대상의 영예를 안길 그런 영예의 장소가 될지 모를 일이다.

물론 그 시점에 하는 건 1차라 그때 통과되면 수지대학교 체육관 앞 마당에서 5월 초에 화려한 성복천의 꽃을 바라보며 야외 특설 무대를 꾸며 놓고 본선이 치러질 전망이다.

그는 더 빨리 가기 위해 킥보드를 타고 가고 있었다. 해가 떨어지니 순간순간 1분이 지날 때마다 어둠의 강도는 세져만 갔다.

불빛을 단 킥보드는 거침없이 달리고 달렸다. 지금 이 순간 재영은 아까 목이 쉴 정도로 노래 연습을 하다가 너무 어두워져 더 이상 안 되겠다고 느껴 집으로 가려고 개천 윗길로 올라가는 중이었다.

너무 세게 달리는 킥보드가 맞은편에서 오기에 그녀는 자칫 부딪칠 수가 있어 잠시 멈추려고 움찔하는 순간, 킥보드 운행자인 행전은 재영의 얼굴을 보게 됐다.

그는 너무 놀라 "어어!" 하는 탄성이 쏟아졌다.

"야, 너 재영이 아니야? 재영아!"라며 완전 기겁할 듯한 얼굴로 변했다.

재영은 너무 황당스러워 몸이 비틀비틀거렸다. 그냥 피하려고 윗길로 막 뛰었다. 그러자 그는 킥보드를 급히 세우고 윗길로 따라 뛰어 올라가 그녀의 앞을 가로막았다.

"아니, 재영아, 그렇게 도망가려고 하지 말고 날 좀 바라봐, 재영아. 으흑……." 하며 절규했다.

매섭게 그를 노려보며 "뭘 바라봐, 바라보기는. 어서 저리 비키지 못해?" 하고 옆으로 피해서 가려고 움직인다. 그러자 그는 더 세게 막아 버렸다.

재영이 그를 피하려고 몸부림을 치기 때문에 그는 더 빨리 서둘러 본질을 설명할 필요를 느꼈다.

"재영아, 일단 핵심만 말하겠다. 내가 성격적으로 구질구질하게 의구심이 많아 그게 너와 나의 패착이 되었다. 난 네가 그 건달 같은 놈에게 떠난 후 수많은 시간을 고민했다. 내가 쓸데없는 짓을 했다는 것을 말이다. 사실 그 자체는 넌 그만큼 좋아했기 때문에 그런 성향을 띤 것이기도 했지. 근데 지금에 보면 웃긴 거였다. 네가 꿈에서라도 다시 도로 내게 돌아온다면 난 그때 그 성격을 교정할 마음도 있다. 그 성격을 수정도 하고 정정해 보겠다. 그럼 도로 올 가능성은 있나?"

잠시 우두커니 도로에 거칠게 달리는 수많은 차량들을 바라보며 침묵 속으로 빠져든다. 계속 피하려고 하지 않고 제자리에 서 있는 것만으로도 그로선 무한한 영광 같았다.

이제야 서서히 입을 열며 "너, 그 덕강이란 애가 스테로이드를 복용하여 격투기 단체에서 징계받은 거 모르니?"라고 묻는다.

별안간 예상치 못한 말을 하자 그는 "어! 그게 무슨 말이야? 글쎄, 난 그런 건 몰라. 내가 알 일도 아니고, 난 TV나 인터넷 매체를 잘 안 봐. 난 오로지 오디션 우승만을 생각하고 있고, 예전에 네가 내 곁을 도망칠 때도 정말 미쳐 죽을 뻔했다. 내 목표는 우승하여 너를 기쁘게 해 주는 것이었는데 말이야!"라며 그간 겪은 자신의 고초를 털어놨다.

"……"

잠시 그녀가 침묵을 지키자 그는 "그래, 그 스테로이드인지 뭔지, 그런 거 하고 출전하고 징계받고 하는 애를 뭐 좋다고 좋아하는 거냐?"라고 못마땅한 얼굴빛을 보였다.

"야, 행전아, 저쪽 수지구청 옆 공터로 가 더 얘길 해 보자."

그녀가 이처럼 나오자 행전은 너무 기뻐 펄쩍펄쩍 뛰기 시작하였다.

"잠시만, 난 킥보드를 타고 가야지. 너 여기 앞에 탈래?"

"야, 그건 불법이야! 둘이 타면 불법이라고. 이 세상이 다 불법으로 변했다고 나까지 그러고 싶진 않다. 난 걸어서 간다. 뒤에 그거 타고 따라와."

그녀를 킥보드 앞에 태우고 모처럼 달콤한 로맨스를 느끼려 했던 그는 맥이 쭉 빠졌다. 그냥 혼자 타고 속력을 최대한 줄이고 그 뒤를 천천히 따라갔다.

공터엔 벤치가 여럿 있었는데, 군데군데에서 데이트하는 쌍쌍들이 보였다. 어떤 쌍은 서로 세게 꽉 끌어안고 입술을 세게 부딪치다가 그 자리에 누워 버리기도 하였다.

그것도 여자가 남자의 몸 위로 올라가 버렸다.

행전은 "야, 재영아, 그걸 보니 작년 12월 마지막 날, 우리가 같이 인계동을 지나가다가 나는 싫다는데 네가 날 강제로 모텔로 끌고 들어가 내 몸 위에서 네가 생난리를 친 기억이 난다. 우하하. 그게 너와 나의 첫 경험이었지. 난 그 감미로웠던 기억을 지금도 잊을 수가 없다. 너무 좋았던 것 같아! 그때 그 순간이 다시 오려나?"라며 그녀의 가슴 쪽을 뚫어지게 쳐다봤다.

그러자 그녀는 손바닥으로 그의 얼굴을 확 밀어 버렸다.

"참, 그 자식, 더럽게 밝힌다."

"욕하면 안 된다, 재영아?"

결국 그녀는 자신이 덕강에게 결별의 의사를 알린 걸 밝혔다.

"난 이미 걔가 스테로이드를 복용한 사실이 알려진 후로 헤어지자고 했어. 그게 어제야."

"어! 그랬니? 잘됐네! 그럼 이 시간부로 나하고 새롭게 출발하는 거네?"

행전은 재영이 그 당시 덕강과 도대체 어떤 루트로 그리된 건지 사뭇 궁금하긴 하여 지금 이 시각 묻고 싶긴 하였으나, 그럼 또 '구질구질하다. 어쨌다. 의심한다.' 이런 소릴 늘어놓을 것 같아 참고 참 는다.

그리고 사실 굳이 그런 걸 알 필요도 없는 일이었다. 지금 이 시 각, 자신의 바로 옆에 재영이 앉아 있는 것만으로도 황홀감을 느끼 고 행복을 만끽하는 중이니 말이다.

무척 쿨한 성격을 원하고 있다는 걸 직시한 그는 그녀에게 더더욱 쿨한 이미지를 심어 주려고 문득 궁리를 하다가 싫다고 하는데도 불구하고 그녀를 킥보드 앞에 태우고 아주 세게 성복천으로 내려가 성복역 쪽으로 내뺐다.

겁에 질려 "으으으아아악!"이라고 소릴 지르는 그녀였지만 속으 론 달콤한 드라이브를 느껴 가며 머리를 이리저리 흩날렸다.

중간쯤 달려갔을 즈음, 이 킥보드가 달리는 소리에 화들짝 놀란 흰두루미와 물오리들이 자기들을 잡으러 온 사람들인 줄 알고 요란 한 소리를 내며 아주 빠르게 공중으로 도망쳤다.

금세 그곳에 도착하여 내려 킥보드를 세워 놓고 한 갈빗집으로 들 어가 소주와 갈비를 주문하여 막 뜯어먹었다.

밖으로 나와 다시 킥보드에 타려고 하니까 재영은 "야, 행전아, 너 음주 킥보드 운전 하면 이거 안 된다는 걸 모르니? 또 불법이 고……?"라며 인상을 확 쓰고 노려봤다.

"아아! 어차피 불법은 이미 저질러진 불법이야. 난 오늘 무지막지한 불법을 저지르고야 말겠다."라고 으름장을 놓고 그야말로 그녀를 킥보 드 앞에 강제로 태우고 음주 킥보드 운전을 감행하고야 말았다.

비틀비틀거렸지만 이들은 희열을 느꼈다. 거기서부터 아예 광교호 수공원 산책로 방향으로 내뺐다. 한밤의 시원한 봄바람을 가르며 달리는 킥보드는 전율의 광풍을 선사했다.

신대호숫가에 다다랐다. 내려 알코올을 깰 겸 벤치에 앉아 그간 고통스러웠던 시간들에 대해 회상하였다.

더 쿨하고 쿨한 모습을 보이겠다는 야심을 품은 그는 "야, 재영아, 너 아까 수지구청 옆 공터에서 그러는 사람들 봤지? 이젠 우리에게 그런 기회가 왔다. 난 원래 이렇게 쿨한 사내야!"라며 갑자기 그녀를 끌어안았다.

그러자 그녀는 손으로 그의 볼을 아주 세게 확 꼬집어 버렸다. 이들은 이 시간부터 그 벤치에서 약간의 찬 기운도 있었지만 이를 무색케 하듯 서로 부둥켜안고 관계를 이어 갔다.

그 순간 오르막길 쪽에서 "으르렁컹컹!" 하며 거칠게 짖어 가며 달려드는 맹견 한 마리가 있었다. 이 맹견의 주인이 이 개를 바람 쐬게 해 주려고 왔다가 화장실이 급해 들어갈 때 바깥에 있는 잣나무에 줄을 묶어 놓았는데, 줄을 허술하게 묶는 바람에 목줄이 풀어져 난리가 난 것이었다.

간담을 서늘하게 할 정도로 놀란 둘은 온몸이 굳어졌지만, 이때 그는 이럴수록 정신을 바짝 차리고 그녀를 큰 나무 뒤쪽에 숨게 한 뒤 주의를 훑어보자 천만다행이게도 운이 좋아 약 50센티미터 정도 되는 몽둥이가 있었다. 행전은 그 몽둥이를 주워 들고 죽기 살기식으로 개를 두들겨 팼다.

있는 힘을 다해 패 버리자 개의 얼굴이 찢겨 피가 줄줄 흘렀다. 안 되겠다 싶어 다리 쪽도 막 두들겨 팼다.

그러자 개 다리가 부러진 듯 퍽 쓰러졌다. 그러는 사이 개 주인으로 보이는 사람이 황급히 달려오며 "야, 이 양반아! 개를 그렇게 막

패면 안 되지! 동물을 죽일 거야?!" 하고 격렬히 항의하며 핏대를 올렸다.

주인은 경찰을 불렀고, 약 5분이 지나자 경찰들이 들이닥쳤다.

행전은 "이봐요, 경찰관님, 내가 왜 이 개를 죽이려고 그랬겠습니까? 우리가 데이트하는데 이 맹견이 달려드는데 그럼 어떻게 합니까? 가만히 있으면 우리가 이 개에게 물려 죽을 수도 있고 큰 부상을 당할 수도 있잖아요? 나는 나와 나의 여친을 위해 자구 행위를 한 것입니다." 하고 핏대를 올렸다.

경찰은 그의 말이 100% 맞기 때문에 더 이상 뭐라고 할 수가 없었다. 개의 주인은 화가 치밀어 올라 "뭐야? 그래도 그게 아니지! 다른 방법을 써야지 이렇게 막 패?! 이게 뭐야?! 이건 법도 아니다. 완전 개법이야!"라며 펄쩍펄쩍 뛰며 발을 동동동 굴렀다.

경찰들은 견주에게 "개를 잘 관리하셨어야 합니다. 하마터면 여기 사람들이 크게 다칠 뻔했잖아요? 이 남자는 불가피한 상황하에서 자신과 여자 친구를 보호하려는 마음으로 그랬잖아요? 그런 것입니다. 이 개 치료는 잘하시고, 앞으론 목줄, 입마개 단단히 잘 관리하시길 바랍니다."라고 말하며 "만약 사람이 크게 다쳤으면 과태료를 물을 수 있으나 일단 자구 행위가 되어 위기를 넘겼는데, 개가 사람을 놀라게 한 것도 과태료 부과 대상일 순 있지만 이건 특별히 봐주겠습니다. 하도 동물단체들이 생난리를 치니까요. 하여간 개 데리고 가셔서 치료 잘하시죠."라고 통보했다.

견주는 하는 수없이 "알았습니다."라고 말하고 119 구급차를 불러 개를 싣고 동물병원으로 향하였다.

행전과 재영은 자신들도 킥보드를 2인이 타면 불법이라 과태료의 대상일 수가 있어서 잠시 다른 데로 가 앉아 있다가 경찰들이 빠져나간 뒤 조금 더 있다가 킥보드 앞에 그녀를 태우고 풍덕천동 쪽으로 내달렸다.

거침없이 달린 킥보드는 풍덕천동 한올아파트까지 올라가 그녀를 내려 주고 그는 자신의 집인 구성동으로 돌아갔다.


다음 날, 일요일인데도 불구하고 수달, 정환은 신봉동 체리박스아카데미에서 5월 말에 수원실내체육관에서 치러질 채킹 FC 챌린지 대회를 위해 구슬땀을 흘리고 있다.

3월 초에 개최됐던 채킹 FC 대회는 넘버원 대회였고, 앞으로 치러질 것은 챌린지 대회다. 아쉽게 고배를 마신 선수들에게 한 번 더 기회를 주는 그런 장이다.

진갑도 3월 초에 치러진 대회에서 짧은 훈련 기간이었음에도 불구하고 8강 안에 들어갈 정도의 기염을 토해 낸 일이 있는데, 현재 상현역 부근 체킹 주짓수 무도관에서 챌린지를 대비해 피나는 연습을 하고 있다.

이들은 한결같이 지난 3월 초에 치러진 대회에서 덕강이 스테로이드 약물을 복용했다는 사실이 드러나 비웃으며 "그놈이 그런 짓을 했으니까 우승했지 아니면 어디 됐겠어? 어휴~ 머저리 같은 새끼. 어쩐지, 안 지치고 막 날아다니더라고……!" 하고 수달이 말하자 "이젠 한국도 약물 검사가 강화됐으니 그런 놈들이 그런 짓은 할 수 없을 거야!"라고 정환이 장단을 맞췄다.

진갑도 약물을 한 덕강을 한없이 흉보며 앞으로 5월 말에 하는 챌린지 대회는 약물 검사가 강화될 거라는 주최 측의 통보에 내심 안도의 한숨을 쉰다.

어젯밤 광교신대호수 벤치에서 행전과 난생 두 번째 섹스의 감미로움을 맛본 재영은 잠을 자고 일어나자 기분이 몽롱하기만 하였다. 유토피아 세계에 빠져든 기분이었다.

평소의 일요일 같으면 마냥 곯아떨어져 자고 있을 시간인 아침 9시에 기상하는 엽기를 발휘하였다. 어젯밤 광교 신대저수지 그 벤치에서 행전이와 감미로운 살을 비벼 댄 섹스가 에너지원이 되었다.

너무 좋았던 그 감미로움을 정신적으로 다시금 음미해 보려고 어제 그 장소에 혼자 한번 가 보고 싶어져 그곳으로 향했다. 그만큼 잊을 수가 없었단 것이다. 다 좋았는데, 그 맹견 때문에 하마터면 생명을 잃을 수도 있었다는 걸 생각하면 심장이 뛰며 아찔하기도 하다.

하지만 그 전에 그와 진행된 몸을 부둥켜 안고 비벼 댄 그 로맨스는 상상을 초월할 정도의 추억이 됐다. 어쩌면 심리적으로 그 로맨스가 끝남과 동시에 맹견의 공습으로 그 사랑의 시간이 더 세게 부각되는 것인지도 모른다. 개의 터프한 공격에 자신의 생명을 그가 몽둥이로 두들겨 패 버려 골절상을 입혀 놓은 것 자체가 마치 물에 빠져 허우적거리는데 건져 준, 그런 짜릿함과 비슷한 것이었다. 그 개의 거친 입에 재영이 물렸다고 상상하면 경악 그 자체이기 때문이다. 홀로 노래를 부르며 그곳으로 천천히 달렸다. 이제 모든 건 그에게로 정착되는 시간이기도 했다.

오전 11시가 다 되어 그 지점에 도착했다.

어젯밤 그 감미로웠던 그 벤치에 한 번 앉아보았다. 물오리들이 쌍쌍을 지어 이리저리 돌아다녔다. 대광은 어제 정오, 어머니와 전화 통화를 할 땐 "이제 월악산으로 갈 거예요."라고 해 놓고 실제로는 가질 않고 잠시 쉬다가 향적산에서 곧바로 용인 수지구 동천동으로 돌아왔다.

'흙비'란 시나리오 작성이 정점으로 올라가는 시점에 느꼈을 때 더 이상 이 산, 저 산을 돌아다니지 않아도 어디 작은 공간에라도 틀어박혀 마지막 결말을 정리할 수 있을 거라는 판단이 섰기 때문이다.

동천동 자이 2차 아파트 집에서 잠을 자고 일어나니 오늘따라 전기 자전거를 타고 싶었다. 오래전에 산책용으로 전기 자전거를 하나 구입해 놓은 게 있는데, 여태 사용하질 않았다.

오늘은 그간 70여 일간 정리한 '흙비' 시나리오 원고에 대해 마음의 정리를 하고 다시 훑어보며 수정도 할 겸 광교호수공원에 가 보고 싶어졌다.

전기 자전거를 타고 갈 거라 신나게 금방 갈 수 있을 거라고 생각했다. 발로 비벼 대지 않아도 제법 빠르게 나가기 때문이다. 전기 자전거를 엘리베이터에 싣고 나와 타고 무작정 그 방향으로 내뺐다.

동천동 산책로에서 연결된 길은 그야말로 그윽한 자연 그 자체였다. 원고는 분철을 하여 자전거 앞 바구니에 실은 상태였다. 재영을 떠올려 보며 무명 여가수의 인생 이야기를 담은 시나리오라 그 무명 여가수를 흠모하는 남자로 등장하는 등장인물 중 대광 본인도 들어갔다.

즉, 자신의 인생, 사랑 이야기라고도 볼 수가 있다. 정오가 조금 되지 않아 전기 자전거는 그곳의 첫 입구에 도착 됐다.

신대 호수를 지나 광교호수공원으로 넘어가는 길이 나왔다. 넘어가는 고갯길에 잠시 서서 호숫가를 바라보고 싶었다. 그 방향으로 눈길을 던졌다.

그 순간 일반적이지 않은, 평범하지 않은, 상당한 수준으로 느껴지는 노랫소리가 귓가에 들어왔다. 정상급 수준 같았다. 어느 유명 가수가 와 노래를 부르나! 라고 생각했다. 넋을 잃고 그 방향 그 벤치를 유심히 바라봤다. 그런데 얼굴이 어디선가 본 것 같은 다소 낯익은 여자 같은 느낌이 앞섰다.

누굴까! 한번 좀 더 가까이 다가가 보리라! 마음먹고 전기 자전거를 갓길에 세우고 천천히 걸어갔다.

그녀는 노래에 심취되어 있어 산책객이 다가오고 있다는 것도 전혀 인식을 하지 못하고 있다. 순간 그의 눈에 그녀가 재영이란 게 확실시되는 것을 최종 확인 하였다.

그는 작년 수지갑 보궐선거 후보자 TV 토론회나 또 선거유세 현장에서도 "오디션을 준비하는 가수 차재영을 사랑한다. 차재영은 미래의 결혼 배우자이다. 자신의 아내가 될 것이다. 나이 4살 차이면 궁합도 안 본다. 너무 좋다, 찰떡궁합이다." 이런 말을 수도 없이 하며 세인들에게 이상한 사람이라는 악명을 받기도 했었다. 그럼에도 아랑곳하지 않고 시종일관 그렇게 외치고 다니는 호기로움을 보였으나, 선거 전 마지막에 일단 당선되어야 하는 중압감에 밀려 선거 막판 양측이 진흙탕을 방불케 하는 공방전이 전개되면서 날카로워져 잠시 주춤거렸다. 그래도 투표일 며칠 전날까지도 악착같이 재영에 대해 자신의 결혼 배우자가 될 거라는 주장을 호기롭게 하고 다녔다. 그러나 구체적으로 그녀에게 다가서는 부분에 있어선 그녀에 대한 갈망하는 마음은 뒤로 밀어놓은 상황이었다가 선거 결과가 자신에게 낙선이라는 고배를 마시게 하여 잠시 칩거로 변했었다.

좋은 기회가 오면 재영에게 다가가고 싶은 마음은 간절했지만, 그

너를 둘러싸고 매달리는 남자들이 너무 많아 사랑과 전쟁을 해야 하기에 심란하기도 하였다.

그 언젠가는 그 무대 그 틈에 끼어들어 사랑 전쟁을 펼치리라! 각오는 세웠지만 선거 패배를 잊고 심신을 추스를 필요가 있었고, 1월 중순부터 작업이 진행된 새로운 시나리오 '흙비'를 완성해야 한다는 집중력에 밀려 차일피일 보류 상태였다.

그녀에 대한 향수를 담아 시나리오만을 쓸 뿐, 사실상 체념하고 단념한 상태였는데 운명의 장난으로 오늘 지금 이 시각, 바람 쐬러 또 글을 정리하러 나오는 길에 극적으로 보게 됐다.

지금 이 순간 보게 된 대목을 만약 글의 절정 단계에 삽입하면 짜릿한 사랑 스토리가 될지, 배회하는 변방 스토리가 될지, 아직은 사뭇 살이 떨리는 시간이다.

더 가까이 다가가 가만히 발을 멈추고 그녀의 시야에 들어오게 옆으로 왔다 갔다 해 본다.

그 순간 그녀는 깜짝 놀라며 얼굴이 소스라치게 굳어졌다.

"어! 이 사람은 국민사랑당 후보……!"

"아, 네. 맞습니다. 저를 잘 알아보시는군요. 여기서 뵙게 되어 너무 반갑습니다. 재영 씨, 그동안 잘 지내셨나요? 하하하."

인사를 하며 야릇한 웃음과 부드러운 표정을 짓는다. 재영은 몸이 바르르 떨리며 안절부절못했다. 이를 간파한 그는 그녀에게 안정을 주고 불안을 덜어 주고자 더 부드러운 목소리로 말했다.

"재영 씨, 작년 선거운동 할 때 뵙고 그 후론 뵌 적이 없었던 것 같아요. 저도 괴로움의 시간이 참 길었습니다. 그리고 제가 시나리오 작가로서 한 편의 글을 썼는데, 이 글은 바로 재영 씨의 신변잡기를 담은 내용이 될 것입니다. 제목은 '흙비'입니다. 하하하."

이 말에 그녀는 정신이 하나도 없을 만큼 얼떨떨한 기분으로 빠져들었다.

"아아! 흙, 흙, 흙비, 흙비라고요? 아니, 흙비라니. 이럴 수가……!"

"아니, 재영 씨, 왜 그렇게 놀라십니까? 제목이 괴상한가요? 왜 그러죠?"

재영은 아무 말도 못 하고 굳은 채로 가만히 앉아 있을 뿐이다. 정신이 이상해질 것만 같은 심정이었다.

"너무 놀라실 것 없고요. 제가 지금 그 '흙비' 시나리오 내용 중 일부를 떼어 선물로 드릴 테니 혹시 마음에 들면 가요제 나갈 때 노랫말로 한번 활용해 보세요."

그는 재빨리 전기 자전거가 세워진 곳으로 달려가 가방 안의 원고를 꺼내 그 지점을 찾아 가지고 와 그녀에게 건네며 "자, 보세요. 재영 씨." 하고 재영이 앉아 있는 자리 옆에다 놓았다.

재영은 그것을 주워 들고 쭉 읽어 봤다. 순간 속으로 느낀 건 '와아! 이걸로 노랫말을 만들면 정말 대단한 곡이 될 것 같다!' 하고 직시했다.

너무 마음에 들어 뒤로 빼지 않고 "아, 네. 너무 마음에 듭니다. 제가 이걸 가져가 음을 붙여도 돼요?"라고 말하였다.

"아이, 그럼요. 그러니까 제가 드리는 것이죠. 가져가세요."

"후보님, 거기 서 있지 말고 여기 앉으시지요."

"으윽, 후보님이란 표현은 별로인 것 같습니다. 선거도 끝났잖아요. 작가라고 불러 주면 좋죠."

"네, 작가님."

문득 그는 작년에도 그랬고 올에도 그랬던 것 같은데, 재영 씨 곁에 온갖 남자들이 득실거렸던 기억이 스쳤다.

"재영 씨, 곁에 오래전부터 최근까지 보니까 엄청나게 많은 남자들이 무슨 사회관계망을 통해서도 그렇고, 선거 기간엔 길거리에서도 그랬고, 충돌이 잦았던 것 같습니다. 그들과 어떻게 된 겁니까?"

그는 관찰을 해 보고 상황이 되면 정식으로 교제의 뜻을 표하려고 했다.

"네, 지금은 이행전이란 가수와 새로 만나게 됐지요. 그 전엔 상당히 혼란스러웠습니다. 이젠 그 남자로 정리가 됐죠. 그것도 바로 어제부터입니다. 그것도 바로 이 벤치에서 그랬던 거예요."

이 말은 그에겐 적잖은 충격으로 다가왔다. '왜 하필 그것도 어제부터란 말인가! 그럼 그 전엔 다른 인간들은 어떤 진행 상황이었나!'라고 속으로 생각해 봤다.

용기를 내어 "그렇습니까? 좋습니다. 어제부터라면 불과 얼마 되지도 않았군요. 하루 차이니까 별 의미도 없을 것입니다. 그 존재를 털고 저를 고려해 보시죠?"라고 과감성을 드러냈다.

"네? 힘듭니다. 어제 이 벤치에서 말로 다 할 수 없는 관계가 이뤄졌어요. 그때까지 합쳐 두 번째입니다. 완벽한 정이 붙었어요."

"그럼 재영 씨와 난 4년이란 나이 차가 있지만 그냥 친구로 지내보는 건 어떻습니까? 네?"

"안 됩니다. 그것은 말장난입니다. 원래 남녀는 친구로 존재할 수가 없습니다. 남녀는 친구가 될 수 없는 까닭은 바로 몸속의 늘 꿈틀대는 정욕 때문입니다. 이걸 절대로 도외시할 순 없습니다. 처음엔 제아무리 순순한 마음을 지녔어도 시간이 지날수록 마음에 동요를 일으키면, 바로 그런 정욕이 앞섭니다. 통제 불능 상태로 직면하게 됩니다. 그래서 남녀는 힘듭니다. 물론 같은 여자라고 하여 다 친구로 성립된다는 것도 아닙니다. 여자끼리도 문제를 낳는 현실입니다. 반대로 남자끼리도 마찬가지입니다. 참! 힘들고 까다롭고 요란하고 더티 한 세상입니다."

"그래요. 대충 무슨 말인지 알겠지만 그런 건 뭐! 별것도 아닙니다. 그렇다면 하는 수가 없죠. 저는 재영 씨를 괴롭게 하고 싶진 않습니다. 이 노랫말을 가져다가 곡을 잘 붙여 대히트를 치시길 바랍니다. 으으으."

잠시 두 사람 사이에서 침묵이 이어지더니 그가 벌떡 일어나 자신의 번호를 그 노랫말을 준 용지에 적고 "혹시 전화하고 싶으면 언제든지 전화 주십시오. 기다리고 있겠습니다."라고 말하고 잰걸음으로 전기 자전거가 세워진 데로 걸어가 전기 자전거를 끌고 오르막 고갯길로 올라갔다.

그가 사라지는 그 지점을 그녀는 다소 씁쓸한 감정으로 바라봤다.

이젠 그의 모습이 보이질 않았다.

그 노랫말이 적힌 용지를 몇 번이고 반복하여 읽어 봤다. '여기다가 제목을 붙인다면 '흙비'가 낫다!'라고 최종 판단 했다. 그가 시나리오를 쓴 제목도 '흙비'라고 했는데, 겹치면 이상하긴 하겠지만 노래만 뜨면 그만이라고 판단했다.

그녀는 서서히 일어나 돌아서 풍덕천동으로 향하였다. 아까 고갯길을 넘어간 대광은 광교호수공원 쪽으로 가 전기 자전거를 둑방에 세워 두고 둘레길을 빙빙 돌았다.

물오리들이 이리저리 떠돌아다니며 그가 재영을 놓친 아픔을 달래 주는 것만 같았다. 그녀는 그 노랫말을 가지고 가 행전에게 전화를 넣어 "풍덕천 정류장 뒤 카페로 올래?"라고 말하자 그는 "알겠어." 하고 금세 킥보드를 타고 달려왔다.

이들은 그 카페에서 샌드위치를 먹어 가며 식사를 대체하고 아메리카노도 마셨다. 본론으로 들어가 '흙비' 가사를 그에게 보여 주며 음을 붙여 보자고 제안하였다.

이 가삿말을 보자 그도 깜짝 놀라며 "야, 재영아, 너 이거 어디에서 났어? 이거 너무 좋다. 노랫말이 너무 좋아! 이거, 음 잘 붙이면 뜨겠는데? 내가 여기에다 작곡을 좀 해 볼게." 하며 환한 얼굴을 띤다.

"내가 어젯밤 널 새로 만나니 시적 영감이 떠올라 그냥 후다다닥 만들었지 뭐! 난 원래 이 정도야. 히히히히. 이번에 대박 한번 터뜨리자. 내가 불러야지! 이걸로 오디션에 나가는 거야. 창작 곡으로 말이야."라며 마치 자신이 만든 가삿말인 것처럼 말했다.

"아! 좋지."

이들은 대충 흥얼흥얼 가사를 붙이지 않은 채로 노래를 부르듯이 연습해 봤다. 감이 좋았다.

작곡을 할 수 있는 능력을 지닌 행전은 자신이 작곡을 하겠다며 매우 흥분의 도가니 속으로 빠져들었다. 그는 그 카페에서 나와 곧바로 집으로 가 음을 붙이기 시작하였다.

재영은 조금 더 그 카페에 머물며 커피를 마셨는데, 이번엔 별안간 그 '흙비'란 노랫말을 준 대광에게 문자를 보내고 싶은 충동에 사로잡혔다.

무심코 핸드폰을 꺼내어 그의 번호를 찾아 '작가님 매우 빼어난 가사를 주셔서 대단히 감사합니다 덕분에 히트를 칠 수 있는 가수가 될 수도 있을 것 같습니다 좋은 오후 시간 되십시오'라고 메시지를 발송했다.

그녀 자신이 아까 그 신대호숫가에서 남녀란 친구가 될 수 없는 성질이라고 그토록 강조하더니 또 무엇에 홀렸는지 이런 감사의 뜻을 담은 메시지를 보냈다. 문제는 이런 글을 보내다 보면 오해가 싹 터 그가 괜히 자신에게 관심이라도 생겼나 하여 달라붙을 수가 있어서이다.

대광은 이 문자를 확인하고 재영이 자신에게 조금이라도 마음이 생긴 줄 알고 너무 흥분되어 몸 둘 바를 몰라 했다.

호의가 지나치면 환란이 올 수가 있다는 격언을 망각한 두 사람이었다.

4월 말에 잡힌 새로운 트로트 오디션 불놀이트로트장터 1차 예심은 수지대학교 체육관에서 거행되고, 심사위원장은 그 대학의 발라드과 교수 출신인 발라드 가수 이벽이 맡게 됐다.

나이는 최벽보다 두 살 위인 39살이다. 예전에 죽전대학교 트로트과 교수 출신인 최벽이 트로트 황제를 구가할 때 발라드를 불렀던 이벽은 트로트에 밀려 빛을 볼 수가 없을 정도였다.

그 당시 이벽은 최벽만큼 인기를 누리고 싶은 마음에 비슷하게 보이려고 본래 이름인 이창필을 놔두고 이벽이라고 지어 가수 활동을 했었다.

고공비행하는 최벽은 아니고 다른 벽이라는 의미의 이벽이라고 지어 인기를 얻어 보려고 바람몰이를 했던 것이었다.

그러나 역시 최벽만큼 올라가진 못했다.

이벽은 한동안 휴식을 취하며 지내다가 이번 4월 새로운 트로트 오디션에 심사위원장을 맡게 됐는데, 자신의 전문 분야가 아니더라도 그리됐다.

재영을 비롯한 행전 그리고 그녀의 친구들은 사활을 걸고 이번 대회를 준비했다.

이윽고 금세 세월이 지나 그 시간이 되자, 수지대학교 체육관에서 불놀이트로트장터 1차 예심이 치러졌다.

4월 26일부터 29일까지 4일간 치러졌다. 그만큼 참가자가 많기 때문에 그랬다.

진행자는 지난해 연말 치러진 트로트미스미스터천국 1차 예심의 진행자가 그대로 나왔다. 워낙 흥을 돋우는 말투라서 그가 압권이다. 진행자 조배달은 마이크를 잡고 아주 크게 소릴 질렀다.

"네! 새롭게 시작하여 새로운 채널, 호키 채널과 함께하는 새로운 이름, 불놀이트로트장터 1차 예심을 더욱더 후끈 달아오르게 만든 이곳, 수지대학교 체육관을 빛내 주신 여러분께 인사드립니다. 자, 오늘의 심사위원장님은 수지대학교 발라드과 이벽 전 교수입니다. 인사 말씀이 있겠습니다. 박수를 부탁드립니다."

오늘 심사위원장을 맡은 이벽은 "아, 아! 네, 네, 긴 말이 필요 없죠. 지난해 치러진 트로트미스미스터천국이 비리라는 오점이 생겨 진흙탕이 되어 버려 많은 가요 팬들에게 큰 실망감을 끼쳤는데, 이번에 새롭게 탄생한 불놀이트로트장터 1차는 제가 책임지고 아주 투명하고 공정하게 심사할 것임을 다짐하는 바입니다. 이상입니다. 얼른 1번 타자는 나오셔서 노랠 불러 보십시오."라고 호기를 보이고는 공정 및 투명성을 강조하며 얼굴에 힘을 줬다.

이들이 한창 트로트 오디션 1차를 진행할 때, 모레 새롭게 치러지는 수지갑 보궐선거에 임하는 양당 청렴맑은당, 국민사랑당과 이번엔 지난해 말과 다르게 무소속으로 1명이 더 출사표를 던지고 선거 운동에 열을 올리고 있었다.

총 3명의 후보가 맹렬히 달리고 있었다. 심지어 불놀이트로트장 터 1차가 치러지는 체육관에까지 들어와 손을 흔들며 온갖 난리를 쳤다.

그러다가 나갔다.

재영은 6번째 참가자였다. 다소 긴장된 채로 기다리다가 차례가 되어 마이크를 들고 무대 위로 올랐다. 그런데 관객석 맨 앞줄 정중 앙에 대광이 와 앉아 있었다.

대광의 눈빛은 그만큼 그리웠다는 표정이 역력했다. 그는 작년 보 궐선거에 나왔던 사람이라 세인들에게 얼굴이 어느 정도 알려져 조 금 조심스러운 데도 아랑곳하지 않고 그녀를 향해 열렬히 박수를 보냈다. 물론 다른 사람들이 그런 심리까지 꿰뚫어 볼 순 없겠지만 말이다.

그는 자신이 지난달 광교 신대호수가에서 그녀에게 '흙비'라는 시 이기도 하고 노랫말이기도 한 내용을 선물했기에 얼마나 곡을 잘 붙여 오늘 잘 부를지 사뭇 궁금한 마음과 또 짝사랑하는 마음이 교 차하여 보고 싶어서 온 것이기도 하다.

반주가 울려 퍼지며 그녀는 '흙비' 1절을 부르기 시작하였다. 빼어난 가창력에 응원하던 대광은 눈이 번쩍 뜨이며 가슴이 뭉클해졌다.

1절이 끝나고 잠시 반주만 울려 퍼지며 공백 시간이 이어질 때 그 는 "우아아아! 차재영 최고다! 대상감이다! 흙비, 흙비, 흙비~ 우아 아아!" 하며 광적인 응원을 보냈다.

그가 열렬히 미친 듯이 응원을 하자 주위에 모인 관객들은 그를 알아보는 사람들은 그가 작년 말 선거 기간에 여기저기에 나와 "차재영을 사랑한다. 결혼할 거다."라고 떠벌린 것을 알기에 '또 그런 작업의 일환인가!'라는 생각 속으로 빠져들기도 하였다.

7번째 참가자 행전이 대기실 쪽에서 슬며시 관객석에 앉아 소릴지르는 대광을 보게 되자 또다시 의심과 혹시 재영과 급진전된 뭔가가 있는가에 대해 복잡한 상념들이 머릿속을 괴롭혔다.

그녀가 '홍비'를 2절까지 다 부르고 내려가고 다음 참가자 행전이 무대로 올라왔는데, 행전은 관객석 맨 앞에 앉아 있는 대광을 아주 못마땅한 눈빛을 던졌고 얼굴을 찌푸렸다.

대광은 자리에서 벌떡 일어나 비상문으로 나가 버렸다. 문득 행전은 한창 노래를 하다가 그가 나가자 더욱더 머릿속이 혼란스러워졌다. 하지만 노래에 집중해야만 하기에 최대한 몰입하려고 애를 썼다.

다 끝나고 대기실로 돌아가 재영의 표정을 예의 주시 하며 관찰하기 시작하였다. 또다시 의심의 병이 도졌기 때문이다.

방금 전 비상문으로 나간 대광은 로비 휴게실에 가 아메리카노를 주문하여 홀짝홀짝 마시기 시작하였다. 로비 밖으로 보이는 주차장으로 아름다운 디자인 검은색 마세라티 기블리 한 대가 유유히 들어와 서고, 한 남자가 나왔다.

**15**

흙비

차가 꽤 화려해 보였고, 예전에 덕강이 타고 다녔던 차종과 같아 대광은 예사롭게 봤다.

혹시나 했는데 문을 열고 나오는 남자는 바로 덕강이었다. 대광은 조금 뜨끔거렸다. 작년 선거 기간에 죽전동 8595 라이브카페에서 둘이서 재영을 둘러싸고 실랑이가 벌어진 뒤, 덕강이 화를 내고 관두고 나가 버렸기 때문이다.

꽤 껄끄러워 피하려다가 그냥 앉아 있기로 했다. 그가 들어와 여기저기 두리번거리는 과정에서 서로가 정면으로 딱 부딪쳤다.

몹시 불쾌한 반응을 보일 것 같았던 덕강은 그렇지 않고 싱글싱글 웃어 가며 "어! 전대광 후보님이 여기에 계시네요. 공연 보러 오셨습니까?" 하고 물으며 쓱 피해 공연장 안으로 들어갔다.

대광은 속으로 어느 정도 짐작했다.

'저게 재영이를 보러 온 것 같다.'

하지만 재영이는 현재 행전이란 참가자와 뜨겁게 사랑을 진행 중임을 알기에 덕강에 대해선 별 대수롭게 여기진 않았다.

정오가 가까워지는 시간이었다. 오후 시간엔 란조, 새롱, 노자, 채비가 참가할 차례다.

그녀들은 지금 야외 공간에서 크게 발성을 하며 몸을 푸는 중이었다.

란조, 새롱은 친하기에 함께 있었고 노자, 채비는 각자 하고 있었다.

란조와 새롱이 오후에 한다는 말을 들은 터라 둘의 남친인 수달과 정환이 이 시간쯤에 응원 차 도착하였다. 수달의 차 검은색 카니발이 들어와 주차장에 세우고 이들이 내려 로비로 들어오고 있었다.

이들까지 나타나자 대광은 더더욱 놀라움을 금치 못했다. 이들은 선거운동 당시 상대 당 선거운동원들이었기 때문이다.

이들은 들어와 여기저기 쳐다보다가 대광의 모습을 보게 되자 깜짝 놀랐다. 뭐라고 할 말이 마땅치 않다고 느낀 이들은 그냥 쓱 지나가 화장실로 들어갔다. 그러자 대광은 다시 공연장 안으로 들어갔다.

이들은 화장실에서 나와 그녀들에게 전화했고, 그녀들이 야외 공원에 있다고 알리자 알았다고 하고 그쪽으로 갔다.

아까 들어간 덕강은 재영이 나올 차례를 눈이 빠지게 기다리고 있다. 그가 지금 여기에 온 까닭은 그녀를 보고 싶다거나 응원할 목적으로 온 게 아니라 작년 한겨울에 따뜻하게 노래 연습 할 공간을 마련해 준 것에 대한 보상을 받으려고 온 것이다. 즉, 대여료를 달라는 의미였다.

관객석에서 한참을 앉아 있어도 재영의 차례가 오질 않아 성미가 급한 그는 대기실로 달려갔다.

들어가자 재영은 행전과 마주 앉아 오순도순 대화를 나누고 있었다. 격분된 얼굴로 "야, 재영아, 내가 따뜻한 노래 공간을 만들어 줬으면 잠자코 내 곁에 있든가. 그렇게 떠나가 버렸으면 대여료를 내놔야 될 것 아냐?"라며 핏대를 올렸다.

몹시 당혹스러워하는 둘이었다. 그가 계속 난리를 치자 오디션 관계자가 황급히 들어와 제재하며 내몬다.

덕강은 쫓겨났다. 방금 전 그가 떠든 그 말을 행전은 무슨 말인지 도무지 이해가 가질 않았다.

첫째 날인 이날 오후 4시가 조금 지나자, 오늘 참가했던 참가자들의 결과가 즉석으로 나왔다. 오늘 1차를 통과한 사람들은 5월 초에 결선을 하여 대상자를 뽑고 금상, 은상, 동상을 뽑는 절차였다.

오늘 참가한 참가자 중 재영, 행전은 무난히 통과됐고 노자, 채비, 새롱, 란조도 출중한 실력을 과시하며 올라갔다. 끝난 뒤 행전은 재영에게 "'흙비'라는 노랫말이 너무 좋았어! 정말 대단했다!"라고 말하며 엄지 척을 세웠다. 이 노래를 들은 심사위원장 이벽도 경탄하며 겉으론 표현하진 않았지만 본선에서 충분히 대상을 수상하고도 남을 정도의 가창력이라 판단하였다.

가삿말도 굉장히 서정적이기도 하고 가슴을 울려 들어오기에 부족함이 없는 대단한 가사였다고 느꼈다.

그녀가 '흙비'를 불러 오늘 1차 예심에 통과되는 순간을 관객석에서 지켜본 대광은 자신도 모르게 하염없는 눈물을 흘렸다.

자신이 만든 시나리오의 일부 내용을 발췌한 것이고 주제와 소재가 무명 여가수의 생을 표현한 것인데, 사실은 재영에 대한 스토리였고, 함께 등장하는 남자 인물 중에 자신이 포함됐기 때문이다.

잡고 싶어도 잡을 수 없는 그녀에 대한 안타까운 심정을 실어 쓴 내용이라서다.

그러면서 속으로 '으, 부디 다음 달 본선에서 꼭 대상을 받길 기원합니다. 실질적 애인이 될 순 없고, 그저 정신적 애인으로 남을 수밖에 없는 처지에 놓인 나의 간절한 응원의 메시지입니다.'라고 되새겼다.

하루가 더 지나자 수지갑 보궐선거가 치러졌는데, 작년 연말에 치러진 보선의 납치, 협박 사건과 진흙탕 전쟁의 후유증인지 정치에 대한 혐오증인지 모르지만 양당 청렴맑은당, 국민사랑당 후보 둘은 낙선됐고 무소속으로 나온 후보가 당선되는 이 지역 역사의 초유의 일이 일어나고야 말았다. 그것도 압도적 몰표였다.

이윽고 5월 6일 토요일, 불놀이트로트장터 본선의 날이 도래하였다.

재영이 본선에 올랐다는 소문을 들은 덕강은 이날도 대여료를 받아 낼 심사로 또 쳐들어와 난장판을 만들었으나 관계자들의 제재에 밀려 쫓겨나게 됐다.

새롱과 란조를 응원하기 위하여 정환과 수달도 또 왔다.

대광도 쥐도 새도 모르게 와 이번엔 맨 앞자리가 아니라 중간쯤에 앉아 재영이를 응원하고 있었다.

이날 보선은 재영이 또 '흙비'를 불러 대상을 받았고 행전은 자신이 가장 잘하는 노래를 불렀는데, 금상을 받게 됐다. 그는 자신이 그녀에게 밀려 2위를 했어도 마냥 기뻤다.

나란히 1, 2위를 차지한 것도 그렇고 3월부터 새롭게 사귀게 된 역사적인 사건 때문이다.

그녀의 친구들 노자, 채비, 새롱, 란조는 최선을 다해 열창을 했지만 약간 부족한 점이 있어 극복하지 못해 고배를 마셨다.

수달과 정환은 란조와 새롱을 열렬히 응원했지만 입상하지 못하자 괴로워하며 그녀들에게 다가가 위로하며 아픔을 달랬다.

사회자가 다가와 "와우! 차재영 씨, '흙비'란 창작 곡은 너무 대단했

습니다. 지금 관객석에 모인 분들이 다들 그 노랫말 때문에 울고 있
습니다. 직접 만드신 건가요?"라고 물었다.

"아, 네, 그렇습니다. 제가 광교호수공원 신대호숫가를 산책하다가
영감을 얻어 만들어 보았죠."

"아, 네, 그러시군요. 그럼 오늘의 주인공 차재영 씨가 직접 창작한
심금을 울린 '흙비'를 다시 한번 들으며 오늘의 대축제는 여기서 마
감하겠습니다. 가요 팬 여러분, 대단히 고맙습니다."

"와아아아아! 우아아아아!"

여기저기에서 환호하는 소리들……

행전은 재영이 노래하는 모습을 뚫어지게 바라보았으나 그녀는
그의 얼굴을 바라보지 않고 관객석 중간쯤에 앉아 눈물을 보이는
대광의 얼굴을 지그시 바라봤다.

그러자 대광은 이 가삿말을 잘 소화하는 그녀에게 손바닥이 터져
라 뜨겁게 박수를 반복하였다. 더 이상 바라보는 것 자체가 너무 괴
로워 그는 그 노래가 다 끝나기도 전에 일어나 나가 어디론가 가 버
렸다. 성복천으로 내려가 추억이 소린 광교호수공원 신대호숫가로
걸어갔다.

'흙비' 시나리오 중 일부를 건넨 그 장소였기 때문에 그곳의 향수
를 느껴 보고 싶었다. 봄철의 핀 꽃은 기쁨과 아픔을 동반했다.

그가 1월 중순부터 쓰기 시작한 시나리오 '흙비'는 5월 초가 되자
마무리 단계에 접어들었다.

5월 8일부터 13일까지 국내 최대 메이저신문인 한강일보와 넘버
원 지큐 영화사가 공동으로 응모전을 열었고, 접수는 지큐가 맡았
다. 이 원고를 국내 최대 지큐 영화사에 보냈는데, 한 달이 지나 6

월 말이 되자, 결과가 나왔다. 하늘의 행운인지 그가 대상을 수상하였다.

대상 수상작 '흙비'가 한강일보 1면에 도배됐다.

'전대광 작가의 시나리오 흙비가 영예의 대상 수상작으로 뽑혔다'

타이틀은 이러했다.

각종 인터넷 매체에도 도배됐다.

행전은 이 기사를 우연히 접하게 되고 고개를 갸웃거리기 시작하였다.

"어! 시나리오 작가 전대광의 '흙비'……. 이게 이건 뭐야! 흙비라, 흙비……. 이거, 이건 한 달 전에 재영이가 창작 곡이라면서 불렀던 노래가 흙비였는데, 왜 제목이 똑같지? 너무 이상하고 괴상하다. 가만히 있어 봐."

그는 관련 기사를 조금 더 읽어 내려 갔다.

그랬더니 시나리오는 한 무명 여가수의 인생을 담은 스토리라고 나왔다. 너무너무 이상 괴상한 느낌을 떨쳐 버릴 수가 없었다.

소개된 기사를 끝까지 다 읽어 보니 사이사이에 한 달 전, 재영이가 불렀던 노랫말의 의미와 일치되는 부분들이 등장하는 걸 직시했다.

"아아, 이거다. 이거야. 그럼 이 인간이 재영이에게 이걸 줬다고밖에 볼 수가 없을 텐데."

그렇지 않아도 의심이 워낙 많은 성격이라 온몸이 바르르 떨리기 시작하였다.

곧바로 재영에게 전화를 넣어 확인 절차를 밟았다.

재영은 펄쩍 뛰며 "야, 행전아, 너 또 도진 거야? 너 왜 또 그래? 예전엔 최벽을 의심하더니, 이번엔 대광을 의심해? 넌 의심하다가 늙어 죽을 그런 남자다!"라고 도발적 멘트를 날렸다.

예전엔 행전이 재영과 최벽의 문제에 대해 속만 부글부글 끓을 뿐과감한 의심의 표현을 자제하고 있었는데, 이번엔 과감히 드러내며 공격적으로 나왔다.

그 결과, 그녀에게 더더욱 악감정만 유발시키는 꼴이 되었다. 워낙 개성이 강한 그녀는 대광에게 전화까지 하는 엽기를 발휘하였다.

전혀 기대하지도 않았는데 그녀에게서 전화가 걸려 오자 그는 가슴이 두근두근거리며 떨리는 목소리로 "아, 네, 재영 씨, 이게 어찌 된 일입니까? 그대께서 제게 전화를 다 하다니요? 이럴 수도 있나요? 우하하하." 하고 호탕하게 웃기도 하였다.

"대광 오빠, 우리 그때 이 '흙비'를 내게 줬던 그 지점 광교호수공원 신대호숫가에서 이따가 저녁때 만납시다. 데이트하게."

이 말에 그는 가슴이 철렁거리며 다리에 힘이 쭉 빠졌다.

"그, 그, 그래요. 몇 시가 좋아요?"

"네, 정각 6시입니다. 약속 지켜요."

"물론이죠."

대광은 소파에 앉아 있었는데, 재영의 전화를 받고 혼미해져서 옆으로 퍽 누워 버렸다. 6월 29일, 6월의 마지막 날을 하루 남겨 놓은 시점에 영예를 안은 그는 대상 수상의 기쁨과 추가로 짝사랑했던 여자에게서 데이트 신청까지 받게 되는 겹경사가 일어났다.

저녁 6시가 그 벤치에서의 만남의 시간이고 날도 제법 더운데, 그는 4시에 미리 가 설렘을 느끼며 기다리고 또 기다렸다. 그녀가 나타나는 그 순간을 애타게 기다렸다.

저녁 6시가 되어 가는 5시 45분이 되자 그녀가 자전거를 타고 오고 있었다. 내려 자전거를 세워 놓고 그 벤치로 와 앉았다. 앉자 그녀의 핸드폰이 요란하게 벨소리가 울렸다. 보자 행전의 번호였다. 그 번호는 차단 버튼을 눌렀다.

그가 또다시 걸었으나 신고가 막혀 가질 않았다.

『흙비』라는 소설을 쓰며 참으로 생각이 많았다. 이 소설의 주제와 소재와 전혀 다른 내용, 전혀 다른 표현이긴 하지만 필자의 심경 상태가 무척 복잡하고 지쳐만 갔다.

벌써 어느덧 소설을 쓰겠다고 마음먹고 노트북을 잡은 지가 9년 차이다. 앞으로 물처럼 세월이 흘러 조금만 더 지나면 10년 차가 된다. 10년이면 강산이 변한다는 말도 오래전부터 존재했다. 변한다는 것은 지워진다는 의미와 같을 수도 있다. 필자의 소설도 그 세월처럼 변했는지 아닌지 스스로 감을 잡질 못하고 있다.

처음에 접할 땐 매우 순수한 초심으로 한 줄 한 줄 쓸 수가 있었으나 해를 거듭할수록 그 정신이 흐트러지는 것 같아서 다시 그때로 돌아가려고 부단히 애를 쓰며 『흙비』를 쓰기 시작했고, 도중에 유난히 올해 여름은 무더워 심신이 더더욱 고갈되어 쓸 힘이 하나도 없었지만 이때마다 정신을 바짝 차렸다.

몇 해 전에 천상으로 가신 어머니의 모습이 떠올랐기 때문이다. 하루에 필자에게 전화를 13통이나 하실 정도로 걱정을 하셨고 또 그렇게 거듭하신 기억이 나의 흔들리는 심신을 향해 마치 채찍을 가하는 듯하였다.

"밥은 먹었니?"라는 물음을 하루에 13통이나 반복하셨다. 다섯 글자 안에 모든 게 함축되어 있으리라 사료된다. 힘든 소설의 길이지만 지쳐 쓰러져도 다시 일어서야만 하는 결기는 천상에 계신 어머니의 영혼을 위로해 드리고 싶은 발로이다. 흙비의 주제와 소재를 정리하려 하니 갑자기 앞이 컴컴해졌다.

길게 늘어뜨리며 쓸 땐 평소의 생각을 썼는데, 압축하려니 문득 떠오르지 않았다. 하지만 진정성을 유지하며 정리하겠다. 비의 색깔은 맑다. 몸에 닿으면 맑지 않게 흐려진다. 흐림은 유해하다는 것과 통한다.

그러나 비에 흙이 동반하여 내린다면 상상 가능할지 모를 일이다.

애초에 흙이 바탕이 되어 내리는 흙비 말이다. 비가 내린 땅에 이것저것 노력을 가하여 흥망성쇠를 이끌어 갈 수가 있다. 흙이 동반하여 내리는 비엔 노력조차 기할 수가 없다.

구조 자체가 흙색이라 그랬다. 말로만 공정을 외치고 불균형을 잡는다고 떠들지만 그게 무슨 진정성이 있었는가?

극빈층을 자극하여 표를 우려먹는 비열한 짓이었다. 흙색을 더더욱 핏기로 만들었는지도 몰랐다. 산에 나무도 크기가 다 다르고 생기가 다르고 생명력 또한 다 달랐다. 인간도 똑같다.

기회가 올 것만 같았지만 주변 인물들이 해괴할 정도로 방해 공작을 일삼아 무명 여가수는 이리저리 피해 다녔다. 엉뚱한 한 후보는 보선에서 실패하고 배회하다가 기적적으로 짝사랑 무명 여가수와 만났다. 서로에게 도움이 될 수 있는 장이 열린 셈이다. 원래 인간은 완벽한 완전무결한 존재일 수가 없다.

흔들거리는 흔들바위와 같다. 방황을 거듭하다가 쓰러지곤 한다.

하늘의 운은 이런 존재들에게 기회를 부여하였다. 앞으로 좋은 일

만 거듭날 수 있길 바라겠다. 새옹지마는 분명 존재할 거라고 믿는
다. 왜냐하면 지쳐도 앞만 보고 달리는 저력 속에 행운도 깃들 수가
있기 때문이다. 하지만 여건이 많이 나아지면 또다시 방종과 권태와
나태가 엄습하여 자신의 정신과 육신을 교란하며 분열과 파멸을 일
으킨다. 알람을 맞추지 않고 제시간에 정신력으로 벌떡 일어날 수
없는 것과 이치는 상통될 수도 있다. 제어의 정신력이 절실하다.

 늘 지쳐 쓰러질 것만 같았던 시절을 상기하며 자아 성찰 하며 나
아가면 된다. 길지만 짧기도 한 인생사 마라톤 같기도 하고 100미
터 단거리 같기도 한 삶에 정신력 하나 부여잡고 달리고 달리다 보
면 좋았다, 안 좋았다 거듭 반복하다가 낙엽을 닮아 간다. 생은 낙
엽이다.

2023년 10월 28일
박종삼 드림